鲁迅全集

第 十 四 卷

书 信

（1936 致外国人士）

人民文学出版社

图书在版编目（CIP）数据

鲁迅全集. 14/鲁迅著. —北京：人民文学出版社，2005. 11（2022.11 重印）
ISBN 978-7-02-005033-8

I. ①鲁… II. ①鲁… III. ①鲁迅著作—全集②鲁迅书信 IV. ①I210.1

中国版本图书馆 CIP 数据核字（2005）第 070001 号

责任编辑　刘　伟
装帧设计　李吉庆
责任校对　郑南勋
责任印制　王重艺

大病初愈在上海大陆新村寓所前摄（1936）

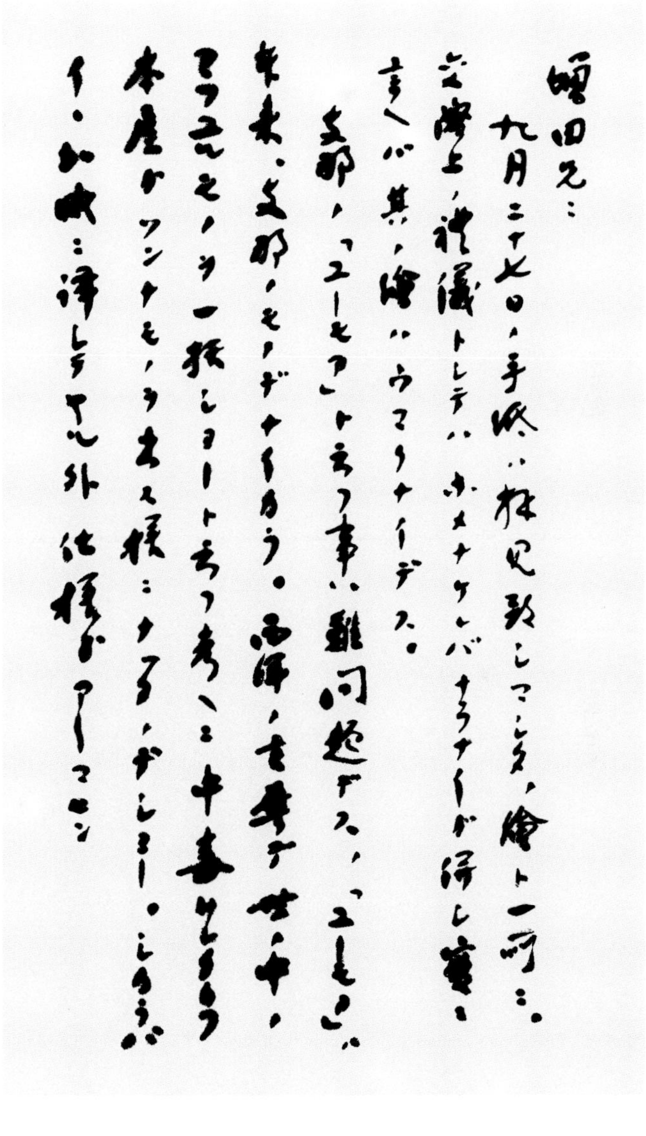

増田兄：

九月二十七日ノ手紙ハ拝見致シマシタ、絵ト一句ニ、

光�869の絵ハ、神話トシテハ、小生ナレバ、ナラナイガ得シ儀ハ、

主人ハ其ノ絵ハウマクナイデス。

支那ノ「ユーモア」トイフ事ハ難問題デス、ハ「ユーモ」ハ

未来ノ支那ノモノデナラう。

曹操ノモトデウ一派ヲコートナう多ヘニ十年ヲモう多

本屋ガワシトモノタネ候ニ、クラ、ダシヨニ、トラう

イ・・如此ニ浄シテ之外 仕様ナノヂマシン

致增田涉信手迹

与内山完造、山本实彦合影（1936）

手定著述目录

目　　录

一 九 三 六 年

致外国人士部分

一九二〇年

一九二六年

一 九 三 一 年

一 九 三 二 年

一九三三年

一九三四年

一九三五年

一九三六年

附 录 三

一 九 三 六 年

360105① 致 曹 靖 华

汝珍兄：

一月一日信收到。《城与年》说明，早收到了，但同时所寄的信一封，却没有，恐已失落。黄米已收到，谢谢；陈君[1]函约于八日上午再访我，拟与一谈。

北方学校事，此地毫无所知，总之不会平静，其实无论迁到那里，也决不会平安。我看外交不久就要没有问题，于是同心协力，整顿学风，学生又要吃苦了。此外，则后来之事，殊不可知，只能临时再定办法。

新月博士[2]常发谬论，都和官僚一鼻孔出气，南方已无人信之。

《译文》恐怕不能复刊。倘是少年读物[3]，我看是可以设法出版的，译成之后，望寄下。

上海今年过年，很静，大不如去年，内地穷了，洋人无血可吸，似乎也不甚兴高采烈。我们如常，勿念。我仍打杂，合计每年译作，近三四年几乎倍于先前，而有些英雄反说我不写文章，真令人觉得奇怪。

它嫂已有信来，到了那边了。我们正在为它兄印一译述文字的集子，第一本约三十万字，正在校对，夏初可成。前(去年)寄《文学百科辞典》两本，不知已到否？

专此布复,即请

春安。

弟豫　上　一月五夜。

*　　　*　　　*

〔1〕　陈君　指陈蜕,原名邹素寒(1909—1959),又名邹鲁风,辽宁
辽阳人。当时以北平学联代表的身份,化名陈蜕,到上海参加全国学联
的筹备工作,经曹靖华介绍认识鲁迅。

〔2〕　新月博士　指胡适。他于1927年得美国哥伦比亚大学哲学
博士学位。

〔3〕　指尚佩秋、曹靖华合译的《远方》,中篇小说,苏联盖达尔
(1904—1941)著,叶尔穆拉耶夫绘图,后载《译文》新一卷第一期(1936
年3月)。

360105^②　致　胡　风^{〔1〕}

有一件很麻烦的事情拜托你。即关于茅的下列诸事,给
以答案:

一、其地位,

二、其作风,作风(Style)和形式(Form)与别的作家之区
别。

三、影响——对于青年作家之影响,布尔乔亚^{〔2〕}作家对
于他的态度。

这些只要材料的记述,不必做成论文,也不必修饰文字;

这大约是做英译本《子夜》[3]的序文用的,他们要我写,我一向不留心此道,如何能成,又不好推托,所以只好转托你写,务乞拨冗一做,自然最好是长一点,而且快一点。

如须买集材料,望暂一垫,俟后赔偿损失。专此布达,即颂

春祺。

隼 上 一月五夜

附上"补白"两则[4],可用否?乞酌。 又及

* * *

〔1〕 此信称呼被收信人裁去。

〔2〕 布尔乔亚 法文 bourgeoisie(资产阶级)的音译。

〔3〕 英译本《子夜》 当时史沫特莱请人将《子夜》译成英文,拟寄往美国出版,后因抗日战争爆发,未成。

〔4〕 "补白"两则 指《文人比较学》和《大小奇迹》,后收入《且介亭杂文末编》。

360107 致 徐懋庸

请转

徐先生: 元旦信早收到。《海燕》[1]未闻消息,不知如何了。

文章[2]写了一点,今寄上,并无好意思,或者不如登在《每周文学》[3]上,《现实文艺》[4]还是不登这篇罢。

年底编旧杂文,[5]重读野容,田汉的两篇化名文章[6],真

有些"百感交集"。

来信中所说的那位友人，虽是好意，但误解的。我并非拳师，自己留下秘诀，一想到，总是说出来，有什么"不肯"；至于"少写文章"，也并不确，我近三年的译作，比以前要多一倍以上，丝毫没有懒下去。所以他的苦闷，是由幻想而来的，不是好事情。

此复，即请

春安

豫　上　一月七日

＊　　　＊　　　＊

〔1〕《海燕》　文学月刊，1936 年 1 月在上海创刊，署史青文编辑，第二号改署耳耶编辑，仅出两期即被国民党禁止。

〔2〕　指《论新文字》，后收入《且介亭杂文二集》。

〔3〕《每周文学》　《时事新报》副刊之一，1935 年 9 月 15 日创刊，王淑明、徐懋庸等编辑。

〔4〕《现实文艺》　后未出版。

〔5〕　旧杂文　指《花边文学》、《且介亭杂文》、《且介亭杂文二集》。

〔6〕　野容、田汉的两篇化名文章　参看 350207① 信及其有关注。野容，即廖沫沙。

360108① 致 黄 源

河清先生：

来信并戈君赠书〔1〕，已收到。

神经痛已渐好，再有两天，大约就可以全好了。

《死魂灵》校正交出后，已将稿子弃去，所以现在无可再抄，只得拉倒。

专此布复，即请

著祺

迅　上　一月八日

*　　*　　*　　*

〔1〕　戈君　指戈宝权（1913—2000），江苏东台人，翻译家。当时在莫斯科任天津《大公报》驻苏记者。"赠书"指《果戈理画传》，苏联尼古拉耶夫作，1934年列宁格勒市作家协会出版部出版。

360108② 　致 沈 雁 冰

明甫先生：

七日信已收到。我病已渐好，大约再有两三天，就可以全好了。那一天，面色恐怕真也特别青苍，因为单是神经痛还不妨，只要静坐就好，而我外加了咳嗽，以致颇痛苦，但今天已经咳嗽很少了。当初我以为S[1]与姚[2]是很熟，那天才知道不然，但不约他也好，我看他年纪青，又爱谈论，交际也广泛的。

《社会日报》第三版[3]，粗粗一看，好像有许多杂牌人马投稿，对于某一个人，毁誉并不一致，而其实则有统系。我已连看了两个月，未曾发见过对于周扬之流的一句坏话，大约总

有"社会关系"的。至于攻击《文学》及其关系人,则是向来一贯的政策,甚至于想利用了《译文》的停刊来中伤,不过我们的傅公东华,可真也不挣气。

近几期的 China Today[4]上,又在登《阿Q正传》了,是一个在那边做教员的中国人新译的,我想永远是炒阿Q的冷饭,也颇无聊,不如选些未曾绍介过的作者的新作品,由那边译载。此事希便中与S一商量,倘她以为可以,并将寄书去的地址开下,我可以托书店直接寄去,——但那时候并望你选一些。

此布,即请

撰安。

树　顿首一月八日

　　＊　　　　＊　　　　＊

〔1〕　S　指史沫特莱。

〔2〕　姚　指姚克。

〔3〕　《社会日报》　参看351029③信注〔3〕。它的第三版为《十字街头》,辟有"艺坛情报"、"艺人腻事"专栏。当时该版曾连续发表《鲁迅与文学失和》(1935年11月29日)、《文学起内哄》(12月16日)、《译文于焉停刊》(12月26日)等文,后文曾说:"茅盾……和傅东华商量","设法破坏《译文》"。

〔4〕　China Today　《现代中国》,英文月刊,美国的中国人民之友协会主办,1934年1月创刊于纽约,1936年10月停刊。该刊于1935年11月号到1936年1月号,曾连载王际真翻译的《阿Q正传》。

360108^③ 致 母 亲

母亲大人膝下，敬禀者，一月四日来信，前日收到了。孩子的
照相，还是去年十二月廿三寄出的，竟还未到，可谓迟慢。
不知现在已到否，殊念。

酱鸡及卤瓜等一大箱，今日收到，当分一份出来，明日送
与老三去。

海婴是够活泼的了，他在家里每天总要闯一两场祸，阴历
年底，幼稚园要放两礼拜假，家里的人都在发愁。但有时
是肯听话，也讲道理的，所以近一年来，不但不挨打，也不
大挨骂了。他只怕男一个人，但又说，男打起来，声音虽然
响，却不痛的。

上海只下过极小的雪，并不比去年冷，寓里却已经生了
火炉了。海婴胖了许多，比去年夏天又长了一寸光景。
男及害马亦均好，请勿念。

紫佩生日，当由男从上海送礼去，家里可以不必管了。

专此布达，恭请

金安。

男树 叩上 广平及海婴同叩 一月八日

360114 致 萧 军

刘军兄：

曹^[1]有信来，今转上。

你的旧诗比新诗好,但有些地方有名士气。

我在编集去年的杂感[2],想出版。

我们想在旧历年内,邀些人吃一回饭。一俟计画布置妥帖,当通知也。

专此布达,并贺

年禧。　　　　　　　　　　　　豫　上　一月十四日

太太均此请安。

＊　　　＊　　　＊

〔1〕　曹　指曹聚仁。

〔2〕　指《且介亭杂文二集》。

360117　致 沈 雁 冰

明甫先生:

十六日信顷收到。我的病已经好了。

关于材料[1],已与谷说妥,本月底可以写起。

闻最近《读书生活》上有立波大作[2],言苏汶先生与语堂先生皆态度甚好云。《时事新报》一月一日之《青光》上,有何家槐作,亦大拉拢语堂。[3]似这边有一部分人,颇有一种新的梦想。

校印之书[4],至今还不到二百面,然则全部排毕,当需半年,便中乞与雪先生[5]一商,过年后倘能稍快,最好。

从下星期一起,敝少爷之幼稚园放假两星期,全家已在发

愁矣。

专此布达,并颂

年禧。

树 上 一月十七夜

近得转寄来之南京中央狱一邮片^[6],甚怪,似有人谓我已转变,并劝此人(署名寿昌)转变,此人因要我明说,我究竟有何"新花样"。

*　　*　　*

〔1〕 材料　参看360105②信。

〔2〕 立波大作　周立波(1908—1979),原名周绍仪,湖南益阳人,作家,"左联"成员。他在《读书生活》第三卷第五期(1936年1月)发表的《一九三五年中国文坛的回顾》中说:"林语堂先生在《宇宙风》出版的时候,曾经宣告改变了作风。作风确也变了些,然而,由闲逸的幽默变为任性的情趣,相差还是不多的。以林先生的能力,实在应当替受难的中华民族多做点事。"又说:"《星火》上还有苏汶先生的委婉的理论。苏汶先生的态度是比较好的。"

〔3〕 何家槐作　何家槐,参看360424①信。这里指他所作《恭贺文化界的"新年"》。该文说,"最近在救国运动中成立了一个上海文化界救国协会"是"很有意义的事情";"爱说'幽默'的林语堂,也非常愤愤于现今的'无脊梁外交',说他家里的'老妈子亦能为之'。可见,凡是不愿当亡国奴的作家,学者,名流,知识分子,实业家,这次大联合是没有一个人会不同情的。"

〔4〕 指《海上述林》上卷。

〔5〕 雪先生　指章锡琛。当时兼任美成印刷所经理。

〔6〕　**南京中央狱邮片**　即1月5日寄自南京中央军监的署名寿昌的明信片。受函者及其地址均被涂没,转寄者不可考。信中说:"前请表兄代转一信与卢君(按指鲁迅),计已达到。兹接双林来信,言彼曾收到卢氏短函数通,但觉'藏头露尾',语意含糊,一若彼处有什么新鲜事件发生者。此事如与弟无关则已,倘少涉及我时,却又是一桩麻烦事。话虽如此,我对此事倒极感兴趣。惟内中细情不甚明了,未便深猜妄断,故敢再烦表兄代达卢君:倘若他那里最近有什么事体发生,无论事之轻重大小,凡涉及我的部分,一任卢君详度情形,全权处理,弟无不欣然受命……"

360118　致　王冶秋

冶秋兄:

十三日信收到。副刊[1]有限制,又须有意义,这戏法极不容易变,我怕不能投稿。近几年来,在这里也玩着带了锁链的跳舞,连自己也觉得无聊,今年虽已大有"保护正当舆论"之意,但我倒想不写批评了,或者休息,或者写别的东西。

农[2]在沪见过,那时北行与否尚未定,现在才知道他家眷尚未南行。他暂时静静也好,但也未必就这样过下去,因为现在的时候,就并不是能这样过下去的时候。

《故事新编》今天才校完,印成总得在"夏历"明年了。成后当寄上。内容颇有些油滑,并不佳。

此复,即颂

年禧。

树　上　一月十八日

＊　　　＊　　　＊

〔1〕　副刊　据收信人回忆,指天津《商报》副刊。

〔2〕　农　指台静农。

360121^①　致　曹靖华

汝珍兄：

　　十四日信已到。和《城与年》同时所发之信,后来也收到了。小说两种^{〔1〕},已并我译之《死魂灵》,于前日一并寄上,不知收到否?小说写得不坏,而售卖不易,但出版以后,千部已将售尽,也算快的。

　　木刻那边并无新的寄来,寄纸去则被没收,且因经济关系,只能暂停印行。从去年冬起,数人集资为它兄印译著,第一本约三十万字(皆论文),由我任编校,拟于三月初排完,故也颇忙。此本如发卖顺利,则印第二本,算是完毕。

　　此地已安静,大家准备过年,究竟还是爱阴历。我们因不赊帐,所以倒不窘急,只须买一批食物,因须至四日才开市也。报章在阳历正月已停过四天,现又要停四天,只要有得停,就谁都愿意。

　　我们都好的,可释念。三兄力劝我游历^{〔2〕},但我未允,因此后甚觉为难,而家眷(母)生计,亦不能不管也。

　　专此布达,并颂

年禧。

弟豫　顿首　一月廿一夜。

〔1〕　指《八月的乡村》和《生死场》。

〔2〕　游历　指去莫斯科。

360121^②　致　母　亲

母亲大人膝下，敬禀者，一月十三日信，早收到。海婴已放假，
在家里玩，这一两天，还不算大闹。但他考了一个第一，
好像小孩子也要摆阔，竟说来说去，附上一笺，上半是他
自己写的，也说着这件事，今附上。他大约已认识了二百
字，曾对男说，你如果字写不出来了，只要问我就是。

丈量家屋〔1〕的事，大约不过要一些钱而已，已函托紫佩
了。

上海这几天颇冷，大有过年景象，这里也还是阴历十二月
底像过年。寓中只买一点食物，大家吃吃。男及害马与
海婴均好，请勿念。

善先〔2〕很会写了，但男所记得的，却还是一个小孩子。他
的回信，稍暇再写。专此布达，恭请

金安。

男树　叩上　一月二十一日

＊　　　　＊　　　　＊

〔1〕　丈量家屋　当时北平警察局曾去西三条胡同鲁迅家丈量住
房面积。

〔2〕 善先　即阮善先。参看 360215^②信注〔1〕

360122^①　致 孟 十 还

十还先生：

来信收到。《死魂灵》译本和图解不同之处，只将"邮政局长"改正，这是我译错的，其余二处，德译如此，仍照旧，只在图序上略说明。

《魏》^{〔1〕}上的两个名字，德译作 Seminarist（研究生或师范生）和 Schüler（学生［非大学生］^{〔2〕}），日译作神学生（Bogosrov 的时候，则译作"神学科生"）和寄宿生。我们无从知道那时的神学校的组织，所以也无从断定究竟怎样译才对。

不过据德译及先生所示辞书的解释推想起来，神学校的学生大约都是公费的，而 Bursak 是低年级（所以德译但笼统谓之生徒），Seminarist 却是高等班，已能自己研究，也许还教教低年级生。不过这只是我的推想，不能用作注解。

我想：译名也只好如德文的含糊，译作"学生"和"研究生"罢（但读者也能知道研究生比学生高级）。此颂
年禧。

豫 顿首 一月廿二夜。

＊　　　＊　　　＊

〔1〕 《魏》 中篇小说，果戈理著。收入《密尔格拉德》。

〔2〕 括号内的括号是原有的。

360122^②　致　胡　风^[1]

又要过年了,日报又休息,邮局大约也要休息,这封信恐怕未必一两天就到,但是,事情紧急,写了寄出罢。

虽说"事情紧急",然而也是夸大之辞。第一是催你快点给我前几天请愿^[2]的材料之类集一下,愈快愈好;第二,是劝你以后不要在大街上赛跑;第三是通知你:据南京盛传,我已经转变了^[3]。

第四,是前天得周文信,他对于删文事件^[4],似乎气得要命,大有破釜沉舟,干它一下之概。我对于他的办法,大有异议。他说信最好由良友之汪转寄,而汪公^[5]何名,我亦不知,如何能转。所以我想最好于明年小饭店开张时,由你为磨心,定一地点和日期,通知我们,大家谈一谈,似乎比简单的写信好。此事已曾面托悄吟太太转告,但现在闲坐无事,所以再写一遍。也因心血来潮,觉得周文反会中计之故也。专此布达,并请

俪安。

树　顿首　夏历十二月二十八日〔一月二十二日〕

*　　　　*　　　　*

〔1〕　此信称呼被收信人裁去。

〔2〕　请愿　指上海学生声援北平学生一二·九运动的请愿。参看351221^③信及其注〔2〕。

〔3〕 南京盛传转变　参看360117信及其注〔6〕。

〔4〕 删文事件　周文在《文学》月刊第五卷第六期(1935 年 12月)发表的短篇小说《山坡上》,曾被《文学》编辑傅东华所删。周文为此抗议的信,载《文学》第六卷第一期(1936 年 1 月)。

〔5〕 汪公　即汪苍(1912—1991),安徽合肥人。"左联"成员,当时任良友图书印刷公司的美术编辑。

360201① 致 宋 琳[1]

紫佩兄:

日前得家信,始知今年为　兄五十大寿,殊出意外,初以为当与我相差十多年也。极欲略备微物,聊申祝意,而南北道远,邮寄不便,且亦未必恰恰合用。今由商务印书馆汇奉十元,乞　兄取出,临时随意自办酒果,以助庆祝之热闹。我以环境,未能北归,遥念旧游之地与多年之友,时觉怅怅。藉此稍达鄙忱,亦万不得已之举,务乞勿却为幸。

　专此布达,并颂

春禧

树　顿首 二月一日

＊　　　＊　　　＊

〔1〕 宋琳(1887—1952)　字子佩,又作紫佩,浙江绍兴人。鲁迅在浙江两级师范学堂任教时的学生,辛亥革命后在京师图书馆分馆任职。鲁迅离京后,曾托他料理北京的家务。

360201^②　致　母　亲

母亲大人膝下,敬禀者,一月二十七日来信,昨已收到。关于
房屋,已函托紫佩了,但至今未有回信,不知何故。昨天
寄去十元,算是做他五十岁的寿礼,男出外的时候多,事
情都不大清楚了,先前还以为紫佩不过四十上下呢。就
是善先,在心目中总只记得他是一个十一二岁的小孩子,
像七年前男回家时所见的样子,然而已经十八岁了,这真
无怪男的头发要花白了。一切朋友和同学,孩子都已二
十岁上下,海婴每一看见,知道他是男的朋友的儿子,便
奇怪的问道:他为什么会这样大呢?

今天寄出书三本,是送与善先的,收到后请转交。但不知
邮寄书籍,是由邮差送到,还〔是〕须自己去取,有无不便
之处,请便中示知。倘有不便,当另设法。

上海并不甚冷,只下过一回微雪,当夜消化了,现已正月
底,大约不会再下。男及害马均好,海婴亦好,整日在家
里闯祸,不是嚷吵,就是敲破东西,幸而再一礼拜,幼稚园
也要开学了,要不然,真是不得了。

专此布达,恭请

金安。

男树　叩上　广平海婴同叩　二月一日

360201③　致 黎烈文

烈文先生：

昨晨方寄一函，午后即得惠书并《企鹅岛》[1]一本，谢谢。法朗士之作，精博锋利，而中国人向不注意，服尔德[2]的作品，译出的也很少，大约对于讽刺文学，中国人是其实不大欢迎的。

《故事新编》真是"塞责"的东西，除《铸剑》外，都不免油滑，然而有些文人学士，却又不免头痛，此真所谓"有一利必有一弊"，而又"有一弊必有一利"也。

《岩波文库》[3]查已发信去买，但来回总需三礼拜，所以寄到的时候，还当在二十边耳。

专此布复，并颂

春禧。　　　　　　　　　　　　迅 顿首 二月一日

＊　　　＊　　　＊

〔1〕《企鹅岛》 长篇小说，法国法朗士著。这里指黎烈文的译本，1935 年 9 月商务印书馆出版。

〔2〕 服尔德(Voltaire，1694—1778) 通译伏尔泰，法国启蒙思想家、作家。曾任法兰西学院院士。著有《哲学通信》、史诗《亨利亚德》、哲理小说《老实人》等。

〔3〕《岩波文库》 日本东京岩波书店出版的综合性丛书。

360201④　致　曹靖华

汝珍兄：

　　一月廿八信并汇款，昨日收到。现在写了一张收条附上，不知合用否？

　　译稿[1]也收到了。这一类读物，我看是有地方发表的，但有些地方，还得改的隐晦一点，这可由弟动笔，希　兄鉴原。插图以有为是，但俟付印时再说，现在不急。当付印时，也许讲义[2]已印完，或永远不印了。

　　《死魂灵》是文化生活出版社印的，他们大约在北平还没有接洽好代卖处，所以不寄，普通的代卖处，大抵是卖了不付钱的，我自己印的书，收回本钱都不过十分之二三，有几部还连纸板都被骗去了。

　　我现在在印 Agin[3] 画的《死魂灵图》，计一百幅，兄前次寄给我的十二幅附在后面，据 Agin 图的序文说，这十二幅是完全的。

　　现状真无话可说。南北一样。

　　我们都好的。今天寄上杂志四本，内附我的《故事新编》一本，小玩意而已。

　　专此布复，并颂

春禧。　　　　　　　　　　　　　弟豫　顿首 二月一日

　　再：刚才收到一包木刻，并一信，今将信亦附上，希译示为荷。

　　　　　　　　　　　　　　　　　　　　　一日下午。

＊　　　＊　　　＊

〔1〕　指《远方》。

〔2〕　指《远方》原文,当时曹靖华印发给学生作外语学习参考。

〔3〕　Agin　阿庚(А.А.Агин,1817—1875),俄国画家。

360202① 致 沈 雁 冰

明甫先生:

　　找人枪替的材料[1],已经取得,今寄上;但给 S 女士[2]时,似应声明一下:这并不是我写的。

　　专此布达,并颂

春禧

树 顿首 二月二夜。

＊　　　＊　　　＊

　　〔1〕　找人枪替的材料　参看 360105②信。科举时代代人考试叫“枪替”。

　　〔2〕　S 女士　指史沫特莱。

360202② 致 姚 　克

莘农先生:

　　不知先生回家度岁否?因为王君[1]有信来,倘先生在沪,当寄上。

侯示。

此布,并颂

春禧。

迅　顿首　二月二夜

＊　　　＊　　　＊

〔1〕　指王钧初。参看 351020② 信注〔1〕。

360203　致 沈 雁 冰

明甫先生:

午后方寄一信,内系材料,挂号托黎先生[1]转交;回至书店,即见二日函。

参观[2]之宾,我无可开,有几个弄木刻的青年,都是莫名其行踪之妙,请帖也难以送达——由它去罢。

那一本印得很漂亮的木刻目录[3],看了一下,译文颇难懂。而且汉英对照,英文横而右行,汉文直而左行,亦殊觉得颇"缠夹"也。

专此布复,即颂

著安。　　　　　　　　　　　　迅　上　二月三日

少奶奶[4]皮包已取去。

＊　　　＊　　　＊

〔1〕　黎先生　指黎烈文。

〔2〕 指参观苏联版画展览会。

〔3〕 指《"苏联版画展览会"版画目录》。

〔4〕 *少奶奶* 指杨之华。

360204 致巴金〔1〕

巴金先生：

校样〔2〕已看讫，今寄上；其中改动之处还不少，改正后请再给我看一看。

里封面恐怕要排过。中间一幅小图，要制锌板；三个大字要刻起来；范围要扩大（如另作之样子那样），和里面的图画的大小相称。如果里封面和序文，都是另印，不制橡皮版的，那么，我想最好是等图印好了再弄里封面，因为这时候才知道里面的图到底有多少大。

专此布达，并请

撰安。

鲁迅 上 二月四日

＊　　　＊　　　＊

〔1〕 巴金(1904—2005) 原名李尧棠，字芾甘，四川成都人，作家、翻译家。当时在上海主持文化生活出版社编辑事务。著有长篇小说《家》、《春》、《秋》等。

〔2〕 指《死魂灵百图》的校样。

360207　致黄　源

河清先生：

《译文》事此后未有所闻，想尚无头绪。昨见《出版界》有伍蠡甫先生文半篇，[1] 始知伍先生也是此道中人，而卑视纪德，真是彻底之至，《译文》中之旧投稿者，非其伦比者居多。然黎明书局所印[2]，却又多非《译文》可比之书，彼此同器，真太不伦不类，倘每期登载彼局书籍广告，更足令人吃惊。因思《译文》与其污辱而复生，不如先前的光明而死。个人的意见，觉得此路是不通的，[3] 未知先生以为何如？

专此布达，并颂

春禧

迅　上　二月七夜。

* 　　* 　　*

〔1〕　伍蠡甫（1900—1992）　广东新会人，翻译家。当时任复旦大学教授兼黎明书局编辑。他的"文半篇"，指发表于 1936 年 2 月 6 日上海《申报·出版界》的《写作与出版（上）》。该文涉及到鲁迅所译纪德的《描写自己》（载《译文》一卷二期），认为纪德是"转型文人一类"，不适宜"一味地介绍他"；同时还就鲁迅在《题未定草（七）》中所表现的观点提出异议，非难当时"新"的批评家"硬把什么'前进'，'落后'等等加在某某作家之上"。

〔2〕　指黎明书局翻译出版的希特勒的《我的奋斗》及其他宣传法

西斯的书籍。

〔3〕 指黎明书局曾与黄源接洽出版复刊的《译文》事。按《译文》于 1936 年 3 月复刊,由上海杂志公司出版。

360209 致姚克

莘农先生:

前日挂号寄奉王君信,想已达。

日本在上海演奏者,系西洋音乐,其指挥姓近卫,为禁中侍卫之意,又原是公爵,故误传为宫中古乐,其实非也。

专此布达,并颂

春禧。 迅 顿首 二月九日

360210① 致曹靖华

汝珍兄:

四日信收到。农陈〔1〕二兄尚未见过,想还在途中。

那一封信〔2〕,我看不必回复了,因为并无回话要说。

《译文》有复刊的希望。《远方》也大有发表的可能,所以插画希即寄来,或寄书来,由此处照出,再即奉还亦可。最好能在本月底或下月初能够收到书或照片。

翻印的一批人,现在已给我生活上的影响;这里又有一批人,是印"选本"的,选三四回,便将我的创作都选在他那边出售了。不过现在影响还小,再下去,就得另想生活法。

　　回忆《坟》的第一篇,是一九〇七年作,到今年足足三十年了,除翻译不算外,写作共有二百万字,颇想集成一部(约十本),印它几百部,以作记念,且于欲得原版的人,也有便当之处。不过此事经费浩大,大约不过空想而已。

　　我们都好的,可释念。

　　专此布复,并颂

春禧。

弟豫　上　二月十日

　　＊　　　　＊　　　　＊

〔1〕　农陈　指台静农、陈蜕。

〔2〕　指1936年2月1日收到的苏联木刻家的信。

360210^②　致　黄苹荪^{〔1〕}

苹荪先生:

　　三蒙惠书,谨悉种种。但仆为六七年前以自由大同盟关系,由浙江党部率先呈请通缉之人,^{〔2〕}"会稽乃报仇雪耻之乡"^{〔3〕},身为越人,未忘斯义,肯在此辈治下,腾其口说哉。奉报先生殷殷之谊,当俟异日耳。

　　专此布复,即请

撰安

鲁迅　顿首　二月十日

＊　　　＊　　　＊

〔1〕 黄萍荪(1908—1993) 浙江杭州人,曾任浙江省教育厅助理编审、《中央日报》特派驻杭州记者。1935 年春编辑《越风》半月刊。

〔2〕 通缉事,参看 300327 信注〔4〕。

〔3〕 “会稽乃报仇雪耻之乡” 这是明末文人王思任的话。弘光元年(1645)清兵破南京,明朝宰相马士英逃往浙江,王思任曾在骂他的信中说:“叛兵至则束手无措,强敌来则缩颈先逃……且欲求奔吾越,夫越乃报仇雪耻之国,非藏垢纳污之地也。”

360214　致 沈 雁 冰

明甫先生:

十二日信顷收到。所说各节,当分别转问。

关于版画的文章[1],本想看一看再作,现在如此局促,只好对空策了。发表之处,在二十七以前出版的期刊(二十日),我只知道《海燕》,而是否来得及登载,殊不可知,因为也许现在已经排好。至于日报,那自然来得及,只要不是官办报,我以为那里都可以的。文稿当于二十左右送上,一任先生发落。

现在就觉得“春天来了”,未免太早一点——虽然日子也确已长起来。恐怕还是疲劳的缘故罢。

从此以后,是排日＝造反了。我看作家协会[2]一定小产,不会像左联,虽镇压,却还有些人剩在地底下的。惟不知想由此走到地面上,而且入于交际社会的作家,如何办法耳。

白戈[3]好像回来了。此复,即请

著安。

树　上　二月十四日

苏联版画目录及说明的译文，简直译得岂有此理，很难解。例如 Monotype，是先用笔墨画在版上，再用纸印，所以虽是版画，却只有一张的画。那译者在目录上译作"摩诺"，在说明里译作"单型学"。

＊　　　＊　　　＊

〔1〕　指《记苏联版画展览会》，后收入《且介亭杂文末编》。

〔2〕　作家协会　指"左联"解散后，在上海的部分文艺工作者筹备组织的文艺团体。后改名为中国文艺家协会，于 1936 年 6 月 7 日正式成立。

〔3〕　白戈　即任白戈（1906—1986），笔名宇文宙，四川南充人。当时受"左联"东京分盟委派回国了解"左联"解散的情况。

360215① 致 母 亲

母亲大人膝下，敬禀者，有答善先的一封信附上，请便中转交。

上海这几天暖起来了，我们都很好，男仍忙，但身体却好，可请勿念。

海婴已上学，不过近地的幼稚园，因为学生少，似乎未免模模糊糊，不大认真。秋天也许要另换地方的。

紫佩生日，送了十元礼，他写信来客气了一通。

余容后禀，专此，恭请

金安。

男树 叩上 广平海婴同叩 二月十五日

360215^② 致 阮善先^{〔1〕}

善先侄：收到第二封来信了，要写几句回信。

《自命不凡》^{〔2〕}写得锋芒太露，在学校里，是要碰钉子的，况且现在是在开倒车的时候，自然更要被排斥了。

茅盾是《译文》的发起人之一，停刊并不是他弄的鬼，这是北平小报所造的谣言，也许倒是弄鬼的人所造的，你不要相信它。《译文》下月要复刊了，但出版处已经换了一个，茅盾也还是译述人。

小报善造谣言，况且北平离上海远，当然更不会有真相。例如这回寄给我的一方小报，还拿杨邨人的话当圣旨，其实杨在上海，是早不能用真姓名发表文章的了，因为大抵知道他为人三翻四覆，不要看他的文章。

自己一面点电灯，坐火车，吃西餐，一面却骂科学，讲国粹，确是所谓"士大夫"的坏处。印度的甘地^{〔3〕}是反英的，他不但不用英国货，连生起病来，也不用英国药，这才是"言行一致"。但中国的读书人，却往往只讲空话，以自示其不凡了。

迅 二月十五日

* * *

〔1〕 阮善先　又名长连,浙江绍兴人,鲁迅的姨表侄。当时在北

平求学。

〔2〕《自命不凡》　据收信人回忆,这是他学写的一篇杂文,意在讽刺一些提倡"国粹"而又崇尚洋货的人。因投稿未登而寄请鲁迅指正。

〔3〕甘地(M.Gandhi,1869—1948)　印度民族独立运动的领袖。长期领导对英"不合作运动"。后在教派纠纷中被刺杀。

360215③　致萧　军

刘军兄:

那三十本小说[1],两种都卖完了,希再给他们[2]各数十本。

又,各给我五本,此事已托张兄[3]面告,今再提一提而已。

迅　上　十五日

＊　　　＊　　　＊

〔1〕指《八月的乡村》和《生死场》。

〔2〕指内山书店。

〔3〕张兄　指胡风。

360215④　致　蔡元培[1]

子民先生左右:久疏谒候,惟
起居康泰为颂。日友山本君[2]早在东京立改造社,编刊杂

志,印行图籍,致力文术,緜历多年。因曾译印拙作小说,故
与相识。顷者来华,遨游吴会,并渴欲一聆

雅言,藉慰夙愿。以此不揣冒昧,辄为介绍,倘蒙垂青,俾闻謦

欬,实为大幸也。专此布达,敬请

道安。

后学周树人 敬上 二月十五日

* * * *

〔1〕 此信原无标点。

〔2〕 山本君 即山本实彦(1885—1952),日本改造社创办人、社
长。当时来华与鲁迅等商谈中日文化交流事。

360217^① 致 郑野夫

野夫先生:

顷收到来信并《铁马版画》〔1〕一本,谢谢!《卖盐》〔2〕也早
收到,因为杂事多,一搁下,便忘记奉复了,非常抱歉。近一年
多,在做别的琐事,木刻久未留心,连搜集了几十幅木刻,也还
未能绍介。不过也时时看见,觉得木刻之在中国,虽然已颇流
行,却不见进步,有些作品,其实是不该印出来的,而个人的专
集,尤常有充数之作。所以我想,倘有一个团体,大范围的组
织起来,严选作品,出一期刊,实为必要而且有益。我希望铁
马社能够做这工作。

二十日起,上海要开苏联版画展览会〔3〕,其中木刻不少

（会址现在还不知道,那时会有广告的）,于中国木刻家大有益处,我希望先生和朋友们去看看。　专此布复,即颂

春禧

迅　上　二月十七日

＊　　　＊　　　＊

〔1〕《铁马版画》　木刻画刊,铁马社出版,共出三期。铁马社,郑野夫、江丰、程沃渣创办的木刻团体,1935年下半年成立于上海。

〔2〕《卖盐》　木刻集,郑野夫作,当时自费手印出版。

〔3〕苏联版画展览会　上海中苏文化协会、苏联对外文化协会和中国文艺社共同举办,1936年2月20日至26日在上海青年会展出。

360217②　致　徐懋庸

请转

徐先生：

来信收到。近来在做一点零碎事,并等候一个朋友[1],预先约好了怕临时会爽约,且过一个礼拜再看罢。

《铸剑》的出典[2],现在完全忘记了,只记得原文大约二三百字,我是只给铺排,没有改动的。也许是见于唐宋类书或地理志上(那里的"三王冢"条下),不过简直没法查。

先生的对于《故事新编》的批评,我极愿意看。邱先生的批评[3],见过了,他是曲解之后,做了搭题,比太阳社时代毫

无长进。

专此奉复,并颂

春禧。

迅 上 十七夜。

*　　　*　　　*

〔1〕 指陈蜕。

〔2〕 《铸剑》的出典　即眉间尺的传说。在相传为魏曹丕所著的《列异传》以及晋干宝所著的《搜神记》等古籍中都有记载。

〔3〕 邱先生　指邱韵铎(1907—1992),上海人。曾任创造社出版部主任,当时任光明书局编辑。他的批评,指《〈海燕〉读后记》,载 1936 年 2 月 11 日《时事新报·每周文学》第二十一期。文中说读了鲁迅的《出关》之后,"留在脑海里的影子,就只是一个全身心都浸淫着孤独感的老人的身影。我真切地感觉着读者是会堕入孤独和悲哀去,跟着我们的作者"。鲁迅在《且介亭杂文末编·"出关"的"关"》中,对此进行了批评。

360217③　致 孟 十 还

十还先生:

从三郎太太口头,知道您颇喜欢精印本《引玉集》,大有"爱不忍释"之概。尝闻"红粉赠佳人,宝剑赠壮士",那么,好书当然该赠书呆子。寓里尚有一本,现在特以奉赠,作为"孟氏藏书",待到五十世纪,定与拙译《死魂灵》,都成为希世之宝也。

专此布达，并颂

春禧。

迅　上　二月十七日

360218　致沈雁冰

明甫先生：

新八股[1]已经做好，奉呈。那一段"附记"，专为中国读者而说，翻译起来是应该删去的。

稿件[2]已分别托出。但胡风问：这文章是写给什么人看的？——中国人呢，外国人？我想：这一点于做法有关系，但因为没有确知在那里发表，所以未曾确答他。

专此布达，并颂

著安。

树　上　二月十八日

*　　　*　　　*

〔1〕　指《记苏联版画展览会》。

〔2〕　指托胡风写的有关茅盾的材料和要萧军写的有关东北义勇军的文章。分别参看360105②信和360223信及其注〔1〕。

360219①　致夏传经[1]

传经先生：

蒙惠函谨悉。《竖琴》的前记，是被官办的检查处删去

的，[2]去年上海有这么一个机关，专司秘密压迫言论，出版之书，无不遭其暗中残杀，直到杜重远的《新生》事件[3]，被日本所指摘，这才暗暗撤消。《野草》的序文[4]，想亦如此，我曾向书店说过几次，终于不补。

《高尔基文集》非我所译，系书店乱登广告，此书不久当有好译本[5]出版，颇可观。《艺术论》等久不印，无从购买。我所译著的书，别纸录上，凡编译的，惟《引玉集》《小约翰》《死魂灵》三种尚佳，别的皆较旧，失了时效，或不足观，其实是不必看的。

关于研究文学的事，真是头绪纷繁，无从说起；外国文却非精通不可，至少一国，英法德日都可，俄更好。这并不难，青年记性好，日记生字数个，常常看书，不要间断，积四五年，一定能到看书的程度的。

经历一多，便能从前因而知后果，我的预测时时有验，只不过由此一端，但近来文网日益，虽有所感，也不能和读者相见了。

匆此奉复，并颂

春禧

迅 上 二月十九夜。

作 坟 两地书（信札）以上北新 南腔北调集 准风月谈以上内山

故事新编 昆明路德安里二十号文化生活出版社

编 小说旧闻钞 唐宋传奇集以上联华 引玉集（苏联木刻）内山

译 壁下译丛 思想·山水·人物 近世美术史潮论
(已旧) (同上) (太专)

一个青年的梦 工人绥惠略夫^{以上} 桃色的云
(绝版) (同上) (尚可)

小约翰^{以上} 俄罗斯的童话 死魂灵^{以上} 十月^{神州国}
(好) (尚可) (好) (尚可)

爱罗先珂童话集^{商务印}
(浅)

卢氏艺术论 新兴艺术的诸问题 普氏艺术论 文艺与
批评 文艺政策^{以上皆被禁止或}

※ ※ ※

〔1〕 夏传经 当时南京盛记布庄的店员。

〔2〕 《竖琴》前记被删事,参看 341210^②信注〔2〕。

〔3〕 杜重远(1899—1943) 吉林怀德人。1934 年在上海创办并主编《新生》周刊。《新生》事件,参看 350627 信注〔5〕。

〔4〕 即《野草·题辞》。它被删的事,参看 351123 信注〔2〕。

〔5〕 当指瞿秋白译的《高尔基创作选集》和《高尔基论文选集》,收入《海上述林》,当时正在编印。

360219^② 致 陈 光 尧^{〔1〕}

光尧先生:

两蒙惠书,谨悉一切。先生辛勤之业,闻之已久,夙所钦佩。惟于简字一道,未尝留心,故虽惊于浩汗,而莫赞一辞,非不愿,实不能也。敢布下怀,诸希

谅察为幸。

专此奉复,顺请

撰安。

鲁迅 上 二月十九日

* * *

〔1〕 陈光尧(1906—1972) 陕西城固人。曾任北平研究院助理员,长期从事语言、文字研究工作。

360221^① 致 曹聚仁

聚仁先生:

奉惠函后,记得昨曾答复一信,顷又得十九日手书,蒙以详情见告。我看这不过是一点小事情^{〔1〕},一过也就罢了。

我不会误会先生。自己年纪大了,但也曾年青过,所以明白青年的不顾前后,激烈的热情,也了解中年的怀着同情,却又不能不有所顾虑的苦心孤诣。现在的许多论客,多说我会发脾气,其实我觉得自己倒是从来没有因为一点小事情,就成友或成仇的人。我还不少几十年的老朋友,要点就在彼此略小节而取其大。

《海燕》虽然是文艺刊物,但我看前途的荆棘是很多的,大原因并不在内容,而在作者。说内容没有什么,就可以平安,那是不能求之于现在的中国的事。其实,捕房的特别注意这刊物,是大有可笑的理由的。

专此奉复,并颂

著安

迅　上　二月二十一日

别一笺乞转交。

*　　　*　　　*

〔1〕　指有关《海燕》出版发行的事。《海燕》第一期未署发行人,
遭到主管当局的干涉,因此第二期出版时,编者征得曹聚仁的同意,印
上"发行人曹聚仁"。该刊出版后,曹怕承担责任,即在 1936 年 2 月 22
日《申报》登出《曹聚仁否认海燕发行人启事》。

360221②　致　徐懋庸

徐先生:

十九日信收到。那一回发信后,也看见先生的文章〔1〕
了,我并不赞成。我以为那弊病也在视小说为非斥人则自况
的老看法。小说也如绘画一样,有模特儿,我从来不用某一整
个,但一肢一节,总不免和某一个相似,倘使无一和活人相似
处,即非具象化了的作品,而邱先生却用抽象的封皮,把《出
关》封闭了。关于这些事,说起来话长,我将来也许写出一点
意见。

那《出关》,其实是我对于老子思想的批评,结末的关尹
喜〔2〕的几句话,是作者的本意,这种"大而无当"的思想家,是
不中用的,我对于他并无同情,描写上也加以漫画化,将他送

出去。现在反使"热情的青年"看得寂寞,这是我的失败。但《大公报》的一点介绍[3],他是看出了作者的用意的。

我当于二十八日(星期五)午后二时,等在书店里。

专此布复,即颂

时绥。

迅 上 二月二十一日

＊　　　＊　　　＊

〔1〕 指《〈故事新编〉读后感》,署岑伯作,载 1936 年 2 月 18 日《时事新报·每周文学》第二十二期。文中说《故事新编》所写的"其实都是现代的事故","鲁迅先生十分无情地画出了""近时的学者文士们"的"丑恶的脸谱",又说:"《出关》中的老子之为鲁迅先生的自况,也是很明显的",鲁迅"似乎是被他所见的丑恶刺激得多悲观了,所以他的性格仿佛日益变得孤僻起来,这孤僻,竟至使有些热情的青年误会他是变得消极了"。

〔2〕 关尹喜 《出关》中的人物,相传为函谷关关尹。

〔3〕 指"海燕",宗珏作,载 1936 年 2 月 7 日天津《大公报·文艺》第八十九期"书报简评"栏。文中说:《出关》"虽然是历史题材,但是运用新的观点,针对着某角落的现象,在大众的面前揭露出一些曾经使许多人迷信的偶像的原形,还是极有意义的"。

360222 致 黄 源

河清先生:

靖华稿[1]已看毕,昨午托胡风转交。下午即收到原本,

内有插图十七幅，因原本即须寄还，晚间吴朗西适见访，因即托其制版，约下星期一将样张交下，而版则仍放在他那里，直接交与先生。

所以那译稿不如迟几天付印，以便将插图同时排入，免得周折，因为有几幅是并非单张，而像《表》的插画一样，要排在文章里的。

专此布达，即颂

著安

迅　上　二月廿二日

＊　　　＊　　　＊

〔1〕　指《远方》译稿。

360223　致萧军

刘兄：

义军的事情〔1〕，急于应用，等通信恐怕来不及，所以请你把过去二三年中的经过（用回忆记的形式就好），撮要述给他们，愈快愈好，可先写给一二千字，余续写。

见胡风时，望转告：那一篇文章，是写给外国人看的，只记事，不发议论，二三千字就够，但要快。

迅　上　二月二十三日

＊　　　＊　　　＊

〔1〕　指萧军为英文刊物《中国呼声》撰写的《东北义勇军》，后载

该刊第一卷第六期(1936年6月1日)。

360224　致 夏 传 经

传经先生：

　　日前匆复一函,想已达。顷偶翻书箱,见有三种存书,为先生所缺,因系自著,毫无用处,不过以饱蟫蠹,又《竖琴》近出第四版,以文网稍疏,书店已将序文补入,送来一册,自亦无用,已于上午托书店寄上,谨以奉赠。此在我皆无用之物,毫无所损,务乞勿将书款寄下,至祷至祷。

　　专此布达,并颂

时绥。

迅 上 二月二十四日

360229[①]　致 曹 靖 华

汝珍兄：

　　二十五日信收到。报及书早到,书已制版[1],今日并各种杂志共二包,已托书店寄上。

　　《海燕》已以重罪被禁止,[2]续出与否不一定。一到此境,假好人露真相,代售处赖钱,真是百感交集。同被禁止者有二十余种之多,[3]略有生气的刊物,几乎灭尽了;德政岂但北方而已哉!

　　文人学士之种种会,亦无生气,要名声,又怕迫压,那能做出

事来。我不加入任何一种,似有人说我破坏统一,亦随其便。

《远方》已交与《译文》,稍触目处皆改掉,想可无事,但当此施行德政之秋,也很难说,只得听之。我在译《死魂灵》第二部,很难,但比第一部无趣。

陈、静[4]二兄皆已见过,陈有小说十本,嘱寄兄寓,日内当寄上,请暂存,他归后去取也。

专此布达,即请

春安。

弟豫　顿首 二月廿九日

＊　　　＊　　　＊

〔1〕　指俄文版《远方》插画已制版。

〔2〕　《海燕》已以重罪被禁止　1936年2月29日,国民党中央宣传部查禁《海燕》,罪名是:"一、抨击本党外交政策;二、宣传普罗文化;三、鼓吹人民政府"等。

〔3〕　同被禁止者有二十余种　1936年1、2月间国民党中央宣传部接连以种种藉口查禁《海燕》、《大众生活》、《生活知识》、《读书生活》、《漫画和生活》等杂志二十三种。

〔4〕　陈、静　指陈蜕、台静农。

360229②　致 杨霁云

霁云先生:

顷接来函并文稿,甚欣甚慰。《海燕》系我们几个人自办,但

现已以"共"字罪被禁,续刊与否未可知,大稿且存敝寓,以俟将来。此次所禁者计二十余种,稍有生气之刊物,一网打尽矣。

靖节[1]先生不但有妾,而且有奴,奴在当时,实生财之具,纵使陶公不事生产,但有人送酒,亦尚非孤寂人也。

上月印《故事新编》一本,游戏之作居多,已托书店寄上一本,以博一粲耳。

专此布复,并颂

时绥。　　　　　　　　　　迅　顿首　二月二十九日

＊　　＊　　＊　　＊

〔1〕　靖节　即陶渊明,参看290106信注〔10〕。《晋书·陶潜传》说他"不营生业,家务悉委之儿仆。"

360304　致 楼 炜 春

炜春先生:

来示敬悉。《门外文谈》[1]系几个青年得了我的同意之后,编印起来的,版税大约是以作印行关于新文字的刊物之用,应由他们收取,与我已无关系。

所以天马对于我的负债,其实只有《选集》[2]的二百元,不过我与书店,不喜欢有股东关系,现在既由　兄及友人复业,我可负责的说,非书局将来宽裕自动的付还,我决不催索,那么,目前也可以不算在债务里面了。天马在中途似颇有不可信之处,现既从新改组,[3]我是决不来作梗的。

专此布复,即颂

时绥。

迅　顿首　三月四夜。

＊　　＊　　＊

〔1〕《门外文谈》　叶籁士、尹庚等编,收鲁迅《门外文谈》等有关语文改革的文章五篇,1935年9月上海天马书店出版。

〔2〕《选集》　指《鲁迅自选集》。

〔3〕　关于天马书店改组的事。1933年天马书店编辑楼适夷被捕,主持日常工作的楼炜春离去,1935年经理韩振业去世,该店遂停业。1936年初,郭静唐接办,恢复营业。

360307　致沈雁冰

明甫先生:

五日信收到。前一信也收到了。

礼拜一日,因为到一个冷房子里去找书,不小心,中寒而大气喘,几乎卒倒,由注射治愈,至今还不能下楼梯。

S[1]那里现在不能去,因为不能走动。倘非谈不可,那么,她到寓里来,怎样?

专此布复,即请

撰安。

树　顿首　三月七日

* * *

〔1〕 S 指史沫特莱。

360309 致 黄 源

河清先生：

昨晚寄出《复刊词》稿等三种〔1〕,不知已到否？

《死灵魂》原稿如可收回,乞每期掷还,因为将来用此来印全本,比从《译文》上拆出简便,而且不必虑第一次排字之或有错误也。

专此布达,并请

撰安。

迅 上 三月九日

* * *

〔1〕 《复刊词》稿等三种 指《〈译文〉复刊词》,《死魂灵》第二部(一)及其《译后附记》,均载《译文》新一卷第一期(1936 年 3 月)。后者现编入《译文序跋集》。

360311① 致 杨 晋 豪〔1〕

晋豪先生：

惠示收到。

关于少年读物,诚然是一个大问题;偶然看到一点印出来

的东西,内容和文章,都没有生气,受了这样的教育,少年的前途可想。

　　不过改进需要专家,一切几乎都得从新来一下。我向来没有研究儿童文学,曾有一两本童话,那是为了插画,买来玩玩的,《表》即其一。现在材料就不易收,希公治下,这一类大约都已化为灰烬。而在我们这边,有意义的东西,也无法发表。

　　所以真是无能为力。这不是客气,而恰如我说自己不会打拳或做蛋糕一样,是事实。相识的人里面,也没有留心此道的人。

　　病还没有好。我不很生病,但一生病,是不大容易好的;不过这回大约也不至于死。

　　专此布复,并颂

时绥。

鲁迅　三月十一日

＊　　　＊　　　＊

　　〔1〕　杨晋豪(1910—1993)　字寿清,江苏奉贤(今属上海)人。当时在北新书局编辑《小学生》半月刊。

360311② 致 夏传经

传经先生:

　　六日信顷奉到;由内山书店转来的信及《梅花梦传奇》[1]

两本,亦早收到,谢谢!惟北新的信未见,他们是不肯给我转信的,虽是电报,也会搁置不管,我也不想去问,只得算了。

如《朝霞文艺》[2]之流,大约到处皆有,如此时候,当然有此种文人,我一向不加注意。承剪集[3]寄示,好意至感,但我以为此后不妨置之,因费时光及邮费于此等文字,太不值得也。

专此布复,即颂

时绥。

鲁迅 三月十一夜。

*　　　*　　　*

〔1〕《梅花梦传奇》 参看320815①信注〔6〕。

〔2〕《朝霞文艺》 未详。

〔3〕 剪集的事,据收信人说明:"因见此地(南京)报纸常造先生的谣言,于是便剪了几则寄给先生看,并说以后如再看见这类文字,当随时寄上。"

360311③　致 孟 十 还

十还先生:

《城与年》插画的木刻[1],我有一套作者手印本,比书里的好得多。作者去年死掉了,所以我想印他出来,给做一个记念。

请靖华写了一篇概要。但我想,倘每图之下各加题句,则

于读者更便利。自己摘了一点，有些竟弄不清楚，似乎概要里并没有。

因此，不得已，将概要并原本送上，乞为补摘，并检定已摘者是否有误。倘蒙见教，则天恩高厚，存殁均感也。　此布并颂

时绥。

迅　顿首　三月十一日

＊　　　＊　　　＊

〔1〕　即亚力克舍夫的《城与年》插图，参看340611信注〔2〕。亚历克舍夫，参看350126信注〔9〕。

360312　致 史 济 行[1]

涵之[2]先生：

序文[3]做了一点，今录上，能用与否，请酌定。

抄录的时候，偶然写了横行，并非我主张非用横行排不可的意思。诗怎样排，序文也怎样排，就好了。

专此布达，并颂

时绥

迅　上　三月十二日

＊　　　＊　　　＊

〔1〕　此信据1936年5月1日汉口《西北风》半月刊第一期编入。

〔2〕 涵之 即齐涵之,史济行的化名。参看 290221 信注〔1〕。

〔3〕 指《白莽作〈孩儿塔〉序》,后收入《且介亭杂文末编》。按这篇文章是史济行骗请鲁迅作的,参看《且介亭杂文末编·续记》。

360317 致 唐 弢

唐弢先生:

惠示收到。半月以前,因为对于天气的激变不留心,生了一场病,至今还没有恢复。

学外国文,断断续续,是学不好的。写《自由谈》上那样的短文,有限制,有束缚,对于作者,其实也并无好处,最好□〔1〕还是写长文章。

天马书店好像停顿了几个月,现在听说又将营业,《推背集》〔2〕当可出版了。至于文化生活出版社那一面,收作品的只有《文学丛刊》,是否也要和文学关系间接的文章,我可不知道,昨已托人去问,一得回信,当再通知。

我的住址还想不公开,这也并非不信任人,因为随时会客的例一开,那就时间不能自己支配,连看看书的工夫也不成片段了。而且目前已和先前不同,体力也不容许我谈天。

专此布复,即颂

时绥。

迅 上 三月十七日

＊　　＊　　＊

〔1〕　□　原件此字缺损。

〔2〕　《推背集》　杂文集，唐弢著，1936年3月上海天马书店出版。

360318　致 欧阳山、草明〔1〕

谢谢你们的来信。

其实我的生活，也不算辛苦。数十年来，不肯给手和眼睛闲空，是真的，但早已成了习惯，不觉得什么了。

这回因为天气骤冷，而自己不小心，受了烈寒，以致气管痉挛，突然剧烈的气喘，幸而医生恰在身边，立刻注射，平复下去了，大约躺了三天，此后逐渐恢复，现在好了不少，每天可以写几百字了，药也已经停止。

中国要做的事很多，而我做得有限，真是不值得说的。不过中国正需要肯做苦工的人，而这种工人很少，我又年纪渐老，体力不济起来，却是一件憾事。这以前，我是不会受大寒或大热的影响的。不料现在不行了，此后会不会复发，也是一个疑问。然而气喘并非死症，发也不妨，只要送给它半个月的时间就够了。

我的娱乐只有看电影，而可惜很少有好的。此外看看"第三种人"之流，一个个的拖出尾巴来，也是一种大娱乐；其实我在作家之中，一直没有失败，要算是很幸福的，没有可说的了，气喘一下，其实也不要紧。

但是，现在是想每天的劳作，有一个限制，不过能否实行，还是说不定，因为作文不比手艺，可以随时开手，随时放下的。

今天译了二千字[2]，这信是夜里写的，你看，不是已经恢复了吗？请放心罢。

专此布复，并颂

〔三月十八日〕

*　　　*　　　*

〔1〕　此信上、下款系收信人裁去。

欧阳山(1908—2000)，原名杨凤歧，笔名罗西，湖北荆州人，作家。草明(1913—2002)，原名吴绚文，广东顺德人，女作家。都是"左联"成员，当时在上海从事文学创作。

〔2〕　指《死魂灵》第二部第二章。

360320① 致 母 亲

母亲大人膝下敬禀者，多日不写信了，想身体康健，为念。

上海天气，仍甚寒冷，须穿棉衣。上月底男因出外受寒，突患气喘，至于不能支持，幸医生已到，急注射一针，始渐平复，后卧床三日，始能起身，现已可称复元，但稍无力，可请勿念。至于气喘之病，一向未有，此是第一次，将来是否不至于复发，现在尚不可知也，大约小心寒暖，则可以无虑耳。

害马伤风了几天，现已愈。海婴则甚好，胖了起来。但幼

49

稚园中教师,则懒惰而不甚会教,远逊去年矣。

和森兄有信来,云回信可付善先,令他转寄,今附上,请便中交给他。

专此布达,恭请

金安。

男树　叩上　广平海婴随叩　三月二十日

360320^②　致陈光尧

光尧先生:

蒙惠书并际大著[1],浩如河汉,拜服之至。倘有刊行者,则名利兼获,当诚如大札所云。但际此时会,具此卓见之书店,殊不可得,况以仆之寡陋,终年杜门,更不能有绍介之幸也。其实气魄较大,今固无逾于商务印书馆者耳。　专此布复,即请

撰安。

鲁迅　顿首　三月二十日

＊　　＊　　＊

〔1〕　指《中华简字选》稿。

360321^①　致曹　白[1]

曹白先生:

顷收到你的信并木刻一幅[2],以技术而论,自然是还没

有成熟的。

但我要保存这一幅画,一者是因为是遭过艰难的青年的作品,二是因为留着党老爷的蹄痕,三,则由此也纪念一点现在的黑暗和挣扎。

倘有机会,也想发表出来给他们看看。

专此布复,并颂

时绥。

鲁迅 三月二十一日

＊　　　＊　　　＊

〔1〕 曹白 本名刘萍若,江苏武进人。木铃木刻社发起人之一。1933 年 10 月在杭州国立艺术专门学校因从事木刻被国民党当局逮捕下狱,次年年底出狱。当时在上海新亚中学任教。

〔2〕 指《鲁迅像》。该画原拟参加 1935 年 10 月在上海举办的第一次全国木刻联合展览会,后被国民党上海市党部检查官禁止展出。鲁迅曾在像旁题辞,参看《集外集拾遗补编·题曹白所刻像》。

360321^②　致 许 粤 华^{〔1〕}

粤华先生:

顷收到来信并《世界文学全集》一本^{〔2〕}。我并非要研究霍氏^{〔3〕}作品,不过为了解释几幅绘画^{〔4〕},必须看一看《织工》,所以有这一本已经敷用,不要原文全集,也不要别种译本了。

英译《昆虫记》[5]并非急需，不必特地搜寻，只要便中看见时买下就好。德译本未曾见过，大约也是全部十本，如每本不过三四元，请代购得寄下，并随时留心缺本，有则购寄为荷。

专此布复，并颂

时绥。

鲁迅　三月二十一日

＊　　　＊　　　＊

〔1〕　许粤华　笔名雨田，女，浙江海盐人，翻译工作者。当时在日本留学。

〔2〕　《世界文学全集》　指《世界文学全集》第三十一卷，日本新潮社出版。

〔3〕　霍氏　指霍普特曼（G. Hauptmann，1862—1946），德国剧作家。著有剧本《织工》等多种。

〔4〕　指德国珂勒惠支的连续铜版画《织工暴动》，共六幅，后由鲁迅收入《凯绥·珂勒惠支版画选集》。

〔5〕　《昆虫记》　法国昆虫学家法布耳（1825—1915）著。

360322　致　孟　十　还

十还先生：

惠函早收到。因为病后，而琐事仍多，致将回答拖延了。目录[1]的顶端放小像，自无不可，但我希望将我的删去，因为官老爷是禁止我的肖像的，用了上去，于事实无补，而于销行反有害。

关于插图,我不与闻了,力气来不及。

文章,[2]可以写一点,月底月初寄出,但为公开起见,总只能写不冷不热的东西,另外没有好法子。

《海燕》曾有给黎明出版的话,原因颇复杂,信不能详,不过现在大约已经作罢。

《城与年》倒并不急。但看一遍未免太麻烦,我想只要插图的几页看一下,也就够了;自然,那"略说"[3]须全看。因为这不过为了图上的题字而已。

木刻展览会[4]上的所谓《野人》,Goncharov[5]曾把原画寄给我过,他自己把题目写在纸背后,一张是《Поле》,一张是《Жизнь Смокотинина》[6]。这不是《旷野》和《Smokotinin 的生活》吗?也许《野人》是许多短篇小说的总名?

此布,即颂

时绥。

迅 上 三月二十二日

*　　　*　　　*

〔1〕　指《作家》目录。该刊第一卷第一期至第六期的目录顶端都刊有世界著名作家的头像,其中包括鲁迅的像。

〔2〕　指《我的第一个师父》,后收入《且介亭杂文末编》。

〔3〕　"略说"　指《〈城与年〉概要》,鲁迅托曹靖华作,原拟附在《〈城与年〉插图本》之后,供读者参考。参看 350530①信注〔5〕。

〔4〕　木刻展览会　指苏联版画展览会。

〔5〕　Goncharov　即冈察罗夫。

〔6〕《Поле》《旷野》。《Жизнь Смокотинина》，《斯莫科季宁的生活》。

360323　致　唐英伟

英伟先生：

十三日信并藏书票十张，顷已收到，谢谢。我的通信处，一向没有变更，去年的退回，不知道是怎么一回事。我想，也许是恰恰遇到新店员，尚未知道详情，就胡里胡涂的拒绝了。

中国的木刻，我看正临危机，这名目是普及了，却不明白详细，也没有范本和参考书，只好以意为之，所以很难进步。此后除多多绍介别国木刻外，真必须有一种全国木刻的杂志才好；但自全国木刻展览后，似乎作者都已松懈，有的是专印自己的专集，并不选择。

所以《木刻界》〔1〕的出版，是极有意义的。不过我还是不写文章好。因为官老爷痛恨我的一切，只看名字，不管内容，登载我的文字，我既为了顾全出版物的推行，句句小心，而结果仍于推销有碍，真是不值得。

专此布复，即请

教安。

迅　顿首 三月二十三日

＊　　　＊　　　＊

〔1〕《木刻界》　广州现代版画会为第二次全国木刻联合展览会

联系作者所出的刊物,1936 年 4 月 15 日创刊,7 月 15 日出至第四期停刊。

360324　致　曹靖华

汝珍兄:

记得四五个星期之前,曾经收到来信,这信已经失去了,忘了那一天发的。只记得其中嘱我缓寄书,但书已于早一两天寄出。不知现在收到了没有。

《译文》已复刊,《远方》全部登在第一本特大号里,得发表费百二十元,今由商务馆汇出,附上汇单一纸,请往瑠璃厂分馆一取为荷。将来还可以由原出版者另印单行本发售,但后来的版税,是比较的不可靠的。

上海真是流氓世界,我的收入,几乎被不知道什么人的选本和翻板剥削完了。然而什么法子也没有。不过目前于生活还不受影响,将来也许要弄到随时卖稿吃饭。

月初的确生了一场急病,是突然剧烈的气喘,幸而自己早有一点不好的感觉,请了医生,所以这时恰好已到,便即注射,平静下去了。躺了三天,渐能起坐,现在总算已经复元,但还不能多走路。

寓中的女人孩子,是都康健的。

兄阖府如何,甚念。此信到后,望给我一封信。

专此布达,即请

春安。

弟豫　顿首　三月廿四日

附汇单壹张。

360326　致曹　白

曹白先生：

二十三日的信并木刻一幅[1]都收到。中国的木刻展览会[2]开过了，但此后即寂然无闻，好像为开会而木刻似的。其实是应该由此产生一个团体，每月或每季征集作品，精选之后，出一期刊，这才可以使大家互相观摩，得到进步。

我的生活其实决不算苦。脸色不好，是因为二十岁时生了胃病，那时没有钱医治，拖成慢性，后来就无法可想了。

苏联的版画[3]确是大观，但其中还未完全，有几个有名作家，都没有作品。新近听说有书店[4]承印出品，倘使印刷不坏，是于中国有益的。

您所要的两种书[5]，听说书店已将纸板送给官老爷，烧掉了，所以已没得买。即有，恐怕也贵，犯不上拿做苦工得来的钱去买它。我这里还有，可以奉送，书放在书店里，附上一条，便中持条去取，他们会付给的（但星期日只午后一至六点营业）。包中又有小说[6]一本，是新出的。又《引玉集》一本，亦苏联版画，其中数幅，亦在这回展览。此书由日本印来，印工尚佳，看来信语气，似未见过，一并奉送（倘已有，可转送人，不要还我了）。再版卖完后，不印三版了。现在正在计画另印一本木刻，也是苏联的，约六十幅，叫作《拈花集》[7]。

人生现在实在苦痛,但我们总要战取光明,即使自己遇不到,也可以留给后来的。我们这样的活下去罢。

但是您似乎感情太胜。所以我应该特地声明,我目前经济并不困难,送几本书,是毫无影响的,万不要以为我有了什么损失了。

专此布复,即颂

时绥。

迅 上 三月廿六夜。

*　　　*　　　*

〔1〕 指曹白的《鲁迅遇见祥林嫂》。

〔2〕 指第一次全国木刻联合展览会。

〔3〕 指苏联版画展览会上展出的作品。

〔4〕 指良友图书印刷公司。

〔5〕 据收信人回忆,指《二心集》和《伪自由书》。

〔6〕 指《故事新编》。

〔7〕 《拈花集》 后未出版。

360330 致姚　克

莘农先生:

蒙见访的那天,即得惠函,因为琐务,未即奉答为歉。

那本书的目录很好,但每篇各摘少许,是美国书的通病。翻译起来,还是全照原样,不加增补的好;否则,问题便多起

来。不过出版处恐不易得。

答Ｅ君信[1]，附上信稿并来信，，乞便中一译，掷下，至感至感。

《毁灭》已由书店取来，当俟便呈上。

专此布达，并请

著安。

迅　顿首　三月卅日

＊　　　＊　　　＊

〔1〕　答Ｅ君信　即360330(德)致艾丁格尔信。

360401①　致母　亲

母亲大人膝下敬禀者，三月二十六日来示，顷已收到。男总算已经复元，至于能否不再复发，此刻却难豫料。现已做了丝棉袍一件，且每日喝一种茶，是广东出品，云可医咳，似颇有效，近来咳嗽确是很少了。惟写字作文，仍未能减少，因为以此为活，总不免有许多相关的事情。

海婴学校仍未换，因为邻近也没有较好的学校。但他身体很好，很长，在同学中，要高出一个头。也比先前听话，懂得道理了。先前有男的朋友送他一辆三轮脚踏车，早已骑破，现在正在闹着要买两轮的，大约春假一到，又非报效他十多块钱不可了。害马亦好，可请勿念。

专此布达，恭请

金安。

男树 叩上 广平及海婴同叩 四月一日

360401^② 致 曹 靖 华

汝珍兄：

顷收到三月廿八日信，知一切安好，甚慰。《译文》现在总算复刊了，舆论仍然不坏，似已销到五千。近来有一些青年，很有实实在在的译作，不求虚名的倾向了，比先前的好用手段，进步得多；而读者的眼睛，也明亮起来，这是一个较好的现象。

谛君[1]曾经"不可一世"，但他的阵图，近来崩溃了，许多青年作家，都不满意于他的权术，远而避之。他现在正在从新摆阵图，不知结果怎样。

《远方》的插画，一个是因为求安全起见，故意删去的，印单行本时也许补入。但看飞机的一个，不知道为什么不登，便中当打听一下。

兄给现代书局的两种稿子[2]，前几天拿回来了，我想找一找出板的机会。假如有书店出版，则除掉换一篇[3]（这是兄先前函知我的）外，再换一个书名，例如有一本便改易先后，称为"不平常的故事"。否则，就自己设法来印，合成一本。到那时当再函商。

《文学导报》[4]已收到。其中有几个人我知道，是很无聊而胡涂的。但他们也如这里的 Sobaka[5]一样，拿高尔基做幌

子,高也真倒运。至于"第三种人",这里早没有人相信它们了,并非为了我们的打击,是年深月久之后,自己露出了尾巴,连施蛰存、戴望舒之流办刊物,也怕它们投稿。而《导报》还引为知己,[6]真是抱着贼秃叫菩萨。

《导报》里有一个张露薇,看他口气,是高尔基的朋友,也是托尔斯泰纪念的文集刊行会的在中国的负责人。

那篇剧本[7],当打听一下,能否出版。原本如不难寻出,乞寄下。

文学方面,在实力上,Sobaka 们是失败了。但我看它们是不久就要用别种力量来打击我们的。

杂志又收到了一些,日内寄上。《六月流火》[8]看的人既多,当再寄上一点。

专此布达,即请
春安。

弟豫　顿首 四月一日。

再:弟现已可算是复元了,请勿念。

*　　　*　　　*

〔1〕　谛君　即郑振铎。

〔2〕　指《烟袋》、《第四十一》。后来出版的情况,参看 340224[①] 信注〔6〕。

〔3〕　指苏联聂维洛夫的短篇小说《女布尔什维克玛丽亚》。

〔4〕　《文学导报》　指张露薇编辑的《文学导报》。

〔5〕　Sobaka　鲁迅用英文字母拼写的俄文词(собака),意为狗、走

狗、豺狼。

〔6〕《导报》还引为知己 《文学导报》第一卷第一期(1936年3月)《编辑后记》中曾说:"对于一些为我们这个刊物尽宣传的力量的好心的朋友们,我们是应该特别感谢的。我们很感谢……《星火》的编者杜衡、杨邨人、韩侍桁三先生。"

〔7〕 指《粮食》。

〔8〕《六月流火》 诗集,蒲风(1911—1943)著,1935年在日本东京自费刊印。

360401③ 致曹白

曹白先生:

三月卅日信并木刻,均收到二十八日的也收到。5·4的装饰画,〔1〕可以过得去。要从我这里得到正确的批评是难的,因为我自己是外行。但据我看来,现在中国的木刻家,最不擅长的是木刻人物,其病根就在缺少基础工夫。因为木刻究竟是绘画,所以先要学好素描;此外,远近法的紧要不必说了,还有要紧的是明暗法。木刻只有白黑二色,光线一错,就一榻胡涂。现在常有学麦绥莱尔的,但你看,麦的明暗,是多么清楚。

从此进向文学和木刻,从我自己是作文的人说来,当然是很好的。假如我有所知道,问起来可以回答,也并不讨厌。不过我先得声明一下,有时是会长久没有回信的,这是因为被约期的投稿逼得太忙了,或是生了病,没力气写字了的时候。

《死魂灵百图》本月中旬可以出版（也许已经出版了，我不大清楚），但另有一种用纸较好的，却要出的较迟，这不过纸白而厚，版和印法却都一样。您可以不要急急的去买它，因为那时我有数十本入手，当分赠一本。不过这是极旧的木刻，即画家画了稿子，另一木刻者用疏密的线条，表出那原画来，并非所谓"创作木刻"，在现在，是没有可学之处的。

权力者的砍杀我，确是费尽心力，而且它们有叭儿狗，所以比北洋军阀更周密，更厉害。不过好像效力也并不大；一大批叭儿狗，现在已经自己露出了尾巴，沈下去了。

为了一张文学家的肖像，得了这样的罪，[2]是大黑暗，也是大笑话，我想作一点短文，到外国去发表。所以希望你告诉我被捕的原因，年月，审判的情形，定罪的长短（二年四月？），但只要一点大略就够。

专此布复，即颂

时绥。

迅　上　四月一日

＊　　　　＊　　　　＊

〔1〕　5·4 的装饰画　指曹白为纪念五四运动十七周年所作的木刻装饰画。画面有"5·4"两字，曾作为《五四运动的历史》（陈端志著，1936 年生活书店出版）一书的封面。

〔2〕　指曹白因刻《卢那察尔斯基像》被捕事。参看鲁迅据此所作的《写于深夜里》，后收入《且介亭杂文末编》。

360402^①　致 杜和鋆、陈佩骥^[1]

和鋆先生：
佩骥

　　收到来信并《鸿爪》^[2]一本，谢谢。

　　我来投稿，我看是不好的。官场有不测之威，一样的事情，忽而不要紧，忽而犯大罪。实在不值得为了一篇文字，也许贻害文社和刊物。假使是大文章，发表出来就天翻地覆，那是牺牲一下也可以的，不过我那会写这样的文字。

　　以我为师，我是不敢当的，因为我没有东西可以指授，而且约为师弟的风气，我也不赞成。

　　我们的关系，我想，只要大家都算在文学界上做点事的也就够了。

　　专此布复，即颂

时绥。

鲁迅 四月二日

＊　　　＊　　　＊

〔1〕 杜和鋆（1919—1987） 后改名草甬，安徽太平（今属黄山）人。陈佩骥，浙江人。当时均为杭州盐务中学学生，合办小型文学刊物《鸿爪》。

〔2〕 《鸿爪》 1936年4月创刊，仅出一期。杭州鸿爪月刊社编辑并出版。

360402^②　致 赵家璧

家璧先生：

顷得大函并惠书两本[1]，谢谢。

苏联画展，曾去一览，大略尚能记忆，水彩画最平常，酌印数幅已足够。但铜刻，石刻，胶刻（Lino-cut），Monotype[2]各种，中国绍介尚少，似应加印若干幅，而 Monotype 至少做一幅三色版。大幅之胶刻极佳，尤不可不印。

至于木刻，最好是多与留存，因为小幅者多，倘书本较大，每页至少可容两幅也。

我可以不写序文了，《申报》上曾载一文[3]，即可转载，此外亦无新意可说。展览会目录上有一篇说明[4]，不著撰人，简而得要，惜郭曼[5]教授译文颇费解，我以为先生可由英文另译，置之卷头，作品排列次序，即可以此文为据。

阅览木刻，书店中人多地窄，殊不便。下星期当赴公司面谈，大约总在下午二点钟左右，日期未能定，届时当先用电话一问耳。

专此奉复，即请

撰安。

鲁迅 四月二日

*　　　*　　　*

〔1〕　指《苦竹杂记》(周作人著)和《爱眉小札》(徐志摩著)，均属

《良友文学丛书》,1936 年出版。

〔2〕 Monotype 即"独幅版画",参看 360214 信。

〔3〕 指《记苏联版画展览会》。

〔4〕 这篇说明后由赵家璧改译,题为《苏联的版画》,印入《苏联版画集》。

〔5〕 郭曼 当时中央大学教授。

360402③ 致 颜黎民〔1〕

颜黎民君:

三月廿七日的信,我收到了,虽然也转了几转,但总算很快。

我看你的爹爹,人是好的,不过记性差一点。他自己小的时候,一定也是不喜欢关在黑屋子里的,不过后来忘记那时的苦痛了,却来关自己的孩子。但以后该不再关你了罢;随他去罢。我希望你们有记性,将来上了年纪,不要再随便打孩子。不过孩子也会有错处的,要好好的对他说。

你的六叔更其好,一年没有信息,使我心里有些不安。但是他太性急了一些,拿我的那些书给不到二十岁的青年看,是不相宜的,要上三十岁,才很容易看懂。不过既然看了,我也不必再说什么。你们所要的两本书,我已找出,明天当托书店挂号寄上,并一本《表》,一本杂志〔2〕。杂志的内容,其实也并没有什么可怕,但官的胆子总是小,做事总是凶的,所以就出不下去了。

还有一本《引玉集》,是木刻画,只因为是我印的,所以顺

便寄上，可以大家看看玩玩。如果给我信，由这书末页上所写的书店转，较为妥当。

一张照相，就夹在《引玉集》的纸套里。这大约还是四五年前照着的，新的没有，因为我不大爱看自己的脸，所以不常照。现在你看，不是也好像要虐待孩子似的相貌吗？还是不要挂，收在抽屉里罢。

问我看什么书好，可使我有点为难。现在印给孩子们看的书很多，但因为我不研究儿童文学，所以没有留心；据看见过的说起来，看了无害的就算好，有些却简直是讲昏话。以后我想留心一点，如果看见好的，当再通知。但我的意思，是以为你们不要专门看文学，关于科学的书（自然是写得有趣而容易懂的）以及游记之类，也应该看看的。

新近有《译文》已经复刊，其中虽不是儿童篇篇可看，但第一本里的特载《远方》，是很好的。价钱也不贵，半年六本，一元二角，这在北平该容易买到。

还有一件小事情我告诉你：《鱼的悲哀》[3]不是我做的，也许是我译的罢，你的先生没有分清楚。但这不关紧要，也随他去。

我很赞成你们再在北平聚两年；我也住过十七年，很喜欢北平。现在是走开了十年了，也想去看看，不过办不到，原因，我想，你们是明白的。

好了，再谈，祝
你们进步。

鲁迅　四月二夜。

＊　　　＊　　　＊

〔1〕 颜黎民（1913—1947） 原名邦定，四川梁平人。1934 年为北平宏达中学学生，1936 年 4 月收到鲁迅的第二封复信后不久，因"共产嫌疑"被捕，半年后出狱。

〔2〕 指《海燕》第二期。

〔3〕 《鱼的悲哀》 短篇童话，俄国爱罗先珂著，鲁迅译。载《妇女杂志》第八卷第一号（1922 年 1 月），后收入《爱罗先珂童话集》。

360403　致 费 慎 祥

慎祥兄：

　　昨天的《申报》上有个出让《四部丛刊》的广告，今附上，〔1〕请 兄去看一看。如合于下列四种条件，希即通知，同去商量购买。

　　一、完全；　　二、白纸印的；

　　三、很新；　　四、价(连箱)在四百元以下。

　　如有一条不合，便作罢论。

　　专此布达，即颂

时绥。

迅 上 四月三日

＊　　　＊　　　＊

〔1〕 所附广告剪报文为："初编四部丛刊出让　2112 册书本均新配有最富丽书柜四个愿廉价出让接洽处威海卫路 583 弄 21 号"。

360405^①　致 许寿裳^[1]

季市兄：

　　顷奉到惠函并译诗^[2]，诵悉。我不解原文，所以殊不能有所贡献，但将可商之处，注出奉上，稍稍改正，即可用，此外亦未有善法也。

　　兄有书一包在此，应邮寄北平否？乞示遵办。

　　我在上月初骤病，气喘几不能支，注射而止，卧床数日始起，近虽已似复原，但因译著事烦，终颇困顿，倘能优游半载，当稍健，然亦安可得哉。专此布复，并请

道安。

树　顿首 四月五日

＊　　　　＊　　　　＊

　〔1〕　此信据许寿裳亲属录寄副本编入。

　〔2〕　译诗　指许寿裳《关于儿童》一文中引译的英国华兹华斯（W.Wordsworth）的短诗《虹》和美国诗人朗费罗（H.W.Longfellow）的短诗《儿童》，载《新苗》创刊号（1936 年 5 月）。

360405^②　致 王冶秋

冶秋兄：

　　三月三十日信已收到；先前的两封，也收到的。开初未

复，是因为忙。我在这里，有些英雄责我不做事，而我实日日译作不息，几乎无生人之乐，但还要受许多闲气，有时真令人愤怒，想什么也不做，因为不做事，责备也就没有了。到三月初，为了疲乏和受寒，骤然气喘，我以为要死了，倒也坦然，但终经医师注射，逐渐安静，卧床多日，渐渐起来，而一面又得渐渐的译作；现在可说已经大略全愈，但做一点事，就觉得困乏，此病能否不再发，也说不定的。

我们×××[1]里，我觉得实做的少，监督的太多，个个想做"工头"，所以苦工就更加吃苦。现此翼已经解散，别组什么协会[2]之类，我是决不进去了。但一向做下来的事，自然还是要做的。

那位研究生物学的学生的事情，问是问过了，此地无法可想。商务馆虽然也卖标本，但它是贩来的。有人承办，忽而要一只鸭，忽而要一只猫头鹰，很难，而没有钱赚，此人正在叫苦连天。

序跋你如果集起来，我看是有地方出版的；[3]不过有许多篇，只有我有底子，如外国文写的[4]，及给人写了而那书终未出版的之类，将来当代添上。至于那篇四六文，是《淑姿的信》的序，初版已卖完，闻已改由联华书店出版，但我未见过新版，你倘无此书，我也可以代补的。

《文学大系》序的不能翻印是对另印而言，如在《序跋集》里，我看是不成问题的。他们和我订约时，有不另印的话，但当付稿费时，他们就先不守约。

盛成[5]先生的法文，听说也是不甚可解的。

　　我的文章，未有阅历的人实在不见得看得懂，而中国的读书人，又是不注意世事的居多，所以真是无法可想。看看近来的各种刊物，昏话之多，每与十年前相同，但读者的眼光，却究竟有进步，昏话刊物，很难久长。还可以骗人的是说英雄话。

　　我新近出了一本《故事新编》，想尚未见，便中当寄上。

　　此复，即颂

时绥。

树　上　四月五夜

＊　　　＊　　　＊

　　〔1〕　×××　原件此三字被收信人涂去。据他现在追记，系"这一翼"，指"左联"。

　　〔2〕　协会　即作家协会，参看360214信注〔2〕。

　　〔3〕　当时王冶秋正在编辑《鲁迅序跋集》，后未出版。

　　〔4〕　指用日文写作的《内山完造作〈活中国的姿态〉序》和《〈中国小说史略〉日本译本序》等。

　　〔5〕　盛成（1899—1996）　江苏仪征人，旅居法国多年，曾用法文著有《我的母亲》及诗集数种。

360406　致曹　白

曹白先生：

　　信和"略记"〔1〕，今天收到了。我并不觉得你没有希望，但能从文字上看出来的，是所知道的世故，比年龄相同的一般

的青年多,因而很小心;感情的高涨和收缩,也比平常的人迅速:这是受过迫害的人,大抵如此的,环境倘有改变,这种情形也就改变,不能专求全于个体的。

这回我要从"略记"里摘录一点;倘有相宜之处,还想发表原文的全篇,但看起文章来,是可以推究何人所作的,这不知道于你有无妨害? 可不可以就用你现在所用的笔名? 这两层急等你的回信。

我所摘录的,是把年月,地名,都删去了,但细心的人(知道那一案件的),还可以推考出所记的是那一件公案的。

专此布达,即颂

时绥。   迅 上 四月六夜。

＊   ＊   ＊

〔1〕 "略记" 指《坐牢略记》,人凡(曹白)作。后未发表,鲁迅在《写于深夜里》曾摘录部分。

360408 致 赵 家 璧

家璧先生:

印《引玉集》的社名和地址,录奉——

日本东京

牛込区市ケ谷台町一〇、

洪洋社、

就是印《引玉集》那样的大小,二百页左右[1],成本总要

将近四元,所以,"价廉物美",在实际上是办不到的,除非出版者是慈善家,或者是一个呆子。

回寓后看到了最近的《美术生活》[2],内有这回展览的木刻四幅[3],觉得也还不坏,颇细的线,并不模胡,如果用这种版印,我想,每本是可以不到二元的。

我的意思,是以为不如先生拿这《美术生活》去和那秘书[4]商量一下,说明中国的最好的印刷,只能如此,而定价却可较廉,否则,学生们就买不起了。于是取一最后的决定,这似乎比较的妥当。

如果印起来,我看是连作者的姓名和题目,有些都得改译的。例如《熊之生长》[5]不像儿童书,却像科学书;"郭尔基"在中国久已姓"高",不必另姓之类。但这可到那时再说。

有致阿英先生一笺,因不知住址,乞转寄为荷。

专此布达,并请

撰安。

鲁迅 四月八日

＊　　　＊　　　＊

〔1〕　指印《苏联版画集》。

〔2〕　《美术生活》　刊载绘画与摄影的月刊,吴朗西等编辑,1934年4月创刊,1937年9月停刊。上海美术生活社出版。

〔3〕　木刻四幅　即索洛威赤克的《高尔基像》,保夫理诺夫的《契诃夫像》,克拉甫兼柯的《列宁之墓》、《拜伦像》。均载《美术生活》第二十五期(1936年4月)。

〔4〕 指当时苏联驻沪领事馆文化参赞萨拉托夫。

〔5〕 《熊之生长》 应译作《小熊是怎样长成大熊的》,苏联儿童读物。《苏联版画集》曾收该书插图。

360411 致 沈雁冰

明甫先生:

稿[1]已写好,今寄上。

写了下去,太长了。乞转告 S[2],在中国这报[3]上,恐怕难以完全发表,可用第一段。至于全篇,请她看有无可用之处,完全听她自由处置,倘无用,就拉倒。但翻译后,我希望便中还我的原稿。

托其为我们的《版画集》写的序[4],想尚未寄来,请代催一下。

专此布达,即请

道安。

树 上 四月十一日

*   *   *

〔1〕 指《写于深夜里》。

〔2〕 S 指史沫特莱。

〔3〕 指《中国呼声》,参看 360504①信注〔3〕。

〔4〕 指史沫特莱的《凯绥·珂勒惠支——民众的艺术家》一文,后由茅盾译出,作为《凯绥·珂勒惠支版画选集》的序言之一。

360412　致 赵 家 璧

家璧先生：

日前奉上一函，言印刷版画事，想已达。

现在想奉托先生一件事，良友公司想必自有摄影室，可否即摄版画中之 No 87,《Dneprostroy at Night》, by A. Kravchenko[1]寄下，大六寸，价乞示及，当偿还，因须用于一篇文章中，作为插画，所以来不及等候画集的出版了。

此事未知可否，希先见示为幸。

专此布达，即请

撰安。

鲁迅 四月十二日

＊　　　＊　　　＊

〔1〕《Dneprostroy at Night》, by A. Kravchenko　即克拉甫兼珂的《尼泊尔水闸之夜》（"尼泊尔"通译"第聂伯"），曾用作《译文》新一卷第三期（1936 年 5 月）封面画。

360413　致 楼 炜 春

炜春先生：

顷收到十一日信，备悉一切。至于前一函并译稿[1]，则早已收到，所以未能即复者，即因如建兄来信所说，《中学

生》[2]上,已在登载此书译本,而译者又即《译文丛书》编者之故。因此倘不先行接洽,即不能有切实之答复也。

前天始与另一译者黄君会商,他以为适兄译书不易,慨然愿停止翻译,在《中学生》续登适兄译本,对于开明书店,则由他前往交涉,现在尚无回信,我看大约是可以的。

假使此事万一不成,则此种大部书籍,不但卖稿很难,就是只希印行,也难找到如此书店,只好到大书店商务印书馆去试一试,此外,也没有适当之处了。

专此布复,即请

日安。

豫 顿首 四月十三日

*　　　*　　　*

〔1〕 指楼适夷所译高尔基的《在人间》。

〔2〕 《中学生》 以中学生为对象的综合性月刊,夏丏尊、叶圣陶等编辑,1930 年 1 月在上海创刊,开明书店出版。该刊从第六十一号(1936 年 1 月)起连载黄源所译《在人间》,第六十五号起续载封斗(楼适夷)的译本。

360414　致 唐　弢

唐弢先生:

惠示具悉。"维止"事[1]我不知确实的出处。只记得幼小时闻长辈说,雍正朝《东华录》[2]本名《维止录》,取"维民所

止"之意,而实则割了雍正的头,后因将兴大狱,乃急改名《东华录》云云。与来札所举之事颇相似,但恐亦齐东野语[3]耳。

《清朝文字狱档》本有其书,去年因嫌书籍累坠,择未必常用者装箱存他处,箱乱而路远,所以不能奉借了。

专此布复,即颂

时绥。

鲁迅　上　四月十四夜。

＊　　　＊　　　＊

〔1〕　"维止"事　《清稗类钞》第八册《狱讼类》中《查嗣庭以文字被诛》记述了查嗣庭案的各种说法,其中有一说是:"雍正丙午(1726),查嗣庭、俞鸿图典江西试……查所出题,为'维民所止'。忌者谓维止二字,意在去雍正二字之首也,遽上闻。世宗以其怨望毁谤,谓为大不敬。"

〔2〕　《东华录》　清天命至雍正六朝的实录和其他文献摘抄。清代蒋良骥编纂,共三十二卷。后王先谦、朱寿朋曾作增补。

〔3〕　齐东野语　语出《孟子·万章(上)》:"此非君子之言,齐东野人之语也。"

360415　致 颜 黎 民

颜黎民君:

昨天收到十日来信,知道那些书已经收到,我也放了心。你说专爱看我的书,那也许是我常论时事的缘故。不过只看一个人的著作,结果是不大好的:你就得不到多方面的优点。

必须如蜜蜂一样,采过许多花,这才能酿出蜜来,倘若叮在一处,所得就非常有限,枯燥了。

专看文学书,也不好的。先前的文学青年,往往厌恶数学,理化,史地,生物学,以为这些都无足重轻,后来变成连常识也没有,研究文学固然不明白,自己做起文章来也胡涂,所以我希望你们不要放开科学,一味钻在文学里。譬如说罢,古人看见月缺花残,黯然泪下,是可恕的,他那时自然科学还不发达,当然不明白这是自然现象。但如果现在的人还要下泪,那他就是胡涂虫。不过我向来没有留心儿童读物,所以现在说不出那些书合适,开明书店出版的通俗科学书里,也许有几种,让调查一下再说罢。

其次是可以看看世界旅行记,藉此就知道各处的人情风俗和物产。我不知道你们看不看电影;我是看的,但不看什么"获美""得宝"之类,是看关于菲洲和南北极之类的片子,因为我想自己将来未必到菲洲或南北极去,只好在影片上得到一点见识了。

说起桃花来,我在上海也看见了。我不知道你到过上海没有?北京的房屋是平铺的,院子大,上海的房屋却是直叠的,连泥土也不容易看见。我的门外却有四尺见方的一块泥土,去年种了一株桃花,不料今年竟也开起来,虽然少得很,但总算已经看过了罢。至于看桃花的名所,是龙华,也有屠场,我有好几个青年朋友[1]就死在那里面,所以我是不去的。

我的信如果要发表,且有发表的地方,我可以同意。我们不是没有说什么不能告人的话么?如果有,既然说了,就不怕

77

发表。

　　临了,我要通知你一件你疏忽了的地方。你把自己的名字涂改了,会写错自己名字的人,是很少的,所以这是告诉了我所署的是假名。还有,我看你是看了《妇女生活》里的一篇《关于小孩子》[2]的,是不是?

　　就这样的结束罢。祝

你们好。

鲁迅　四月十五夜。

＊　　　　＊　　　　＊

　　〔1〕　指被国民党秘密杀害于上海龙华警备司令部的李伟森、柔石、胡也频、冯铿、殷夫五位"左联"作家。

　　〔2〕　《关于小孩子》　散文,高尔基作,陈节(瞿秋白)译。载《妇女生活》第二卷第一期(1936年1月)。

360417①　致赵家璧

家璧先生:

　　顷收到来信并照片,感谢之至。

　　所做的铜锌板,成绩并不坏。不过印起来,总还要比样张差一点,而且和印工的手段,大有关系:这一点是必须注意的。

　　照《引玉集》大小,原画很大的就不免缩得太小,但要售价廉,另外也别无善法。《引玉集》的缺点,是纸张太厚,而钉用

铁丝,我希望这回不用这钉法。

专此布复,并请

撰安。

鲁迅 四月十七日

再:Mitrokhin[1]的木刻,我想再增加一张,就是 No. 135 的《Children's Garden》[2]。那 No. 136 的《Flowerbeds》[3] 不要,这两幅其实是不相连的。

*   *   *

〔1〕 Mitrokhin 即密德罗辛。

〔2〕 《Children's Garden》 《儿童公园》,后收入《苏联版画集》。

〔3〕 《Flowerbeds》 《花坛》。

360417[2] 致 罗 清 桢

清桢先生:

顷得惠函并木刻种种,感谢之至。

E.君[1]并无信来,是不能寄到,或没有评论,均不可知。至于交换木刻,则因为我和那边的木刻家,均无直接交际,忽有此举,似稍嫌唐突,故亦无报命,尚希 鉴原为幸。

专此布复,并颂

时绥。

鲁迅 四月十七日

＊　　　＊　　　＊

〔1〕　E.君　即巴惠尔·艾丁格尔。

360420　致姚　克

莘农先生：

十八夜信顷收到。《译文》复刊，又出别的〔1〕，似乎又给有些人不舒服了，听说《时事新报》已有宣布我的罪状的文章，但我没有见。

写英文的必要，决不下于写汉文，我想世界上洋热昏一定很多，淋一桶冷水，给清楚一点，对于华洋两面，都有益处的。

电影界的情形，我不明白，但从书报检查员推测起来，那些官儿，也一定是笑剧中的脚色。

两日本人名的英拼法，如下

儿岛献吉郎〔2〕＝KOJIMA KENKICHIR Ō.（RO 是长音，不知道是否上加一划？）

高桑驹吉〔3〕＝TAKAKUWA KOMAKICHI.

专此布复，并请

著安。

迅　顿首　四月二十日

＊　　　＊　　　＊

〔1〕　指《译文丛书》。

〔2〕　儿岛献吉郎（1866—1931）　日本中国文学研究家，著有《中

国文学概论》等。

〔3〕 高桑驹吉　日本汉学家,著有《中国文化史》等。

360423　致 曹 靖 华

汝珍兄:

插图本《41》,早已收到。能出版时,当插入。

三兄有信来,今转上。霁野回国了,昨天见过。但他说也许要回乡一看。

这里在弄作家协会,先前的友和敌,都站在同一阵图里了,内幕如何,不得而知,指挥的或云是茅与郑,其积极,乃为救《文学》也。我鉴于往日之给我的伤,拟不加入,但此必将又成一大罪状,听之而已。

近十年来,为文艺的事,实已用去不少精力,而结果是受伤。认真一点,略有信用,就大家来打击。去年田汉作文说我是调和派,我作文诘问,他函答道,因为我名誉好,乱说也无害的。后来他变成这样,我们的"战友"之一却为他辩护道,他有大计画,此刻不能定论。我真觉得不是巧人,在中国是很难存活的。

我们都好,我已复元了,但仍然忙。昨寄书两包,内有《作家》[1]一本,新近出版。

今年各种刊物上,多刊高尔基像,此老今年忽然成为一切好好歹歹的东西的掩护旗子了。

《文学导报》颇空虚,但这么大,看起来伸着颈子真吃力。

　　我设法印成了一本《死魂灵百图》[2]，Agin 画，兄所给的十二幅，也附在后面，有厚纸的一种，还未装成，成后当寄上。

　　专此布达，即请

近安。

弟豫　上　四月廿三夜。

＊　　　＊　　　＊

　　〔1〕《作家》　文学月刊，孟十还编辑，1936 年 4 月在上海创刊，11 月停刊，共出八期。上海杂志公司发行。

　　〔2〕《死魂灵百图》　俄国阿庚绘、培尔那尔特斯基刻的《死魂灵》插图。鲁迅于 1936 年以三闲书屋名义翻印出版。

360424①　致 何 家 槐[1]

家槐先生：

　　前日收到来信并缘起[2]，意见都非常之好。

　　我曾经加入过集团[3]，虽然现在竟不知道这集团是否还在，也不能看见最末的《文学生活》。但自觉于公事并无益处。这回范围更大，事业也更大，实在更非我的能力所及。签名并不难，但挂名却无聊之至，所以我决定不加入。

　　专此布复，并颂

时绥。

〔四月二十四日〕

＊　　　　＊　　　　＊

〔1〕　原件无签署,据收信人在《光明》半月刊第一卷第十号(1936年11月25日)所载之《学习鲁迅先生的精神》文末附注:"鲁迅先生的签名,不知在什么时候撕破失去了。"

何家槐(1911—1969),浙江义乌人,作家。"左联"成员,作家协会(后改名文艺家协会)发起人之一。

〔2〕　缘起　指"作家协会组织缘起"。

〔3〕　集团　指"左联"。

360424②　致　段干青

干青先生:

顷收到廿日信。木刻二集〔1〕早收到,谢谢!

木刻由普遍而入于消沈,这是因为没有技法上的指导者的缘故,于是无法上达,即使有很好的题材,也不能表现出来了。

我自己不会刻,不过绍介过一点外国作品,近来又因为杂务和生病,连绍介的事也放下了,但不久还想翻印一点。至于理论和技法,我其实是外行的。

专此布复,即颂

时绥。

鲁迅 四月廿四日

＊　　　　＊　　　　＊

〔1〕　木刻二集　指《干青木刻二集》,系手印出版。

360424^③　致　吴朗西^{〔1〕}

朗西先生：

　　昨日内山谈起，《死魂灵百图》初出时，他就面托送书的人，要二十部，至今没有送给他云云。我想这一定是那人忘记了。便中送给他罢。

　　专布，即颂

时绥。

迅　上　四月廿四夜。

＊　　　＊　　　＊

　　〔1〕　吴朗西(1904—1992)　四川开县人，翻译工作者。当时任文化生活出版社经理。

360502　致　徐懋庸

懋庸先生：

　　来信收到。关于我的信件^{〔1〕}而发生的问题，答复于下——

　　一、集团要解散，我是听到了的，此后即无下文，亦无通知，似乎守着秘密。这也有必要。但这是同人所决定，还是别人参加了意见呢，倘是前者，是解散，若是后者，那是溃散。这并不很小的关系，我确是一无所闻。

二、我所指的刊物[2],是已经油印了的。最末的一本,曾在别处见过实物,此后确是不出了。这事还早,是否已在先生负责之后,我没有查考。

至于"是非","谣言","一般的传说",我不想来推究或解释,"文祸"已够麻烦,"语祸"或"谣祸"更是防不胜防,而且也洗不胜洗,即使到了"对嘴",还是弄不清楚的。不过所谓"那一批人",我却连自己也不知道是"那一批"。

好在现在旧团体已不存在,新的[3]呢,我没有加入,不再会因我而引起一点纠纷。我希望这已是我最后的一封信,旧公事全都从此结束了。

专此布达,并颂

时绥。

鲁迅 五月二日

*　　　　*　　　　*

〔1〕 我的信件　即360424①信。

〔2〕 指"左联"内部刊物《文学生活》。

〔3〕 指作家协会。

360503　致 曹 靖 华

汝珍兄:

廿七日信已到。此间莲姊家[1]已散,化为傅、郑[2]所主持的大家族[3],实则藉此支持《文学》而已,毛姑[4]似亦在内。

旧人颇有往者,对我大肆攻击,以为意在破坏。但他们形势亦不佳。

《作家》,《译文》,《文丛》[5],是和《文学》不洽的,现在亦不合作,故颇为傅郑所嫉妒,令喽罗加以破坏统一之罪名。但谁甘为此辈自私者所统一呢,要弄得一团糟的。近日大约又会有别的团体[6]出现。我以为这是好的,令读者可以比较比较,情形就变化了。

从七月起,《文学》换王统照[7]编辑,大约只是傀儡,而另有牵线人。今晚请客,闻到者只十八人,连主人之类在内,然则掌柜虽换,生意恐怕仍无起色。

陈君[8]款未还,但我并不需用,现在那一面[9]却在找他了,到现在才找他,真是太迟。而且他们还把前信失去,再要一封,我只得以没法办理回复。

《41》印起来,款子有法想,不必寄。

大会要几句话,俟见毛兄时一商再说[10]。

我们也准备垂帘听政,不过不是莲小姐,而是别个了。南方人没有北方的直爽,办事较难,但想试试看。

印《城市与年》的木刻时,想每幅图画之下,也题一两句,以便读者,题字大抵可以从兄的解释中找到,但开首有几幅找不到,大约即是"令读者摸不着头脑的事"。今将插画所在之页数开上,请兄加一点说明,每图一两句足够了——

（1）11 页　　（2）19 页对面　　（3）35 页

（4）73 页　　（5）341 页

　　　以上,共五图。

上海今年很奇，至今还是冷。我已复元，女人和孩子也都好的，可请释念。

现正在印 Gogol 的《死魂灵图》，兄寄给我的十二幅，已附入。它兄的译文[11]，上本已校毕，可付印了，有七百页。下本拟即付排。

专此布达，并请

春安。

弟豫　上　五月三夜

＊　　　＊　　　＊

〔1〕　莲姊家　指"左联"。

〔2〕　傅、郑　指傅东华、郑振铎。

〔3〕　大家族　指作家协会。

〔4〕　毛姑　以及下文的"毛兄"，均指茅盾（沈雁冰）。

〔5〕　《文丛》　即《文学丛报》，月刊，王元亨、马子华、萧今度合编，1936 年 4 月创刊，出至第五期停刊。上海杂志公司出版。

〔6〕　团体　指当时上海部分文艺工作者拟成立的抗日民族统一战线团体。按该团体后未正式成立，但于 1936 年 6 月 15 日，由鲁迅、巴金等六十三人联名发表了《中国文艺工作者宣言》。

〔7〕　王统照（1898—1957）　字剑三，山东诸城人，作家。"文学研究会"发起人之一。著有长篇小说《山雨》等。

〔8〕　陈君　指陈蜕。

〔9〕　指上海中共地下党组织。

〔10〕　1936 年夏初，北平部分文艺工作者筹备成立"北平作家协会"，拟请鲁迅为其成立大会写祝词。

〔11〕　它兄的译文　指《海上述林》。

360504① 致曹白

曹白先生：

来信收到。关于力群的消息，使我很高兴。他的木刻，是很生动的，但关于形体，时有失败处，这是对于人体的研究，还欠工夫的缘故。

《死魂灵图》，你买的太性急了，还有一种白纸的，印的较好，正在装订，我要送你一本。至于其中的三张，原是密线，用橡皮版一做，就加粗，中国又无印刷好手，于是弄到这地步。至于刻法，现在却只能做做参考，学不来了。此书已卖去五百本，倘全数售出，收回本钱，要印托尔斯泰的《安那·卡莱尼娜》（《Anna Karenina》)的插画[1]也说不定，不过那并非木刻。

你的那一篇文章[2]，尚找不着适当的发表之处。我只抄了一段，连一封信（略有删去及改易），收在《写在深夜里》的里面。这原是为《The Voice of China》[3]而作的，译文当发表在五月十五这一本上，出后当送你（你能看英文吗？便中通知我）。原文给了《夜莺》[4]，听说不久出版，我看是要被这篇文章送终的，但他们说：这样也不要紧。

说起我自己来，真是无聊之至，公事、私事、闲气，层出不穷。刊物来要稿，一面要顾及被禁，一面又要不十分无谓，真变成一种苦恼，我称之为"上了镣铐的跳舞"[5]。但《作家》已被停止邮寄了，《死魂灵》第二部，只存残稿五章，已大不及第一部，本来是没有也可以的，但我决计把它译出，第二章登《译

文》第三本,以后分五期登完,大约不到十万字。作者想在这一部里描写地主们改心向善,然而他所写的理想人物,毫无生气,倒仍旧是几个丑角出色,他临死之前,将全稿烧掉,是有自知之明的。

专此布复,并颂

时绥。

迅 上 五月四日

*　　*　　　*

〔1〕 《安那·卡莱尼娜》的插画　指俄国谢格洛夫(М.Щеглов)、莫拉沃夫(А.Мордов)和柯陵(А.Корин)为列夫·托尔斯泰所著《安娜·卡列尼娜》而作的油画插图。1914年莫斯科瑟京(И.Д.Снтин)出版社出版。

〔2〕 指《坐牢略记》。

〔3〕 《The Voice of China》　即《中国呼声》,英文半月刊,美国格兰尼奇(M.Granich)编辑,1936年3月15日创刊。上海中国呼声社出版。

〔4〕 《夜莺》 文学月刊,方之中编辑,1936年3月创刊,出至第四期停刊。上海群众杂志公司发行。

〔5〕 "上了镣铐的跳舞"　鲁迅在《且介亭杂文二集·后记》中说过的话,原作"带着枷锁的跳舞"。

360504②　致 王 冶 秋

冶秋兄:

五月一日函收到。此集[1]我至少还可以补上五六篇,其

中有几篇是没有刊出过的；但我以为译序及《奔流》后记[2]，可以删去（《展览会小引》，《祝〈涛声〉》，《"论语一年"》[3]等，也不要）。稿挂号寄书店，不至失落；印行处我当探问，想必有人肯印的，但也许会要求删去若干篇，因为他们都胆子小。

我没有近照，最近的就是四五年前的，印来印去的那一张[4]。序文当写一点。

四月十一日的信，早收到了。年年想休息一下，而公事，私事，闲气之类，有增无减，不遑安息，不遑看书，弄得信也没工夫写。病总算是好了，但总是没气力，或者气力不够应付杂事；记性也坏起来。英雄们却不绝的来打击。近日这里在开作家协会，喊国防文学，我鉴于前车，没有加入，而英雄们即认此为破坏国家大计，甚至在集会上宣布我的罪状。我其实也真的可以什么也不做了，不做倒无罪。然而中国究竟也不是他们的，我也要住住，所以近来已作二文[5]反击，他们是空壳，大约不久就要消声匿迹的：这一流人，先前已经出了不少。

你所说的药方，是医气管炎的，我的气喘原因并不是炎，而是神经性的痉挛。要复发否，现在不可知。大约能休息和换地方，就可以好得多，不过我想来想去，没有地方可去。

这里还很冷，真奇。霁已回国，见过面，但现在不知道他是回乡，还是赴津了。

专此布复，并颂

时绥。

树　上　五月四夜。

＊　　　　＊　　　　＊

〔1〕　指收信人拟编的《鲁迅序跋集》。

〔2〕　《奔流》后记　即《〈奔流〉编校后记》，后收入《集外集》。

〔3〕　《展览会小引》　即《一八艺社习作展览会小引》，后收入《二心集》;《祝〈涛声〉》、《"论语一年"》，后均收入《南腔北调集》。

〔4〕　指鲁迅五十寿辰时所摄的照片。

〔5〕　指《三月的租界》和《〈出关〉的"关"》，后均收入《且介亭杂文末编》。

360504③　致　吴　朗　西

朗西先生:

《珂勒惠支版画选集》序二篇〔1〕之后，拟用自笔署名，今寄上字稿，乞费神代制锌版，制成后版留尊处，寄下印本，当于校时粘入，由

先生并版交与印刷局也。

专此布达，并颂

春祺。

鲁迅　上　五月四夜。

＊　　　　＊　　　　＊

〔1〕　《珂勒惠支版画选集》序二篇　即史沫特莱的《凯绥·珂勒惠支——民众的艺术家》和鲁迅的《〈凯绥·珂勒惠支版画选集〉序目》。鲁迅文后收入《且介亭杂文末编》。

360505　致黄　源

河清先生：

　　沈先生寄来一稿[1]，嘱转交。今并原信之一部分，连稿寄上。我疑是长篇中之一节，但未能确定。

　　陈小姐通信地址，已函问沈先生，得回信后当再通知。

　　专布，即请

日安。

迅　上　五月五日

＊　　　　＊　　　　＊

〔1〕　指沈雁冰所寄陈学昭的译稿，后未发表。

360507^①　致母　亲

母亲大人膝下，敬禀者，五月二日来示，昨已收到。丈量的事[1]，既经办妥，总算了了一件事。

　　海婴很好，每日上学，不大赖学了，但新添了一样花头，是礼拜天要看电影；冬天胖了一下，近来又瘦长起来了。大约孩子是春天长起来，长的时候，就要瘦的。

　　男早已复原，不过仍是忙；害马亦好，可请勿念。上海虽无须火炉，但仍是冷，夜里可穿棉袄，这是今年特别的。

　　专此布复，恭请

金安。

　　　　　　男树　叩上　广平海婴同叩。五月七日

＊　　　　＊　　　　＊

〔1〕　丈量的事　参看360121^②信注〔1〕。

360507^②　致 段 干 青

干青先生：

　　惠示收到。艾君〔1〕小说稿,亦别封寄至。但我近来力衰事烦,对于各种作品,实无法阅读作序,有拂来谕,尚希鉴原为幸。

　　上月印《死魂灵百图》一本,另托书店邮奉,乞哂存。艾君小说稿,亦附在内,并请转交,为感。

　　专此布达,并颂

时绥。

　　　　　　　　　　　　　　　鲁迅 五月七日

＊　　　　＊　　　　＊

〔1〕　艾君　指艾明,江西人。当时南昌孺子亭小学教师。

360507^③　致 台 静 农

伯简兄：

　　二日信收到。此信或可到在月半之前。我病已好,但依

然事烦,因此疲劳而近于病,实亦不能谓之病也。霁野已见过,现回里抑北上,则未详。"第三种人"已无面目见人,则驱戴望舒为出面腔,冀在文艺上复活,[1]远之为是。《文学》编辑,张天翼已知难而逃,现定为王统照,其实亦系傅郑辈暗中布置,操纵于后,此两公固未尝冲突也。《死魂灵百图》有白纸绸面本,正在装订,成后当奉赠。北归在即,过沪想能晤谈,企此为慰耳。专此布复,并颂

日祉。

树　顿首　五月七日

＊　　　＊　　　＊

〔1〕　指复刊《现代》杂志的事。当时杜衡、施蛰存和戴望舒三人曾计划复刊《现代》,由戴望舒出面向各地作家招股和征稿,后未成。

360508① 致 曹 白

曹白先生:

五日信收到。研究文学,不懂一种外国文,是非常不便的。日文虽名词与中国大略相同,但要深通无误,仍非三四年不可,而且他们自己无大作家,近来介绍也少了,犯不着。英国亦少大作家,而且他们颇顽固,不大肯翻译别国的作品;美国较多,但书价贵。我以为你既然学过法文,不如仍学法文。因为:一,温习起来,究竟比完全初学便当;二,他们近来颇翻

译别国的好作品;三,他们现在就有大作家,如罗兰,纪德,作品于读者有益。

但学外国文须每日不放下,记生字和文法是不够的,要硬看。比如一本书,拿来硬看,一面翻生字,记文法;到看完,自然不大懂,便放下,再看别的。数月或半年之后,再看前一本,一定比第一次懂得多。这是小儿学语一样的方法。

《死魂灵百图》白纸印本已订好,包着放在书店里,请持附笺去取为荷。

专此布达,即颂

时绥。

迅 上 五月八日

360508② 致 李霁野

霁野兄:

五月五日信并汇款,均收到无误。

我是不写自传也不热心于别人给我作传的[1],因为一生太平凡,倘使这样的也可做传,那么,中国一下子可以有四万万部传记,真将塞破图书馆。我有许多小小的想头和言语,时时随风而逝,固然似乎可惜,但其实,亦不过小事情而已。

新近印成一部《死魂灵百图》,已托书店寄上,想不日可到。翻印此种书,在中国虽创举,惜印工殊不佳也。

专此布复,即颂

时绥。

迅　上　五月八日

＊　　　＊　　　＊

〔1〕　据收信人回忆,当时他曾建议鲁迅写一部自传或协助许广平写一部鲁迅传。

360509　致 吴 朗 西

朗西先生:

　　昨天内山说要批发精装《死魂灵百图》五本,希便中送给他为荷。

　　专此布达,即请

日安。

鲁迅 五月九日

360512　致 吴 朗 西

朗西先生:

　　校稿[1]及惠示均收到。

　　插画题字[2]比较的急需,先行寄上,请令排工再改一次,寄下再校为感。

　　专此布达,即请

日安。

鲁迅　上 五月十二日

＊　　　＊　　　＊

〔1〕　指《凯绥·珂勒惠支版画选集》两篇序文的校稿。

〔2〕　插画题字　指《城与年》木刻插画中五幅图的题句。

360514　致 曹 靖 华

汝珍兄：

两三日前托书店寄上《死魂灵百图》一本，不知已到否？兄所给的十二幅，亦附在后。印工还不太坏，但和原本一比，却差远了。

四月结账，《星花》得版税二十六元，今附上汇单，乞便中往商务分馆一取为幸。

有人〔1〕寄提议汇印我的作品的文章到作家社来，谓回信可和兄说。一切书店，纵使口甜如蜜，但无不惟利是图。此事〔2〕我本想自办，但目前又在不决，大约是未必印的，那篇文章也不发表，请转告。

又有一大批英雄在宣布我破坏统一战线的罪状，自问历年颇不偷懒，而每逢一有大题目，就常有人要趁这机会把我扼死，真不知何故，大约的确做人太坏了。近来时常想歇歇。专此布达，并请

日安。

弟豫 顿首 五月十四日

＊　　　　＊　　　　＊

〔１〕　指李何林(1904—1988)，安徽霍丘人，鲁迅研究工作者。曾在北京中法大学、天津南开大学等校任教。当时他从山东济南高级中学写信，提议为纪念鲁迅创作活动三十年刊印鲁迅著作。

〔２〕　指鲁迅拟印的"三十年集"，曾手订目录，但生前未印成。

360515　致曹靖华

汝珍兄：

　　昨寄一信并《星花》版税，想已到。今得到十一日来函并插画题句〔１〕，每条拟只删存一两句，至于印法，则出一单行本子，仍用珂罗版，付印期约在六月，是先排好文字，打了纸版，和图画都寄到东京去。

　　《文学》之求复活，是在依靠一大题目；我因不加入文艺家协会(傅东华是主要的发起人)，正在受一批人的攻击，说是破坏联合战线，但这类英雄，大抵是一现之后，马上不见了的。《文丛》二期已出，三期则集稿颇难；《作家》编者，也平和了起来，大抵在野时往往激烈，一得地位，便不免力欲保持，所以前途也难乐观。不过究竟还有战斗者在，所以此后即使已出版者灰色，也总有新的期刊起来的。

　　它兄集上卷已排完，皆译论，有七百页，日内即去印，大约七八月间可成；下卷刚付印，皆诗，剧，小说译本，几乎都发表过的，则无论如何，必须在本年内出版。这么一来，他的译文，总算有一结束了。

我的选集[2]，实系出于它兄之手，序也是他作，因为那时他寓沪缺钱用，弄出来卖几个钱的。《作家》第一期中的一篇[3]，原是他的集子上卷里的东西，因为集未出版，所以先印一下。这样子，我想，兄的疑团可以冰释了。

纪念事昨函已提及，我以为还不如我自己慢慢的来集印，因为一经书店的手，便惟利是图，弄得一榻胡涂了，虽然印出可以快一点。

上海还是冷。我琐事仍多，正在想设法摆脱一点。有些手执皮鞭，乱打苦工的背脊，自以为在革命的大人物，我深恶之，他其〔实〕是取了工头的立场而已。

日前无力，今日看医生，云是胃病，大约服药七八天，就要好起来了。妇孺均安，并希释念。

专此布复，即请

日安。　　　　　　　　　　　　弟豫　顿首　五月十五日

＊　　　　＊　　　　＊

〔1〕　指《城与年》木刻插画中五幅图的题句，参看360503信。

〔2〕　指《鲁迅杂感选集》，编者瞿秋白署名"何凝"，1933年7月上海青光书局出版。

〔3〕　指《关于左拉》，发表于《作家》第一卷第一期(1936年4月15日)，署名何凝。

360518[①]　致 吴 朗 西

朗西先生：

今送上六尺云化宣纸一百零五张，暂存社内，俟序文校毕

后应用。

印时要多印五张，以便换去印得不好的页子的。

专此布达，即请

日安。

迅　上　五月十八日

360518^②　致 吴 朗 西

朗西先生：

校样收到。未见纸板，不知已打否？如未打，有三处要改正，改后再打。如已打好，那就算了。希将纸板交下。

宣纸于今日托纸铺送上。但校样大约还得改几回。

专此布达，即请

日安。

鲁迅　上　五月十八日

360522　致 唐　弢

唐弢先生：

来信收到。编刊物[1]决不会"绝对的自由"，而且人也决不会"不属于任何一面"，一做事，要看出来的。如果真的不属于任何一面，那么，他是一个怪人，或是一个滑人，刊物一定办不好。

我看，对于这样的一个要求条件，还是不编干净罢。

病中,不能多写,乞恕为幸。

　　此请

日安。

鲁迅 五月廿二日

＊　　　＊　　　＊

〔1〕 编刊物的事,据收信人回忆,当时上海今代书店拟请他和庄启东合编《今代文艺》,书店要求他们"不属于任何一面",并表示编者采用稿件有"绝对的自由"。

360523^①　致 赵 家 璧

家璧先生:

　　顷得惠函,并书报,谢谢。

　　发热已近十日,不能外出;今日医生始调查热型,那么,可见连什么病也还未能断定。何时能好,此刻更无从说起了。

　　《版画》^{〔1〕}如不久印成,那么,在做序之前,只好送给书店,再转给我看一看。假使那时我还能写字,序也还是做的。

　　专此布复,即请

撰安。

鲁迅 五月廿三日

＊　　　＊　　　＊

〔1〕《版画》　指《苏联版画集》。

360523②　致　曹靖华

汝珍兄：

二十日信收到，并稿子。《百图》[1]纸面印了一千，绸面五百，大约年内总可售完，虽不赚钱，但可不至于赔本。

所说消息，全是谣言，此间倒无所闻，大约是北方造的，但不久一定要传过来的。

作家协会已改名为文艺家协会，其中热心者不多，大抵多数是敷衍，有些却想借此自利，或害人。我看是就要消沈，或变化的。新作家的刊物，一出锋头，就显病态，例如《作家》，已在开始排斥首先一同进军者，而自立于安全地位，真令人痛心，我看这种自私心太重的青年，将来也得整顿一下才好。

能给肖兄知道固好，但头绪纷繁，从何说起呢？这是连听听也头痛的。

上海的所谓"文学家"，真是不成样子，只会玩小花样，不知其他。我真想做一篇文章，至少五六万字，把历来所受的闷气，都说出来，这其实也是留给将来的一点遗产。

如见陈君，乞转告：我只得到他的一封信；款不需用，不要放在心上。

这回又躺了近十天了，发热，医生还没有查出发热的原因，但我看总不是重病。不过这回医好以后，我可真要玩

玩了。

专此布达，即请

日安。

弟豫 顿首 五月二十三日

*　　　*　　　*

〔1〕《百图》 即《死魂灵百图》。

360525 致时玳[1]

时玳先生：

十五的信，二十五收到了，足足转了十天。作家协会已改名文艺家协会，发起人有种种。我看他们倒并不见得有很大的私人的企图，不过或则想由此出点名，或者想由此洗一个澡，或则竟不过敷衍面子，因为倘有人用大招牌来请做发起人，而竟拒绝，是会得到很大的罪名的，即如我即其一例。住在上海的人大抵聪明，就签上一个姓名，横竖他签了也什么不做，像不签一样。

我看你也还是加入的好，一个未经世故的青年，真可以被逼得发疯的。加入以后，倒未必有什么大麻烦，无非帮帮所谓指导者攻击某人，抬高某人，或者做点较费力的工作，以及听些谣言。国防文学的作品是不会有的，只不过攻打何人何派反对国防文学，罪大恶极。这样纠缠下去，一直弄到自己无聊，读者无聊，于是在无声无臭中完结。假使中途来了压迫，

那么,指导的英雄一定首先销声匿迹,或者声明脱离,和小会员更不相干了。

冷箭是上海"作家"的特产,我有一大把拔在这里,现在在生病,俟愈后,要把它发表出来,给大家看看。即如最近,"作家协会"发起人之一在他所编的刊物上说我是"理想的奴才",而别一发起人却在劝我入会:他们以为我不知道那一枝冷箭是谁射的。你可以和大家接触接触,就会明白的更多。

这爱放冷箭的病根,是在他们误以为做成一个作家,专靠计策,不靠作品的。所以一有一件大事,就想借此连络谁,打倒谁,把自己抬上去。殊不知这并无大效,因此在上海,竟很少能够支持三四年的作家。例如《作家》月刊,原是一个商办的东西,并非文学团体的机关志,它的盛衰,是和"国防文学"并无关系的,而他们竟看得如此之重,即可见其毫无眼光,也没有自信力。

《作家》既非机关志,即无所谓"分裂",但我却有一点不满,因为他们只从营业上着想,竟不听我的抗议,一定要把我的作品放在第一篇。

我对于初接近我的青年,是不想到他"好""不好"的。如果已经"当做不好的人看待",不是无须接近了吗?曹先生到我写信的这时候为止,好好的(但我真不知道有些人为什么喜欢造这种谣言)。活着,您放心罢。

专此布复,即请

日安。

鲁迅 五月二十五日

*　　　*　　　*

〔1〕 时玳 原名张组文,山东文登人,当时的青年作者。后参加新四军,在作战中牺牲。

360528　致　吴朗西

朗西先生:

《版画》[1]序校稿,已另封挂号寄上,请饬印刷局于照改后,打清样两份寄下,当将此清样贴在宣纸上,再行寄奉,然后照印也。

专此布达,即请

日安。　　　　　　　　　　　　　　　鲁迅 五月二十八日

*　　　*　　　*

〔1〕 《版画》 指《凯绥·珂勒惠支版画选集》。

360529　致　费慎祥

慎祥兄:

昨天来寓时,刚在发热,不能多说。现在想,校对[1]还是由我自己办。每篇的题目,恐怕还是用长体字好看,都改用长体字罢。

不过进行未免要慢,因为我的病这回未必好得快。

此布,即请

日安

迅　上　五月二十九日

＊　　　　＊　　　　＊

〔1〕　指校对《花边文学》。

360603　致唐　弢[1]

唐弢先生：

来信收到，刊物不编甚好，省却许多麻烦。

我病加重，连字也不会写了，但也许就会好起来。

偶见书评[2]一则，剪下附呈。专此布达

即请

日安！

鲁迅　六月三日

＊　　　　＊　　　　＊

〔1〕　此信系鲁迅口授，许广平代笔。

〔2〕　书评　指《读〈推背集〉》，罗荪作，载 1936 年 5 月 3 日《北平新报·绒线软语》。

360612　致曹　白[1]

曹白先生：

今天得到来信，承

先生记挂 周先生的病,并因此感受"心的痛楚",我们万分谢谢 您的好意! 现在可以告慰的,就是周先生足足睡了一个月,先很沈重,现在似乎向好的一面了,虽然还不晓得要调理多少时候才能完全复原。照现在情形,他绝对须要静养,所以一切接见都被医生禁止了,先生想"看看他"的盛意,我转达罢!

祝好!

景宋 六月十二日

*　　　　*　　　　*

〔1〕 据《鲁迅书简》编者注:"此信是正当鲁迅先生大病甚剧时逐字口授,由景宋写寄的。"

360619　致 邵文熔

铭之吾兄左右:前日得十六日惠书,次日干菜笋干鱼干并至,厚情盛意,应接不遑,切谢切谢。弟自三月初罹病后,本未复原,上月中旬又因不慎招凉,终至大病,卧不能兴者匝月,其间数日,颇虞淹忽,直至约十日前始脱险境,今则已能暂时危坐,作百余字矣。年事已长,筋力日衰,动辄致疾,真是无可奈何耳。 吾兄胃病,鄙意以为大应小心,时加医治,因胃若不佳,遇病易致衰弱。弟此次之突成重症,即因旧生胃病,体力易竭之故也。专此布复,

并请

道安

弟树　顿首　六月十九日

360625　致曹　白[1]

曹白先生:

惠函收到。　先生们的热心[2],我们是很知道的。不过要写明周先生的病状,可实在不容易。因为这和他一生的生活,境遇,工作,挣扎相关,三言两语,实难了结。

所以我只好报告一点最近的情形:

大约十天以前,去用 X 光照了一个肺部的相,才知道他从青年至现在,至少生过两次危险的肺病,一次肋膜炎。两肺都有病,普通的人,早已应该死掉,而他竟没有死。医生都非常惊异,以为大约是:非常善于处置他的毛病,或身体别的部分非常坚实的原故。这是一个特别现象。一个美国医生[3],至于指他为平生所见第一个善于抵抗疾病的典型的中国人。可见据现在的病状以判断将来,已经办不到。因为他现在就经过几次必死之病状而并没有死。

现在看他的病的是须藤医师,是他的老朋友,就年龄与资格而论,也是他的先辈,每天来寓给他注射,意思是在将正在活动的病灶包围,使其不能发展。据说这目的不久就可达到,那时候,热就全退了。至于转地疗养,就是须藤先生主张的,但在国内,还是国外,却尚未谈到,因为这还不是目前的事。

但大约 先生急于知道的,是周先生究竟怎么样罢?这是未来之事,谁也难于豫言。据医师说,这回修缮以后,倘小心卫生,1 不要伤风;2 不要腹泻,那就也可以像先前一样拖下去,如果拖得巧妙,再活一二十年也可以的。

先生,就周先生的病状而论,我以为这不能不算是一个好消息。

专此布复,并候

健康!

景宋 上 六月廿五日

* * *

〔1〕 据《鲁迅书简》编者注:"此信是由鲁迅先生亲笔拟稿,交景宋抄寄的。"

〔2〕 据收信人回忆,当时在北平的金肇野等木刻工作者要他写一篇关于鲁迅病情的通讯发表,因此他写信向许广平询问(据曹白:《写在永恒的纪念中》)。

〔3〕 美国医生 指邓医生(Thomas. Dunn, 1886—1948),美籍英国人,加利福尼亚大学医学部毕业,曾任美国海军军医,1920 年来沪行医,1943 年返美。

360706① 致 母 亲

母亲大人膝下敬禀者,不寄信件,已将两月了,其间曾托老三代陈大略,闻早已达览。男自五月十六日起,突然发热,

加以气喘,从此日见沈重,至月底,颇近危险,幸一二日后,即见转机,而发热终不退。到七月初,乃用透物电光照视肺部,始知男盖从少年时即有肺病,至少曾发病两次,又曾生重症肋膜炎一次,现肋膜变厚,至于不通电光,但当时竟并不医治,且不自知其重病而自然全愈者,盖身体底子极好之故也。现今年老,体力已衰,故旧病一发,遂竟缠绵至此。近日病状,几乎退尽,胃口早已复元,脸色亦早恢复,惟每日仍发微热,但不高,则凡生肺病的人,无不如此,医生每日来注射,据云数日后即可不发,而且再过两星期,也可以停止吃药了。所以病已向愈,万请勿念为要。

海婴已以第一名在幼稚园毕业,其实亦不过"山中无好汉猢狲称霸王"而已。

专此布达,恭请

金安。

男树　叩上　广平海婴同叩　七月六日

360706^②　致　曹靖华

汝珍兄:

昨看见七月一日给景宋信。因为医生已许可我每天写点字了,所以我自己来答。

每天尚发微热,仍打针,大约尚需六七天,针打完,热亦当止。我生的其实是肺病,而且是可怕的肺结核,此系在六月初

用 X 光照后查出。此病盖起于少年时，但我身体好，所以竟抵抗至今，不但不死，而且不躺倒一回。现在年老力衰了，就麻烦到这样子。不过这回总算又好起来了，可释远念。此后只要注意不伤风，不过劳，就不至于复发。肺结核对于青年是险症，但对于老人却是并不致命的。

本月二十左右，想离开上海三个月，九月再来。去的地方大概是日本，但未定实。至于到西湖去云云，那纯粹是谣言。

专此布复，即请

暑安。

弟豫 顿首 七月六日

360707[①] 致 赵 家 璧[1]

家璧先生：

六日信及《板画集》[2]十八本，今天同时收到，谢谢。在中国现在的出版界情形之下，我以为印刷，装订，都要算优秀的。但书面的金碧辉煌，总不脱"良友式"。不过这也不坏。至于定价，却算低廉，但尚非艺术学徒购买力之所能企及，如果能够多销，那是我的推断错误的。

本来，有关本业的东西，是无论怎样节衣缩食也应该购买的，试看绿林强盗，怎样不惜钱财以买盒子炮，就可知道。然而文艺界中人，却好像并无此种风气，所以出书真难。

《竖琴》和《一天的工作》，可以如　来信所示，合为一本[3]。新的书名很好。序文也可以合为一篇。

靖华译过两部短篇，一名《烟袋》，一名《四十一》，前者好像是禁过的，后者未禁，我想：其实也可以将《烟袋》改名，两者合成一本，不知良友愿印否？倘愿，俟我病好后，当代接洽，并为编订也。

专此布复，即请

撰安

鲁迅 七月七日

*　　　*　　　*

〔1〕　此信系鲁迅口授，许广平代笔，鲁迅签署。

〔2〕　《板画集》　即《苏联版画集》。

〔3〕　即《苏联作家二十人集》，1936 年 7 月上海良友图书印刷公司出版。

360707② 致曹白[1]

曹白先生：

良友公司的《苏联版画集》[2]转载了周先生一篇序，因此送给他一批书。周先生说要送　先生一本。这书放在照例的书店，今附上一笺，请便中持笺往取为荷！

专此布达，即请

时安。

景宋 上。七月七日

＊　　　＊　　　＊

〔1〕　据《鲁迅书简》编者注："此信是由鲁迅先生口授,景宋代笔寄发的。"

〔2〕《苏联版画集》　赵家璧编,收苏联版画展览会展品一百八十余幅,1936年7月良友图书印刷公司出版。

360711^①　致 吴 朗 西

朗西先生：

《版画集》已整好一大部分,拟先从速付装订发行,此事前曾面托,便中希莅寓一谈为祷。

专此布达,即请

暑安。 　　　　　　　　　　　　　　迅 上 七月十一日

360711^②　致 王 冶 秋

冶秋兄：

事情真有凑巧的,当你的《序跋集》稿寄到时,我已经连文章也无力看了,字更不会写。静兄由厦过沪,曾托其便中转达,不知提起过否？

其间几乎要死,但终于好起来,以后大约可无危险。

医生说要转地疗养。你的六月十九日信早到。青岛本好,但地方小,容易为人认识,不相宜；烟台则每日气候变化太多,也不好。现在在想到日本去,但能否上陆,也未可必,故总

113

而言之：还没有定。

　　现在略不小心，就发热，还不能离开医生，所以恐怕总要到本月底才可以旅行，于九月底或十月中回沪。地点我想最好是长崎，因为总算国外，而知道我的人少，可以安静些。离东京近，就不好。剩下的问题就是能否上陆。那时再看罢。

　　现在还未能走动，你的稿子，只好等秋末再说了。

　　专此布达，即颂

时绥。

树　上　七月十一日

　　令夫人均此致候　　令郎均吉。

360715^①　致 赵 家 璧^{〔1〕}

家璧先生：

　　惠函收到。所谓汇印旧作^{〔2〕}，当初拟议，不过想逐渐合订数百或者千部，以作纪念。并非彻底改换，现在则并此数百或千部，印不印亦不可知，所以实无从谈起。至于要我做文学奖金^{〔3〕}的评判员，那是我无论如何决不来做的。

　　专此布复，敬请

撰安

鲁迅　七月十五日

＊　　　　＊　　　　＊

〔1〕　此信由鲁迅口授，许广平代笔。

〔2〕 汇印旧作　指鲁迅拟印的《三十年集》。

〔3〕 文学奖金　指当时良友图书印刷公司设置的"良友文学奖金"。

360715^②　致曹　白^{〔1〕}

曹白先生：

七月八日信收到。

注射于十二日完结,据医生说:结果颇好。

但如果疲劳一点,却仍旧发热,这是病弱之后,我自己不善于静养的原故,大约总会渐渐地好起来的。

专此布复,并颂

时绥

　　　　　　　　　　　　　　　　鲁迅 七月十五日

＊　　　＊　　　＊

〔1〕 此信由鲁迅口授,许广平代笔,鲁迅签署。

360717^①　致许寿裳^{〔1〕}

季市兄：

三日惠示早到。弟病虽似向愈,而热尚时起时伏,所以一时未能旅行。现仍注射,当继续八日或十五日,至迩时始可定行止,故何时行与何处去,目下初未计及也。

　　顷得曹君[2]信,谓兄南旋,亦未见李公[3],所以下半年是否仍有书教,毫无所知,嘱弟一探听。如可见告,乞即函知,以便转达,免其悬悬耳。

　　日前寄上版画集[4]一本,内容尚佳,想已达。

　　专此布达,即请

道安。

弟树　顿首　七月十七日

　　＊　　　　＊　　　　＊

　〔1〕　此信据许寿裳亲属录寄副本编入。

　〔2〕　曹君　指曹靖华。

　〔3〕　李公　指李季谷。

　〔4〕　版画集　指《苏联版画集》。

360717② 致 杨 之 华 [1]

尹兄:

　　六月十六日信收到。以前的几封信,也收到的,但因杂事多,而所遇事情,无不倭支葛搭[2],所谓小英雄们[3],其实又大抵婆婆妈妈,令人心绪很恶劣,连写信讲讲的勇气也没有了。今年文坛上起了一种变化,但是,招牌而已,货色依旧。

　　今年生了两场大病。第一场不过半个月就医好了,第二场到今天十足两个月,还在发热,据医生说,月底可以退尽。其间有一时期,真是几乎要死掉了,然而终于不死,殊为可惜。

当病发时,新英雄们正要用伟大的旗子,杀我祭旗[4],然而没有办妥,愈令我看穿了许多人的本相。本月底或下月初起,我想离开上海两三个月,作转地疗养,在这里,真要逼死人。

大家都好的。茅先生[5]很忙。海婴刁钻了起来,知道了铜板可以买东西,街头可以买零食,这是进了幼稚园以后的成绩。

两个星期以前,有一个条子叫我到一个旅馆里去取东西,[6]托书店伙计取来时,是两本木刻书,两件石器,并无别的了。这人大约就是那美国人。这些东西,都被我吞没,谢谢!但M木刻书的定价,可谓贵矣。

秋[7]的遗文,后经再商,终于决定先印翻译。早由我编好,第一本论文,约三十余万字,已排好付印,不久可出。第二本为戏曲小说等,约二十五万字,则被排字者拖延,半年未排到一半。其中以高尔基作品为多。译者早已死掉了,编者也几乎死掉了,作者也已经死掉了,而区区一本书,在中国竟半年不能出版,真令人发恨(但论者一定倒说我发脾气)。不过,无论如何,这两本,今年内是一定要印它出来的。

约一礼拜前,代发一函,内附照相三(?)张,不知已收到否?我不要德文杂志及小说,因为没力气看,这回一病之后,精力恐怕要大不如前了。多写字也要发热,故信止于此。

俟后再谈。

迅 上。七月十七日

密斯陆[8]好像失业了,不知其详。谢君[9]书店已倒灶。茅先生家及老三[10]家都如常。密斯许也好的,但因我病,故较忙。

117

＊　　　＊　　　＊

〔1〕　杨之华（1901—1973）　笔名文尹，浙江萧山人。瞿秋白夫人。1935年8月被派赴苏联出席共产国际第七次代表大会，会后留在苏联担任国际红色救济会常委。下文的"尹兄"即杨之华。

〔2〕　倭支葛搭　绍兴方言，纠缠不清之意。

〔3〕　小英雄们　指"国防文学"倡导者，其中不少人原先是年轻的"左联"盟员。

〔4〕　有些"国防文学"倡导者指责鲁迅"不理解基本政策"，"破坏统一战线和文艺家协会"。

〔5〕　茅先生　即茅盾。

〔6〕　1936年7月2日，鲁迅托内山书店店员取到杨之华寄赠的礼物：石雕烟灰缸两个，苏联亚历舍夫及密德罗辛木刻集各一本。

〔7〕　秋　即瞿秋白。

〔8〕　密斯陆　指陆缀雯，王一飞烈士的夫人。1928年1月王一飞牺牲后她一度在上海银行工作，曾想通过杨之华将烈士遗孤送往苏联留学。

〔9〕　谢君　指谢澹如（1904—1962），江苏松江人。曾掩护瞿秋白夫妇在上海南市紫霞路六十八号和法租界毕勋路华兴坊十号避难。书店，指公道书店。

〔10〕　老三　指周建人。

360719　致沈西苓〔1〕

西苓先生：

惠示谨悉。我今年接连生病，自己能起坐写字，还是最近

的事。

左联初成立时，洪深[2]先生曾谓要将《阿Q正传》编为电影，但事隔多年，约束当然不算数了。我现在的意思，以为×××××[3]乃是天下第一等蠢物，一经他们××，作品一定遭殃，还不如远而避之的好。况且《阿Q正传》的本意，我留心各种评论，觉得能了解者不多，搬上银幕以后，大约也未免隔膜，供人一笑，颇亦无聊，不如不作也。

专此即复，即请

暑安。

鲁迅 七月十九日

*　　　*　　　*

〔1〕 沈西苓(1904—1940) 沈学诚，笔名沈叶沉、沈西苓，浙江德清人，戏剧电影工作者。当时在上海明星影片公司任导演。

〔2〕 洪深(1894—1955) 字浅哉，江苏常州人，戏剧家。

〔3〕 此处及下句中的空字，系刊载手迹制版的《电影戏剧》编者所删。

360722　致孔另境

若君先生：

雾野寄信来，信封上写"北平西温泉疗养院寄"，照此写去，不知是否可以寄到？又静农芜湖住址， 先生如知道，并希示知。

专此布达,并请

暑安。

迅　上　七月二十二日

360802^①　致　沈　雁　冰

明甫先生:

昨孔先生[1]来,付我来函并木刻,当将木刻选定,托仍带回。作者还是常见的那几个,此外或则碍难发表,或则实在太难看(尚未成为"画"),只得"割爱"了。

北平故宫博物馆的珂罗版印刷,器械药品均佳,而工作似不很认真,即如此次所印,有同一画片,而百枚中浓淡不一者,可见也随随便便,但比上海的出品却好。此书[2]在书店卖廉价一星期(二元五角,七月底止),约销去十本,中国人买者三本而已。同胞往往看一看就不要。

注射已在一星期前告一段落,肺病的进行,似已被阻止;但偶仍发热,则由于肋膜,不足为意也。医师已许我随意离开上海。但所往之处,则尚未定。先曾决赴日本,昨忽想及,独往大家不放心,如携家族同去,则一履彼国,我即化为翻译,比在上海还要烦忙,如何休养?因此赴日之意,又复动摇,惟另觅一能日语者同往,我始可超然事外,故究竟如何,尚在考虑中也。

专此布复,即请

暑安。

树 顿首 八月二日

*   *   *

〔1〕 孔先生 指孔另境。当时受沈雁冰的委托,请鲁迅为沈所主编的《中国的一日》挑选木刻插画。

〔2〕 指《凯绥·珂勒惠支版画选集》。

360802^② 致 曹 白

曹白先生:

七月二十七日信早收到。我的病已告一段落,医生已说可以随便离开上海,在一星期内,我想离开,但所向之处,却尚未定。

谢谢你刻的封面〔1〕,构图是好的,但有一个缺点,是短刀的柄太短了。汉字我想也可以和木刻相配,不过要大大的练习。

郝先生的三幅木刻〔2〕,我以为《采叶》最好;我也见他投给《中国的一日》〔3〕,要印出来的。《三个……》初看很好,但有一避重就轻之处,是三个人的脸面都不明白。

我并不是对于您特别"馈赠",凡是为中国大众工作的,倘我力所及,我总希望(并非为了个人)能够略有帮助。这是我常常自己印书的原因。因为书局印的,都偷工减料,不能作为学习的范本。最可恶的是一本《庶联的版画》〔4〕,它把我的一篇

文章,改换题目,作为序文,而内容和印刷之糟,是只足表示"我们这里竟有人将苏联的艺术糟蹋到这么一个程度"。

病前开印《珂勒惠支版画选集》,到上月中旬才订成,自己一家人衬纸并检查缺页等,费力颇不少。但中国大约不大有人买,要买的无钱,有钱的不要。我愿意送您一本,附上一笺,请持此向书店去取(内附《士敏土图》一本,是上海战前所印,现已绝版了)。印得还好,刀法也还看得出,但要印到这样,成本必贵,使爱好者无力购买,这真是不能两全。但假使购买者有数千,就可用别一种板印,便宜了。

总之,就要走,十月里再谈罢。此颂

时绥。

迅　上　八月二日

＊　　　＊　　　＊

〔1〕　指曹白为《花边文学》所作的木刻封面,画面是一把短刀、一束荆棘和用拉丁化新文字拼写的书名、作者名。后未采用。

〔2〕　郝先生的三幅木刻　指郝力群所作的《采叶》、《三个受难的青年》和《武装走私》。

〔3〕　《中国的一日》　茅盾主编,选取记叙 1936 年 5 月 21 日这一天全国所发生的事情中具有社会意义或能表现人生一角的文章五百篇,并木刻、漫画、摄影等插图多页,1936 年 9 月生活书店出版。

〔4〕　《庶联的版画》　韦太白编,收苏联版画一〇四幅,1936 年 5 月上海多样社出版。卷首擅将鲁迅的《记苏联版画展览会》一文列为序,题作《鲁迅:记庶联版画展览会》。

360806 致 时 玳

时玳先生：

五日信收到。近三月来，我的确病的不轻，几乎死掉，后有转机，始渐愈，到三星期前，才能写一点字，但写得多，至今还要发热的。前一信我不记得见了没有，也许正在病中，别人没有给我看，也许那时衰弱得很，见过就忘记了。

《文艺工作者宣言》[1]不过是发表意见，并无组织或团体，宣言登出，事情就完，此后是各人自己的实践。有人赞成，自然很以为幸，不过并不用联络手段，有什么招揽扩大的野心，有人反对，那当然也是他们的自由，不问它怎么一回事。

《作家》收稿，是否必须名人绍介，我不知道；我在《作家》，也只是一个投稿者，更无所谓闹翻不闹翻。

我不久停止服药时，须同时减少看书写字，所以对于写作问题，是没法答复的。

临末，恕我直言：我觉得你所从朋友和报上得来的，多是些无关大体的无聊事，这是堕落文人的搬弄是非，只能令人变小，如果旅沪四五年，满脑不过装了这样的新闻，便只能成为像他们一样的人物，甚不值得。所以我希望你少管那些鬼鬼祟祟的文坛消息，多看译出的理论和作品。

匆复，并颂

时绥

迅 八月六日

*　　*　　*

〔1〕《文艺工作者宣言》 即《中国文艺工作者宣言》。载《作家》
第一卷第三号(1936 年 6 月)。

360807^①　致曹　白

曹白先生：

三日信早收到。我还没有走,地点和日期仍未定,定了也
不告诉人,因为每人至少总有一个好朋友,什么都对他说,那
么,给一个人知道,数天后就有几十人知道,在我目前的景况
上,颇不方便。

信件也不转寄。一者那时当停止服药,所以也得更减少
看和写;二者所住的地方,总不是热闹处所,邮件一多,容易引
人注意。

木刻开会〔1〕,可惜我不能参观了。我对于现在中国木刻
界的现状,颇不能乐观。李桦诸君,是能刻的,但自己们形成
了一种型,陷在那里面。罗清桢细致,也颇自负,但我看他的
构图有时出于拼凑,人物也很少生动的。郝君给我刻像〔2〕,
谢谢,他没有这些弊病,但他从展览会的作品上,我以为最好
是不受影响。

迅　上　八月七日

版画的事情,说起来话长,最要紧的是绍介作品,你看珂
勒惠支,多么大的气魄。我以为开这种作品的展览会,比
开本国作品的展览会要紧。

*   *   *

〔1〕 指由广州现代创作版画研究会负责筹办的中华全国木刻第二回流动展览会,自 1936 年 8 月起,先后在广州、杭州、上海等地流动展出。

〔2〕 郝君给我刻像 指郝力群所作木刻《鲁迅像》,后刊《作家》第二卷第一期(1936 年 10 月)。

360807^②   致 赵 家 璧

家璧先生:

五日信收到。靖华译的小说两本^{〔1〕},今寄上。良友如印,我有一点意见以备参考:

即可名为《苏联作家七人集》^{〔2〕}。

上卷为《烟斗》(此原名《烟袋》,已被禁,其实这是北方话,南方并不如此说,现在正可将题目及文中的名词改过),删去最末一篇《玛丽亚》^{〔3〕}(这是译者的意思,本有别一篇换入,但今天找了通,找不到,只好作罢),作者六人。照相可合为二面,每面三人,品字式。

下卷即《41》。照相一个。

大约如此办法,译者该没有什么反对的。

我的病又好一点,医师嘱我夏间最好离开上海,所以我不久要走也说不定。

《二十人集》^{〔4〕}十本已收到,谢谢!

专此布复,并请

著安。

鲁迅 八月七日

＊　　　＊　　　＊

〔1〕 指《烟袋》和《第四十一》。

〔2〕 《苏联作家七人集》　参看 340224①信注〔6〕。

〔3〕 《玛丽亚》　即《女布尔什维克——玛丽亚》,短篇小说,聂维洛夫作。

〔4〕 《二十人集》　即《苏联作家二十人集》。

360813　致　沈雁冰

明甫先生:

十二晨信收到。纪念文〔1〕不做了,一者生病,二者没有准备,我是从校何苦〔2〕的翻译,才看高的作品的。

"文学"字照茄门〔3〕拚法,是可以这样的。

说到贱体,真也麻烦,肺部大约告一段落了,而肋膜炎余孽,还在作怪,要再注射一星期看。大约这里的环境,本非有利于病,而不能完全不闻不问,也是使病缠绵之道。我看住在上海,总是不好的。

《述林》下卷校样,七天一来,十天一来,现在一算,未排的也不过百五十面上下了。前天寄函雪村,托其催促,于二十日止排成。至今无答说不可之函,大约是做得到的了。那么,下卷也可以在我离沪之前,寄去付印。

专此布复,即请

暑安。

树 顿首 八月十三日

* * *

〔1〕 指悼念高尔基的文章。

〔2〕 何苦 即瞿秋白。

〔3〕 茄门 German 的音译,通译日耳曼。

360816 致 沈 雁 冰

明甫先生:

十四夜信顷收到。肋膜炎大约不足虑;肺则于十三四两日中,使我吐血数十口。肺病而有吐血,本是份内事,但密斯许之流看不惯,遂似问题较别的一切为大矣。血已于昨日完全制止,据医生言,似并非病灶活动,大约先前之细胞被毁坏而成空洞处,有小血管孤立(病菌是不损血管的,所以它能独存,在空洞中如桥梁然),今因某种原因(高声或剧动)折断,因而出血耳。现但禁止说话五日,十九日满期。

转地实为必要,至少,换换空气,也是好的。但近因肋膜及咯血等打岔,竟未想及。杨君〔1〕夫妇之能以装手势贯彻一切者,因两人皆于日语不便当之故也。换了我,就难免于手势危急中开口。现已交秋,或者只我独去旅行一下,亦未可知。但成绩恐亦未必佳,因为无思无虑之修养法,我实不知道也。

倘在中国,实很难想出适当之处。莫干山[2]近便,但我以为逼促一点,不如海岸之开旷。

专此布复,即请

暑安。

树　上　八月十六日

＊　　　＊　　　＊

〔1〕　杨君　指杨贤江(1895—1931),字英甫,笔名李浩吾,浙江余姚人,近代教育思想家。据收信人的来信说:"前次来信谓若到日本,总要有通日语者同去,则你较为省力;鄙意倘一时无此同伴,则到日本后雇一下女,似亦可将就,因从前杨贤江夫妇在日时雇过下女,杨日语不很高明,杨夫人完全不懂,但下女似乎很灵,作手势颇能了然。"

〔2〕　莫干山　位于浙江省北部德清县西北,为避暑、疗养胜地。

360818①　致　王　正　朔[1]

正朔先生足下:

顷奉到八月十四日惠函,谨悉一切。其拓片一包,共六十七张,亦已于同日收到无误。桥[2]基石刻,亦切望于水消后拓出,迟固无妨也。

知关锦念,特此奉闻,并颂

时绥不尽

周玉材　顿首　八月十八日

*   *   *

〔1〕 王正朔(1907？—1939) 河南内乡人。当时在南阳一带做中共党的地下工作,曾受托为鲁迅收集南阳汉画拓片。

〔2〕 指南阳市北关魏公桥。

360818^②　致　蔡斐君

斐君先生：

惠函早到。以我之年龄与生计而论,其实早无力为人阅看创作或校对翻译。何况今年两次大病,不死者幸耳,至今作千余字,即觉不支,所以赐寄大稿〔1〕,真是无法可想,积存敝寓,于心又不安,尤惧遗失。今日已汇为一卷,托书店挂号寄上,乞察收,此后尤希直接寄编辑或出版者,以省转折。因为寓中人少,各无暇晷,每遇收发稿件,奔走邮局,殊以为苦也。事非得已,伏乞谅鉴为幸。

专此布达,并请

暑安。

鲁迅 八月十八日

*   *   *

〔1〕 据收信人回忆,指他所作的长诗《进行曲》续编,及所译俄国作家冈察洛夫(И. А. Гоцаров)的长篇小说《阿波洛莫夫》(今译《奥勃洛摩夫》)前五章和德国沃尔夫(F. Wolf)的剧本《诺汉默教授》(今译《马门教授》)。

360820^①　致 唐 弢

唐弢先生:

　　十八日函收到;前两函也收到的。《珂勒惠支画集》印造不多,存寓定为分送者,早已净尽,无以报命,至歉,容他日设法耳。

　　我的号,可用周豫才,多人如此写法,但邮局当亦知道,不过比鲁迅稍不触目而已。至于别种笔名,恐书店不详知,易将信失落,似不妥。

　　专此布复,并请

暑安。

鲁迅 上 八月二十日

360820^②　致 赵 家 璧

家璧先生:

　　十八日信收到。对于曹译小说的两条,我以为是都不成问题的,现在即可由我负责决定:一、暂抽去《烟袋》;二、立一新名。

　　因为他在旅行,我不知道其住址,一时无从探问,待到去信转辗递到,他寄回信来,我又不在上海了:这样就可以拖半年。所以还是由我决定了好。我想他不至于因此见怪的。

　　但我想:新名可以用漂亮点的,《两个朋友》,《犯人》^{〔1〕}之

类,实在太平凡。

我想在月底走,十月初回来。

专此布达,并颂

著安。

迅 上 八月廿日

* * *

〔1〕 《两个朋友》《犯人》 均为《烟袋》中的篇名。

360825^① 致 母 亲

母亲大人膝下敬禀者,来信收到,给老三的孩子的信,亦早已
　　转交。

　　男病比先前已好得多,但有时总还有微热,一时离不开医
　　生,所以虽想转地疗养一两月,现在也还不能去。到下月
　　初,也许可以走了。

　　海婴安好,瘦长了,生一点疮。仍在大陆小学,进一年级,
　　已开学。学校办得并不好,贪图近便,关关而已。照相当
　　俟秋凉,成后寄上。

　　何小姐[1]我看是并不会照相的,不过在练习,照不好的,
　　就是晒出来,也一定不高明。

　　马理[2]早到上海,老三寓中有外姓同住(上海居民,一家
　　能独赁一宅的不多),不大便当,就在男寓中住了几天,现
　　在搬到她朋友家里去了(姓陶的,也许是先生),不久还要

131

来住几天也说不定。但这事不可给八道湾知道,否则,又有大罪的。

害马上月生胃病,看了一回医生,吃四天药,好了。

专此布达,恭请

金安。

男树 叩上 广平海婴同叩 八月廿五日

*   *   *

〔1〕 何小姐 指何昭容,参看 340831①信注〔2〕。

〔2〕 马理 即周鞠子(1917—1976),又名晨,周建人之女。

360825② 致 欧 阳 山

山兄:

信早到,因稍忙,故迟复。《画集》[1]早托胡兄[2]带去,或已到。

“安全周”有许多人说不可靠,但我未曾失败过,所以存疑,现在看来,究竟是不可靠的。妊身之后,肺病能发热;身体不好,胃口不开也能发热,无从悬揣。Hili[3]我不懂,也查不出,Infection 则系“传染”,“传染病”,或“流行病”,但决非肺病。不过不可存疑,我以为还不如再找一个医生检查一下,用别的法子,如分析小便之类,倘系肺不好,则应即将胎儿取下,即使不过胃弱,也该治一下子。

诊我的医生[4]，大约第一次诊察费二元或三元以后一年内不要，药费每天不过五角，在洋医中，算是便宜的，也肯说明（有翻译者在），不像白色医生的说一句话之后就不开口。我写一张信附上，倘要去看，可用的。

小说座谈会[5]很好，我也已看见过广告。有人不参加，当然听其自由，但我不懂"恐怕引起误会"的话。怕谁"误会"呢？这样做人，真是可怜得很。

但我也真不懂徐懋庸为什么竟如此昏蛋，忽以文坛皇帝自居，明知我病到不能读，写，却骂上门来[6]，大有抄家之意。我这回的信是箭在弦上，不得不发，但一发表，一批徐派就在小报上哄哄的闹起来，[7]煞是好看，拟收集材料，待一年半载后，再作一文，此辈的嘴脸就更加清楚而有趣了。

我比先前好，但热度仍未安定，所以至今说不定何日可以旅行。

专此布复，即颂

时绥。

迅 上。八月二十五日。

草明太太均此致候。 广附笔问候。

密勒路可坐第一路电车，在文路（上海银行分行处）下车，向文路直走，至虹口小菜场，一问，不远了。 又及

* * *

〔1〕 《画集》 指《凯绥·珂勒惠支版画选集》。

〔2〕　胡兄　指胡风。

〔3〕　Hili　德文解剖学名词，即血管等出入的门，如肾门、肺门等。

〔4〕　指须藤五百三，参看 360828（日）信注〔1〕。

〔5〕　小说座谈会　即小说家座谈会。当时欧阳山主编的《小说家》文艺杂志，为探讨小说创作组织小说家座谈，每期在"小说家座谈会"栏内刊登座谈内容。

〔6〕　指徐懋庸 1936 年 8 月 1 日致鲁迅信，鲁迅为此作《答徐懋庸并关于抗日统一战线问题》，后收入《且介亭杂文末编》。

〔7〕　指《社会日报》。该报在 1936 年 8 月 20 日、22 日、24 日、25 日接连发表未名的《鲁老头子笔尖儿横扫五千人，但可惜还不能自圆其说》、灵犀的《读鲁迅先生关于统一战线问题应为徐懋庸先生辩白的几句话》、孙奥的《鲁迅笔下的二位西装大汉，据说就是华汉林伯修》、返秋的《鲁迅突击了韩侍桁，是不是苦肉记》等文。

360826　致　康小行[1]

小行先生：

　　来信收到。

　　《珂氏版画》印本无多，出版后即为预约及当地人士购去，现已无余，且不再版，故　来函所询之书未能奉寄，不胜抱歉！此复，敬候

时绥

树　上　八月廿六

＊　　　＊　　　＊

〔1〕　此信由鲁迅口授,许广平代笔。

康小行,未详。

360827　致 曹 靖 华

汝珍兄:

廿一日信昨收到,小包亦于昨午后取得;惟木耳至今未到,大约因交通不便,尚在山中或途中耳。红枣极佳,为南中所无法购得,羊肚〔1〕亦作汤吃过,甚鲜。猴头〔2〕闻所未闻,诚为珍品,拟俟有客时食之。但我想,如经植物学家及农学家研究,也许有法培养。

女院〔3〕事已定,甚好,但如此屡换课目,亦令人麻烦,我疑其中必有原因,夏间见许君两次,却一句未说,岂李作怪欤?

致黄源信已转寄。印书事未知,大约因我生病,故不以告。昨晚打听,始知其实亦尚无一定办法。倘印行时,兄之译品,可以给他们印。《粮食》我这里有印本。倘决定出版时,当通知。

陈君〔4〕款早收到。

出版界确略松,但大约不久又要收紧的。而且放松更有另外的原因,言之痛心,且亦不便;《作家》八月号上,有弟一文〔5〕,当于日内寄上,其中有极少一点文界之黑暗面可见。我以为文界败象,必须扫荡,但扫荡一有效验,压迫也就随之而至了。

135

　　良友公司愿如《二十人集》例，合印兄译之两本短篇小说，但欲立一新名，并删去《烟袋》。我想，与其收着，不如流传，所以已擅自答应他们，开始排字。此事意在牺牲一篇，而使别的多数能够通行，损小而益多，想兄当不责其专断。书名我拟为《七人集》，他们不愿，故尚未定。版税为百分之十五，出版后每年算两次。

　　它兄集上卷已在装订，不久可成，曾见样本，颇好，倘其生存，见之当亦高兴，而今竟已归土，哀哉。至于第二本，说起来真是气死人；原与印刷局约定六月底排成，我在病中，亦由密斯许校对，未曾给与影响，而他们拖至现在，还差一百余页，催促亦置之不理。说过话不算数，是中国人的大毛病，一切计画，都被捣乱，无可豫算了。

　　《城与年》[6]尚未付印。我的病也时好时坏。十天前吐血数十口，次日即用注射制止，医诊断为于肺无害，实际上确也不觉什么。此后已退热一星期，当将注射，及退热，止咳药同时停止，而热即复发，昨已查出，此热由肋膜而来（我肋膜间积水，已抽去过三次，而积不已），所以不甚关紧要，但麻烦而已。至于吐血，不过断一小血管，所以并非肺病加重之兆，因重症而不吐血者，亦常有也。

　　但因此不能离开医生，去转地疗养，换换空气，却亦令人闷闷，日内拟再与医生一商，看如何办理。

　　专此布复，并请
暑安。

弟豫　顿首　八月廿七日

*　　　*　　　*

〔1〕 羊肚　豫西卢氏县一带土特产,菌类。

〔2〕 猴头　土特产,菌类。

〔3〕 女院　即北平大学女子文理学院。

〔4〕 陈君　指陈蜕。

〔5〕 指《答徐懋庸并关于抗日统一战线问题》。

〔6〕 《城与年》　指《城与年》插图。

360828[①]　致 黎 烈 文

烈文先生:

昨在《立此存照》[1]上所写笔名,究嫌太熟,倘还来得及,乞改为"晓角"是荷。

专此布达,并请

著安。

迅 顿首 八月廿八晨

*　　　*　　　*

〔1〕 《立此存照》　即《立此存照》(一)、(二),后均收入《且介亭杂文末编》。

360828[②]　致 杨 霁 云

霁云先生:

二十四日函收到。我这次所生的,的确是肺病,而且是大

家所畏惧的肺结核,我们结交至少已经有二十多年了,其间发过四五回,但我不大喜欢嚷病,也颇漠视生命,淡然处之,所以也几乎没有人知道。这一回,是为了年龄关系,没有先前那样的容易制止和恢复了,又加以肋膜病,遂至缠绵了三个多月,还不能停止服药。但也许就可停止了罢。

是的,文字工作,和这病最不相宜,我今年自知体弱,也写得很少,想摆脱一切,休息若干时,专此翻译糊口。不料还是发病,而且正因为不入协会[1],群仙就大布围剿阵,徐懋庸也明知我不久之前,病得要死,却雄赳赳首先打上门来也。

他的变化,倒不足奇。前些时,是他自己大碰钉子的时候,所以觉得我的"人格好",现在却已是文艺家协会理事,《文学界》[2]编辑,还有"实际解决"[3]之力,不但自己手里捏着钉子,而且也许是别人的棺材钉了,居移气,养移体,[4]现在之觉得我"不对","可笑","助长恶劣的倾向","若偶像然",原是不足为异的。

其实,写这信的虽是他一个,却代表着某一群,试一细读,看那口气,即可了然。因此我以为更有公开答复之必要。倘只我们彼此个人间事,无关大局,则何必在刊物上喋喋哉。先生虑此事"徒费精力",实不尽然,投一光辉,可使伏在大纛荫下的群魔嘴脸毕现,试看近日上海小报之类,此种效验,已极昭然,他们到底将在大家的眼前露出本相。

《版画集》[5]在病中印成,照顾殊不能周到,印数又少,不久便尽,书店也不存一本了,无以奉寄,甚歉。

专此布复,并请

暑安。

鲁迅 八月廿八日。

再:现医师不许我见客和多谈,倘略愈,则拟转地疗养数星期,所以在十月以前,大约不能相晤:此可惜事也。

*　　　*　　　*

〔1〕 协会　指中国文艺家协会。

〔2〕《文学界》 月刊,署周渊编辑,实由戴平万主编,1936 年 6 月创刊,同年 9 月出至第四期停刊,共出四期。上海天马书店发行。

〔3〕 "实际解决" 此句以及这段中的其他引语,均为徐懋庸 1936 年 8 月 1 日致鲁迅信中的话。

〔4〕 居移气,养移体　语见《孟子·尽心》。

〔5〕《版画集》 即《凯绥·珂勒惠支版画选集》。

360831　致 沈雁冰

明甫先生:

我肺部已无大患,而肋膜还扯麻烦,未能停药;天气已经秋凉,山上海滨,反易伤风,今年的"转地疗养"恐怕"转"不成了。

因此想到《述林》,那第二本,交稿时约六月底排成。在我病中,亦仍由密斯许赶校,毫不耽搁,而至今已八月底,约还差百余页。前曾函托章先生[1],请催排字局,必于八月二十边

排完,而并无回信置可否,也看不出排稿加紧,或隔一星期来一次,或隔十多天来一次,有时新稿,而再三校居多,或只清样。这真不大像在做生意。所以想请先生于便中或专函向能拿主意的人(章? 徐[2]?)一催,从速结束,我也算了却一事,比较的觉得轻松也。

　　那第一本的装钉样子已送来,重磅纸;皮脊太"古典的"一点,平装是天鹅绒面,殊漂亮也。专此布达,即请

著安。

树　上　八月卅一日

＊　　　　＊　　　　＊

〔1〕　章先生　指章锡琛。

〔2〕　徐　指徐调孚(1901—1981),名骥,字调孚,浙江平湖人,文学研究会会员。当时任开明书店编辑。

360903[①]　致母亲

母亲大人膝下,敬禀者,八月三十日信收到。男确是吐了几十口血,但不过是痰中带血,不到一天,就由医生用药止住了。男所生的病,报上虽说是神经衰弱,其实不是,而是肺病,且已经生了二三十年,被八道湾赶出[1]后的一回,和章士钊闹[2]后的一回,躺倒过的,就都是这病,但那时年富力强,不久医好了。男自己也不喜欢多讲,令人担心,所以很少人知道。初到上海后,也发过一回,今年是

第四回,大约因为年纪大了之故罢,一直医了三个月,还没有能够停药,因此也未能离开医生,所以今年不能到别处去休养了。

肺病是不会断根的病,全愈是不能的,但四十以上人,却无性命危险,况且一发即医,不要紧的,请放心为要。

马理已考过,取否尚未可知。她还是孩子脾气,看得上海很新鲜。但据男看来,她的先生(北平教过的)和朋友都颇滑,恐怕未必能给她帮助,到紧要时,都托故溜开了。

害马胃已医好。海婴亦好,仍上大陆小学。

专此布复,恭请

金安。

      男树 叩上 广平海婴同叩 九月三夜。

*　　　*　　　*

〔1〕 被八道湾赶出 1923年8月,鲁迅与周作人决裂,由八道湾迁居砖塔胡同。

〔2〕 和章士钊闹 参看250823信注〔3〕。

360903② 致 沈雁冰

明甫先生:

昨收到一日信,才明白了印刷之所以牛步化的原因,现经加鞭,且观后效耳。振铎常打如意算盘,结果似乎不如意的居多,但这回究竟打得印出了十分之八九,成绩还不算坏。我

想,到九月底,总该可以结束了。最失败的是许钦文,他募款建陶元庆纪念堂,[1]后来收款寥寥,自己欠一批债,而杭州之律师及记者等,以他为富翁,必令涉入命案,几乎寿终牢寝,现在出来了,却专为付利子而工作着。

美成[2]铅字,其实并不好,不但无新五号,就是五号,也有大小,不一律的。初校送来,却颇干净,错误似不多,但我们是对原稿的,因此发见印刷局的校员,可怕之至,他于觉得错误处,大抵以意改令通顺,并不查对原稿,所以有时简直有天渊之别。大抵一切校员,无不如此,所以倘是紧要的书,真令人寒心。《述林》有一半无原稿,那就没法了。此请

著安。

　　　　　　　　　　　　　　　树　上　九月三日

＊　　　＊　　　＊

　〔1〕　许钦文　参看 250929 信注〔1〕。1929 年陶元庆逝世后,他曾向陶的生前友好募款,为其在杭州西湖畔修墓。陶元庆纪念堂,系他独资营造。涉入命案的事,参看 320302 信注〔5〕和 330820① 信注〔2〕。

　〔2〕　美成　即美成印刷厂。

360905　致赵家璧

家璧先生:

　　顷接靖华信,已同意于我与先生所定之印他译作办法。并补寄译稿四篇[1](共不到一万字),希望加入。稿系涅维洛夫

的三篇,左琴科的一篇,《烟袋》内原有他们之作,只要挨次加入便好。但不知已否付排,尚来得及否?希即见示,以便办理。

他函中要我做一点小引〔2〕,如出版者不反对,我是只得做一点的,此一层亦希示及;但倘做起来,也当在全书排成之后了。

专此布达,并请

著安。

鲁迅 九月五日

* * *

〔1〕 指曹靖华译的苏联涅维洛夫的《平常的事——一个农妇的故事》、《带羽毛的帽子》、《委员会》和左琴科的《澡堂》。

〔2〕 指《曹靖华译〈苏联作家七人集〉序》,后收入《且介亭杂文末编》。

360907　致　曹靖华

汝珍兄:

八月卅一日信收到,小说四篇,次日也到了,当即写信去问书局,商量加入,尚无回信,不知来得及否。至于《安得伦》〔1〕,则我以为即使来得及,也不如暂单行,以便读者购买。而且大书局是怕这本书的,最初印出时,书店的玻璃窗内就不肯给我们陈列,他们怕的是图画和"不走正路"四个字。

　　病重之说[2]，一定是由吐血而来的，但北平报纸，也真肯记载我的琐事。上海的大报，是不肯载我的姓名的，总得是胡适林语堂之类。至于病状，则已几乎全无，但还不能完全停药，因此也离不开医生，加以已渐秋凉，山中海边，反易伤风，所以今年是不能转地了。

　　猴头已吃过一次，味确很好，但与一般蘑菇类颇不同。南边人简直不知道这名字。说到食的珍品，是"燕窝鱼翅"，其实这两种本身并无味，全靠配料，如鸡汤，笋，冰糖……的。

　　它兄译集的下本，正在排校，本月底必可完，去付印，年内总能出齐了。一下子就是一年，中国人做事，什么都慢，即使活到一百岁，也做不成多少事。

　　关于《卡巴耶夫》的几篇文章上的署名，[3]是编辑者写的，不知道他为什么想了这么一个笔名。上月他们分两次送了稿费来，共十五元，今汇上，请便中一取。此杂志停刊了，数期停刊的杂志，上海是常有的，其原因除压迫外，也有书店太贪，或编辑们闹架。这里的文坛不大好；日前寄上《作家》一本，有弟一文[4]，写着一点大概，现在他们正面不笔战，却在小报上玩花样——老手段。

　　有答 E 的一封信[5]，想请兄译出，今寄上汉文稿，乞便中一译，无关紧要，不必急急的。

　　专此布达，并请

暑安。

弟　豫　上　九月七日

＊　　　＊　　　＊

〔1〕　《安得伦》　即《不走正路的安得伦》。

〔2〕　病重之说　1936年8月30日《北平新报》载有署名"曾"的《鲁迅先生病况》，其中说："鲁迅先生的病，……据说现在又加重一点了。"

〔3〕　关于《卡巴耶夫》的几篇文章，指《夜莺》第一卷第四期（1936年6月）"却派也夫特辑"中的《关于〈却派也夫〉》、《夏伯阳之死》和《孚尔玛诺夫与夏伯阳》。前两篇分别署吴明、明之译，后一篇署明之作。按《卡巴耶夫》、《却派也夫》，均系《夏伯阳》的不同译名。

〔4〕　指《答徐懋庸并关于抗日统一战线问题》。

〔5〕　即360907（德）信。

360908　致叶　紫

芷兄：

七日信收到；记得以前诸函，也都收到的。所以未写回信者，既非我病又重，也并无"其他的原故"。不过说来说去，还是为了我的病依然时好时坏，就是好的时候，写字也有限制，只得用以写点关于生计或较为紧要的东西；密斯许又自己生病，孩子生病，近来又有客寓在家里，所以无关紧要的回信，只好不写了。

我身体弱，而琐事多，向来每日平均写回信三四封，也仍然未能处处周到。一病之后，更加照顾不到，而因此又须解释所以未写回信之故，自己真觉得有点苦痛。我现在特地声明：我的病确不是装出来的，所以不但叫我出外，令我算账，不能

照办,就是无关紧要的回信,也不写了。此一节请谅察为幸。

专此布复,并颂

时绥。

鲁迅 九月八日

360909　致 赵 家 璧

家璧先生:

顷得七日信;所给我的《新传统》[1]一本,亦收到,谢谢!

译稿四篇,今送上。末校我想只要我替他看一看就好,因为学校已开课,他所教的是新项目,一定忙于豫备。

书名我们一个也没有。不知篇名有比较的漂亮者否?请先生拟定示知。

普及本木刻[2],亦收到。随便看看固可,倘中国木刻者以此为范本,是要上当的。

专此布达,并请

著安。

鲁迅 九九。

*　　　*　　　*

〔1〕　《新传统》　文艺论文集。赵家璧著,1936 年 8 月良友图书印刷公司出版。

〔2〕　指德国麦绥莱勒木刻连环画《一个人的受难》普及本,1936 年良友图书印刷公司出版。

360914^①　致 吴 朗 西

朗西先生：

　　顷面托排印之说明^[1]，已抄好底稿，今寄奉，乞便中付与印刷局为荷。校好之后，除打纸板外，并乞令在较厚的白纸（光道林）上精印五六张。专此布达，并颂

时绥。

迅　上　九月十四夜

　　　　＊　　　　＊　　　　＊

　　〔1〕　指当时《凯绥·珂勒惠支版画选集》改版重印时，在每幅画下所加的题目（初版本无画题）。

360914^②　致 沈 雁 冰

明甫先生：

　　先前有称端木蕻良^[1]的，寄给我一篇稿子^[2]，而我失其住址，无法回复。今天见《文学》八月号，有《鹭鹭湖的忧郁》^[3]一篇，亦同名者所作。因思文学社内，或存有他的通信处，可否乞先生便中一查，见示。

　　又萧三之通信处，如有，亦希示知，其寓所或其信箱均可。

　　专此布达，并请

撰安。

树　顿首　九月十四夜。

＊　　　＊　　　＊

〔1〕　端木蕻良　参看本卷附录一9信注〔1〕。

〔2〕　指短篇小说《爷爷为什么不吃高粱米粥》，后载《作家》第二卷第一号（1936年10月）。

〔3〕　《鸳鸯湖的忧郁》　短篇小说，后载《文学》第七卷第二号（1936年8月）。

360915　致　王冶秋

冶秋兄：

八月廿六日的信早收到，而且给我美丽的画片，非常感谢。记得两个月以前罢，曾经很简单的写了几句寄上，现看来信，好像并未收到。

我至今没有离开上海，非为别的，只因为病状时好时坏，不能离开医生。现在还是常常发热，不知道何时可以见好，或者不救。北方我很爱住，但冬天气候干燥寒冷，于肺不宜，所以不能去。此外，也想不出相宜的地方，出国有种种困难，国内呢，处处荆天棘地。

上海不但天气不佳，文气也不像样。我的那篇文章〔1〕中，所举的还不过很少的一点。这里的有一种文学家，其实就是天津之所谓青皮，他们就专用造谣，恫吓，播弄手段张网，以

罗致不知底细的文学青年,给自己造地位;作品呢,却并没有。真是惟以嗡嗡营营为能事。如徐懋庸,他横暴到忘其所以,竟用"实际解决"来恐吓我了,则对于别的青年,可想而知。他们自有一伙,狼狈为奸,把持着文学界,弄得乌烟瘴气。我病倘稍愈,还要给以暴露的,那么,中国文艺的前途庶几有救。现在他们在利用"小报"给我损害,可见其没出息。

珂勒惠支的画集只印了一百本,病中装成,不久,便取尽,卖完了,所以目前无法寄奉。近日文化生活出版社方谋用铜版复制,年内当可出书[2],那时当寄上。

静农在夏间过沪回家,从此便无消息,兄知其近况否?

专此布复,即颂

时绥。

树 上 九月十五日

令夫人令郎均吉。

*　　　*　　　*

〔1〕 指《答徐懋庸并关于抗日统一战线问题》。

〔2〕 按《凯绥·珂勒惠支版画选集》改版重印本,于 1936 年 10 月出版,为《新艺术丛刊》第一种。

360918 致 许 杰[1]

许杰先生:

来信收到。径三兄的纪念文[2],我是应该做的,我们并

非泛泛之交。只因为久病,怕写不出什么来,但无论如何,我一定写一点,于十月底以前寄上。

我并没有豫备到日本去休养;但日本报上,忽然说我要去了,不知何意。中国报上如亦登载,那一定从日本报上抄来的。

专此布复,即请

撰安。

鲁迅　九一八

＊　　　　＊　　　　＊

〔1〕　许杰(1901—1993)　浙江天台人,作家。文学研究会会员。当时在上海暨南大学文学院中文系任教。

〔2〕　径三　即蒋径三(1899—1936),浙江临海人。曾任中山大学图书馆馆员兼文科历史语言研究所助理员。鲁迅编纂《唐宋传奇集》时,他曾帮助代借资料。1936年7月在杭州坠马而死后,他的生前友好在杭州《晨光》周刊(1936年10月25日)刊出《蒋径三先生纪念专号》。鲁迅的纪念文章,后未写成。

360921^①　致唐　诃

唐诃先生:

得到九月十六日信,并给我仅存的序文〔1〕,感谢之至。但展览会收场如此,真令人怅然。

那几个植物名,第一个一定是(Kōzo)之误,中国名"楮",

也做制纸的原料,第三个是"雁皮",中国名不知,也许没有。只有 D'miko 不可解,也不像日本话。但日本制纸植物,普通确是三种,其一是"三桠"(Mitsumata),我想大约德文拼错的。

K 氏画集[2]早分,卖完了;听说有人要用铜版翻印,但尚未出。我还在时时发热,但这年纪的肺病,是不会致命的,可是也不会好;这事您知道得很明白,用不着我说。

专此布复,即请

秋安。

干 顿首 九月二十一日

*　　　*　　　*

〔1〕 指《〈全国木刻联合展览会专辑〉序》手迹刻印稿。原件及《专辑》的作品因金肇野被国民党当局逮捕而全部散失。

〔2〕 K 氏画集　即《凯绥·珂勒惠支版画选集》。

360921② 致 黎 烈 文

烈文先生:昨所说的那一篇,已抄讫,今寄上。上午又作了一则《立此存照》,一同附奉,[1]希能见于第三期。但太长;同是"存照",而相度其长短,或补白,或不补白,何如?

专此布达,并颂

撰安。

迅 顿首 九月二十一日

*　　　*　　　*

〔1〕　指《"立此存照"》(三)、《"立此存照"》(四)，后均收入《且介亭杂文末编》。

360922^①　致母　亲

母亲大人膝下，敬禀者，九月八日来信，早已收到。男近日情形，比先前又好一点，脸上的样子，已经恢复了病前的状态了，但有时还要发低热，所以仍在注射。大约再过一星期，就停下来看一看。海婴仍在原地方读书，夏天头上生了几个小疮，现在好了，前天玻璃割破了手，鲜血淋漓，今天又好了。他同玛利^{〔1〕}很要好，因为他一向是喜欢客人，爱热闹的，平常也时时口出怨言，说没有兄弟姊妹，只生他一个，冷静得很。见了玛利，他很高兴，但被他粘缠起来的时候，我看实在也讨厌之至。

北京今年这样热，真是意料不到的事。上海还不算大热，现在凉了，而太阳出时，仍可穿单衣。害马甚好，请勿念。专此布达，恭请

金安。

　　　　　　　男树　叩上　广平暨海婴同叩　九月二十二日

*　　　*　　　*

〔1〕　玛利　即马理。

360922^② 致 费 慎 祥

慎祥兄：

重排的《花边文学》，想必有一本清样，望便中带来。因为我想在较有力气时，标注这回付印的《杂文初集》[1]，要看看格式。

那一个盘光华书局的人[2]，在将《铁流》的纸板向人出卖，要五十块钱。

专此布达，即颂

时绥。

迅 上 廿二日

*   *   *

〔1〕 《杂文初集》 即《且介亭杂文》。

〔2〕 指陈杏荪，浙江宁波人。当时任上海太平洋印刷所经理。

360925 致 许 寿 裳

季市兄：

得《新苗》，见兄所为文，[1]甚以为佳，所未敢苟同者，惟在欲以佛法救中国耳。

从中更得读太炎先生狱中诗[2]，卅年前事，如在眼前。因思王静安没后，尚有人印其手迹，今太炎先生诸诗及"速

死"〔3〕等,实为贵重文献,似应乘收藏者多在北平之便,汇印成册,以示天下,以遗将来。故宫博物馆印刷局,以玻璃板印盈尺大幅,每百枚五元,然则五十幅一本,百本印价,不过二百五十元,再加纸费,总不至超出五百,向种种关系者募捐,当亦易集也。此事由兄发起为之,不知以为何如?

　　与革命历史有关之文字不多,则书简文稿册页,亦可收入,曾记有为兄作《汉郊祀歌》〔4〕之篆书,以为绝妙也。倘进行,乞勿言由我提议,因旧日同学,多已崇贵,而我为流人,音问久绝,殊不欲因此溷诸公之意耳。

　　贱恙时作时止,毕竟如何,殊不可测,只得听之。

　　专此布达,并请

道安。

弟飞　顿首　九月二十五日

＊　　　＊　　　＊

　　〔1〕《新苗》　综合性半月刊,第五期后改为月刊。1936年5月创刊,1937年6月停刊。北平大学女子文理学院出版委员会编辑出版。这里说的"兄所为文",指该刊第八期(1936年9月)所载的《纪念先师章太炎先生》。该文述及章太炎1906年在东京留学生欢迎会上的演说,在节引其中"用宗教发起信心,增进国民的道德","用国粹激动种族,增进爱国的热肠"一段之后,便说:"现在中国虽称民国,而外侮益亟,民气益衰,一般国民之怯懦浮华,猥贱诈伪,视清末或且加甚,自非一面提倡佛教,'以勇猛无畏治怯懦心,以头陀净行治浮华心,以惟我独尊治猥贱心,以力戒诳语治诈伪心'(先师答梦庵书中语,见《民报》第二十一号)。一面尊重历史,整理国故,……前路茫茫,何能有济?"

〔2〕 太炎先生狱中诗 1903年6月章太炎与邹容在上海被清政府逮捕,章在狱中作有《狱中赠邹容》、《狱中闻沈禹希见杀》、《狱中闻湘人杨度被捕有感二首》等诗。

〔3〕 "速死" 1915年章太炎被袁世凯软禁于北京期间,因愤于袁世凯阴谋称帝,以七尺宣纸篆书"速死"二字,悬于壁上。并自跋云:"含识之类,动止则息,苟念念趣死,死则自至,故书此二字,在自观省,不必为士燮之祷也。乙卯孟秋,章炳麟识。""速死"是春秋时范文子(即士燮)的故事。《左传》成公十七年载:范文子是晋国大夫,曾佐郤克、栾书等率军与齐、秦、楚作战,屡胜建功。因晋厉公骄侈成性,他担心自己会因功招祸,殃及家族,便祈祷"速死",不再作战。他"祝宗祈死",说:"爱我者唯祝我使我速死,无及于难,范氏之福也。"

〔4〕 《汉郊祀歌》 汉乐府歌辞,共十九章。章太炎所作篆书,未详。

360926① 致 吴 朗 西

朗西先生:

十五日寄奉一函,内有付排之稿,不知收到否?如已交印刷局,则请一催,因此系急用,而且每条须看排出之样式后,再各添一行,较费周折也。

专此布达,并请

秋安。

迅 上 九月二十六日

360926② 致 沈 雁 冰

明甫先生：

廿五日信廿六到。美成"排竣"之说甚巧，至于校，则尚剩序目。先前校稿，他们办法亦与上卷不同，至二校，必打清样来，以示无需三校之意。我亦遵命，但曾提出一页，要三校，而至今不至也。

《中国的一日》至今无有，有时非常宽缓，是生活书店所不甚少有的事，以前亦往往遇之。此店貌似旺盛，而办事或失之太散漫，或失之太聪明，其实是很不健康的。

《述林》初拟计款分书，但如抽去三分之一交 C.T.[1]，则内山老板经售者只三百余本，迹近令他做难事而又克扣其好处，故付与 C.T.者，只能是赠送本也。

专此布复，并请

秋安。

树 顿首 九月廿六夜。

*　　*　　*

〔1〕 C.T. 即郑振铎。

360928① 致 吴 渤[1]

吴渤先生：

来信收到。

　　今年九个月中,我足足大病了六个月,至今还在天天发热,不能随便走动,随便做事。所以关于木刻展览会[2]的事情,就也无从谈起了,真是抱歉之至。

　　专此奉答,并颂

时绥。

鲁迅 九月廿八

＊　　　　＊　　　　＊

　　〔1〕 此信由鲁迅口授,许广平代笔。

　　〔2〕 木刻展览会　参看360807①信注〔1〕。该会于1936年10月6日至8日在上海八仙桥青年会展出,鲁迅曾于8日抱病前往参观。

360928②　致黎烈文

烈文先生:

　　近想甚忙。我仍间或发热,但报总不能不看,一看,则昏话之多,令人发指。例如此次《儿童专刊》[1]上一文,竟主张中国人杀日本人,应加倍治罪,此虽日本人尚未敢作此种主张,此作者真畜类也。草一《存照》[2],寄奉,倘能用,幸甚。

　　专此布达,并请

撰安。

迅　顿首 九月廿八日

＊　　　＊　　　＊

〔1〕《儿童专刊》《申报》副刊之一，每逢星期一出版。1936年9月27日，该刊载有《小学生们应有的认识》，作者署名梦苏。

〔2〕《存照》　指《"立此存照"》（五），收入《且介亭杂文末编》时，改题为《"立此存照"》（七）。

360929^①　致 郑 振 铎

西谛先生：

二十八日信收到。《述林》已在关上候查，但官场办事雍容，恐怕总得一星期才会通过罢。所印只五百部，如捐款者按人一律两部，则还不如不募之合适，大约有些也只能一部，然亦不过收回成本而已。我处无人可差，所以有几位之书，也只能总送尊寓，乞于便中分交。

《博古页子》早收到，初以为成书矣，今日始知是样本，我无话可写，不作序矣。《十竹斋笺谱》（二）近况如何？此书如能早日刻成，乃幸。

近得 J. Průšek^{〔1〕}信，谓认识先生，见时乞代问候云云，特转达。

专此布复，并请

教安。

鲁迅 九月二十九日

＊　　　＊　　　＊

〔1〕　J. Průšek　即普实克，参看 360723（捷）信注〔1〕。

360929② 致 黄 源

河清先生：

　　有几篇稿子，想交与孟十还先生，还有一些话。可否请先生莅寓一谈，再为转达，至幸。

　　专此布达，即请

著安

　　　　　　　　　　　　迅 上 九月廿九日

360929③ 致 曹 白

曹白先生：

　　廿七夜信并稿两篇[1]均收到。我一直没有离开上海，其实是为了不能离开医生，现在每天还发热，但医生确说已可以散步，可惜我也无处可走，到处是伤心惨目，走起来并不使我愉快。

　　论文并无错处，可以发表的，我只改正了几个误字。至于《夜谈》，却不佳，叙述是琐细事，而文笔并不漂亮（虽然偶有警句），材料也平常，吃蛆之类的无赖手段，在中国并不少有，不算奇异的。况且这种恶劣人物，很难写，正如鼻涕狗粪，不能刻成好木刻一样。

　　但原稿上时有极关紧要的误字，这我看是因为你神经太疲劳了的缘故。例如论文的 5 页后半页，《夜谈》的 4 页末行，我看都有大错，我加了问号在那里。

　　两篇都放在书店里,附上一笺,希便中持以一取为荷。此复,即颂

秋安

迅　上　九月二十九日

＊　　　＊　　　＊

　〔1〕　指曹白的论文《略谈现在中国的绘画》和散文《夜谈》。前篇载《中流》第一卷第八期(1936年12月),后篇未发表。

361002①　致　郑　振　铎

西谛先生:

　　今送上《海上述林》上卷,系:

　　C.T.　革脊五本、绒面五本、

　　耿〔1〕　革脊一本、绒面一本、

　　傅　　革脊一本、

　　吴　　革脊一本、

　　共十四本。傅吴两位之书,仍希转交,因我无人可托,不能一一分送也。此布,即请

撰安。

迅　顿首〔十月二日〕

＊　　　＊　　　＊

　〔1〕　耿　指耿济之。下文的傅,指傅东华。吴,指吴文祺

（1901—1991），浙江海宁人，时为暨南大学中文系教授。

361002② 致 章 锡 琛

雪村先生：

今送上《海上述林》上卷共七本，乞分赠：

章、叶、徐、宋、夏、

以上五位〔1〕，皮脊订本各一本，

王、丁、

以上二位〔2〕，绒面订本各一本。

下卷已将付印，成后续呈。专此，即请

秋安。

树人 顿首〔十月二日〕

*　　　*　　　*

〔1〕 章　指章锡琛。叶，指叶圣陶。徐，指徐调孚。宋，指宋云彬（1897—1979），浙江海宁人，当时开明书店编辑。夏，指夏丏尊。

〔2〕 王　指王伯祥（1890—1975），名钟麒，号伯祥，江苏吴县人，当时开明书店编辑。丁，指丁孝先，江苏苏州人，当时开明书店编辑。

361005 致 沈 雁 冰

明甫先生：

四日信收到。

　　"顾问"[1]之列,我不愿加入,因为先前为了这一类职衔,吃苦不少,而且甚至于由此发生事端,所以现在要回避了。

　　在十四日之前,当投稿一篇,虽然题目未能十分确定。

　　萧红一去之后,并未给我一信,通知地址;近闻已将回沪,然亦不知其详,所以来意[2]不能转达也。

　　昨看《冰天雪地》[3],还好。　专此布复,即请

著安。

树　上　十月五日

*　　　*　　　*

　　〔1〕　"顾问"　《文学》月刊 1936 年 7 月改由王统照编辑后,拟请鲁迅担任顾问。

　　〔2〕　指《文学》编者向萧红约稿。当时萧红在日本养病。

　　〔3〕　《冰天雪地》　苏联影片,描写苏联青年向北极进军的事迹。

361006①　致　汤　咏　兰[1]

咏兰先生:

　　来信收到。

　　肺病又兼伤风,真是不大好,但我希望伤风是不久就可以医好的。

　　有钱五十元,放在书店里。今附上一笺,请持此笺,前去一取为荷。

　　专此布复,即颂

时绥。

豫　上　十月六日

＊　　　＊　　　＊

〔1〕　汤咏兰　湖南益阳人,叶紫夫人。

361006^②　致　曹　白

曹白先生:

一日信早收到。

作文要誊清,是因为不常写的缘故:手生。我也这样,翻译多天之后,写评论便涩滞;写过几篇之后,再来翻译,却又觉得不大顺手了。总之:打杂实在不是好事情,但在现在的环境中,也别无善法。

种种骚扰,我是过惯了的,一二八时,还陷在火线里。至于搬家,却早在想,因为这里实在是住厌了。但条件很难,一要租界,二要价廉,三要清静,如此天堂,恐怕不容易找到,而且我又没有力气,动弹不得,所以也许到底不过是想想而已。

我要送你一本书(这是我们的亡友的纪念),照例是附上一笺,向书店去取。还只上卷;下卷(都是剧本和小说)即将付印,看来年底总可以出版的。开首的《写实主义文学论》^{〔1〕},虽学说已旧,却都是重要文献,可供参考,可惜的是插画的说明印错了,我当于下卷中附白订正。

《现实》和《高尔基论文集》,都被一书店^{〔2〕}(那时是在"第三

种人"手里的)扣留了几年,到今年才设法赎出来的,你看上海的鬼蜮,多么可怕。

专此布达,即请

刻安。

豫　顿首　十月六日

＊　　　＊　　　＊

〔1〕《写实主义文学论》　指《海上述林》上卷《现实》中的第一篇《马克思恩格斯和文学上的现实主义》一文。

〔2〕　指现代书局。

361009^①　致　费明君^{〔1〕}

明君先生:

《珂氏选集》早已无余……^{〔2〕}歉甚。但近日文化生活出版社已在缩印……不至于不佳,大约年内总可出版,请先生自与接洽为幸。该社地址,是福州路四三六号。　专此布复,并颂秋安。

鲁迅　十月九日

＊　　　＊　　　＊

〔1〕　费明君(1912—1975)　浙江宁波人。曾任汉口《平报》、南京《新京日报》文艺副刊编辑,当时在日本留学。

〔2〕　此处及下文的删节处,为《鲁迅先生语录》(雷白文编,1937

年 10 月自印)刊载手迹时被同时刊登的鲁迅照片所盖没。

361009② 致 黄 源

河清先生：

寄上广告草稿[1]，不知本月的《译文》上，还赶得及登出否？在《作家》上，却下月也不妨。

专此布达，并请

撰安。

迅 上 十月九日

* * *

〔1〕 指《绍介〈海上述林〉上卷》，现编入《集外集拾遗补编》。

361010① 致 黎 烈 文

烈文先生：

昨寄揩油广告[1]一种，想已达；尚有一种，仍希揩油，但第三种，可望暂时没有了。

午后至上海大戏院观《复仇遇艳》(Dubrovsky by Push-kin)[2]，以为甚佳，不可不看也。

特此鼓动，并颂

撰安。 迅 上 十月十夜。

＊　　　　＊　　　　＊

〔1〕　指《绍介〈海上述林〉上卷》。下文"尚有一种",指联华书局有关鲁迅等人九种著译的广告。均载《中流》半月刊第一卷第四期(1936 年 10 月 20 日)。

〔2〕　《复仇艳遇》　苏联影片,据普希金的小说《杜波罗夫斯基》改编。

361010[2]　致 黄　源

河清先生:

续呈广告一纸[1],希赐揩油登载为感。

今日往上海大戏院观普式庚之 Dubrovsky(华名《复仇遇艳》,闻系检查官所改),觉得很好,快去看一看罢。

专此布达,即请

撰安。

迅　上　十夜。

＊　　　　＊　　　　＊

〔1〕　即联华书局有关鲁迅等人九种著译的广告,载《译文》新二卷第二期(1936 年 10 月)。

361012[1]　致 宋　琳

紫佩兄:

先后惠示,均读悉。《农书》[1]系友托购,而我实有一部

在北平,今既如此难得,拟以所藏者与之,而藏在何处,已记不真切。所以请兄于便中往舍间一查,客厅中有大玻璃书柜二,上部分三层,其上二层皆中国书,《农书》或在其内;此书外观,系薄薄的八本(大本)或十本,湖色绸包角,白纸印,一望可辨大略,取疑似者,抽出阅之,或可得也。倘在,而书面已陈旧,则请兄饬人换较好之书面,作一布套寄下。如无,则只可等书坊觅得矣。

沪寓左近,日前大有搬家,谣传将有战事,而中国无兵在此,与谁战乎,故现已安静,舍间未动,均平安。惟常有小纠葛,亦殊讨厌,颇拟搬往法租界,择僻静处养病,而屋尚未觅定。贱恙渐向愈,可释远念耳。

惠寄书籍[2],早收到,惟得如此贵价之本,心殊不安也。

专此布复,即颂

时绥。

树人 顿首 十月十二日

*　　　　*　　　　*

〔1〕 《农书》 元代王祯著。鲁迅所藏为二十二卷,十册,分农桑通诀、农器图谱、谷谱三类。清乾隆三十九年(1774)内聚珍本。

〔2〕 指《旧都文物略》。北平市政府秘书处编,1935 年北平市政府印行。

361012② 致 赵 家 璧

家璧先生：

靖华所译小说，曾记先生前函，谓须乘暑中排完，但今中秋已过，尚无校稿见示。不知公司是否确已付排，或是否确欲出版，希便中示及为荷。

此布，并请

撰安。

迅 上 十月十二日

361015① 致 曹 白

曹白先生：

我并不觉得你浅薄和无学。这要看地位和年龄。并非青年，或虽青年而以指导者自居，却所知甚少，这才谓之浅薄或无学。若是还在学习途中的青年，是不当受这苛论的。我说句老实话罢：我所遇见的随便谈谈的青年，我很少失望过，但哗啦哗啦大写口号理论的作家，我却觉得他大抵是呆鸟。

《现实》中的论文，有些已较旧，有些是公谟学院[1]中的人员所作，因此不免有学者架子，原是属于"难懂"这一类的。但译这类文章，能如史铁儿之清楚者，中国尚无第二人，单是为此，就觉得他死得可惜。你只懂十之六，我想，不看惯也是一个大原因。不过这原是一点文献，并非入门书，所以看后还

觉得不甚有把握,也并不足怪。

《述林》是纪念的意义居多,所以竭力保存原样,译名不加统一,原文也不注了,有些错处,我也并不改正——让将来中国的公谟学院来办罢。上卷插图之误,改起来不好看,下卷有正误[2]的。

有喜欢的书,而无钱买,是很不舒服的,我幼小时常有此苦,虽然那时的书,每部也不过四五百文。你的朋友[3]既爱此书,可说是《述林》的知己,还是送他罢,仍附上一条,乞便中往一取。

病还不肯离开我,所以信写得这样了,只好收束。

专此布复,并颂

时绥。

迅 上 十月十五夜。

＊　　　＊　　　＊

〔1〕 公谟学院　即共产主义学院（Коммунистическая Академиа）,1918 年成立,为苏联建国初期的最高学术科研机构,有院士一百余人,初名为社会主义社会科学院,1924 年改称共产主义科学院。1936 年以它为核心组建苏联科学院。

〔2〕 指《〈海上述林〉上卷插图正误》,现编入《集外集拾遗补编》。

〔3〕 指陆离,江苏太仓人。木铃木刻社成员。当时在南京任中学教员。

361015② 致 台 静 农

伯简兄:九月三十日信早到,或惫或忙,遂稽答复。夏间本拟

避暑,而病不脱体,未能离开医生,遂亦不能离开上海,荏苒已至晚秋,倘一止药,仍忽发热,盖胃强则肺病已愈,今胃亦弱,故致纠缠,然纠缠而已,于性命当无伤也。近仍在就医,要而论之,终较夏间差胜矣。我鉴于世故,本拟少管闲事,专事翻译,藉以糊口,故本年作文殊不多,继婴大病,槁卧数月,而以前以畏祸隐去之小丑,竟乘风潮,相率出现,乘我危难,大肆攻击,于是倚枕,稍稍报以数鞭[1],此辈虽猥劣,然实于人心有害,兄殆未见上海文风,近数年来,竟不复尚有人气也。今年由数人[2]集资印亡友遗著,以为纪念,已成上卷,日内当托书店寄上,至希察收,其下卷已校毕,年内当可装成耳。专此布达,并颂

时绥。　　　　　　　　　　　　　　　树　顿首　十月十五夜。

＊　　　　＊　　　　＊

〔1〕　指鲁迅所作《论现在我们的文学运动》、《答徐懋庸并关于抗日统一战线问题》和《半夏小集》等文,后均收入《且介亭杂文末编》。

〔2〕　指鲁迅、郑振铎、陈望道、胡愈之和叶圣陶等。《海上述林》系由他们集资刊印。

361017　致　曹靖华

汝珍兄:

　　十月十二日信收到,甚喜。译致 E 君函及木耳,早收到

了,我竟未通知,可谓健忘,近来记性,竟大不如前,作文也常感枯涩,真令人气恼。

它兄译作,下卷亦已校完,准备付印,此卷皆曾经印过的作品,为诗,戏曲,小说等,预计本年必可印成,作一结束。此次所印,本系纪念本,俟卖去大半后,便拟将纸版付与别的书店,用报纸印普及本,而删去上卷字样;因为下卷中物,有些系卖了稿子,不能印普及本的。这样,或者就以上卷算是《述林》全部,而事实,也惟上卷较为重要,下卷就较"杂"了。

农往青岛,我方以为也许较好,而不料又受人气,中国虽大,真是无处走。

闸北似曾吃紧,迁居者二三万人,我未受影响,其实情形也并不如传说或报章之甚,故寓中一切如常。我本想搬一空气较好之地,冀于病体有益,而近来离闸北稍远之处,房价皆大涨,倒反而只好停止了。但我看这种紧张情形,此后必时时要有,为宁静计,实不如迁居,拟于谣言较少时再找房子耳。

我病医疗多日,打针与服药并行,十日前均停止,以观结果,而不料竟又发热,盖有在肺尖之结核一处,尚在活动也。日内当又开手疗治之。此病虽纠缠,但在我之年龄,已不危险,终当有痊可之一日,请勿念为要。

兄之小说集[1],已在排印,二十以前可校了,但书名尚未得佳者。

此地文坛,依然乌烟瘴气,想乘这次风潮,成名立业者多,故清涤甚难。《文学》由王统照编后,销数大减,近已跌至五千,此后如何,殊不可测。《作家》约八千,《译文》六千,新近出

一《中流》(已寄上三本),并无背景,亦六千。《光明》[2]系自以为"国防文学"家所为,据云八千,恐不确;《文学界》亦他们一伙,则不到三千也。

　　余后谈,此布,即请

刻安。

　　　　　　　　　　　　　　　弟豫　上　十月十七日

　＊　　　＊　　　＊

　　〔1〕　指《苏联作家七人集》。

　　〔2〕　《光明》　文学半月刊,洪深、沈起予编辑,1936年6月创刊,1937年8月出至第三卷第五号停刊。生活书店出版。

致 外 国 人 士 部 分

201214（日）　致　青　木　正　儿[1]

　拝啓　御手紙拝見致しました、支那学もつゞいて到着しました、甚だ感謝します。

　わたくしは先より胡適君の処の支那学であなたの書いた支那文学革命に対する論文を読みました、同情と希望を以って然も公平なる評論を衷心より感謝します。

　わたくしの書いた小説は幼稚極なものです、只だ本国に冬の様で歌も花もない事を悲んで寂寞を破るつもりで書いたものです、日本の読書界に見せる生命と価値とを持って居ないものだろーと思ひます、これから書くは又書くつもりですが前途は暗澹です、こんな環境ですからもっと諷刺と咀咒に陥るかも知りません。

　支那に於ける文学と芸術界は実に寂寥の感に堪りません、創作の新芽は少しく出て来た様ですけれども生長するかどーかさっぱり解りません、『新青年』も近頃随分社会問題にかたむいて文学方面のものは少なく成りました。

　支那の白話を研究するには今に於いて実に困難な事であると思ひます、唱道したばかりですから一定した規則なく各人銘々勝手な文句と言葉とを以って書いて居ります、銭玄同君等は早く字引を編纂する事を唱道して居るけれども未着手しません、若しそれが出来たら随分便利になるだろーと思ひます。

　　日本文をこんなにまづく書いて差上げる事にしました、御許を願ひます。

青木正児様　　　　　　　　周樹人 十一〔十二〕月十四日

［译　文］

　　拜启：惠函奉悉，《中国学》[2]亦接着收到，甚谢。

　　先前，我在胡适君处的《中国学》上，拜读过你写的关于中国文学革命的论文。衷心感谢你怀着同情和希望所作的公正评论。

　　我写的小说极为幼稚，只因哀本国如同隆冬，没有歌唱，也没有花朵，为冲破这寂寞才写的，对于日本读书界，恐无一读的生命与价值。今后写还是要写的，但前途暗淡，处此境遇，也许会更陷于讽刺和诅咒罢。

　　中国的文学艺术界实有不胜寂寞之感，创作的新芽似略见吐露，但能否成长，殊不可知。最近《新青年》也颇倾向于社会问题，文学方面的东西减少了。

　　我以为目前研究中国的白话文，实在困难。因刚提倡，并无一定规则，造句、用词皆各随其便。钱玄同君等虽早就提倡编纂字典，但尚未着手。倘编成，当方便多了。

　　我用这么拙劣的日文给你写信，请原谅。

青木正儿先生　　　　　　　周树人 十一〔十二〕月十四日

＊　　　＊　　　＊

　　〔1〕　青木正儿(1887—1964)　日本中国文学研究家。当时任日

本同志社大学文学部教授,并编辑《中国学》杂志。著有《支那近世戏曲史》、《支那文学思想史》等。

〔2〕 《中国学》 原名《支那学》,参看 210825 信注〔11〕。该刊第一号至第三号(1920 年 9 月至 11 月)载有青木正儿的《以胡适为中心潮涌浪漩着的文学革命》一文。

261231(日) 致 辛 岛 骁[1]

拝啓 先日斯文三冊及三国志演義抜萃を御送下さって有難ふ存じます。

厦門に来て以来手紙二通差し上げましたが支那の郵便は頗る乱雑ですからついたか何か疑はしいです。

此地の学校は面白くないからつまらなくなりました。昨日遂に辞職し、一週間の内に広州へ行きます。

厦門は死の島らしい処で隠士に適当するものであると思ひます。

広州に行くと先づ中山大学へ行って講義しますが永く居るか何か今ではわかりません。校址は「文明路」です。

先づ行先を報告するまで。 草々

魯迅 十二月卅一日

辛島兄へ

[译 文]

拝启:日前蒙惠赠《斯文》三册[2]及《三国志演义节

选》[3]，谢谢。

　　到厦门以来已寄上两函，但中国的邮政很混乱，能否收到，是可疑的。

　　此地的学校没有趣味，甚感无聊。昨日终于辞职，一周内将去广州。

　　我看厦门就像个死岛，对隐士倒是合适的。

　　一到广州，即先去中山大学讲课。不过，是否呆得长，尚不可知。校址是"文明路"。

　　特将敝人的去向，先行奉告。　　草草

　　　　　　　　　　　　　　鲁迅　十二月卅一日

辛岛兄

　　＊　　　　＊　　　　＊

　　〔1〕　辛岛骁(1903—1967)　日本中国文学研究家。当时是东京帝国大学文学部中国文学科学生。1926年夏来中国，经盐谷温介绍认识鲁迅。

　　〔2〕　《斯文》　汉学学术月刊，日本佐久节编，1919年1月创刊，1943年停刊。东京斯文会出版。这里说的三册，指载有辛岛骁所辑《满汉大连图书馆大谷本小说戏曲类目录》一文的该刊第九编第三号至第五号。

　　〔3〕　《三国志演义节选》　即《古本三国志通俗演义》抽印本，1926年日本田中庆太郎据我国明万历年间周曰校刊本影印，共十二页。

310303(日)　致山上正义[1]

山上正義樣：

　　訳文を拝読致しました。誤訳と思ふ所、参考となる可く

と思ふ所、大抵書とめて置きました、別の紙で、且つ両方とも番号をつけて、今、訳文と一所に送り上げます。

　序文に関しては——御免を蒙ります。あなたに書いていたゞきましょう。只序文の中に説明して貰ひたいのは、この短篇は一九二一年十二月に書いた事、或る新聞の「ヒュモア欄」の為めに書いた事、その後、思はず代表作とされて各国語に翻訳された事、而して本国では作者はその為めに大に憎まれた事、——若但那様派に、阿Q派に——などです。

草々頓首

Lusin 三一年三月三日

1　列傳とする以上は沢山のえらい人物と一所に正史の中にならばらば、ならぬわけだし

2　（昔の道士は仙人の事を書く時によく「内傳」と云ふ題名を用ふ）

3　（林琴南氏は嘗てコナン・ドイルの小説を訳して『博徒列傳』と云ふ名をつけた、ここには、その事を諷刺して居る。デッケンスと有るは、作者の誤）

4　（こんな事は林琴南氏が白話を攻撃した時の文章中に有る話し）（「引車賣漿」とは、車を引いき豆腐漿を売る事、蔡元培氏の父を指す。あの時、蔡氏は北京大学校長で矢張白話を主張した一人で、故に、矢張、攻撃の矢を受ける）

5　抗辯する事も、しなかった

6　自分から、毆打される事を招いた(自分が悪いから、打ら
　　れる)大莫迦

7　況や、その誕生日の詩文を徴集する広告をまいた事もな
　　い(支那の所謂る名人のよくする事で、実は金銭(賀礼)
　　を収集する方法である)

8　(茂才は即ち「秀才」の事)

9　(羅馬字の使用を主張したのは銭玄同である、ここに陳
　　獨秀と云ふのは茂才公の誤なり)

10　(荘、即ち村の事)

11　(翰林の第一番は状元)

12　「阿 Q 真能做」とは「仕事を実に一生懸命にやる」の意

13　(「懶さうに」の下に矢張り「やせこけて」の一句を入れ
　　た方がよいと思ふ)

14　この二人は皆な文童の親父さん……

15　(12 参照)

16　(癩瘡疤は疥癬で禿になった所の迹)

17　(16 参照)

18　(同上)

19　(同上)

20　(営養不良の為め頭髪の色までも茶褐色になる事)

21　だが、結局、それは、反へて殆んど失敗に終ってしまった
　　事であった(直訳すれば)

22　賭場のおや達のよくやる仕業である、若し村民が勝っ
　　たら、その一味が来て喧嘩を吹掛るか、或は役人のなり

をして、賭を捕るか、その時、村民を撲り、その勝た金を
取り上げる

23

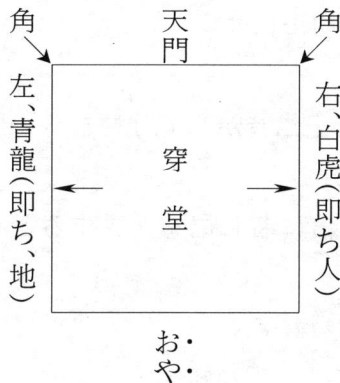

```
              天門
  角↘            ↙角
    ┌───────────┐
  左│           │右
  、│           │、
  青│           │白
  龍│    穿堂    │虎
  （│  ←    →   │（
  即│           │即
  ち│           │ち
  、│           │人
  地│           │）
  ）└───────────┘
         お・
         や・
```

角及び穿堂に掛ける人は両側の勝負と同じ事になる。
若し両側一勝一負ならば、角及び穿堂は勝負なし

24　何日でも

25　(『小孤孀上墳』は芝居の名、『若後家の墓参』と訳した
　　ら、如何?)

26　矢張人よりは……

27　「犠牲」を「牛」と改る方がよいと思ふ、孔子に牛を上げ
　　るが先儒には牛なし

28　禿

29　同上

30　全く体面を失った事である(偉くない事)

31　且つそんな言葉をなんとも思はなかったらしい

32　「彼の傍まで……」は誤。彼の仇人（対頭）である

33　「腿也直了」は西洋人の歩方をまなぶ為めである、立派
　　と少し違ふ

34　「老婆」は嬶、祖母に非ず

35　36　同上

37　果してぱっと云ふ音がして確に自分の頭の上に打ち下
　　されたらしかった

38　運が悪い（迷信に若し尼を面見すると一日の運は悪い
　　と云ふ）

39　尼様の頰をつねった

40　尼様の頰をつねってねぢった

41　不幸に感ぢる

42　……の顔にこすってすべすべとなっただらうか?

43　女の大股をつねった事があった

44　ところが今度の尼さんは、そんな 隔（ヘダテ）をして居ない

45　これは全く謀反じゃ!　……俺は眠りも貴様の為めに出
　　来ない（事件は夜に出たのだから）

46　昨日の様に赤裸で寒いのに耐られなかったほどではな
　　かったが……

47　飛び掛る外なかった

48　或は二十分かも知れない

49　見物人にとって満足したかどうかは、知らない。誰も
　　何とも言はなかった。が阿 Q を雇ふ者は不相変なかっ
　　たのである

50 「一注錢」は沢山の金

51 同上

52 まづ礼をしてつゞいて語りかけた

53 「新聞」は只「ニュース」です

54 王鬍は幾日もぼんやりになってしまった

55 趙家の点けて居たのは、油菜の種子で拵へた油を用ふる灯台です

56 同上

57 あれは、この俺が差止めたんぢやで……（あとは「今度はこの俺が呼んだのだから来ない心配はない」の意）

58 阿 Qの方を見た、阿 Qは感動したか否かを

59 明の崇正（実は禎）皇帝の為め、喪服をつけて居る（「明の為めに清朝に対する復仇」の意）

60 謀反である以上、これは、即ち　彼をも反対するもので

61 「悔不該酒醉錯斬了鄭賢弟」は芝居『龍虎闘』中の文句である。宋の太祖趙匡胤が敵に打敗された時に歌ふ。誤って義弟鄭と云ふ人を殺して自分の味方の減った事を悔む。「我手執鋼鞭將你打」はその敵が歌ふ文句です

62 「わたし共みたいな貧乏仲間はかまわないだらうがな……」

63 寧波式のベット（贅沢な大きいベット）、南京床ではない

64 「革命革命、革命して又革命する……」

65　「……あん人達はもうやって来て革命したのだよ」

66　満政府と同一なるもの

67　龍牌　木の板でつくり四辺に竜の装飾を刻し仏像の前に置くもの、高さは一尺五寸位

68　「革命を許さない」と訳した方がよいかも知れない

69　全く様子が変って人間らしくなくなったとか

70　公、即ち、先生。ここには、軽蔑の意味を含んで居る

71　頂子、清朝の官位のしるし、帽子の上につけたもの。ここには、「官位のしるし」と訳す方がよいかも知れない

72　劉海仙即ち蝦蟇仙人

73　だから、自分は、こんな小県城に事業をしようと考ふる筈がない

　　自分ながらもこれを軽蔑しようと思った

74　床の事、63参照

75　同上

76　乗客をのせて町と村の間を往来する船を「航船」と云ふ。七斤は人名。恰度日本の昔に、職人を何屋某と云ふのと同じ様です

77　第九章は一切の終り。或は矢張『大團圓』と云ふ方がよい

78　「わたしゃ……その……恰度（加入せて貰はう事を）申込もうと思って居ります……」（この為めに、上役は自白に来ると誤解する）

79　西瓜の種の形

80 俺の孫なら、まんまるい円を描けるものだ

81 ……考へるにすぎないだらう

82 女中をして

83 25 参照

84 次第に前朝の遺臣の様な気持(昔を恋しくなる気持)を生じて来た

85 白布の着物の上に黒字で、阿Qの姓名及び罪を書いて居る

[译　文]

山上正义先生：

　　译文[2]已拜读。我认为译错之处,或可供参考之处,大体上均已记于另纸,并分别标出号码,今随译文一并寄上。

　　关于序文——请免了我,你写吧。只希望在序文中说明：这个短篇系一九二一年十二月写的,是为一家报纸的"开心话"栏写的,其后出乎意料地被推为代表作而译成各国语言,而作者在本国因此大受少爷派、阿Q派的憎恶,等等。

草草顿首

Lusin 三一年三月三日

1 既为"列传",就必须和许多阔人一起排在正史里

2 (昔日道士写仙人的事多以"内传"题名)

3 (林琴南氏曾译柯南·道尔的小说,取名《博徒列传》,这里是讽刺此事。写为迭更司,系作者之误)

4　（此系林琴南氏攻击白话时所写文章中的话）（"引车卖浆"，即拉车卖豆腐浆之谓，系指蔡元培氏之父[3]。那时，蔡元培氏为北京大学校长，亦系主张白话者之一，故亦受到攻击之矢）

5　没有抗辩

6　自己去招打（因自己不好，而挨打）的大傻瓜

7　何况又未尝散过生日征文的帖子（此系中国的所谓名人常干的勾当，其实是敛钱（贺礼）的手段）

8　（茂才即是"秀才"）

9　（主张使用罗马字母的是钱玄同，这里说是陈独秀，系茂才公之误）

10　（庄，即村庄）

11　（翰林的第一名是状元）

12　（"阿 Q 真能做"，即"真是拚命干活"之意）

13　（在"懒洋洋的"下面，仍以加上"瘦伶仃的"一句为好）

14　此二人都是文童的爹爹……

15　（参照 12）

16　（癞疮疤，即因疥癣而变秃处的痕迹）

17　（参照 16）

18　（同上）

19　（同上）

20　（系指因营养不良，连头发也变成黄色者）

21　然而，其结局却总是失败（如果直译的话）

22　这是赌场的庄家常干的勾当。假如村民赢了，他们的一

伙就来找碴斗殴,或者冒充官员抓赌,殴打村民,抢走他们赢得的钱

23

角 → 　　天门　　← 角

左,青龙(即地)　　穿堂　　右,白虎(即人)

庄家

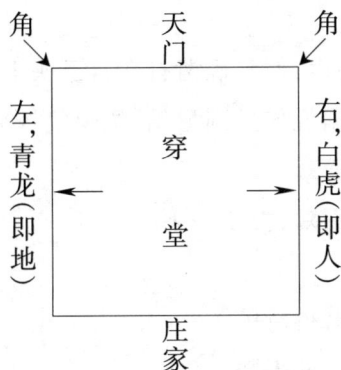

把赌注压在角和穿堂的人,则与两侧的胜负相同,如两侧为一胜一负,则角和穿堂无胜负

24　几天都……

25　(《小孤孀上坟》系戏曲名,译为《若後家の墓参》[4]如何?)

26　又觉得比人……

27　"牺牲"改成"牛"为好。对孔子供牛,对先儒则无牛

28　秃

29　同上

30　大失体统的事(即不体面)

31　而且似乎并没把这话当作一回事

32　"走到他身旁……"系误译,实为他的仇人(对头)

33　"腿也直了",是因为学洋人走路的姿式,和风采堂堂稍有不同

34　"老婆"为嫂,非祖母

35　36　同上

37　果然,拍的一声,似乎确凿打在自己头上了

38　晦气(迷信,据说如见到尼姑,便晦气一天)

39　扭住尼姑的面颊

40　扭住居姑的面颊,拧了一下

41　感到不幸

42　……在脸上磨得滑腻了?

43　拧过一个女人的大腿

44　而这回的小尼姑却未隔着什么

45　这简直是造反!……你害得我晚上没有觉睡。(因为事件是在夜里发生的)

46　虽然没有昨天那样赤着膊冻得受不了……

47　只得扑上去

48　或者二十分

49　不知道看的人可满足,谁也没说什么,而阿 Q 却仍然没有人来叫他做短工

50　"一注钱",即很多钱

51　同上

52　既先之以点头,又继之以谈话

53　"新闻",只是"news"之意

54　王胡瘟头瘟脑的许多日

55　赵家点的是使用油菜籽油的灯台

56　同上

57　那是"我"禁止他再来的……（下面是"因为这次是'我'去叫他的,不必担心不来"的意思）

58　一瞥阿 Q,看他感动了没有

59　戴明朝崇正(实为祯)皇帝的孝(即"为明朝向清朝复仇"之意)

60　造反,便是连他也反对

61　"悔不该酒醉错斩了郑贤弟"系戏曲《龙虎斗》中的唱词。宋太祖赵匡胤被敌击败时唱的。后悔错斩了姓郑的义弟,削弱了自己。"我手执钢鞭将你打"系其敌人的唱词

62　"像我们这样穷朋友是不要紧的吧……"

63　宁波式的床(奢侈的大床),不是南京床

64　"革命革命,革命再革命……"

65　"……他们已经来革过了"

66　即满政府

67　龙牌,以木板制成,四边刻有龙的纹饰,供于佛前,高约一尺五寸

68　译为"不准革命"或好些

69　说是完全变得不像个人样子了

70　公即先生,这里含有轻蔑之意

71　顶子,清朝官阶的标志,安在帽顶的。此处译为"官阶的标志"或好些

72　刘海仙即蟾蜍仙人

73　因此,自己是不会想在这小县城里做事情的

　　连自己都觉得瞧不起这个

74　指的是床,参照 63

75　同上

76　载客往来于城镇和乡村的船,称为"航船"。七斤系人名,

　　恰与日本昔日称工匠为某匠某某等相似

77　第九章为一切的结束,或仍称作"大团圆"为好

78　"我正要……来投(申请加入)……"(因此长官误解为是

　　来投案的)

79　西瓜籽形

80　我孙子才画得很圆的圆圈呢

81　……不过是这么想吧

82　当女佣人

83　参照 25

84　渐渐的都发生了遗老的气味(怀恋昔时的心情)

85　在白布褂子上,用黑字写着阿 Q 的姓名和罪行

＊　　　＊　　　＊

〔1〕　山上正义(1896—1938)　中文名林守仁,日本作家、新闻记者。1926 年 10 月,以日本新闻联合社特派记者的身份来广州后,认识鲁迅。

〔2〕　指山上正义翻译的《阿 Q 正传》,收入《中国小说集〈阿 Q 正传〉》,1931 年 10 月由东京四六书院出版,为《国际无产阶级文学丛书》之一。

〔3〕 "拉车卖浆" 1919年8月6日至13日,北京《公言报》连载署名"思孟"的攻击新文化运动及其创导人的《息邪》一文(副题为《北京大学铸鼎录》),其中第二部分为《蔡元培传》,诬蔑蔡父"以卖浆为业",并以"贱业见轻"。

〔4〕 意为"年轻寡妇扫墓"。

320105(日) 致 增 田 涉[1]

拝啓 昨年の御手紙は最早拝見致しました。絵の事は確に失敗です。置く処はよくありません。然し役人が見るものまで、やかましく云ふのは天下の紛々として多事になる所以で片方から見れば矢張り閑人があまり多いから余計な事を云ふに成るのです。

一月の改造には某君の伝が出なかった。豈に文章の罪であるか? 某君が尖端の人物でないからです。証拠としてはGandhi ははだかでも、活動写真にでました。佐藤様は『故郷』訳文の後記にも一生懸命に紹介して居りましたがどーなるでしょー。

敝国即ち支那は今年に又混戦の新局面を展開するのであろーと思ひます。然し上海は安全だろー。まづい芝居はなかなか終りません。政府は言論などの自由を許すと言ふて居る様だけれども新しい係蹄でも一一層気を附けなければなりません。

握別して以来、さびしくなりました。何の仕事もなくて

つまり今は失業です。先月全家「インフルエンザ」にやられましたが兎角遂に全家みななほりました。

　今日『鐵流』と少しの小さい新聞を送りました、この手紙と一所につくだろーと思ひます。北斗(4)も近い内に送ります。上京の時には御知らせを願ひます、そーすると東京の宿所まで、送りますから。　　草々頓首

　　　　　　　　　　　迅　啓上　一月五日夜

増田仁兄

[译　文]

　　拜启：年前惠函，早已奉悉。绘画事[2]确实失败，放的地方不妥。然而，官员连对观赏的东西也吹毛求疵，此天下所以纷纭多事也。另方面看，还是因为闲人太多，也就会有闲话了。

　　一月号《改造》未刊载《某君传》[3]，岂文章之过耶？实因某君并非锋头人物。证据是：Gandhi[4]虽赤身露体，也出现影片上。佐藤先生在《〈故乡〉译后记》中虽竭力介绍，[5]但又怎么样呢？

　　我看敝国即中国今年又将展开混战新局面，但上海是安全的罢。丑剧是一时演不完的。政府似有允许言论自由之类的话，但这是新的圈套，不可不更加小心。

　　握别以来，感到寂寞。什么工作也没有，就是说现在是失业。上月全家患流行感冒，总算都好了。

　　今天寄上《铁流》和一些小报，想可与此信同时到达。《北

斗》第四期也日内寄上。上京时希能见告,以便径寄东京寓所。

草草顿首

迅 启上 一月五日夜

增田仁兄

*　　　*　　　*

〔1〕 增田涉(1903—1977) 日本中国文学研究家。1931年来上海,鲁迅曾为他讲解自己的作品并帮助他翻译《中国小说史略》。回国后长期从事鲁迅著作及中国文学的翻译介绍工作。

〔2〕 绘画事 指增田涉从上海携带中国画回日本,在长崎被日本警察没收一事。

〔3〕 《改造》 参看340306②信注〔4〕。《某君传》,指增田涉作的《鲁迅传》,后载该刊1932年4月号。

〔4〕 Gandhi 即甘地。

〔5〕 佐藤 即佐藤春夫,参看210829信注〔4〕。他在《中央公论》(1932年1月号)发表的《〈故乡〉译后记》中称鲁迅的《故乡》具有杜甫的诗情。

320116(日)　致 增 田 涉

拝啓、一月十日の御手紙は拝見致しました。

『十字街頭』は左聯の人人が変名を以て書いたもので近い内に禁止されるだろーと思って居ります。『鐵流』を論じた作者の正体は不明ですがロシア語を知る処から推測する

とあの国に留学した事のあるコムニストであるらしい。私
の筆名は它音、阿二、佩韋、明瑟、白舌、遐觀 etc. です。

　『域外小説集』の発行は一九〇七年か八年で私と周作人が
日本の東京に居た時です。その時支那では林琴南氏の古文
訳の外国小説が流行で文章は成程うまいが誤訳が大変多い
から私共はこの点について不満を感じ矯正したいと思って
やり出したのです。しかし、大失敗でありました。第一集
（千冊印刷した）を売りだしたら半ケ年たって兎角二十冊売
れました。第二冊を印刷する時には小さくなって五百冊し
か印刷しなかったが、これも遂に二十冊しかうれなかった。
それで、お仕舞、兎角その年（一九〇七か八）から始まりその
年に終ったので、薄ぺらい二冊だけです。その残本——殆
んど全部である処の残本——は上海で書店と一所に焼失し
ました、だから、今にあるものはも一珍本です、誰も珍らし
くしないけれども。内容を言へば、皆な短篇で米のアラン・
ポー、露のガルシン、アンドレエフ、波蘭のシェンキヴィッチ
（Henrik Sienkiewitz）、仏のモーパサン、英のワイルド等の作
品で訳文は大変むつかしい。

　私も汝が東京に行って書いた方がよいと思ひます。出鱈
目に書いてもよいから。出鱈目に書かなければえらくなら
ない。えらくなってそーして、その出鱈目を修正すればそ
れでよいのです。日本の学者や文学者は大抵固定した考を
もって支那に來る。支那に来るとその固定した考と衝突す
る処の事実と遇ふ事を恐れます。そーして迴避します。だ

194

から来ても来なかったと同じ事です。ここに於いて一生出
鱈目で終ります。

　私の従兄弟の画に対しては何の御礼をもする必要はない
のです。彼は田舎に居て悠々然として暮してるのだから絵
を少し書かしても何の骨折もありません。その上、も一満
足して居るだろー。胸に秘てる自分の伝記にも一「自分の
絵は東瀛に渡りました」と書いて居るだろーから。

　Miss 許には何も送らないで下さい、東京に往ても。かへ
て、文字上の「よろしく！」の方が味がある様です。伝言する
と「さーですか、どーも有難ふ！」、丁度、電話口に対して御辞
儀してあたまを一生懸命にさげてる様です。先日、御尊父
様から葉書をいたゞきました。私は旧暦新暦混沌の国に居
るのだから年賀状一枚までも出しませんでした、矢張りど
ーか「よろしく！」御伝言願ひます。そーして御令堂様にも
奥様にも木実様にも。

ルーシン　頓首上 一月十六夜

増田仁兄

[译　文]

　拜启：一月十日惠函奉悉。

　《十字街头》是左联的人们化名写的，恐怕不久就会被禁
止。《铁流》的评论者[1]正身不明。从他懂得俄文来推测，像
是在该国留过学的共产党人。我的笔名是它音、阿二、佩韦、
明瑟、白舌、遐观 etc.[2]。

　　《域外小说集》发行于一九〇七年或一九〇八年[3]，我与周作人在日本东京时。当时中国流行林琴南用古文翻译的外国小说，文章确实很好，但误译很多。我们对此感到不满，想加以纠正，才干起来的，但大为失败。第一集（印一千册）卖了半年，总算卖掉二十册。印第二集时，数量减少，只印五百本，但最后也只卖掉二十册，就此告终。总之，在那年（一九〇七或八年）开始，也就在那年结束，只出了薄薄的两集。余书（几乎全部是余书）在上海和书店一起烧掉了。所以现存的便成珍本。但谁也没有珍视它。至于内容，都是短篇：美国的爱伦·坡，俄国的迦尔洵[4]、安德烈夫，波兰的显克微支（Henrik Sienkiewitz），法国的莫泊桑[5]，英国的王尔德等的作品，译文很艰涩。

　　我也认为你还是到东京去写作好，因为即使是胡乱写写也好。不乱写就不能有所成就。等到有所成就以后，再把乱写的东西改正，那就好了。日本的学者或文学家，大抵抱着成见来中国。来中国后，害怕遇到和他的成见相抵触的事实，就回避。因此来与不来一样。于是一辈子以乱写告终。

　　对于我的表兄弟[6]的画，不必还什么礼。他在乡下过着清闲日子，让他画几张画，并不费事。而且他恐怕已感到满足，也许在藏于他心里的自传中，已经写下“我的画已传到东瀛”了。

　　请什么也别送给 Miss 许，即使你到东京后。还是在文字上“问候”有味。她听到我转告时，一定会说“是吗？真是多谢了！”就像对着电话筒频频施礼致意一样。前几天收到令尊的

明信片,我因住在新旧历混用的国度里,连贺年片也没有寄一张,还是请你代为问好罢,还有令堂、令夫人和木实[7]君。

鲁迅 顿首上 一月十六夜

增田仁兄

*　　　*　　　*

〔1〕《铁流》的评论者　指瞿秋白,他在《十字街头》第二期(1931年12月)发表《〈铁流〉在巴黎》一文,署名 Smakin。

〔2〕 etc. 英语:等等。

〔3〕 应为1909年。

〔4〕 迦尔洵(В.М.Гаршин,1855—1888)　俄国作家,著有短篇小说《红花》等。

〔5〕 莫泊桑(G.de Maupassant,1850—1893)　法国作家,著有长篇小说《一生》、短篇小说《羊脂球》等。

〔6〕 指郦荔臣(1881—1942),浙江绍兴人,鲁迅姨表兄弟。

〔7〕 木实　增田涉长女。

320413(日)　致 内 山 完 造[1]

拝啓、四月二日の御手紙を拝見致しました。日本に行ってしばらくの間生活する事は先から随分夢見て居たのですが併し今ではよくないと思ひましてやめた方が善いときめました。第一、今に支那から離れると何も解らなくなって遂に書けなくなりますし、第二には生活する為めに書くのですから屹度「ジャナリスト」の様なものになって、どちにも

為めになりません。その上佐藤先生も増田様も私の原稿の
為めに大に奔走なさるだろーのですから、そんな厄介なも
のが東京へ這入込むと実によくないです。私から見ると日
本にも未、本当の言葉を云ふ可き処ではないので一寸気を
附けないと皆様に飛んだ迷惑をかけるかも知りません。し
かし若し生活が出来る様に読者が読みたいものを書いて行
くなら、そんなら遂に正銘の「ジャナリスト」となって仕舞ひ
ます。

　皆様の御好意は大変感謝します。増田君の「アドレス」が
知らないから御伝言を願ひます。殊に佐藤先生に。私は実
に何と云って感謝の意を表はす可きか知らないほど感謝し
て居ります。私は三週間まへにもとの住所に帰へりまし
た。まわりは頗るさびしいけれども、大した不便もないで
す。不景気は無論間接に私共にも及びますが先づ我慢して
見て居りましょー。若し万一又大砲の玉が飛んで来たら又
逃げ出す迄に。

　書店にも毎日行きますがもー漫談などがありません。矢
張りさびしいです。あなたは何時上海へいらしゃいます
か? こちからは早く帰へる様にのぞんで居ります、熱心に。
草々頓首

　　　　　　　　　　　　　　　　　　魯迅 呈
　　　　　　　　　　　　　　　　　ミス許一同

内山兄へ
　奥様にもよろしく御伝言を願ひます。それも嘉吉様とま

つも様に。

[译　文]

拜启：四月二日惠函奉悉，早先我虽很想去日本小住，但现在感到不妥，决定还是作罢为好。第一，现在离开中国，什么情况都无从了解，结果也就不能写作了。第二，既是为了生活而写作，就必定会变成"新闻记者"那样，无论从哪一方面看都没有好处。何况佐藤先生和增田兄大概也要为我的稿子多方奔走。这样一个累赘到东京去，确实不好。依我看，日本还不是可以讲真话的地方，一不小心，说不定还会连累你们。再说，倘若为了生活而去写些迎合读者的东西，那最后就要变成真正的"新闻记者"了。

你们的好意，深为感谢。由于不知道增田君的地址，请代致意，特别是对佐藤先生，真不知用什么语言才能表达自己的谢意。我于三周前回到原住处。周围虽颇寂寞，但也无多大不便。不景气当然也间接波及我们，不过先忍耐一下看，等到万一炮弹再次飞来又要逃走时再说。

书店也每天都去，不过已无什么漫谈〔2〕了。还是寂寞。仁兄何时来上海？我热切地盼望你能早日归来。　草草顿首

鲁迅　呈〔四月十三日〕

密斯许同具

内山兄

尊夫人也请代为问候，还有嘉吉〔3〕兄和松藻〔4〕女士。

＊　　　　＊　　　　＊

〔1〕　内山完造（1885—1959）　1913 年来上海经售日本药品，后开设内山书店。1927 年开始与鲁迅交往。著有记述中国见闻的随笔集《活中国的姿态》、《上海漫语》等。

〔2〕　漫谈　内山书店曾于 1923 年设立"文艺漫谈会"，并出版刊物《万花镜》。

〔3〕　嘉吉　即内山嘉吉，参看 330419（日）信注〔1〕。

〔4〕　松藻　即片山松藻，内山嘉吉夫人，原为内山完造的养女。

320427（日）　致 内 山 完 造

　　拝啓：先日御手紙をいた﹅いて返事を差上げましたがとくに到達したのであろーと思ひます。北四川路も毎日毎日賑くなって来ました。どころが先生中々帰へって来ません、漫談わ戦争よりも永い様です。それわ実に驚いて仕舞ひました。

　　私わ不相変毎日ぶらぶらして居ます。矢張頗る不景気の影響を蒙りますが併し大した事は無いです。只困る事には若い「アマー」が戦争成金の夢を見たらしい様で僕の処から飛出てbarに行きました。その御蔭で僕わ此頃飯たきの手伝をもしなければなりません。

　　山本夫人や増田君に遇ふ事が時々ありますか、若し面会したらよろしく御伝言願ひます殊に嘉吉様と松藻様に。

　　私わ露西亜の版画家に日本の紙を送りたいから御手数な

がら何卒買って下さい。紙わ左の通り

西の内(白色)　　百枚

鳥の子(白色)　　百枚

そーして、ぢき紙屋に頼んで書留にて直接に露西亜へ送った方が簡単便利でしょー。難しい字の届先の「アドレース」を一所に送り上げて置きますから張って下さい。

僕わ紙で木刻の画と交換して居ます。併し画わ来るかどーか未だ問題です。若し来たら秋か夏頃に又展覧会を開く可しだ。

奥様も東京にいらしゃいますか。よろしく。　　草々頓首

ルーシン　啓上 四月廿七夜

鄔其山兄

許もよろしくと

海嬰わ未何にも知らない併し随分悪戯になった。

[译　文]

拜启:日前惠函收到,并已奉复,谅早已到达。北四川路也一天天热闹起来。不过先生老不回来,似乎漫谈比战争还长,实可惊叹。

我仍每天闲着。颇受不景气影响,但是也无大不了的事。唯一难办的,是年轻的"阿妈"似也做起发战争财的梦来,竟从我这里跑到 bar[1] 去了。托她的福,我近来只得帮着烧饭。

常见到山本夫人[2]和增田君吗? 倘见面,请代致意,特别是嘉吉兄和松藻女士。

我想送点日本纸给俄国木刻家,请费神代买一些。纸名如下:

西之内(白色) 一百张

鸟之子(白色) 一百张

又,我想就托纸铺用挂号径寄俄国会简便些,所以将难写的姓名地址一并奉上,请代贴一下。

我用纸交换木刻画。不过画会不会寄来,还是个问题。倘能来,则又可在夏天或秋天开个展览会。

令夫人也在东京吗? 祈代问候。 草草顿首

鲁迅 启上 四月廿七夜

邬其山[3]兄

许也致候。

海婴尚不懂事,却很淘气了。

* * *

〔1〕 bar 英语:小酒店。

〔2〕 山本夫人 即山本初枝,参看 321107②(日)信注〔1〕。

〔3〕 邬其山 内山完造的中文笔名,"内"字日语发音为"邬其"。

320509(日) 致 增 田 涉

拝啓 五月一日の御手紙は到着しました。私も昨日手紙を上げましたが「アドレス」を知らないから山本夫人に頼みました、御目にかかったか知らん。

　節山先生は実に節山先生らしく、日本の人が支那中毒になると僕はどーしても、こーなって仕舞ふだろーと思ひます。併し満州国にも孔孟の道はないんだ。溥儀執政も王者の仁政を行ふ御方でない、僕はかつてその人の白話作品を読んだ事がありましたが少しも偉らく感じません。

　曼殊和尚の日本語は非常にうまかった、ほとんど日本人と違ひないくらいだろーと思ひます。

　『古東多万』四月号は山本の奥様からもらひました。佐藤様は皆な出すことを遠慮して居ましたが実は十幅皆な複製してもよいのです。三閑書屋もどーせ潰れかゝってますから。

　ところが鎌田様の云ふ事によると船長の山本様はもう日本へ引揚るそーです。そーすると奥様も上海へ来られません。それもさびしい事の一です。

　出上様は『文戦』に文章を書いて居ました。五月号の『プロ文学』を見たら、支那の左聯からの手紙があってひどくやられて居ます。

　私共は皆な達者です。北京行きはやめた。私は不相変時間の小売りをして云ふ可きほどの成績がない。これから小説、或は支那文学史を書こうかとも思って居ます。

　上海の出版物(北斗、文藝新聞、チャイナ・フォルム)は今日内山書店に持って行って送って下さる様に頼みました、併しよい材料は有りません。　草々頓首

　　　　　　　　　　　　　　　　迅　上　五月九日

增田兄几下

[译　文]

拜启:五月一日惠函收到。我昨天也有一信奉上,因不明尊址,故托山本夫人转交,不知已达览否?

节山[1]先生实在是节山先生。日本人一旦中了中国毒,我想无论如何也会如此。但"满洲国"并无孔孟之道,溥仪[2]执政也非行王者仁政之人。我曾读过他的白话作品,毫不感到有什么了不起。

曼殊[3]和尚的日语非常好,我以为简直像日本人一样。

《古东多万》[4]四月号已自山本夫人处得到。佐藤先生客气,没有全部拿出去,其实十幅完全复制了也好,因为三闲书屋总是要垮台的。

据镰田[5]君说,山本[6]船长将返航日本,这样,他的夫人就不能来上海了,这也是一件寂寞的事。

出上先生在《文战》写了文章[7]。看五月号《普罗文学》刊有中国左联的信,[8]对他批评得很厉害。

我们都好,北京之行已作罢。我依旧消磨时光,无成绩可言。今后拟写小说或中国文学史。

上海的刊物(《北斗》、《文艺新闻》、《中国论坛》[9]),今天送到内山书店托寄,但没有什么好材料。　草草顿首

　　　　　　　　　　　　　　　　　迅　上　五月九日

增田兄几下

＊　　　＊　　　＊

〔1〕 节山　盐谷温(1878—1962),号节山,日本中国文学研究家。东京大学名誉教授,增田涉的老师。著有《中国文学概论》等。

〔2〕 溥仪　即爱新觉罗·溥仪(1906—1967),清代最后的皇帝。1932 年在日本扶植下为伪满洲国"执政"。

〔3〕 曼殊　原名苏玄瑛(1884—1918),字子谷,法号曼殊,广东中山人,生于日本,文学家。著作有《苏曼殊全集》。

〔4〕《古东多万》　日本文艺月刊,佐藤春夫编辑。1931 年 9 月创刊,东京日本书房出版。该刊 1932 年 4 月号曾转载鲁迅以三闲书屋名义自费出版的《梅斐尔德木刻士敏土之图》中的《工厂》、《小红旗》、《小组》等三幅木刻。

〔5〕 镰田　即镰田诚一(1905—1934),当时是内山书店职员。

〔6〕 山本　即山本正雄(? —1942),当时是日清汽船公司的船长,山本初枝的丈夫。

〔7〕 出上　即出上万一郎,曾任《上海每日新闻》记者。他在《文战》第九卷第二号(1932 年 2 月)发表了《中国文坛的左翼文艺运动》一文。《文战》,原名《文艺战线》,日本左翼文学杂志。1924 年 6 月创刊,东京文艺战线社出版。

〔8〕《普罗文学》　日本左翼文学月刊,江口涣编。1932 年 1 月创刊,东京无产阶级作家同盟出版。该刊于 1932 年 5 月号发表了《中国左翼作家联盟对于〈文战〉新谣言的来简》。

〔9〕《中国论坛》　即《China Forum》,综合性英文周刊,美籍犹太人伊赛克创办和编辑。1932 年 1 月 13 日在上海创刊,出至第二十四期休刊。1933 年 2 月 11 日复刊,改为中英文合刊不定期出版,1934 年 1 月停刊。

320513(日)　致 増 田 渉

増田兄：

　五月七日の御手紙は到着しました。私も五六日に手紙一本と出版物を送りましたが届いたか知ら？ 此頃は上海ではよい（比較的の）出版物は少しもありません。今度の事件は戦争の勝敗は私の様な素人には解らないが併し出版物はまけました。日本では何とか実戦記など、沢山出版したが、支那にはもう一層少なく且つもう一層つまらないものです。

　あなたが『世界ユーモア全集』中支那の方をやる事は大変よい、が、それは又すこぶる難しい問題です。一体、支那に「ユーモア」と云ふものが有りますか？ ない様です。馬鹿らしいもの、野卑なものが多い様です。併し矢張やる外仕方がない。あなたの入用なる本を本月の末まで私から送ります。水滸なども上海から送ります。日本に売ってるものは高くて馬鹿らしい、価は支那の倍になってるでせょー。私の作二点の入れる事、問題なく、無論承知します。

　支那にはユーモア作家なく、大抵サターヤ作家です。そーして人を笑わせる心算の作品は漢以来少しくありますが、こん度の全集の中に入れますか？ 若し入れるなら少し集めて上げましょう。少し翻訳はむつかしい。

　今まで日本に紹介された支那の文章は大抵軽いもの、わかりやすいものです。堅実で反って面白いもの、例へば陶

潜の『閑情賦』の様なものは、少しも翻訳して居ない。そんなものを読めむ漢学者は自分でむつかしい漢文を書いて居ます、支那人に読ませるつもりか、日本人をびっくりさせるつもりか知ら？思ふにこんな前人未曾注意の仕事もやる可きだが出版屋がむつかしいでしょー。

　今度の上海の砲火は商務印書館編輯員の飯茶碗でも約二千個破壊しました、だから僕の弟も明日外の処に行きます、御飯をさがす為めに。

　出上様は『文戦』にかいて居ます。五月の『プロ文学』を見たらひどくやられて居ます。

　私は北京へ行くと思ひましたが、とーとーやめた。不相変、この古いテーブルの前に腰掛けて居ます。内山老板は未だ帰へて来ません。　草々頓首

隋洛文　五月十三日

[译　文]

增田兄：

　五月七日惠函收到。我也在五日六日寄奉一函和刊物，未知到达否？目前上海较好的出版物一种也没有。此次事件[1]，战争的胜败，我这外行人不懂得。但在出版物方面是打了败仗。日本出版很多战地通信，中国出版得很少，而且更乏味了。

　你在《世界幽默全集》[2]中负责中国部分，这很好。但也是很大的难题。中国究竟有无"幽默"作品？似乎没有。多是

207

一些拙劣鄙野之类的东西。但也没有别的办法。你要的书，月底寄上。《水浒》等也由沪寄去。日本出售这类书，价钱贵得离奇，怕要比中国贵一倍。你拟采用我的两篇，没有问题，当然同意。

中国没有幽默作家，大抵是讽刺作家。博人一笑的作品，汉代以来也有些，是否选入这全集？如要，我可选些给你，那是有点难译的。

迄今为日本所介绍的中国文章，大抵是较轻松易懂的东西；坚实而有趣的作品，如陶潜的《闲情赋》之类，一点也没有译。能读那类作品的汉学家，自己也写难懂的汉文，不知是想给中国人读，还是想吓吓日本人？我想这种前人未曾留意过的工作，是可以做的，但出版家怕也有难处。

此次上海炮火，商务印书馆编辑人员的饭碗也打坏了约两千个，因此舍弟明天要到外地找饭吃。

出上先生在《文战》写文章，看五月号的《普罗文学》，对他批评得很厉害。

我本拟去北京，但终于作罢，照旧坐在这张旧桌子前面。内山老板尚未回来。　草草顿首

隋洛文　五月十三日

※　　　※　　　※

〔1〕　指上海一·二八事变。

〔2〕　《世界幽默全集》　佐藤春夫主编，日本改造社出版。该书第十二集为《中国篇》，其中收有鲁迅的《阿Q正传》和《幸福的家庭》，

1933 年出版。

320522（日）　致 増 田 渉

増田兄：

　五月十日の御手紙は拝見しました。僕の前の手紙に書い
た漢以来の「ユーモア」云々の説は取りけします。

　今日、内山書店に頼んで小説八種送り致しました。郁達
夫張天翼両君のものは私が特にいれたのです。近代の作で
私のもの丈なら何んだかさびしい感じがします。若しこの
二冊の中で何か取る可きものがあったら少し訳して……い
かゞですかと。

　昨日内山老版と遇ひました、不相変元気で最早本箱に向
って何かを手入して居ります。そーしてあなたから下さっ
た物品も戴きました。余りよい物ですからどーも恐縮の至
りで厚く御礼申し上げます。「オモチャ」は「ミス」許に没収
され、「タバコ」道具は未僕の手ににぎられで居ますが併し
それを置くに相当する「テーブル」がないんだから少しく困
って居ります。

　そーして小説の代金は送る必要はないです。本当に微々
たるものです。北新書局に買はしたのだから私も現金を払
ひません。現金はなるべく自分の手ににぎって置く可きも
ので、五十年の研究を積んで発明したですからあなたも実
行しなさい。　草々頓首

洛文 五月二十二日

水滸四本

　第三回『魯智深大鬧五台山』は或は「ユーモア」と云ふ可きか。

鏡花縁四本

　第二十二、二十三及三十三回は支那には可笑しいとされて居ますが併日本では習慣が違ふからどーでしょー。

儒林外史二本

　実に訳しにくい。第十二回の『俠客虚設人頭會』(筋は十三回の始まで亙って居る)、或は第十三回の中にも取る可きものが有ると思ふ。

何典一本

　滑稽の本として近来頗る名高かいが実は「江南名士」式滑稽で頗る浅薄だ。殆んど全部俚語と俗語で組成して居ますから支那の北方人でも解りにくい。今度は只支那にこんな本があると御覧にかけて上げるまでゞす。

達夫全集第六巻一本

　『二詩人』の中には悪口の方が多いが併し「ユーモア」も少しくあると思ふ。「モデル」は王獨清と馬某です。

今古奇觀二本

　中に「ユーモア」を見たらしい覚えがないのです。

老殘遊記一本

　第四から第五回までの分は「ユーモア」と思はれたものでしょーと思ふが併し支那に於いては事実です。

小彼得一本

作者は最近に出て来たもので滑稽な作風があると云はれて居る。例へば『皮帯』、『稀鬆（可笑しい）の戀愛故事』が如し。

[译　文]

增田兄：

五月十日惠函奉悉。我前信写到汉以来的"幽默"云云，取消。

今天托内山书店寄上小说八种。郁达夫、张天翼两君之作，我特为选入。近代的作品，只选我的，似觉寂寞。这两册中，如有可取者，即选译一些，如何？

昨天遇到内山老板，精神如前，马上又在对着书橱整理什么了。你送我的东西亦收到，赠品太好，使我不胜惶悚，并深为感谢。"玩具"已被"密斯"许没收，烟具尚捏在我手中，但缺乏相称的"桌子"放它，有点为难。

小说的书款不必寄来，数目极微。托北新书局买书，我也不付现款。现金应尽可能捏在自己手中，这是积五十年之经验所发明，盼望你也实行之。　草草顿首

洛文 五月二十二日

《水浒》四本

第三回《鲁智深大闹五台山》，或可称为"幽默"罢。

《镜花缘》四本

第二十二、二十三及三十三回,在中国是以为可笑的,但日本习惯不同,未知如何?

《儒林外史》二本

实在难译。第十二回的《侠客虚设人头会》(情节贯串到第十三回开头),或在十三回中也有可取之处。

《何典》一本

作为滑稽书,近来颇有名,其实是"江南名士"式的滑稽,甚为浅薄。全书几乎均以方言、俗语写成,连中国北方人也费解。仅为了让你看一看,知道中国还有这类书。

《达夫全集》第六卷一本

《二诗人》中有很多挖苦人的话,但我觉得有点"幽默"。"模特儿"是王独清与马某。

《今古奇观》二本

记不起在里面看到过"幽默"的东西。

《老残游记》一本

从第四回到第五回,似乎被认为是幽默罢,但在中国却是实事。

《小彼得》一本

作者是最近出现的,被认为有滑稽的风格。例如《皮带》,《稀松(可笑)的恋爱故事》)。

320531(日)　致　增　田　涉

拝啓　五月二十一日の御手紙は拝見しました。して見る

と私の送った小説は頗るあなたの買ったものと重出して居ます。そんなものはもう支那へ帰らせる必要がないのであなたの処分にまかせます、例へば同好の士にやって仕舞ふとかなど。

漢からの「ユーモア」はよしましょー。何んだか難かしくてその上に「ユーモア」らしくなく、入れると不調和になります。

木の実君の御写真も拝見致しました。実にあなたに似て居ます、無論「テロリズム」は別として。しかし人形二つまで持って居る処から見ればおとなしい方です。海嬰は一つも完全な玩具を持て居ない。その玩具に対する学説は「見てそーしてこわして」と云ふ。

その海嬰たるものは避難中に麻疹にかかりうまくひとりで直ほりました。こんどは「アメェバ赤痢」にかゝりました、もう七度注射して「アメェバ」たるものはとくに滅亡したのだろーけれども下痢だけは未なほりません。しかし近い内によくなるだろーと思ひます。

弟は安徽大学の教授になりました。しかし近頃支那にはそんなにたやすく御飯を食べられる処がないので呼びに来たのは屹度何んだかあぶない処があるからです。今には行ったは行ったが帰へる旅費を用意して行きました。遠からず又上海へ来るのでしょー。

私共は御かげ様で不相変です。

今日内山老板に頼んで『北斗』など少し許り送りましたが

213

矢張御かげ樣で不相変よい作品もない樣です。　草々頓首

鲁迅 五月三十一夜

増田兄へ

[译　文]

　　拜启:五月二十一日惠函奉悉。看来我寄去的小说颇和你买的重复,那些书毋须寄回中国,可由你处理,如送给同好。

　　关于汉以后的"幽默"作品,可作罢。因为既难懂,又不那么"幽默",选进去不协调。

　　木实君的玉照看到了,实在像你,当然"恐怖主义"自当别论。但从她抱着两个玩偶看来,倒是个温顺的孩子。海婴是连一件完整的玩具也没有的。他对玩具的理论,是"看了拆掉"。

　　海婴这家伙在避难中患了麻疹,又顺利地自己好了。顷又患阿米巴赤痢,已注射七次,阿米巴虽早已灭亡,但肚泻还未见好。我想最近就会痊愈的。

　　舍弟已任安徽大学教授。但中国近来没有这么容易吃饭的地方,竟来叫他去,其中必是因为有什么危险之处。现在去固然去了,却是准备了回来的旅费才去的,谅不久又将返沪。

　　我们托福还是老样子。

　　今天托内山老板寄上《北斗》等刊物,也托福仍是老样子,没有好作品。　草草顿首

鲁迅 五月三十一夜

增田兄

320602（日） 致 高 良 富 子 [1]

高良先生几下，谨启者，前月　内山君到上海，送来

　　先生惠寄之《唐宋元名画大观》[2]一部。如此厚赠，实深

　　惶悚，但来从远道，却之不恭，因即拜领。翻阅一过，获益

　　甚多，特上寸笺，以申谢悃。

　　肃此，敬请

道安

鲁迅　启上　六月二日

＊　　　＊　　　＊

〔1〕　此信原件无标点。

高良富子(1896—?)　日本人。东京女子大学教授，基督教徒，曾
从事日本基督教妇女和平运动。1932年初去印度途经上海时，由内山
完造介绍认识鲁迅。

〔2〕《唐宋元明名画大观》　参看350906①信注〔2〕。

320628（日） 致 增 田 涉

　　拜啓　六月二十一日の御手紙を拝見致しました。傍線を
施しました処は大抵注釈しました、今にかへします。只「不
□癲兒」だけは解りません、「□癲兒」は西洋語の音訳らしい
が原語を考へつかない、「□癲兒式でない半個世界」と云ふ

のだから「不同の半個世界」と胡麻化したらどーです。

　この家の族のものは皆な元気です。只海嬰はアメバ赤痢に罹って十四度も注射しましたが今はもーなほりまして悪戯をして居ます。僕もこの子供の為めに頗る忙がしかった。若し親に対してそーだったら二十五孝の中に入られるだろー。

　弟は安徽大学に行って教授となりましたが、併し一昨日にもー帰りました。給金をくれる望もなく、居民は兵隊と居人半分づつだから、いやだそーです、商務印書館に又這入れる様に工風して居ますが未きまりません。　草々頓首

　　　　　　　　　　　　迅　拝上　六月二十八日
増田兄足下
　二伸　『稀鬆の戀愛故事』の「稀鬆」は「軽い」と云ふ意味で即ち「可笑しい」です。

[译　文]

　　拜启：六月二十一日惠函奉悉。划了旁线之处大抵都已加注释，即寄还。只有"不□癞儿"[1]不明白，"□癞儿"谅是西洋语的音译，原文想不出，说的是"□癞儿式的半个世界"，姑且马马虎虎译为"不同的半个世界"，如何？

　　这里家中都健康，只海婴患了阿米巴赤痢，注射了十四次，现在好了，又在淘气。我为这孩子颇忙，如果对父母能够这样，就可上二十五孝了。

　　舍弟到安徽大学当教授，已于前天回来。因为薪金支付

无望,城内兵与居民各半,故不愿再呆下去,正设法再进商务印书馆,但尚未定。　草草顿首

　　　　　　　　　　迅 拜上 六月二十八日

增田兄足下

　　又及:《稀松的恋爱故事》的"稀松",意为"轻松",亦即"可笑"。

　　＊　　　　＊　　　　＊

　　〔1〕 "不□癫儿"　张天翼的短篇小说《稀松的恋爱故事》中的话:"男的瞪着眼瞧她,似乎想从她头发里找出不□癫儿式的半个世界来。""□"为缺字,后增田涉函询张天翼,知系"得"字。"不得癫儿"是法国诗人波德莱尔的诙谐译音。

320718(日)　致 增 田 涉

　　拜啓、七月十日の御手紙は拝見致しました。

　　『二詩人』の作者は余りに変挺な言葉を使ひますから頗る解にくい点がありましたが手紙で原作者に聞きましたのだから今度の解釈は間違がないはづです。

　　併し読む時には頗る骨折っただろーと思ひます。こんなものはもっと読みにくいもので其上未きまった文法のない白話だから、もう一層難しいものです。

　　新しい作品は未だ発見しません。今に支那ではもう笑ひを失って居ます。

　　山本夫人はも一帰られました。上海に居た時には四五度遇ひそーして一度支那料理屋に行きましたが議論は多く聞きませんでした。だから進步 or 退步問題は決定し難いです。兎角、東京生活を大変嫌っていらしゃる様です。

　　上海はこの一週以来、大変に暑い、室内でも九十三四度です。夜になると蚊が出て御馳走に来ます。だから僕はこの間、体に汗物が一面に被ったほかには何の成績もありません。

　　幸には女と子供は皆な達者です。内山書店には漫談会が少ない、相手もそーない、何んだか漫談そのものも不景気になった様です、大砲に撃破されました。　　草々頓首

　　　　　　　　　　　　　　　　　迅　上　七月十八日

増田兄足下

[译　文]

　　拜启：七月十日惠函奉悉。

　　《二诗人》的作者太喜用奇异的语言，颇多费解处，已写信问过原作者，故此次解释当不会错。

　　但你阅读时想必很吃过苦头。这种读物，本很难读，加以白话文文法尚无定规，自然更难了。

　　新的作品，还未发现，目前在中国，笑是失掉了的。

　　山本夫人已回国，在沪时曾遇到四、五次，且曾一同上过一次中国菜馆，但没有听到她许多议论，因而难以断定她是进步 or[1]退步。不过她似乎很厌恶东京的生活。

上海这一周来大热,室内也达九十三四度,晚上蚊子还出来举行盛宴。因此,我这一向除浑身生痱子外,毫无成绩。

幸而内子和孩子均好。内山书店的漫谈会少了,对手也不多,似乎连漫谈也不景气,被大炮轰散〔2〕了。　　草草顿首

迅　上 七月十八日

增田兄足下

＊　　　＊　　　＊

〔1〕　or　英语:或者。
〔2〕　指上海一·二八事变。

320809（日）　致 增田涉

拝啓、今日四日の御手紙を拝見致しました。御祖母様が御死去になりまして悲しい事ですが併しもう八十八歳ですから実にはなかなかの高寿です。死ななくても生存しにくいでせょうと思ひますが。

上海の暑さは一週間前は九十五、六度、このごろは八十七、八度、時にもう少し高い。僕の汗ものはひき込んだり、出たりして居ります。何んだか矢張、生存しにくい感じをして居ますが、末「アゴの運」に行かないから死なないですむだろーと思ひます。家族のものも皆達者です。

僕は今年遊んで居るきり、何もしません。

張天翼の小説は余り洒落すぎるから読者に反感を呼び起

す恐れがあると思ひます。併し一度訳すると原文の厭味が
減って仕舞かも知りません。

迅 拝 八月九日夜

増田兄

[译　文]

　　拜启:四日惠函今日奉悉。令祖母逝世是令人悲痛的事。
但她已八十八岁,确是高寿,即使在世,生活也将是够困难的
罢。

　　上海的暑热,一周前是九十五六度,最近是八十七八度,
有时还要高些。我的痱子也时消时现,毕竟总是有生存困难
之感,不过我想还未交"颚运",不至于死罢。寓中均好。

　　我今年只是玩,什么也没有干。

　　张天翼的小说过于诙谐,恐会引起读者的反感,但一经翻
译,原文的讨厌味也许就减少了。

迅 拝 八月九日夜

增田兄

321002(日)　致 增 田 涉

増田兄:

　　九月二十七日の手紙は拝見致しました、絵と一所に。交
際上の礼儀としてはほめなければならないが併し実に言へ
ば其の絵はうまくないです。

支那の「ユーモア」と云ふ事は難問題です、「ユーモア」は本来、支那のものでないから。西洋の言葉で世の中のあらゆるものを一括しよーと云ふ考へに中毒されたから本屋がそんなものを出す様になったのでしょー。しからばいゝ加減に訳してやる外仕様がありません。

私の小説全部が井上紅梅氏に訳されて十月中改造社から出版するそーです。しかし、その小説と「ユーモア」とを読むものは種類が違ふからかまはないでしょー。

私達三人は九月中まる一月皆な病気にかゝりました。軽い病気ですが矢張医者にかゝりました、今は皆ななほって居ります。

二三日前、三閑集一冊送りましたがつまらないものです。雑誌類は大変圧迫されて居ます。　草々頓首

魯迅 十月二日

[译　文]

增田兄：

　　九月二十七日信奉悉，画一并收到。从礼节上说，本当恭维一番，但说实话，此画并不高明。

　　所谓中国的"幽默"是个难题，因"幽默"本非中国的东西。也许是书店迷信西洋话能够包罗世界一切，才想出版这种书罢。你只得酌量选译，别无他法。

　　我的小说，据说已全部由井上红梅氏翻译[1]，十月中将由改造社出版。但是，读那些小说的人和读"幽默"的人不同

类,因此没有关系罢?

　　我们三人在九月间都整整病了一个月,病虽不重,也看了医生,近均已痊愈。

　　二三日前曾寄上《三闲集》一册,是无聊的东西。杂志之类现大受压迫。　　草草顿首

　　　　　　　　　　　　　　　　　　　　鲁迅　十月二日

　　＊　　　　＊　　　　＊

〔1〕　井上红梅及其翻译,参看 331105 信注〔16〕、〔17〕。

321107①（日）　致 增 田 涉

　　拝啓　先日十月廿一日の手紙をいただき今日は十一月三日の手紙がつきました。今に注釈したものを送り帰します。

　　近頃絵は退学し翻訳をやって居る事は大変よい事と思ひます。絵をいゞいた時には頗るほめて上げたかったがつくづく熟覧の揚句、遂に攻撃の方針を取りました。それは実にすまない事、しかも、仕方のない事です。

　　井上紅梅氏に拙作が訳された事は僕にも意外の感がしました。同氏と僕とは道がちがひます。併し訳すと云ふのだから仕方がありません。先日、同氏の『酒、阿片、麻雀』と云ふ本を見たら、もーー層慨嘆しました。併しもう訳したのだから仕方がありません。今日『改造』に出た広告をも拝見

しましたが作者は非常にえらく書かれて居ります、これも、慨嘆すべき事です。つまりあなたの書いた『某傳』は広告のつとめになりました、世の中はどんなに妙な事でしょう。

僕は『小説史略』もあぶないと思ふ。

僕の病気はなほりましたが小供は不相変病気続き、今の住居は北向だから小供に不適当かも、知りません。北新書局は政府からやめられるかも知りません、そーすると僕の生活に影響して食ふ事の為めに他の所に行かなければならないだろう。然しこれも転地療養にもなる。併しそれは来年の春末の事で当分の内では不相変、このガラス戸に対するテーブルに向って腰掛て居ります。　草々

　　　　　　　　　　　　　迅 上 十一月七日の夜

増田兄几下

[译　文]

　　拜启：十月廿一日信日前奉悉，十一月三日信今日也收到。日内将注释稿奉还。

　　你近来不学画，专做翻译工作，我以为很好。收到你的画时，虽颇想加以赞美，但细加审阅后，便采取攻击方针，实为抱歉，但也是无法的事。

　　井上红梅氏翻译拙作，我也感到意外，他和我并不同道。但他要译，也是无可如何。近来看到他的大作《酒、鸦片、麻将》，更令人慨叹。然书已译出，只好如此。今日拜读《改造》刊登的广告[1]，作者被吹得很了不起，也可慨叹。就

是说你写的《某君传》为广告尽了义务，世事是怎样的微妙啊。

　　我感到《小说史略》[2]也是危险的。

　　我的病已痊愈，但孩子仍不断生病，也许现在住所朝北，对孩子不适宜。北新书局可能被政府封闭，那时将影响我的生计，为了糊口，也许不得不去异乡。然而正可转地疗养，但这是明年春末的事，暂时还依旧坐在这玻璃窗下的桌子前面。草草

　　　　　　　　　　　　　　迅　上　十一月七日夜

增田兄几下

＊　　　　＊　　　　＊

　　〔1〕　指以《中国现代左翼作家第一人的全集出版》为题的井上红梅所译《鲁迅全集》出版广告，载于《改造》1932 年 11 月号。

　　〔2〕　《小说史略》　指增田涉所译鲁迅的《中国小说史略》，1935 年 7 月东京赛棱社出版。

321107②（日）　致　山　本　初　枝[1]

　　奥様:大変御無沙汰致しました。別に忙しいと云ふ訳でもないが盆槍でブラブラして居るからこ一云ふ結果になったのです。大昔、餓鬼が「ドロップス」をいただいて其の内容を食べて仕舞ひ、又別ものを入れて又食べて仕舞ひそう云ふ風に四五回、やりました。併し僕は今に御礼を申し上

げます。実になまけなものです、御免下さい。此頃、何か書かうと頗る思って居りますが何も書けません。政府と其の犬達に罐詰にされて社会との接触は殆んど出来ませなんだ、其上小供は病気続き。住ひは北向だから小供に不適当かも知りません。併し転居する気も出ません。来年の春頃に又漂流しようかとも思って居ります。が、それもあてにならないかも知りません。小供は厄介なものだ。有ると色々な邪魔をします。あなたはどう思ひますか？ 僕はこの頃殆んど年中小供の為めに奔走して居ります。併し既にうんだのだから矢張り育てなければ成りません、つまりむくひですから憤慨もそーなかった。上海は不相変さびしい、内山書店には漫談はそう振はないが景気は私から見れば、ほかの店よりもよい様です、老板も忙しい。私の小説は井上紅梅氏に訳されて改造社から出版する様になりました。増田君は頗る意外にうたれたが私も頗る意外でありました。併し訳したいと云ふのだから私もいかんとは云へません。ここに於いて訳されました。あなたも屹度二元搾り取られるだろーが私の罪だと思はないで下さい、増田君が早くやったら善いのに。支那には上海は寒くなり、北京ではもう雪が降ったそうです。東京は如何がですか？ 私は殆んど東京の天気の有様をわすれて仕舞ひました。御主人様はまだ子守していますか？ 何時に活動しだしますか？ 私も子守をして居ります。そうすると御互に遇ふ事が出来ません。両方とも漂流し出したら何処かに遇ふ様になるのでありまし

ょう。　　草々頓首

鲁迅 十一月七日よる一時

[译　文]

　　夫人：久疏问候。虽说不见得太忙，但悠悠忽忽地闲蹉着，也就成了这个结果。馋鬼收到的水果糖，早已吃光，盒子装进别的食品，也吃光了，如此已四五次。可我现在才向你致谢，实在太懒，尚希见谅。近来，很想写点东西，可什么也不能写。政府及其狗们，把我们封锁起来，几与社会隔绝。加以孩子连续生病，也许寓所朝北，对孩子不适宜罢。但并未打算迁居。我想，明年春天又要漂流罢，不过那也不一定。孩子是个累赘，有了孩子就有许多麻烦。你以为如何？近来我几乎终年为孩子奔忙。但既已生下，就要抚育。换言之，这是报应，也就无怨言了。上海仍寂寞，内山书店的漫谈虽已不太热闹，但我看，生意似乎仍比别的店铺要好，老板也很忙。我的小说已被井上红梅氏译出，将由改造社出版，使增田兄受到意外的打击，我也甚感意外。既然别人要翻译，我也不能说不行。就这样译出来了。你也一定会被榨取二元钱[2]的。请你不要认为这是我的罪过。增田兄早点译出来就好了。在中国，上海已转冷，据说北京已下雪，东京如何？我几乎全忘记了东京的气候。你先生还是在家看孩子吗？何时才出去活动？我也是在家看孩子。这样彼此也就不能见面了。倘使双方都出来漂流，也许会在某地相遇的。　　草草顿首

鲁迅 十一月七日夜一时

＊　　　＊　　　＊

〔1〕　此信据 1937 年 6 月日本改造社出版《大鲁迅全集》第七卷所载编入。

山本初枝(1898—1966)，笔名幽兰，日本歌人，中国文学爱好者。1931 年与鲁迅结识。曾写过一些不满日本军国主义和怀念鲁迅的短歌。

〔2〕　当时井上红梅翻译的《鲁迅全集》定价二日元。

321113(日)　致 内 山 完 造

拝啓　十一月十一日晨上海より出発して一路平安。列車は天津附近にて二時間程立往生しましたけれども兎角十三日午後二時頃北京につきました。家に帰へたのは二時半です。

母親はもう先よりよくなって居ります。蓋し年寄だから血液が少なくなり其の上胃がわるくなると直ちに衰弱します。こゝの同仁医院に塩沢博士がいらしゃるのだから明日診察を乞ふて養生の方法をうかがへばそれで僕の用は済むわけです。

御贈与下さった蒲団を母親に差しあげました、非常によろこんで厚く御礼を申し上げる様にと云ひましたから謹んで伝言致します。

私は汽車のなかによく食ひ、よく睡むりましたから極く元気になって居ります。　草々

鲁迅 十一月十三夜

内山先生几下

　奥様によろしく

[译　文]

　　拜启:十一月十一日晨自上海动身,一路平安。列车在天津附近停车两小时,不过总算在十三日下午二时许抵北京。到家已两点半了。

　　母亲已较先前好些。不过,由于年迈血亏,加上胃病一发作,就立即衰弱下来。因为盐泽[1]博士就在这里的同仁医院,明天托他看一下,请教些养生之法,我的任务就算完成。

　　惠赠的被子已交母亲,她非常喜欢。谨转达她对厚礼的谢意。

　　我在火车上吃得好,睡得好,精神甚佳。　　草草

鲁迅 十一月十三夜

内山先生几下

　　令夫人祈代候。

＊　　　＊　　　＊

　　〔1〕　盐泽　参看321115信及其注〔1〕。

321215(日)　致 山 本 初 枝[1]

　　拝啓　先月の十日頃に北京へ一度行きました、母親が重病だと云ふ電報を受け取ったから。帰って医者に聞いて見

たら胃加答児で大丈夫だと云ふ、そこで五六回の通弁の役
をつとめて又上海へもどりました。上海へ帰ったら又もと
の通りごたごたして居ります。母親は無論もうよくなって
今は起きて居るそうです。北京は四年前とそう変り有りま
せん、寒さはそうひどくもないが何んだか人にきびしい感
じを与へます。手紙を書く時に使ふ箋紙を買って来、二箱
を内山老版に頼んで送りました、歌を書くに丁度よいと思
ひましたから、到達したか知ら？正路君に送る可き玩具を
も気を附けて居ましたが適当なものを見つかりませんでし
た、別によい機会を狙ひませう。上海に帰ったら御手紙を
いただきました。有難う存じます。井上紅梅氏からは其の
訳した拙作を一冊くれました。上海は未だそう寒くない。
私は北京に十六日居、五回の演説をやり、教授達に頗るにく
まれました。併しからだは達者です。あなたがた一家の健
康を祈ります。　草々

　　　　　　　　　　　　魯迅　十二月十五夜

山本初枝夫人几下

[译　文]

　　拜启：上月十日前后，到北京去了一趟，因为接到母亲病
重的电报。去问过医生，说是患胃炎，并不要紧，于是我当了
五六次翻译后，又回到上海。返上海后，又依然如故，忙忙乱
乱。母亲的病，当然已经痊愈，据说现已起床走动了。北京同
四年前无大变化，虽不太冷，却给人以沉寂的感觉。买来写信

用的笺纸,已托内山老板送上两盒,想来你正可用来写和歌,未知已收到否? 也曾留意想买些玩具送给正路[2]君,但没看到合适的,只好再候别的好机会了。回到上海就接到你的来信,谢谢。井上红梅氏送了我一本他翻译的拙作。上海还不太冷。我在北京呆了十六天,作了五次讲演,颇让教授们憎恶。但是身体很好。祝全家健康。　　草草

　　　　　　　　　　　　　　　　鲁迅 十二月十五夜

山本初枝夫人几下

＊　　　　＊　　　　＊

〔1〕　此信据《大鲁迅全集》第七卷所载编入。

〔2〕　正路　山本初枝之子。

321219(日)　致 增 田 涉

　　拝啓:十日の御手紙は今日拝見致しました、質問をば今に送帰します。

　　『ユーモア』の部数は実に余り少ないです、時は不景気で人々はもう「ユーモア」などを読む暇を持たない為だろーと思ひます。

　　僕は母親の病気の為めに先月一度北京へ行きました、二週間立つと病気が直りましたから又上海へもどりました、スチームはもう通って居ますが併し天気は末そう寒くない。秋から小供が時々病気にかゝって困りました。今にも

尚薬をのまして居ます、腸カタルが慢性になったらしい。今の住居は空気はそう悪くないが太陽が這入らないから大変よくないと思ひます。来年少しくあたゝかくなったら転居でもしよーかと思って居ます。

　井上氏訳の『魯迅全集』が出版して上海に到着しました、訳者からも僕に一冊くれました、ちょっと開けて見ると其誤訳の多に驚きました。あなたと佐藤先生の訳したものをも対照しなかったらしい、実にひどいやりかただと思ひます。

　御家族一同の幸福を祈ります。　　草々頓首

　　　　　　　　　　　　　　魯迅　上　十二月十九夜

増田兄

　親是交門、五百年決非錯配＝この親類は相互に親類になり、五百年前から決めたもので決して誤って配合したのではない（諺語に「夫婦になるのは五百年前の縁（因果）から、なるのだ」と云ふものがあるから判語にそー云ふのです）。

　以愛以愛、伊父母自作氷人＝愛子（或は女）の結婚から愛女（或は子）の結婚となり彼等の両親自分が中人<ruby>中人<rt>ナカウド</rt></ruby>になったので。

　非親是親、我官府權為月老＝親類になる筈じゃないのに親類になりました、我役人が先づ中人になりましょう。

［译　文］

　　拜启：十日惠函今日奉悉，所询问题即奉复。

　　《幽默》[1]印数,确实太少,我想是因在不景气时期,人们已无暇读"幽默"之类了罢。

　　我为家母病曾于上月去北京一趟,住了两星期,家母病已痊愈,我又回上海。目前暖气已开放,但天气还不怎样冷。入秋以来,孩子常常生病,令人操心,至今仍在服药,肠炎似已变成慢性。现在我的住所空气虽不太坏,但阳光照不进屋,很不好。俟来年稍暖和时,拟即搬家。

　　井上氏所译《鲁迅全集》已出版,运到上海来了。译者也赠我一册。但略一翻阅,颇惊其误译之多,他似未参照你和佐藤先生所译的。我觉得那种做法,实在太荒唐了。

　　祝阖府幸福。　草草顿首

　　　　　　　　　　　　　　鲁迅　上　十二月十九夜

增田兄

　　亲是交门,五百年决非错配＝这门亲事是互相成为亲戚,五百年前就定下了,决不是错误的婚配(谚语有:五百年前缘(因果)成夫妻。故判词才这么说的)。

　　以爱及爱,伊父母自作冰人＝爱子(或女)的婚姻变成了爱女(或子)的婚姻,他们的双亲自己当了媒人。

　　非亲是亲,我官府权为月老＝本不能成为亲戚而变成亲戚,我这个官员就充当媒人罢。[2]

　　*　　　　　*　　　　　*

　　〔1〕　《幽默》　指《世界幽默全集》。

〔2〕 以上附件是答增田涉关于《今古奇观·乔太守乱点鸳鸯谱》中乔太守判词的提问。参看本卷附录二中关于《世界幽默全集·中国篇》第七节注〔2〕及相关答问段。按本件及后面几封信的附件,均按增田涉生前赠送的原信照片编入。

330301[①]（日） 致 山 本 初 枝[1]

　拝啓　久しく御無沙汰致しました、実に済みません。何うしたのか近頃は忙しくて落着きまん。子供の胃腸病は癒って来ましたけれども横着で仕事の邪魔をします。何処か一室をかりて毎日三四時間あそこに行って勉強しようとも思って居ますけれど。正月に盗難に遇ふたと存じました。実に気の毒な事です。私なんかの手紙などは何等の価値もないから、どうでもよい、ぬすんで行って出して見たら屹度大に怒ったでしょう。これも実に気の毒な事です。増田君から手紙が来ました、もう東京に出て来ました、併し『世界ユーモア全集』の翻訳は失敗したよーです。先日、改造社から特派して来た木村毅氏と遇って其の本のうれる数を聞いたら二千部で訳者の収入は約二百円だと云ふ。つまり原稿紙一枚は一円にもならないのです。先月の末にはShawが上海に来たのだから一騒しました。私も遇って互に一言づつ云ひました。写真も取って居たので一週間の後に送り上げます、今にはもう東京に居りますから矢張歓迎会などをやって居るでせう。汝は行って見ましたか? 私は実に風釆

のよい老人だと思ふ。上海は不相変寂寞たるもの、謡言も
多い。私は去年の末には今年の二月まで中篇小篇一つ書き
上げなけれげならんと思って居ましたが三月になったらま
だ一字もかきません。毎日ぶらぶら、そうして五月蠅い雑
務も多いから遂に何の成績もありません。併し変名して社
会に対する批評をば随分書きました。もう私であると云ふ
事が人に発見されたのだから今には攻撃されてる最中、併
しそれはどうでもよい事です。桜の咲く時節も来る様だ、
が、東京には緊張してるでしょう、世の中は中々おだやかに
ならないらしい。併し御養生する様望みます。
草々

　　　　　　　　　　　　　　　　鲁迅　三月一日、夜

山本初枝夫人几下

[译　文]

　　拜启：久疏问候，实在抱歉。不知何故，近来很忙，安定不
下来。孩子的肠胃病虽已痊愈，但还磨人，影响工作。真想在
那儿赁间房子，每天到那里用功三四小时。据说你在正月里
遇盗。实在是不幸的事。我的信札之类并无什么价值，随它
去好了，偷去的人看了，定会大为恼怒的，于他也确是不幸的
事。增田君有信来，说他已到东京，但《世界幽默全集》的翻
译，似乎失败了。日前见改造社特地派来的木村毅[2]氏，问
及那本书的销路，据他说有两千部，译者的收入约两百日元，
即每张稿纸所得不足一日元。上月底 Shaw[3]来上海，曾轰动

一时。我也见了他,彼此略谈了谈。还照了相,一周后寄上。他现在已在东京,大概也要开欢迎会之类的罢,你去看了吗?我觉得他是位颇有风采的老人。上海仍寂寞,谣言也多。去年底,我本想在今年二月以前写出一个中篇或短篇,但现已是三月,还一字未写。每天闲着,加上讨厌的杂务也多,以致毫无成绩。不过,用化名写了不少对社会的批评。这些化名已被发现是我,正遭攻击,但亦听之。快到樱花盛开的季节了,不过东京也很紧张罢。这个世界似乎难以安宁。幸自珍重。

　草草

鲁迅 三月一日、夜

山本初枝夫人几下

*　　　*　　　*

〔1〕　此信据《大鲁迅全集》第七卷所载编入。

〔2〕　木村毅(1894—1979)　当时日本改造社记者。萧伯纳将来上海时,他作为特派记者前来采访,并约请鲁迅为《改造》杂志撰写关于萧伯纳的文章。

〔3〕　Shaw　即萧,指萧伯纳。

330301②(日)　致 增 田 涉

　二月十七日の御手紙はとくに到着したのだが世の中は何んだかおだやかでないから僕までも忙しくなり、あぶなかしくなり其の上子供は騒ぐから返事を遂に今まで引延ばし

た、実に済まない事です。

　佐藤先生に非常に感謝します、面会したら此の微意を伝はて下さい、僕も何かの創作を書きたいけれども支那の今のよーな有様ではどうも駄目らしい。此頃は社会の要求を応じて短評を書いて居ますが其の為めに益々不自由になります。併し勢、こーならなければならないと成ったのだから、仕様がないです。去年は北京に行って暫くやすもうと思ひましたが今の有様を見ればそれも駄目だろー。

　高明君は実に言へば文字通りではないのです。一時は頗る書きましたが、此頃は殆んどわすられて居ます。若し佐藤先生の作が此の人に訳されたら或はその不幸は私の井上紅梅氏に遇ふ事よりも以上だろーと思ひます。

　文化月報若し出版したら、すぐ送りますが併し第二号はやられるかも知りません。

　Shaw が上海へ来て一騒した、改造社からは木村毅氏を特派して上海まで来たのだから沢山文章を書いたのだろー。改造社は特刊を出すつもりそーです。しかし、僕と木村氏が行かなった前にS は宋慶齢女史（孫逸仙夫人）との談話はもう随分有ったそーで其の筆記は三月分の『論語』（上海の「ユーモア」雑誌だが、中々ユーモアでないもの）にでます。出版したらたゞちに送りますから改造社に聞いて汝から訳して其の特刊にのったらどうですか。

　偖上海は段々あたゝかくなり、私どもはまづ不相変無事です、ほかの所へ行く計画もありません。若しあなたがい

らしゃるなら遇へます。

地質清水様とはも一活動写真屋で一度遇ひました。

草々

魯迅 三月一日の夜

増田渉兄へ

[译　文]

二月十七日惠函早已收到。世间似乎不安宁,连我也变得忙碌起来,又不大安全,加以孩子捣乱,致将复信拖延至今,甚歉。

非常感谢佐藤先生,你遇到他时,祈转达此微意。我虽也想写些创作,但以中国现状看来,无法写。最近适应社会的需要,写了些短评,因此更不自由了。但时势所迫,不得不如此,也无可如何。去年曾想去北京暂歇,看现在这情况,恐怕又不成了。

高明[1]君,其实并不像他的名字那样,虽曾一度写过不少东西,但此刻几乎都被遗忘了。我想佐藤先生的作品,倘由他翻译,其不幸怕在我遇到井上红梅氏之上罢。

《文化月报》[2]如出版,当即奉寄,但第二期也许就被禁掉。

Shaw到了上海,引起一阵轰动。改造社特派木村毅氏来沪,大概写了很多文章罢。据说改造社准备出个特刊。不过在我和木村氏未去前,S[3]已与宋庆龄女士(孙逸仙夫人)谈了许多话,记录[4]将在三月号《论语》(上海的"幽默"杂志,其

实绝不幽默）上刊载，出版后当即奉寄。请去问一下改造社，由你译出登在他们的特刊上，如何？

上海渐暖，我们仍平安，没有打算到别处去，你如来沪，当可晤面。

地质学家清水^[5]先生，已在电影院中见过一面。　草草

鲁迅　三月一日夜

增田涉兄

＊　　　＊　　　＊

〔1〕　高明（1908—?）　江苏武进人，翻译工作者。曾留学日本。

〔2〕　《文化月报》　综合性杂志，中国左翼文化总同盟机关刊物，署陈乐夫编。1932 年 11 月出版第一期后即被反动派禁止。

〔3〕　S　指萧伯纳。

〔4〕　指《萧伯纳过沪谈话记》，镜涵作，载《论语》第十二期（1933 年 3 月）。

〔5〕　清水　即清水三郎，日本地质学家。当时上海自然科学研究所研究员。

330401（日）　致 山 本 初 枝^[1]

拝啓　御手紙を戴きました、玩具二つも遠くに。正路君に感謝します。あの可愛らしいハモニカ（?）をば子供にやり今でも時々吹いて居りますが、ヨーヨーは没収して仕舞ひました。其れは海嬰自分は未だこれを遊ぶ能力がなくて

僕にやらして見るおそれがあるからです。写真については
御仰る通りです。シヨウとの一枚は実に自分のセイの低い
事に癪がさわりますが仕方がもうありません。改造も読み
ましたが荒木様の文章の上半はよいと思ひます。野口様の
文章の中にシヨーは可哀想な人間だと云ふのも尤です、そ
の世界漫遊の有様を見ると漫遊するどころかまったく苦し
みを仕込んで居る様です。併し彼に対する批評は日本の方
が善かった、支那には悪口屋が多いから頗るぶつぶつ云って
居ます。僕も一所に写真を取った御蔭で悪く云はれて居ま
す。併しそれはどうでもよい事、慣れたのですから。僕も
時々日本を見たいと思ひますが招待される事はきらひで
す。角袖につかれる事もきらひ、只二三の知人と歩きたい
と思ひます。田舎で成長したのだから何だか矢張り西洋式
の招待会とか歓迎会とかきらひます。それは丁度画師が野
外写生に行って見物人にかこまれて仕舞様だと思ひます。
今まで住んで居たアパートが北向のせいかしら家の人がど
うも病気が多い。今度は別に南向の家を借込んだから一週
間の内に移ります。それは千愛里の側のうしろに、大陸新
村と云ふ所があるでしょう。あそこです。内山書店とも遠
くありません。先月、改造社の木村様に遇ひ『支那ユーモア
全集』の原稿料を聞いたらまあ二百円位だらうと云ふ。そ
んなら増田君も随分無駄骨折をしたと思ふ。シヨーに関す
る材料を送ったら井上紅梅がもう翻訳して改造社に持って
行ったさうです、僕はもう少し鋭敏にやらねばならんと思

ひます。　草々

鲁迅 上 四月一日

山本夫人几下

[译　文]

　　拜启:惠函奉悉,玩具两件亦早已收到。谢谢正路君。那个可爱的口琴(?)已给孩子,现在常吹。只是那个"摇摇"则已没收。因为海婴自己还不能玩,恐怕要我玩给他看之故也。关于照片,你说得很对。与萧合照的一张,我自己太矮,实在叫人生气,不过也无办法。《改造》已读过,荒木君的文章[2]上半篇很好。野口君的文章[3]中说萧是个可怜的人,也有道理。看看这样的漫游世界,那里是什么漫游,简直像自讨苦吃。不过对他的批评,还是日本方面的好。在中国,好损人的家伙多,坏话颇不少。我只因合照了张相,也沾光被骂了一通。但那也无所谓,因为已习惯了。我也常想看看日本,但不喜欢让人家招待。也讨厌让便衣钉梢,只想同两三位知己走走。我是乡下长大的,总不喜欢西洋式的招待会或欢迎会,好似画师到野外写生,被看热闹的人围住一样。也许因迄今所住的寓所朝北,家人总生病。这回另外租了一所朝南的房子,一周内就可迁去。在千爱里旁边的后面,不是有个大陆新村吗,就在那里,离内山书店也不远。上月遇见改造社的木村先生,问及《中国幽默全集》的稿费事,据他说大概两百日元左右。那么,增田君未免枉费工夫。我已寄去有关萧的材料,好像井上红梅已译好交给改造社了,[4]我觉得我应该更机灵些

才好。　草草

　　　　　　　　鲁迅　上　四月一日

山本夫人几下

＊　　　＊　　　＊

〔1〕　此信据《大鲁迅全集》第七卷编入。

〔2〕　荒木（1877—1966）　即荒木贞夫,当时任日本陆军大臣。萧伯纳到日本时,他曾与萧会见。他的文章,指《并非讽刺家的萧伯纳》,载1933年4月号《改造》。

〔3〕　野口　即野口米次郎（1875—1947）,日本诗人。他的文章,指《为人而生（迎接萧伯纳）》,载1933年4月号《改造》。

〔4〕　有关萧的材料　指《论语》所载《萧伯纳过沪谈话记》。该文由井上红梅译成日文,题为《萧翁与孙文夫人在上海会谈》,载1933年4月号《改造》。

330402（日）　致　增　田　涉

　拝啓　三月十三日の手紙は遠くにつきました。井上先生の機敏さには実に驚きましたが併し残念な事が、この先生はもう阿片とか麻将とかの紹介をやめましてほかのものをやりだすらしい。困った事です。

　上海の新聞社に仕事をさがすにはどうも駄目らしい、東京の出版所と特約撰稿の約束がなければ生活を維持する事が難しいだろーと思ひます。

　北向の家に居た為めか、どうも子供は病気が多くて困り

ます。今度は南向の家に引越します、内山書店とも遠くない。北京へ帰ろーとも思ひましたが併し当分の内は駄目でしょう。

汝に二つの事を頼み申します：

一、三銭の郵便切手を十枚、下さい。

二、独逸訳 P. Gauguin Noa Noa 一冊買って下さい、古本でもよいです（むしろ古本の方で沢山です）。

私は不相変ぶらぶら、これから勉強しよーとも時々云ひますが当にもなるまいと思ひます。　草々

魯迅 上 四月二日

増田兄足下

[译　文]

拜启：三月十三日信早已收到。井上先生的机敏实在令人惊讶，但又令人遗憾，这位先生似乎不再去介绍鸦片和麻将，开始做别的事了。麻烦事。

我想，在上海报社找事做，好像是无论如何办不到的，倘不和东京出版社订好特约撰稿，生活也难以维持。

或因住房朝北罢，孩子的病特别多，令人发愁。这次要搬个朝南的房子，离内山书店也不远。曾想去北京，但暂时似乎还不行。

拜托你两件事：

一、请买十张三分钱的邮票寄下。

二、请买一本德译 P. Gauguin：《Noa Noa》[1]，旧书也好

（旧书也就行了）。

我仍闲居，虽也常说今后应该开始用功，但恐怕还是靠不住。　草草

鲁迅　上　四月二日

增田兄足下

＊　　　＊　　　＊

〔1〕　P. Gauguin(1848—1903)　保罗·高更，法国后期印象派画家。《Noa Noa》，即《诺阿诺阿》，是他写的塔希提岛旅行记，鲁迅曾拟翻译，参看《集外集拾遗补编·文艺连丛》。

330419(日)　致 内山嘉吉[1]

拝啓　随分久しく御無沙汰致しました。先日御手紙と成城学園生徒の木刻とをいたゞいて有難ふ存じます。今日別封にて支那の信箋十数枚送りました、よいものでは有りませんが到着したら其の木刻の作者に上げて下さい。

支那には木版を少し実用上にもちいて居りますが創作木版と言ふものを未だ知って居ません。一昨年の生徒達は半分は何処かに行き半分は牢の中にはいて居るから発展は有りませんでした。

私共は今迄の家は北向で子供によくないから一週間前に引越しました。スコット路で不相変内山書店の近所です。年中子供の為めに忙しくて、考ふるにあなたがたも屹度今

年は随分御忙しくなっていらしゃるでしょう。　草々頓首

鲁迅 四月十九日

内山嘉吉兄几下

　奥様によろしく並に嬰児の幸福を祝します。

［译　文］

　拜启:久疏问候。日前收到惠函和成城学园学生[2]的木刻作品,谢谢。今日另封送上中国信笺十余张,虽非佳品,但到达后尚祈转给那些木刻作者。

　在中国,版画虽略作实用,但所谓创作版画则尚不知道。前年的学生一半四散,一半坐牢,因此亦无发展。

　我们原来的房子朝北,对孩子不适宜,已在一周前迁至施高塔路,仍在内山书店附近。终年为孩子忙碌,想来你们今年也一定很忙罢。　草草顿首

鲁迅 四月十九日

内山嘉吉兄几下

　问候令夫人并祝婴儿幸福。

＊　　　　＊　　　　＊

　〔1〕　此信据《大鲁迅全集》第七卷编入。

　内山嘉吉(1900—1984),内山完造之弟,当时在东京成城学园任美术教师。1931年8月来上海度假,应鲁迅邀请,自8月17日至22日为暑期木刻讲习班讲授木刻技法。

　〔2〕　指林信太,当时是该校五年级学生。

330519(朝) 致 申 彦 俊[1]

彦俊先生：

　　来信奉到。仆于星期一（二十二日）午后二时,当在内山书店相候,乞惠临。至于文章,则因素未悉朝鲜文坛情形,一面又多所顾忌,恐未能著笔,但此事可于后日面谈耳。专此布复　敬颂

时绥

鲁迅　启上〔五月十九日〕

　　＊　　　　＊　　　　＊

〔1〕　此信据朝鲜《新东亚》杂志 1934 年第 4 期所载编入。

　　申彦俊(1904—1938),朝鲜《东亚日报》驻中国特派记者,通过蔡元培介绍,于 1933 年 5 月 22 日下午在上海内山书店与鲁迅见面。他撰写的《鲁迅访问记》刊载于朝鲜《新东亚》杂志 1934 年第四期。

330520(日) 致 增 田 涉

　　『太平天國野史』を今日内山老板に頼んで送って貰ひました。転居してから南向ですから小供に少しくよい様です、成人も不相変元気、併しこまかい事が多くて忙しいから困ります。

　　僕は当分の内、上海に居るでしょう。併し小説史略出版

に難色がありますならやめたらどうです。此の本ももう古いし日本にも今ではそんな本が不必要だろー。　草々頓首

迅　上　五月二十日

増田兄足下

[译　文]

　　《太平天国野史》[1]今日已托内山老板寄上。迁居后房子朝南，似对孩子好些，大人也健康如常，但苦的是忙于过多的琐事。

　　我暂时仍住上海，《小说史略》如难以出版，就算了罢，如何？此书已旧，日本当前似亦并不需要这种书。　草草顿首

迅　上　五月二十日

増田兄足下

＊　　　＊　　　＊

　　〔1〕《太平天国野史》　凌善清辑，1924 年上海文明书局出版。

330625①(日)　致 山 本 初 枝[1]

　　拝啓　御写真をいただいて有難う存じます。『明日』第四号も到着しました、作者達は不相変元気ですね。上海はもう暑くなり蚊が沢山出て時々僕を食ひ、今にも食はれて居ります。そうしてそばには内山夫人からもらったつつぢが咲いて居ります。苦中に楽ありとはこんな事でしょう。併

し近頃支那式ファッショがはやり始めました。知人の中の一人は失踪、一人は暗殺されました。まだ暗殺される可き人が随分あるでしょうけれど兎角僕は今まで生きて居ります。そうして生きて居る内には筆でそのピストルを答へるでしょう。只だ自由に内山書店へ行って漫談する事が出来なくなったから少し弱ります。行く事は行きますが隔日一度になりました。将来は夜でなければいけないかも知れません。併しこんな白色テロは駄目です。何時か又よすのでしょう。転居してから小供には随分いいようです、活溌になって顔色も黒くなりました。井上紅梅様が上海へ来ました。もう頗る酒を飲んでる様です。　草々頓首

　　　　　　　　　　　魯迅　拝呈 六月廿五夜

山本夫人几下

[译　文]

　　拜启：玉照收到，谢谢。《明日》[2] 第四期也到达。作者们锐气如故。上海已热，蚊虫颇多，经常咬我，现在还在挨咬。身旁内山夫人送给我的杜鹃正在开花。这也许就是所谓的苦中之乐。不过，近来中国式的法西斯开始流行了。朋友中已有一人失踪，一人遭暗杀。[3] 此外，可能还有很多人要被暗杀，但不管怎么说，我还活着。只要我还活着，就要拿起笔，去回敬他们的手枪。只是不能自由地去内山书店漫谈，有些扫兴。去还是去的，不过是隔日一次。将来也许只有夜里才能去。但是，这种白色恐怖也无用。总有一天会停止的。搬家

后孩子似乎很好,很活泼,肤色也变黑了。井上红梅先生已来上海,看样子喝了不少酒。　草草顿首

鲁迅　拜呈 六月廿五夜

山本夫人几下

＊　　　　＊　　　　＊

〔1〕　此信据《大鲁迅全集》第七卷编入。

〔2〕　《明日》　日本文学双月刊,先后由岩仓具正、荻原文彦、江原谦山等编。1932 年 12 月创刊,东京明日会出版。

〔3〕　指丁玲被秘密逮捕,杨铨遭暗杀。

330625^②（日）　致 增 田 涉

葉書を遠く到着しました。

この頃上海に支那式の白色テロが流行し始めました。丁玲女士は失踪し(或はもう惨殺されたと云ふ)、楊銓氏(民権同盟幹事)は暗殺されました。「ホアイト・リスト」の中には、私儀も入選の光栄を獲得して居るそうだが兎角尚手紙を書いて居ります。

併し生きて居ると頗る面倒くさいと思ふ。

井上紅梅君は上海に来て居ます。こんなテロを調べて何か書くのでしょう。併しそれは中々たやすくわかるものではない。　草々頓首

洛文 六月廿五夜

増田兄几下

　一、殘叢。『新論』は種々の刊本あり、叢殘と顚倒して居るものもあるでしょう。『小説史略』の方は或る類書から引いて来たのですから其の儘にした方がよい。

　殘＝完全でない＝断片；叢＝こまごまなるもの＝(or)ごちゃまぜたもの。

　合＝聚めるor会する。

　二、此恒遣六部使者。　六部使者とは幽界の使者です。文中の「此」とは即ち幽界を指して居ます。佛教と道教との混血児で佛経には小乗経典に出典があるかも知らんが読んだ事がないからはっきり言へません。

　迴国行脚の僧をば支那では六部と云ひません。

　三、劉向所序六十七篇中、已有『世説』。　「劉向の序（編輯の次序をつける）したる所の六十七篇の中に既に世説あり」と訳す可きものでしょう。

　四、松下勁風。　あの時に使った『世説新語』はもう目の前にないから、明瞭に言へませんがその通りに残して下さい。日本製の大字典は辭源から取ったゞろーがしかも辭源は中々あてになりません。

　番外、雜烩。　種々なものを混雑して炒したもの、鍋のまゝに出さない。併し煮るとは違います。炒とは鍋に少量の豚油を入れて煮立たあとに材料を入れゞで二三十度迅速に攪動して皿に入れる。

A．臨川人湯顕祖は傳奇四種を作り皆な夢に関する事を材料とす。だから一般に『玉茗堂四夢』と云はれる。『邯鄲夢』も実はもと『邯鄲記』と云ったので後人がそれを『……夢』としたのです。

B．「登太常第」は即ち「進士及第」です。直訳すれば「太常（禮部）に試験を受けて第に登ばた」の事です。特に「太常」と書くのは唐の始めには禮部試験をやったのでは無かったからです。或は進士及第と訳した方がわかりやすいかも知れません。

C．「國忠奉氂纓盤水……」それは文章に間違があります。陳鴻君の原来の間違か或は後人の伝抄の間違か知りませんけれども。実は「國忠氂纓奉盤水加劍……」としなければなりません。大臣が罪人になったから牛の毛で拵へた纓（𦇸一纓）で絲のものに替へ、盤の中に水を入れ、盤の上に剣を加へ、其れを捧して帝の所へ行て「何卒、殺しなさい」と云ふそうだ。剣は自分を殺す道具、盤中の水は帝が自分を殺した後、御手を洗ふに使かひます。頗る考へとゞいた礼節です。それは漢の礼制で、けれども本当に行ふたのでは、ないでしょう。出典は『漢書』の『鼂錯傳』の注に有ります。

[译　文]

　　明信片早已收到。

　　日前上海已开始流行中国式的白色恐怖。丁玲女士失踪

(一说已被惨杀),杨铨氏(民权同盟干事)被暗杀。据闻在"白名单"[1]中,我也荣获入选,而我总算还在写信。

不过,我觉得活着也够麻烦。

井上红梅君到上海来,调查这恐怖事件,想写些什么罢。但这是很不容易了解真像的。　　草草顿首

洛文 六月廿五夜

增田兄几下

一、残丛。《新论》有各种刊本,也有颠倒为"丛残"的罢。《小说史略》是从某类书引用来的,还是照旧为好。

残＝不全＝断片;丛＝细的或杂的东西。

合＝聚合或会合。

二、此恒遣六部使者。六部使者是阴界的使者。文中的"此",即指阴界,在佛经里也许是出典于佛教与道教的混血儿小乘经典,但因未读过,不能确说。

迴国行脚的和尚,在中国不称六部。

三、刘向所序六十七篇中,已有《世说》。可译为"刘向所序(定编次)的六十七篇里面,已经有了《世说》。"

四、松下劲风。那时所用的《世说新语》,手头没有,不能说清楚,请照原样。日本编的大字典可能是从《辞源》摘录的,而《辞源》很不可靠。

另外,杂烩。是混杂种种原料炒的,上菜时并不连锅。炒与煮不同,炒是在锅里放少量猪油烧热再加原料,用锅铲迅速拨弄二三十次后盛在盘里。

　　A．临川人汤显祖，作传奇四种，均以梦为题材，所以一般称《玉茗堂四梦》。《邯郸梦》原是《邯郸记》，后人把它改做《……梦》了。

　　B．"登太常第"，即"进士及第"。直译是"受太常（礼部）考试及第"，特别写作"太常"，是因为唐朝初期没有礼部考试。或可译"进士及第"，也许较好懂。

　　C．"国忠奉牦缨盘水……"。文章有误，不知系陈鸿原文之误，抑或是后人传抄之误。其实应是"国忠牦缨奉盘水加剑……"。据云大臣犯罪，用牛毛做的缨代替丝做的缨（𦈌—缨），盘中盛水，盘上摆剑，捧着这些东西，走到皇帝的面前，说"请处决罢"。剑是杀自己的武器，盘中的水是皇帝在处决大臣后洗手之用，是想得颇周到的礼仪。那是汉朝的礼制，但恐并未真正实行。出典见《汉书·晁错传》的注。[2]

　　＊　　　　＊　　　　＊

　　〔1〕　"白名单"　讽指黑名单。参看330620②信注〔2〕。

　　〔2〕　以上二附件回答增田涉关于《中国小说史略》第七篇《〈世说新语〉与其前后》和第八篇《唐之传奇文（上）》中若干词语的询问。其中上节第二条"此恒遣六部使者"语，见于第六篇《六朝之鬼神志怪书（下）》中《珠林》七引文。

330711①（日）　致　山本初枝[1]

　　拝啓　御手紙いただきました。上海では暑くなり室内で

も寒暖計九十度以上にのぼりましたけれども私共は元気です、子供も元気でさわいで居ます。正路君も暑休で大にいたづらをして居りましょう。日本は景色が美しくて何時も時々思ひ出しますけれども中々行けない様です。若し私が参りましたら上陸させないかも知りません。其上、私は今には支那を去る事が出来ません。暗殺で人を驚かせる事が出来るとますます暗殺者を増長します。彼等も私は青島へ逃げて仕舞ったとの謡言を拵らへて居ます。けれども私は上海に居なければなりません、そうして悪口を書きます。そうして印刷します。仕舞には遂にどちが滅亡するかを試験して見ましょう。併し用心はして居ます、内山書店にも滅多に行かない様になりました。暗殺者は家の中には這いって来ないでしょう、安心して下さい。此頃増田君から手紙をもらひました、自分で書いた庭と書斎と子供の絵と一所に。漫談はしないが漫読をして居ると云ふので頗る呑気に暮して居る様です。其絵を見ると増田君の故郷の景色も非常に美しいと思ひます。今は望む本は未有りません、有ったら頼み申します。今度の住居は大変よいです。前に空地があるでしょう、雨が降ると蛙が盛に鳴きます、丁度いなかに居る様です、そうして犬も吠えて居ます、今はもう夜中二時です。　草々頓首

魯迅　上　七月十一日

山本夫人几下

[译　文]

　　拜启:惠函奉悉。上海已热起来,即使室内,寒暑表也升到九十度以上,但我们都好,孩子也活泼地吵闹着。正路君也放了暑假,颇为顽皮罢? 日本风景美,常常怀念,但看来很难成行。即使去,恐怕也不会让我上陆。而且我现在也不能离开中国。倘用暗杀就可以把人吓倒,暗杀者就会更跋扈起来。他们造谣,说我已逃到青岛,[2]我更非住在上海不可,并且写文章骂他们,还要出版,试看最后到底是谁灭亡。然而我在提防着,内山书店也难得去。暗杀者大概不会到家里来的,请勿念。最近收到增田君的信,和他自己画的庭院,书斋,以及孩子的画。虽不漫谈,却在漫读,似乎过得还挺悠闲。从画上看去,增田君故乡的景色也非常美。现在没有想要的书,需要时再拜托你。我这次的住处很好,前面有块空地,雨后蛙声大作,如在乡间,狗也在吠,现在已是午夜二时了。　　草草顿首

鲁迅　上　七月十一日

山本夫人几下

*　　　　*　　　　*

　　〔1〕　此信据《大鲁迅全集》第七卷编入。
　　〔2〕　关于鲁迅逃青岛的谣言,见《社会新闻》第四卷第一期(1933年7月3日)所载署名道的《左翼作家纷纷离沪》一文。

330711②(日)　致 增 田 涉

七月四日の手紙いたゞきました。上海の寒暖計は室内七

十度、室外七十七八度です。大作の絵は先に下さった南画
(?)より余程上手だと思ひます、御宅は実に善い風景な処に
在るので何してそんなに上海へ行きたがってるのでしょ
う。

　木の実君の画像を見れば一昨年にいたゞいた写真より、
ずっと美しくなりましたと思ひます。

　併し其の「支那の兄さん」たる海嬰奴はいたづらで泣きは
しないがさわぎます、幸に家にそー居ないから有難い事、写
真をば内山老板にたのんで出しました、昨年九月にうつし
たもので丸三歳の時のもの、併し一番新らしい写真です、其
後は未取りません、其の写真と一所に本二冊送りました、つ
まらないもので金を拵らへる為めに出版したのです。又
『支那論壇』一冊、其中に丁玲の事が書いて有ります。

　丁修人、丁休人も間違ひ、実は應修人と云ふのです。此の
人、十年前杭州の湖畔詩社と云ふ文学集団の一員、詩人で曾
て「丁九」と云ふ筆名を使た事有り、「丁九」と称するのは書
き易い為めです。

　私達は皆な元気です、が、内山書店にはあまり行きませ
ん。漫談の出来ないのは、残念だけれども、「ピストル」のた
まがあたまの中に這入るともう一層残念だから。私は大抵
家に居て悪口を書いて居ります。　　草々頓首

　　　　　　　　　　　　迅　上　七月十一日

増田兄テーブル下

　御両親様、令夫人様、令嬢様にもよろしく

［译　文］

七月四日信收到。上海的寒暑表，室内七十度，室外七十七八度。尊画已比过去给我的南画[1]（？）好得多了。府上处在风景明丽之地，何以还那么念念于来上海？

看到木实君的画像，我觉得比前年收到的照片美多了。

但是那个"中国哥哥"海婴小家伙却很淘气，虽然不哭，可是爱闹，值得感谢的是幸而不常在家。照片托内山老板寄上，是去年九月满三岁时照的，但这是最新的照片，此后还未照过相。照片和书两本一并寄上，书没有什么意思，是为卖钱出版的。又《中国论坛》一册，其中记有丁玲的事。

丁修人、丁休人都错了，其实是应修人[2]。此人是十年前杭州湖畔诗社[3]那个文学集团的一员，是诗人，曾用"丁九"笔名，取名"丁九"，以其容易写。

我们都健康，但不常到内山书店去。不能漫谈，虽觉遗憾，但手枪子弹穿进脑子里，则将更遗憾。我大抵在家写些骂人的东西。　草草顿首

迅　上　七月十一日

增田兄桌下

令尊令堂、令夫人及令嫒均吉。

＊　　　＊　　　＊

〔1〕　南画　中国山水画的南宗画派，唐代王维开创，十八世纪曾流行于日本。

〔2〕 应修人(1900—1933) 笔名丁九、丁休人,浙江慈溪人,诗人。"左联"成员,曾任中共江苏省委宣传部长。1933 年 5 月 14 日在上海同逮捕他的国民党特务搏斗时牺牲。

〔3〕 湖畔诗社 1922 年春成立于杭州,成员有应修人、冯雪峰、潘漠华、汪静之等。曾出版诗集《湖畔》、《春的歌集》等。

330924(日) 致 增 田 涉

拝啓 九月十六日の御手紙拝受。世の中は未中々穏にならない。時々外出するけれどももう二三年前の様な頻繁ではない。併し賤軀は不相変元気で少しく肥えて来たとの評判あり、家内と子供も元気です、二三日前に海嬰奴の写真を送りましたが今はもう到着したでしょう。

内山書店の商売はそう違ひないと思ひますが,併し漫談の連中は大変少なくなったらしい。つまり僕の方から云へばさびしい方です。

御質問は別紙に答へて送りますが、今に『支那小説史略』を出版する事は時代おくれではないか?

世の中はますますむつかしくなって行くのでしょう、「鬱々として」はどうも、よくないと思ひます。快活になったらどうです?

魯迅 上 九月二十四日

増田兄足下

[译　文]

　　拜启：九月十六日惠函奉到。社会上还很不平靖，虽亦时常外出，但已不如两三年前之频繁。贱躯仍健康，别人评论说有点胖了。内人和孩子也好，两三日前寄去海婴小傢伙的照片，谅已到达。

　　内山书店营业如旧，但漫谈的同伴似已大为减少。就是说，对我说来是寂寞的。

　　你所提问题，另函奉复，但现在出版《中国小说史略》，不会落在时代后头吗？

　　世事将越来越难罢，我觉得"郁郁不乐"总是不好的，还是快活点，如何？

　　　　　　　　　　　　　　　　　　鲁迅　上　九月二十四日

增田兄足下

330929(日)　致　山　本　初　枝[1]

　　拝啓　実に久しく御無沙汰致しました。先日子供に下さる種々なるものを有難くいただいて今日は又『明日』第五号拝領しました、其の中に増田君が大に議論をはいて居ますが僕については余りにほめすぎたではないかと思ひます。よく知って居たからでしょう。上海は曇り、大雨、大風、一昨日からやっと晴れました。政情は不相変テロで併し目的は無いので全くテロの為めのテロです。内山書店には時々行きますが毎日ではないのです、漫談の人才も寥落として

晨星の如く何んとなくさびしく感じます。私は不相変論敵
に攻撃されて居ます。昨年までは露西亜からルーブルをも
らって居ると書かれましたが今度は秘密を内山老版の手を
経て日本に売り、金を沢山取って居ると或人が書いて雑誌
に出しました。私は訂正しません。一ケ年たつと又自然に
消えて仕舞ひます。併し支那に所謂論敵たるものの中にそ
んな卑劣なものが居ますから実に言語道断也です。私達は
皆な達者です。私はもう一層呑気になったから或は一昨年
よりもふとったかも知りません。小供はまだ、まれに感冒
などをやりますが先年よりはずっと丈夫になりました。家
に居ると余り八釜しいから幼稚園へやりましたが三四日た
つと先生が駄目だと云って行きたくなくなりました。此頃
は毎日田畠に行かして居ます。その先生は私から見ても駄
目、おしろいを沢山塗っても尚ほ見にくくてたまりません。
兎角上海はさびしいです、北京へ行きたいが、今年から北京
もテロ、此の二三ケ月中の捕縛されたものは三百人ほどそ
ーです。だから当分の内又上海に居るでしょう。　草々頓
首

　　　　　　　　　　　　　　魯迅 九月廿九夜

山本夫人几下

[译　文]

　　拜启:久疏问候。谢谢你日前送给孩子各色礼物。今天
又拜领《明日》第五期,增田君在上面大发议论,[2]不过对我

未免过奖了。也许因为太熟悉了罢。上海连日阴天，大雨、大风，前天才放晴。政情依然是白色恐怖，但并无目的，全是为恐怖而恐怖。内山书店经常去，但不是每天，漫谈的人材也寥若晨星，令人感到寂寞。我依旧被论敌攻击，去年以前说我拿俄国卢布，但现在又有人在杂志上写文章，说我通过内山老板之手，将秘密出卖给日本，拿了很多钱。[3]我不去更正。过一年自然又会消失的。但是，在中国的所谓论敌中有那么卑劣的东西存在，实在言语道断也。我们均好。我较前更清闲了，或许比前年胖了些。孩子偶尔还患感冒，但已较前几年结实多了。在家太闹，送进了幼稚园。但去了三四天，说先生不好，又不肯去。最近每天让他到野外去。我看那个先生也不好，抹了满脸脂粉，还是很难看。总之上海是寂寞的。本想去北京，但自今年起，北京也在白色恐怖中，据说最近两三个月就捕了三百多人。所以，暂时恐怕还住在上海。　　草草顿首

　　　　　　　　　　　　　　　　鲁迅 九月廿九夜

山本夫人几下

＊　　　　＊　　　　＊

〔1〕　此信据《大鲁迅全集》第七卷编入。

〔2〕　指增田涉发表于《明日》第五期(1933 年 9 月)的《支那的作家》。该文介绍了鲁迅、郭沫若、郁达夫、张资平和胡也频等作家和其作品。

〔3〕　这里所说的事，参看 331105 信注〔9〕。

331007（日）　致　増　田　渉

　手紙二つとも拝見、質問は別紙同封送ります。

　支那にも孔子の道て以て国を治めたいと云って居ます。これから周朝になるでしょう。そうして私は皇室になります。夢にも考へなかった幸です。

　恵曇村と写真屋とがそんなに遠いですか？ 実に桃花源の感を起します。上海では五歩にして一つ咖啡店、十歩にして一つ写真屋、実に憎む可き処です。

　海嬰は悪戯でいけない。家庭革命のおそれ有り、木実君の方がおとなしいでしょう。　草々頓首

増田兄几下　　　　　　　　　　　　　隋洛文 十月七日

（1）114頁　『元無有』

　　桑緶、　はっきり云へない。桑の皮で拵らへた縄と訳する外、仕方ない。

（2）113頁　以賢良方正對策第一

　　地方の長官に賢良方正な人と認められ京都に送り、試験する時に策問を答へて第一人者として及第す。（賢良方正に挙げられても落第する事あり。）

（3）115頁　分仙術感應二門

　　仙術と感応との二類に分す。

（4）116頁　清『四庫提要』子部小説類

清『四庫全書提要』の中の子部小説類なり。其の『提要』
は中に經、史、子、集の四部(所謂「四庫」)に分け、毎部の
中に又各類あり。

(5) 117頁　邵公
周武王の時の人、周公の弟なり。

(6) a. 季札
春秋の時、呉國の太子、道徳の高を以って称せらる。

b. 三官書
道士の出鱈目ですから明確に云へない。三官より
発せられたる書(命令)でしょう。

c. 九宮も天界の宮殿の名、其の中に小い宮殿が九ある
よーだ。

(7) 118頁
a. 五印＝唐の時に印度が五部にわかって居ると云ふの
だから五印と云ふ。
「嘗至中天寺……輒膜拜焉」まで金剛三昧の話。

b. 寺中多畫……は、麻屬及び匙、筯。玄装の像ではな
い。

c. 蓋西域所無者は麻屬及匙筯。

d. 齋日は印度坊様の斎日。(寺には毎月、何日かの斎
日があるでしょう、其日にあらゆる坊様に食はせ
る。しかしいつかは知りません。)

[译　文]
两函均奉悉,所询问题,另纸同封附上。

在中国,也有人说要以孔子之道治国,从此就要变成周朝了罢,而我也忝列皇室了,真是做梦也未想到的幸运!

惠昙村[1]离照相馆那么远吗?真令人有世外桃源之感。在上海,五步一咖啡馆,十步一照相馆,真是讨厌的地方。

海婴淘气得厉害,怕会闹家庭革命。木实君想是比较温顺罢。　草草顿首

隋洛文 十月七日

增田兄几下

(1)114页　《元无有》

桑绠,不能确说。除译作用桑皮制的绳子外,没有他法。

(2)113页　以贤良方正对策第一

被地方长官认为"贤良方正"的人,送到京都,在考试时答策问,作为第一名及第。(被举为贤良方正者也有落第的。)

(3)115页　分仙术感应二门

分为仙术与感应两类。

(4)116页　清《四库提要》子部小说类

即清《四库全书提要》中的子部小说类。那《提要》里面分经、史、子、集四部(所谓"四库"),每部之中又有分类。

(5)117页　邵公

周武王时的人,周公的弟弟。

(6)a. 季札

春秋时吴国的太子,以道德高尚著称。

　　　b. 三官书

　　　　系道士信口开河，故不能确说。许是三官所发的书

　　　　（命令）罢。

　　　c. 九宫也是天界宫殿名，其中似有九座小宫殿。

（7）118 页

　　　a. 五印＝据说唐时印度分为五部分，故称五印。

　　　　"尝至中天寺……辄膜拜焉"是金刚三昧的话。

　　　b. 寺中多画……，麻屩及匙、箸。不是玄奘的像。

　　　c. 盖西域所无者，麻屩及匙、箸。

　　　d. 斋日，即印度和尚的斋日（在寺内每月定某日为斋日，

　　　　那天给所有和尚供食。但何日就不知道了。）[2]

　　　＊　　　　＊　　　　＊

　　〔1〕　惠昙村　在日本岛根县八束郡，增田涉的故乡。

　　〔2〕　以上回答增田涉对《中国小说史略》第十篇《唐之传奇文及
杂俎》中若干词语的提问。其中所标页码为1931年上海北新书局出版
的修订本页码。

331030(日)　致 山 本 初 枝[1]

　　拝啓、随分寒くなりまして本当に秋の末の様に感じまし
た。上海ではもう一層さびしいです。私のさがして居た本
は仏蘭西人 Paul Gauguin の作："Noa Noa"でTahiti 島の紀
行、岩波文庫の中にも日本訳があって、頗る面白いもので

す。併し私の読みたいのは独逸訳ですが増田君が丸善から
古本屋までさがして下さったけれども、とうとう見つかれ
ませんでした。そうして仏文一冊送って来たけれども、今
度は私は読めません。今にも東京では有るまいでしょうと
思ひます。そんなに必要ではないのですから御友達に頼む
必要も有りません。今週からは支那では全国の出版物に対
する圧迫が始まります。これも必然のことですから別に驚
きもしませんが併し私達の経済に影響を及ぼし、よって生
活にも影響する事だろうと思ひます。併しこれも別に驚き
もしません。　草々頓首

魯迅　上　十月三十日

山本夫人几下

[译　文]

　　拜启：天已很冷，真有秋末之感了。上海更加寂寞了。我
找的书是法国人 Paul Gauguin 所著《Noa Noa》，系记他的
Tahiti 岛[2]之行，《岩波文库》中也有日译本，颇有趣。我想读
的却是德译本，增田君曾代我从丸善到旧书店都寻遍了，终于
没找到。于是他寄来法文本一册，我却看不懂。我想东京现
在未必有，并且也不那么急需，所以不必拜托贵友。自本周
起，中国将对全国出版物进行压迫。[3]这是必然的，所以也并
没什么吃惊。然而可能会对我们的经济有影响，从而也影响
到生活。但这也无须吃惊。　草草顿首

鲁迅　上　十月三十日

山本夫人几下

＊　　　　＊　　　　＊

〔1〕　此信据《大鲁迅全集》第七卷编入。

〔2〕　Tahiti 岛　即塔希提岛，太平洋东南部社会群岛中的最大岛屿，法属殖民地。

〔3〕　中国将对全国出版物进行压迫　参看 331031 信注〔5〕。

331113（日）　致　增　田　涉

　拝啓　十月廿四日の手紙を落掌して『隋書』を持ちませんから「焚草之變」の事はっきり云へないで本を借りて来て調べましたが今日始めて返事を出しました、或は此の手紙と一所に到着するだろーと思ひます。

　弄璋の喜に対して大に慶賀します。木実君より三歳小さいでしゃう、して見れば大した人材生産専門家でもない様です。僕は海嬰奴の五月蠅い現状にこりこり、罷工中です、そーしてもう出品しないつもり。

　其の上、此頃私の一切作品古いものと新しいものを問はず皆な秘密に禁止されて郵便局で没収されて居ます。僕一家族を餓死させる計画らしい。人口が繁殖すればもう一層危険だ。

　併し私共は皆な達者です、うへて来れば別に何か工夫するでしょう、兎角、今には未だ米無の心配ありません。

幽蘭女士から汝に魯漫先生の雅号を上げたいと云ひました。　草々

<ruby>ロマン</ruby>

洛文　上　十一月十三夜

増田兄几下
　御家族一同よろしく

　宇文化及謀乱の計画成就の時、城外に兵を置き、城内にも兵卒数万人集め火を挙げて城外の人々知らせた（入城させる為め）、煬帝其声を聞いて何の事だと問く。司馬虔通（宇文化及の党羽）偽て曰く「草坊（牧草を儲蓄する庫）失火、外人（宮外の人＝官、兵、民）救火、故喧囂耳。」帝之を信じて準備なし、遂に殺された。（『隋書』中の『宇文化及傳』に見え。）
　官奴を解放して内外（＝上下）の番（＝直）に分配し。（つまり奴隷を門衛とした事。）

　御車女となるべきものだと思って貢した袁寶兒。実は臣下の謙遜の言で、あそばれるはづで云はしたもの。

[译　文]
　　拜启：十月廿四日信已收到，因手头没有《隋书》，“焚草之变”不能确说。借书查明后，今天才将答复寄出，谅可与此信同时到达。
　　热烈庆贺弄璋之喜。比木实君小了三岁，看来你还不像个生产人材的专家。我对海婴这小家伙讨厌的吵闹领教够

了,已在罢工中,不想再有出品了。

再者,最近我的一切作品,不问新旧全被秘密禁止,在邮局里没收了。好像打算把我全家饿死。如人口再繁殖,就更危险了。

但我们都好,到饥饿来时,再另想办法,总之,目前还不致有无米之忧。

幽兰女士[1]说想给你送一个雅号:鲁漫先生。　　草草

洛文　上　十一月十三夜

增田兄几下

尊府均吉。

宇文化及谋叛之计既行,置兵城外,城内聚兵数万,举火为号告知城外之兵(令他们入城)。炀帝闻声,问是何事。司马虔通(宇文化及的党羽)伪称:"草坊(储存牧草的仓库)失火,外人(宫外的人＝官、兵、民)救火,故喧嚣耳。"帝信之,无防备,遂被杀。(见《隋书·宇文化及传》)

解放官奴,分配他们番守(＝值班)内外(＝上下)。(即分配奴隶担当门卫)

作为御车女进贡袁宝儿。实为臣下谦辞,是当作玩物进贡的。[2]

＊　　　＊　　　＊

　〔1〕　幽兰女士　即山本初枝。

〔2〕 以上附件是回答增田涉关于《中国小说史略》第十一篇《宋之志怪及传奇文》中"焚草之变"、"官奴分直上下"、"御车女"的提问。其中"御车女"条参看本卷附录二关于《中国小说史略》第三节注〔2〕及相关答问段。

331114(日)　致 山本初枝[1]

　拝啓　一昨日御手紙と御写真を拝領しました。正路様は実に大変大きくなり、そうしてあなたは豊満に山本様は若くなりました、して見れば東京も大によい処だと思ひます。上海は不相変さびしく到る処に不景気の有様がありありと見えて私の始めてついた時とは大に違ひました。文壇と出版界に加へる圧迫も段々ひどくなって、なんでも発禁、アミ・チスの『愛の教育』も国木田独歩の小説選集も没収、笑った方がいいか怒った方がいいかわからない程です。私の作品全部、新古問はず皆な禁止する様で餓死させる仁政を行ふつもりらしい。併し中々死なないだろうと思ひます。絵入『みよ子』も今日到着しました。実に立派な本で有難う存じます。支那にはものずきが殆んどないからこんな本は中々出ません。此頃私と友人一人、『北京詩箋譜』を印刷して居ますが来年一月出版の見込、出来上ったら御覧にかけます。「田鶏」は蛙の事です。董をば食用に致しません。本によれば「たんぽぽ」を食ふ事が有りますけれども併し飢饉の時に限ります。字は近い内に書いて送ります。蘭を栽培する

には頗る面倒な事で私の曾祖はそれを随分栽培しその為め
に特に部屋を三つ立てた程です。しかしその部屋は私に売
り飛されて仕舞ひました、実に蘭の不幸です。私共は御蔭
で皆な達者です。　　草々頓首

鲁迅　十一月十四夜

山本夫人几下

[译　文]

　　拜启：惠函及玉照，前天拜领。正路君长大多了，你也较
前丰满，山本先生也变得年轻了，这样看来，东京倒是个很好
的地方。上海依然很寂寞，到处呈现不景气，与我初来时大不
相同。对文坛和出版界的压迫，日益严重，什么都禁止发行，
连阿米契斯的《爱的教育》[2]，国木田独步的小说选集[3]也要
没收，简直叫人啼笑皆非。我的全部作品，不论新旧，全在禁
止之列。当局的仁政，似乎要饿死我了事。可是，我倒觉得不
那么容易死。插图本《美代子》[4]，今天亦收到。真是本好
书，谢谢。中国几无好事者，所以这类书很难出版。最近我和
一位朋友在印《北京诗笺谱》，预定明年一月出版，出后当即奉
览。"田鸡"即青蛙。堇不作食用。据书上说，有吃"蒲公英"
的，不过只限于荒年。字近期写好送上[5]。养兰花是颇麻烦
的事，我的曾祖栽培过许多兰花，还特地为此盖了三间房子。
不过这些房子，全被我卖了，这委实是兰花的不幸。我们托福
均好。　草草顿首

鲁迅　十一月十四夜

山本夫人几下

* * *

〔1〕 此信据《大鲁迅全集》第七卷所载编入。

〔2〕 阿米契斯（E. de' Amicis，1846—1908） 意大利作家。《爱的教育》，即日记体小说《心》，我国有夏丏尊译本，1926 年开明书店出版。

〔3〕 国木田独步（1871—1908） 日本作家。他的小说选集，指《国木田独步集》。我国有夏丏尊译本，1927 年 6 月开明书店出版。

〔4〕 插图本《美代子》 日本儿童文学作品，佐藤春夫著，石谷伊之插图。1933 年东京青果堂出版。

〔5〕 指《无题（“一枝清采妥湘灵”）》，后收入《集外集拾遗》。

331202（日） 致 增 田 涉

どうして「幽蘭」はよくないので「幽蕙」の方がよいのか、其の理由はわからないが併し「散漫」居士とはわるくないと思ふ。人才が多くなると愈々散漫に傾くだらう。

『大阪朝日新聞』に出た写真はいかにも形容枯槁でしたが併し実物の方はそう枯槁して居ないのです。して見ると写真も真を写さない時が有るに免かれない。恐らく其のカメラが枯槁して居るだらう。

東南の方が少し騒いで居ます。骨を争ふ為めです。骨の立場から言へば甲の犬に食はれると乙の犬に食はれると、どちも同じ事で、だから上海では無事です。幸福と云ふべ

しだ。

　ファショは大に活動して居ます。僕等は無事で……これ
も幸福と云ふべしだ。

洛文　上　十二月二日

増田兄几下

[译　文]

　　为什么"幽兰"不好，"幽蕙"就好，其理由不明白。但觉得
所谓"散漫"居士[1]却不坏，人才一多，也许愈趋于散漫。

　　《大阪朝日新闻》[2]刊载的照片，确实形容枯槁，但实物
并不那么枯槁。看来，所谓写真有时也不免写不真，恐怕那照
相机本身枯槁了罢。

　　东南方面，略有动乱，[3]为着抢骨头。从骨头的立场说，
给甲狗啃和给乙狗啃都一样。因此上海无恙，堪称幸福。

　　法西斯正大肆活动，我们平安……也算幸福。

洛文　上　十二月二日

増田兄几下

＊　　　　＊　　　　＊

　〔1〕　"散漫"居士　鲁迅对增田涉的戏称。

　〔2〕　《大阪朝日新闻》　参看 340125 信注〔3〕。所刊照片待查。

　〔3〕　指福建事变。参看 331205④信注〔3〕。

331227(日) 致 增 田 涉

不相変ず元気です。

『大阪朝日新聞』の予告中に出された写真は若すぎて私の写真でないかも知らない。しかし他人のものでないと云ふ人もある。何んだかわからない。

近頃、老眼の眼鏡をかけた。本を読んだら字は大変に大く見えるが取て仕舞って見れば頗る小さくなる。では字の本当の大さはどんなものかと疑ひ出した。自分の形容に対しても同様。

迅 上 十二月廿七夜

増田兄几下

[译　文]

健康如常。

《大阪朝日新闻》预告中所刊照片太年青了,也许不是我的照片,但也有人说并非别人的。到底如何,弄不清楚。

近戴上老花眼镜,看书时字很大,一摘掉,字又变得很小,因此怀疑字的实际大小究竟如何。对自己的容貌,也是如此。

迅 上 十二月廿七夜

增田兄几下

3312 ○○（日）　致 内 山 完 造[1]

1.

（一）の様な版の大さでコロタイプ三百枚印刷すれば一枚
につき製版及び印刷料何らですか?

2.

（二）のABの様な紙をコロタイプに使ふれば原図の白い
処はどうなりますか?

　右、洪洋社に聞いて下さいまし。

鄔其山先生

L 頓首

[译　文]

　　1. 如按照（一）的版面大小,印珂罗版三百张,每张的制
版及印刷费是多少钱?

　　2. 如用（二）的 AB 样张的纸,印珂罗版,原图空白处会印
成什么样子?

　　以上,请询洪洋社。

鄔其山先生

L 顿首

＊　　　＊　　　＊

〔**1**〕　此信所谈系印刷《引玉集》事,当写于 1933 年 12 月。

340108（日） 致 増 田 渉

　三三、一二、二九の御手紙と御令息の写真を拝見致しました。御令息の写真は父親よりも立派だと思ひました、こんな事を云ては頗るよくない事だけれども併し写真は論より証拠、兎角、人類は進歩して居るを証明して居ます。世界も楽観すべきものだ。

　木の実君も頗る堅い主張を持って居る人だと見えます、これも楽観すべきものです。

　支那には旧暦も尊び新暦も尊んで居ますからどうしたらいゝか解り兼ねます。僕は何ちもやらんとしました。併し新年だと云って庭鳥を煮て食べました。うまい工夫でしょう。

　御質問に対しては解答を添へて送りかへます。又、改正したい処があるから一所に送ります。

　上海は昨晩に初雪、さむくなし。僕の書いたものは封鎖されて発表しがたく併し構はない。敝寓のもの一同は皆な達者で御安心なさい。　草々頓首

　　　　　　　　　　　　　　　迅 上 一月八夜

増田兄几下

　御両親様、奥様、令閨、令息様に皆なよろしく

中国小説史略

　第三二四頁三行、「實為常州人陳森書」の下に（括弧を加へて）左の様な四句を入れる：

（作者原稿の『梅花夢傳奇』には「毘陵陳森」と自署して居るから、この「書」字は余計の字かも知れない。）

　又第三八頁四行、「一為陵」を「一為　陜」に改正す。

　又同頁六行「子安名未詳」より、九行「然其故似不盡此」まで左の如く改正す：

　子安名秀仁，福建侯官人，少負文名，而年二十八始入泮，即連舉丙午（一八四六）鄉試（鄉試に及第すれば舉人になる），然屢應進士試不第，乃遊山西、陝西、四川，終為成都芙蓉書院院長，因亂逃歸，卒，年五十六（一八一九———一八七四），著作滿家，而世独伝其『花月痕』（『賭棋山莊文集』五）。秀仁寓山西時，為太原知府保眠琴教子，所入頗豊，且多暇，而苦無聊，乃作小説，以韋癡珠自況，保偶見之，大喜，力獎其成，遂為巨帙云（謝章鋌『課餘續錄』一）。然所託似不止此。

　又一四頁目録第七行「魏子安花月痕」を「魏秀仁花月痕」に改正す。

［译　文］

　　三三年十二月二十九日惠函及令郎照片均已拜见。我觉得令郎的照片比父亲更漂亮，这样说颇不好，但照片是事实胜于雄辩。总之，这证明人类是在进步。对世界也应乐观。

　　木实君看来也是颇有坚强主见的人，这也是应乐观的事。

　　中国尊重旧历也尊重新历，不知如何是好，我对两者都过

罢。既说是新年,炖只鸡吃吃,是个好主意罢。

所提问题,添了解答寄还,另有拟改正处,一并寄上。

上海昨晚初雪,不冷。我所写的东西被封锁,不易发表,但不要紧。敝寓均好,请释念。　草草顿首

增田兄几下　　　　　　　　　　　　迅　上　一月八夜

令尊令堂、令夫人、令媛、令郎均吉。

中国小说史略

第三二四页第三行,"实为常州人陈森书"之下,(添上括弧)加下列四句:

(作者手稿《梅花梦传奇》,自署"毗陵陈森",则"书"字或误衍。)

又第三八页第四行,将"一为陵"改为"一为陔"。

又同页第六行,从"子安名未详"到九行"然其故似不尽此",改正如下:

子安名秀仁,福建侯官人,少负文名,而年二十八始入泮,即连举丙午(一八四六)乡试(乡试如及第即为举人),然屡应进士试不第,乃游山西、陕西、四川,终为成都芙蓉书院院长,因乱逃归,卒,年五十六(一八一九——一八七四),著作满家,而世独传其《花月痕》(《赌棋山庄文集》五)。秀仁寓山西时,为太原知府保眠琴教子,所入颇丰,且多暇,而苦无聊,乃作小说,以韦痴珠自况,保偶见之,大喜,力奖其成,遂为巨帙云(谢章铤《课余续录》一)。然所托似不止此。

又第一四页目录第七行"魏子安《花月痕》"改为"魏秀仁

277

《花月痕》”。

340111(日)　致山本初枝[1]

　拝啓、御手紙は有難く頂戴しました。私達は不相変無事で上海も不相変さびしく、そして寒くなって居ます。日本には何時でも行きたい行きたいと思って居ますが併し今の処では行ったら上陸させないでしょう。よし上陸させても角袖をつけるかも知りません。角袖をつけて花見するには頗る変挺な洒落となるから暫く見合した方がよいと思ひます。先日あなたからいただいた御手紙にタヒチー島に行きたいと書いてあると覚えて居ますが併し実物は書物、絵画、写真の上に見える様な美しいものではないだらうと思ひます。私は唐朝の小説を書く為めに五六年前に長安へ行って見ました。行って見たら意外の事、空までも唐朝の空らしくなく、折角、幻想で描いた計画もすっかりぶちこはされて仕舞ひました、今まで一字もかけません。書物で考へた方がよかったのです。私は別に入要なものもありませんが只一つ頗る面倒くさい事を頼みたいと思ひます、私は一昨年から『白と黒』と云ふ版画雑誌を取って居ますが限定版で注文が遅くなったから、一から十一号まで、又二十号、三十二号、あはせて十三冊手に入れる事が出来ませんでした。若し御友達の中に時々古本屋に行く御方があるなら注意して買入れる様に頼んで下さい。「白と黒社」は淀橋区西落合、

一ノ三七番だけれども、第三十二号の外、本社にも残本はないのです。併しこれも必要なものではないのですから、なければ、一生懸命にさがす必要もありません。支那は中々安定にならないでしょう。上海には白色テロは益々ひどくなって青年はつづいて行方不明となって居ます。私は不相変家に居ますが手掛がない為めか或は年を取ったからいらない為めかは知りませんが兎角無事です。無事なら先づ又生きて行きましょう。増田第二世の写真は私ももらひました、父親よりも立派だと云って返事を出しましたが第一世に少し失礼だと思ひます。併しそれは事実です。

魯迅 上 一月十一日

山本夫人几下

[译　文]

拜启：谢谢你的来信。我们平安如故，上海也寂寞如故，而天气则冷了。我一直想去日本，然而倘现在去，恐怕不会让我上陆罢。即使允许上陆，说不定也会被便衣钉梢。带着便衣去看樱花，实在是离奇的玩笑，因此我觉得暂时还是等等再说为好。记得前次惠函中曾说起想去塔希提岛，但我想实物恐怕没有书本、画册和照片上看到的那样秀丽罢。我为了写关于唐朝的小说，五六年前去过长安。[2]到那里一看，想不到连天空都不像唐朝的天空，费尽心机用幻想描绘的计划完全被打破了，至今一个字也未能写出。还是凭书本来摹想的好。我不需要什么东西，但有一件颇麻烦的事相托。我自前年开

始订阅版画杂志《白与黑》[3]，因是限定版，又订迟了，缺一至十一期，又二十期、三十二期，共十三册。倘贵友中有常到旧书店走动的，烦他代为留意购买。"白与黑社"的地址是淀桥区西落合一之三七号，但除了第三十二期外，该社也无存书。不过这也不是什么非有不可的东西，倘没有，也不必费力去找。中国恐怕难以安定。上海的白色恐怖日益猖獗，青年常失踪。我仍在家里，不知是因为没有线索呢，还是嫌我老了，不要我，总之是平安无事。只要是平安无事，就姑且活下去罢。增田二世的相片我也收到了。我回信说，他比父亲漂亮，想来这对一世有些失敬，然而这个是事实。

鲁迅　上　一月十一日

山本夫人几下

＊　　　　＊　　　　＊

〔1〕　此信据《大鲁迅全集》第七卷编入。

〔2〕　1924年7月鲁迅去西安讲学时，曾收集材料，作写长篇小说《杨贵妃》的准备。这里说"五六年前"系误记。

〔3〕　《白与黑》　参看340309信注〔2〕。

340127(日)　致　山　本　初　枝[1]

　拝啓、御手紙をいただきました、御注意下さる事を感謝します。上海にも寒く、広東と福建とのさかひの処では四十年振りで雪が降ったさうで今年は何処にも寒い様です。

Tahiti島はどうであらうか、私も疑って居ります。芙美子様の好意を感謝します。今度御遇ひなったら御伝言を願ひます。先日『面影』を読みました、部屋をも拝見したいのですが併し今に日本に行ったらやかましいでせう。角袖にくつかれて花見をするには特別な興味もあるけれども一面には矢張いやな事です。だから今の処では未日本へ旅行する決心がありません。日本の浮世絵師については私は若かった時には北斎をすきであったけれども今では広重、其次には歌麿の人物です。写楽は独乙人が大にほめたから二三冊の書物を読んで解らうとしましたが、とうたう解らずで仕舞ひました。併し支那の一般の目に適当する人は私の考では矢張り北斎で大昔から沢山の插画を入れて紹介しようと思って居ましたが今の様な読書界の状態ではまづ駄目です。併し御友人の持って居る浮世絵は私に送らないで下さい。自分も複製のものを数十枚所有して居ますが年取って行くにつれて忙しくなり今ではそれを取り出して見る機会さへも殆んど有りません。其上、支那には浮世絵を賞玩する人は未無之、自分のものを将来誰に渡したらよいかと心配して居ます。増田一世は不相変『小説史略』をコツコツ訳して居ます、時々解らない処を聞きに来ますが若し出版する本屋がなければ実に気の毒な事です。出版の為めに有益であるならば私は序文を書いてもよいと思ひます。　草々頓首

魯迅 一月二十七日

[译　文]

拜启:惠函奉悉,谢谢您的关心。上海也冷,据闻粤闽交界一带下了四十年一度的雪,今年似乎到处都冷。Tahiti 岛究竟怎样,我也怀疑。谢谢芙美子[2]女士的好意,下次遇到请转达。前几天读了《面影》[3],也想看看房间,然而现在到日本去,怕有麻烦罢。让便衣钉着去看樱花,固然也别有趣味,但到底是不舒服的事;因而目前还没有到日本去旅行的决心。关于日本的浮世绘师,我年轻时喜欢北斋[4],现在则是广重[5],其次是歌麿[6]。写乐[7]曾备受德国人的赞赏,我读了二三本书,想了解他,但最后还是不了解。然而,适合中国一般人眼光的我想还是北斋。我早就想引入大量插图予以介绍,但按目前读书界的状况,首先就办不到。贵友所藏浮世绘请勿寄下。我也有数十张复制品,愈上年纪人愈忙,现在连拿出来看看的机会也几乎没有。况且中国还没有欣赏浮世绘的人,我自己的东西将来传给谁好,正在担心中。增田一世仍孜孜不倦地在翻译《小说史略》,常常将不理解的地方写信来问我,倘无书店出版,就实在太可怜了。只要有助于出版,我为他写一篇序文也好。　草草顿首

鲁迅 一月二十七日

＊　　　＊　　　＊

〔1〕　此信据《大鲁迅全集》第七卷编入。

〔2〕　芙美子　即林芙美子(1903—1951),日本女作家。1930 年

9 月在上海经内山完造介绍认识鲁迅。

〔3〕 《面影》 即小说《面影，我的素描》，林芙美子著。1933 年东京文学杂志社出版。

〔4〕 北斋 即葛饰北斋(1760—1849)，日本版画家，浮世绘"三大师"之一。作品以人物和风景见长，作有《富岳三十六景》等。

〔5〕 广重 即安藤广重(1797—1858)，日本版画家，浮世绘"三大师"之一。作品多描绘风景名胜，作有《东海道五十三景》等。

〔6〕 歌麿 即喜多川歌麿(1753—1806)，日本版画家，浮世绘"三大师"之一。作品善于刻划民间妇女生活。

〔7〕 写乐 即东州斋写乐(1762？—1835？)，日本浮世绘版画家。

340212[①]（日） 致 增 田 涉

　木実君の御写真は拝見致しました。以前の写真と比較すれば私には随分大くそうして美しくなった思はれました。ここに於いて大に時光の迅速を感じて早速く何か書こうと思ひました。転居してから海嬰は頗る健康でしたがそのかわり大変いたづらものになった、家に居れば時々暴動のおそれがあって実に困ります。

迅 上 二月十二夜

増田兄足下

[译 文]
　木实君的玉照看到了，与以前的相比，觉得她已经长大不

少而且漂亮了。于此大有时光飞驶之感，因而想到应当赶快写点什么。搬家以后，海婴很健康，但又非常捣蛋，在家时常有暴动之虑，真难办。

迅　上　二月十二夜

增田兄足下

340212②（日）　致　山本初枝[1]

拝啓　先日『版画』四帖戴きました。この木刻は三四年前にもう集めたものでしたが併し一、及び二号は当時版元にも品切でしたのですから遂に手にはいれませんでした。今度初めて御厚意によって揃へたので大に感謝します。上海にはもうあたたかくなり確しかに春が来たらしいですが文学に対する気圧は段々重くなるばかりです。併し私共は皆達者ですから御安心下さい。　草々

魯迅　上　二月十二夜

山本夫人几下

[译　文]

　　拜启：日前领受《版画》[2]四帖，这些木刻我在三四年前即已收集，但一二两号当时连出版社也卖完了，遂未弄到手。这次承你厚意第一次收齐了，感谢之至。上海已转暖，春天似乎确实来到了，但对文学界的压力却只见加重。不过我们都好，请释念。　草草

　　　　　　　　　魯迅　上　二月十二夜
山本夫人几下

　　＊　　　　＊　　　　　＊

　〔1〕　此信据《大鲁迅全集》第七卷编入。
　〔2〕　《版画》　日本神户版画之家木刻印本，山口久吉编。1924年起分辑出版，每辑十幅。

340227（日）　致　增　田　涉

　明日内山老板の知人で日本に帰へる人が有るから小包を一つ頼みました。恐らく大阪についたら出すのでしょう。

　内には『北平箋譜』一函這入って居ます。それは私から提議したものだけれども鄭振鐸君の尽力によって始めて出きあがったのです。原版は紙店が持って居るので紙を買って印刷し集めて一部の本にしたら悪くもないらしい。一百部拵へただけで出版しない前に皆な予約済でした。しかし版元三閑屋はまだ有りますから一部を清玩に供します。

　そーして其の小包の内、本のシリッポに又小い包が一つついて居ます。それは渡君に進呈するつもりのものですが実はオトナのオモチヤと云ふた方が適当かも知りません。五十四年前に私の生れた時に外出する時には、そんなものを掛けました。日本流に云へば「悪魔よけ」、併し支那には「悪魔」と云ふ考へはなかったのだから「不正ものよけ」と云

ふた方がい ゝ でしょう。説明しなければ少しわかりにくい
から左に図解しましょう。

その円いものは、米を搗
いた後、精米と糠とを振分
けるもの、竹で拵へ、支那に
は篩と云ふが日本名不明。
一は云ふまでもなく太極、
二は算盤、三は硯、四は筆に
筆架、五は本かと思ふ、六は
絵巻物、七は暦書です、八は

はさみ、九は尺、十は碁盤だらうと思ふ。十一は図解者も困
ります、その形は蠍らしいが実はハカリでなければならな
い。

　兎角皆ものをはっきりするものです。して見れば支那の
不正者は大に明了なものをこわがれ胡麻化する事をすく事
がわかる。日本の不正者はどんな性質かしりませんが兎角
一種のシナモノとしておくりました。

　文壇に加へる圧迫は益々重くなって来ました。併し私共
は不相変呑気に暮して居ます。

迅　上　二月二十七日

増田兄几下

[译　文]

　内山老板有朋友明天回日本,我托他带上小包一个,大约

要到达大阪后才能送出。

包内有《北平笺谱》一函。这是由我提议、得郑振铎君大力才得以出版的。原版为纸店所有,买纸付印后,集成一部书,似乎也不坏。因为只做成一百部,故没出版前皆已预约完。幸出版者三闲书屋尚有存书,特奉上一部,以供清玩。

还有,此小包内书的屁股里还有一个小包,拟赠渡君[1],但其实作为大人的玩具可能更适当。五十四年前我出世时,每逢出门,就要挂那个玩意儿。照日本的说法是"避恶魔",但在中国没有"恶魔"之说,故称"避邪"好些。如不加说明,有点费解,特为图解如左:

那个圆东西,就是捣了米后,用来把精米和糠筛开,是竹子做的,中国叫做筛,日本的名称不明。一、不用说是太极,二、算盘,三、砚,四、笔与笔架,五、可能是书,六、画卷,七、历书,八、剪子,九、尺,十、似为棋盘,十一、图解者也难说清,那东西形似蝎子,其实一定是天平。

总之,这些东西,都是为了弄清事物的。可见中国的邪鬼,非常害怕明确,喜欢含混。日本的邪鬼性格如何,我不知道,且把它当做中国东西奉赠罢。

对文坛的压迫越来越重,然而我们仍悠闲度日。

迅 上 二月二十七日

增田兄几下

*　　　　*　　　　*

〔1〕　渡君　增田涉之子。

340317①(日)　致 森 三 千 代〔1〕

拝啓　一昨日御頒与の『東方の詩』をいただいて御蔭様ですわって色々な処に旅行することが出來ました。厚く御礼を申し上げます。

蘭の話と云へば料理屋に集まった有様もありありと目の前に浮出します。併し今の上海はあの時と大に変ってどうもさびしくてたまりません。

魯迅 上 三月十七日

森三千代女士几下

[译　文]

拜启:前天拜领了惠赠的《东方之诗》〔2〕。托你的福,我坐着便能旅游种种地方。谢谢你的厚礼。

说到兰花的话,在饭店聚会的情形还历历如在眼前。但是,如今的上海与当年已大不一样了,实在凄凉得可怕。

鲁迅 上 三月十七日

森三千代女士几下

　　＊　　　　＊　　　　　＊

　〔１〕　森三千代(1905—1977)，日本女诗人。金子光晴之妻。鲁
迅 1934 年 3 月 12 日日记："午后得《东方の詩》一本，著者森女士寄
赠。"

　〔２〕　《东方之诗》　昭和九年(1934 年)东京图书研究社出版，内
收作者游历中国、日本、新加坡、马来西亚、印尼等国的诗作二十九首，
另版画六幅。

340317②(日)　致 山 本 初 枝[1]

　拝啓　今日の午後内山書店にて漫談中、丸林様の奥様が
いらしゃって御贈物を下さいました。同時に御手紙もつき
ました。有難う存じます。北平箋譜はその木版は皆な紙屋
にあるので編輯して一一紙を買ってその店に頼んで印刷す
ればたやすく出来るものですが併し習慣も段々変って行く
から、こんな詩箋も近い内に滅亡するのであらうと思ひま
す。その為めに決心して一つやって昔の成績を残して置こ
うとしました。若しその中に少しでも見る可きもの有れば
幸です。増田第一世の処にも一函送りました。上海には気
候悪く色々な病気がはやって居ます。子供もィンフルエン
ザにかかって須藤先生に見てもらって今日から始めてよく
なりました。丁度怒って居る最中、送って下さった玩具をや
ったら大変よろこびました。そうして自転車を貰らった事
もまだ覚えて居ます。　草々頓首

　　　　　　　　　　　　鲁迅　上　三月十七日

山本夫人几下

　　山本様と正路君にもよろしく

〔译　文〕

　　拜启：今天午后在内山书店漫谈时，丸林先生的夫人〔2〕带来了惠赠的佳品，同时惠函也已寄到，不胜感谢。《北平笺谱》的木版都在纸店里，所以编好即一一买纸，托该店印刷，出书是容易的，不过习俗在逐渐改变，这种诗笺近期内就会绝迹罢。因此我决心印一些，留下从前的成绩。倘其中还略有可看的东西，则幸甚。增田一世处也已寄上一函。上海气候不好，各种疾病流行，孩子也患流行感冒，经须藤先生诊治，今天才好。正在他闹脾气时，我将你赠送的玩具给了他，他很高兴。你送给他脚踏车的事，他还记得。　　草草顿首

　　　　　　　　　　　　鲁迅　上　三月十七日

山本夫人几下

　　山本先生与正路君均此致候

＊　　　　＊　　　　　＊

　　〔1〕　此信据《大鲁迅全集》第七卷编入。

　　〔2〕　丸林夫人　未详。

340318（日）　致　増　田　渉

　拝啓、恵曇村よりの御手紙はとくに拝見しました、今には
もう東京に到着しましただらうと思って少しく書きます。

　北平箋譜についての二点は御尤ですが第一点の事は印刷
する前にも頗る紙屋と談判しました。併し一度濃くすれば
絵の具が版について此の次の実用箋を印刷するに影響する
からと云って遂に承知してくれなかった。第二点は私はわ
ざとこう云ふ風にしたのです。実に云へば陳衡恪、齊璜（白
石）以後、箋画はもう衰退したので二十人合作の梅花箋、既
に無力、御猿様などに至っては大に俗化して仕舞った。こ
れからは滅亡するのでしゃう、旧式の文士も段々へって行
くから。それで私は虎頭蛇尾の観を呈されて末流の箋画家
を表彰したのです。

　彫工、印工も今にはまだ三四人残して居ますが大抵みじ
めな生活状態に陥入って居ます。これらの連中が死んだら
この技術も仕舞ひ。

　今年からは私と鄭君二人で毎月少づつ金を出して明の
『十竹齋箋譜』を復刻させて居ますが一ケ年位で出来る筈で
す。その本は精神頗る繊巧で小さいものですが兎角明のも
のですから回生させて置こう丈の事です。

　私の一九二四年以後の訳作は皆禁止されました（但し兩
地書と箋譜は除外）。天津の新聞には私は脳膜炎に罹った

と記載して居ました。併し実は頭脳冷静、不相変健康です。只海嬰奴が「インフルエンザ」にかかって二週間怒って居ましたが今にはもうなほってきました。

迅　拝上 三月十八日

増田兄几下

[译　文]

　　拜启：从惠昙村寄来的信，早已见到，今谅你已抵东京，即写上几句。

　　关于《北平笺谱》的两点意见甚是。第一点在付印前虽屡与纸店交涉过，但他们说颜料一过浓，就粘到版上，下次印实用信笺会受影响，终究听不进去。第二点，是我特意这么做的。说实话，自陈衡恪、齐璜（白石）之后，笺画已经衰落，二十人合作的梅花笺已感无力，到了猿画就很庸俗了。此后将灭亡了罢，因为旧式文人逐渐减少了。所以，我显示其虎头蛇尾之状，表彰末流的笺画家。

　　雕工、印工现在也只剩三四人，大都陷于可怜的生活状态中，这班人一死，这套技术也就完了。

　　从今年开始，我与郑君二人每月出一点钱以复刻明代的《十竹斋笺谱》，预计一年左右可成。这部书是精神颇纤巧的小玩意，但毕竟是明代的东西，只是使它复活而已。

　　我一九二四年后的译著，全被禁止（不过《两地书》与《笺谱》除外）。天津报纸记载我患了脑膜炎，其实我头脑冷静，健康如常。倒是海婴小家伙患了流行感冒，闹了两星期，现已好了。

迅 拜上 三月十八日

增田兄几下

340405（日）　致 内 山 完 造

拜啓

一筆申上候、此之手紙持参者に拙者之写真御渡被下度、色々御手数を掛り誠に有難く存じ、いづれ拝顔之上篤く御礼申上候。　草々頓首

魯迅 四月五日

鄔其山仁兄几下

御令閨殿下によろしく御伝言被下度。

[译　文]

拜启：

请将敝人之照片交持信人，诸多费神，甚感，容后面谢。

草草顿首

魯迅 四月五日

鄔其山仁兄几下

祈代向夫人殿下问候。

340411（日）　致 增 田 涉

拜啓、四月六日の手紙は拝見しました。

　佐藤先生には三月二十七日にもう北平箋譜一函小包にて送りましたが四月五日に未つかないのだからどうもおそ過ぎます。しかし、今には恐らく到達したのでしょう、ついでの時に聞いて下さいませんか? 若しとうとうつかなかったら又送ります。

　『朝花夕拾』、若し出版する処があれば訳してもよいが併し中に支那の風俗及び瑣事に関する事があまり多いから注釈を沢山入れなければわかりにくいだらう。注釈が多ければ読む時に面白くなくなります。

　「文藝年鑑社」と云ふものは実には無いので現代書局の変名です。其の『鳥瞰』を書いたものは杜衡即ち一名蘇汶、現代書局から出版する『現代』(月刊文芸雑誌)の編輯者(もう一人は施蟄存)で自分では超党派だと云ふて居りますが実は右派です。今年、圧迫が強くなってからは頗る御用文人らしくなりました。

　だから、あの『鳥瞰』は現代書局の出版物と関係あるものをば、よくかいて居ますが、外の人は多く黙殺されて居ます。其の上、他人の書いた文章の振りをして、自分をほめて居ます。日本にはそんな秘密をわかりかねるから金科玉条とされる事も免かれないでしょう。

　そうして此の前の手紙の忠告は有難ふ存じます。私からは編輯者になほしてくれと固くたのみましたのだが、あまりひどい処ばかりなほして大抵はそのまま、出されました、実に困った事です。

　そうして日本の木版彩色印刷が支那に遜色あると云ふ事
がありましたが、私の考では、紙質に大に関係あると思ふ。
支那の紙は「散る」性質があるから印刷する時にその性質を
利用します。日本紙は散らない、その為に色彩もかたくな
って仕舞ひます。　草々

洛文　四月十一日

増田兄几下

[译　文]

　　拜启：四月六日来信拜读。

　　送佐藤先生的《北平笺谱》一函，已于三月二十七日用小
包寄出，到四月五日尚未收到，实在太慢。现在谅已到达，可
否顺便问一声，如终未到达，当再寄奉。

　　《朝花夕拾》如有出版地方，译出来也好，但其中有关中国
风俗和琐事太多，不多加注释恐不易看懂，注释一多，读起来
又乏味了。

　　所谓"文艺年鉴社"，实际并不存在，是现代书局的变名。
写那篇《鸟瞰》[1]的人是杜衡，一名苏汶，他是现代书局出版
的《现代》（文艺月刊）的编辑（另一人是施蛰存），自称超党派，
其实是右派。今年压迫加紧以后，则颇像御用文人了。

　　因此，那篇《鸟瞰》把与现代书局出版物有关的人都写得
很好，其他的人则多被抹杀。而且还假冒别人写文章来吹捧
自己。在日本很难了解这类秘密，就不免把它当做金科玉律
了。

多谢你上次来信忠告。我曾坚决要求编者改正，但只在太触目处略作了修订，大抵照样刊登，实在伤脑筋。

再，日本的木版彩色印刷，有人说比中国的逊色。依我看，纸质大有关系。中国的纸有"洇"的性能，印刷时就利用了这性能。日本的纸不洇，因此色彩就呆板了。 草草

洛文 四月十一日

增田兄几下

* * *

〔1〕《鸟瞰》 指《一九三二年中国文坛鸟瞰》。收入中国文艺年鉴社编辑、现代书局出版的 1932 年《中国文艺年鉴》。

340425(日) 致 山 本 初 枝[1]

拝啓 御手紙を拝見致しました、先日子供に着物を下さって有難う存じます。正路君が絵を始めましたか、それは面白い事だと思ひます。併し無論親も稽古しなければなりません。でなければ聞かれる時に困ります。こちの子供は絵はかかないが絵本を説明させるのですから矢張り頗る困った役目です。増田第一世は実にどしどし書き出せば善いと思ひます。この先生は少々「呑気」でもあるがそうして遠慮すぎます。今の所謂支那通のかいたものを見れば、間違穿鑿だらけのものでも平気で出版して居るのに何故そんなに謙遜して居るのでしゃう。今からとくにやりだせば屹度

成功するものだらうと思ひます。「メメチャウ」と云ふ支那
流の格言までも採用するとあやまります。上海あたりは今
年特別に寒いのだから何でもおそかったのです。併し桃の
花はもうさきました。私は胃病で一週間程須藤先生の御厄
介になりましたが此頃はもうよくなりました。家内は達者
で子供は風邪引位です。そうして自分は本当に何かの近く
に歩いて居ます、それは上海では他人の生命を商売して居
るものが随分あるから時々あぶない計画を立ちます。併し
私も頗る警戒して居るから大丈夫だろうと思ひます。

山本夫人几下　　　　　　　　　　魯迅 四月二十五日

[译　文]

　　拜启:惠函奉到。日前承赐孩子衣服,谢谢。正路君已开
始绘画了吗? 真有趣。但作父母的当然也得练习一下,否则
他提问时就尴尬了。我们的孩子虽不绘画,但要我们讲解画
册,这也是件很为难的任务。我以为增田一世其实多写出来
就好。这位先生有点"笃悠悠",而且太客气。只要看看现在
的所谓中国通写的东西,尽管错误百出,穿凿附会,仍满不在
乎地出版,他又为何如此谦虚呢? 我想如现在就专心致志做
起来,一定能够成功。倘按中国俗话说的"慢慢交"〔2〕,就会
误事。上海一带今年特别冷,因此什么都迟了。但桃花已开。
我因胃病,麻烦了须藤先生一个星期左右,现已痊愈。内人身
体健康,孩子有点伤风。而我自己,确实在向什么地方靠近,
因为在上海,以他人的生命来做买卖的人颇多,他们时时在造

危险的计划。但我也很警惕，想来是不要紧的。

鲁迅 四月二十五日

山本夫人几下

＊　　　＊　　　＊

〔1〕　此信据《大鲁迅全集》第七卷编入。

〔2〕　慢慢交　上海方言，慢慢地做的意思。

340511（日）　致 增 田 涉

『佩文韻府』『駢字類編』等龐然たる大作、本を見た事がありますが引っくら返へして読んだ事は今までなかった。支那文学専門家でなければ購藏する必要もなからうと思ひます。併し『大辞典』編輯の為めに手頃の本も知りません。

　『辭源』と『通俗編』丈で済ませるなら余り貧乏だと思ふ。其他、『子史精華』と『讀書記數略』とから必要だと思ふ奴をつまみだして入れたらどうです。或は『駢雅訓纂』（『駢字類編』よりも簡明だ）からも、少々取り入れる可しだ。

　『白嶽凝煙』をば未だ見た事ないが併し送らないで下さい。内山書店に屹度来るのだらうと思ひます。

洛文 頓首 五月十一日

增田兄几下

[译　文]

　　《佩文韵府》[1]、《骈字类编》[2]等庞然巨著，书是见过的，

却从未反复翻阅过。我以为如非中国文学专家,则毋须购藏,但为编辑《大辞典》[3],则正适用亦未可知。

如仅用《辞源》、《通俗编》[4]来对付,我以为太贫乏。此外,可从《子史精华》[5]与《读书记数略》[6]中摘录些认为必要的东西放进去如何?或从《骈雅训纂》[7](比《骈字类编》简明)亦可略为采择些。

《白岳凝烟》[8]尚未看过,但请勿寄。我想内山书店一定会贩来的。

洛文 顿首 五月十一日

增田兄几下

* * *

〔1〕《佩文韵府》 分韵编排的辞书,清代张玉书奉康熙敕编,共五五六卷。

〔2〕《骈字类编》 分类编排的辞书,清代张廷玉等奉康熙敕编,专收二字合成的词语。分为十三门,共二四○卷。

〔3〕《大辞典》 当时增田涉等拟编的汉语大辞典。

〔4〕《通俗编》 清代翟灏撰,收集日常通俗词语,说明其源流演变,分天文、地理、时序等三十八类,共五千余条。

〔5〕《子史精华》 类书,清康熙时辑,收子史中名言隽语,分类排比而成。分三十部,共一六○卷。

〔6〕《读书记数略》 类书,清代宫梦仁编,集古书中的故实,"分类隶事,各以数为纲"。共五十四卷。

〔7〕《骈雅训纂》 清代魏茂林所作《骈雅》的注本。《骈雅》,训诂书。明代朱谋㙔撰。收集古书中双音词语,依《尔雅》体例,分条解释。

〔8〕 《白岳凝烟》 山水画集,清代汪次侯作。康熙五十三年(1714)刊行,1934年东京文求堂影印出版。

340519(日) 致 增 田 涉

　訳文の終了に関しては大に雀躍しますが併しこんなつまらない原本に大力をついやして下さる事に対しては実に慚愧不堪と存じ候です。出版の見込はありますか?

　拙著『南腔北調集』は大に禍をかひました。二三の出版物(「ファショ」の?)にはそれは日本から一万元をもらって情報処に送ったものだと書いて私に「日探」と云ふ尊号を与へて居ます。併しそんな無実の攻撃も直に消えて仕舞ふのでしょう。

洛文 上 五月十九日

増田兄几下

[译　文]

　得悉译稿[1]已完成,至为快慰。你在这样乏味的原作上费了大力,对此实惭愧不堪。有出版希望吗?

　拙作《南腔北调集》闯了大祸。有两三种刊物(法西斯的?)说此书是我从日本拿到一万元,而送给情报处的,并赐我一个"日探"[2]尊号。但这种不实的攻击,很快就会消散的罢。

洛文 上 五月十九日

增田兄几下

* * *

〔1〕 指增田涉所译《中国小说史略》。

〔2〕 "日探" 参看 340516^②信注〔10〕。

340530(美) 致 伊罗生^{〔1〕}

伊先生：昨天收到来信，当即送给 M.D.^{〔2〕}看过了，我们都非常高兴，因为正在惦记着的。全书太长，我们以为可以由您看一看，觉得不相宜的，就删去。

删去《水》^{〔3〕}的末一段，我们都同意的。

《一千八百担》^{〔4〕}可以不要译了，因为他另有作品，我们想换一篇较短的。又，他的自传，说是"一八……年生"，是错的，请给他改为"一九……年生"，否则，他有一百多岁了，活的太长。

这位作者(吴君^{〔5〕})，就在清华学校，先生如要见见他，有所询问，是很便当的。要否，俟来信办理。倘要相见，则请来信指明地址，我们当写信给他，前去相访。

专此奉复，并问

好，且问

太太好。

L 启 五月三十日

＊　　　　＊　　　　＊

〔**1**〕　伊罗生（1910—1986）　即哈罗德·罗伯特·伊赛克（H. R. Issacs），中文名伊罗生，美国人。曾任上海《大美晚报》记者、《中国论坛》主编。1934 年他为了译介中国现代作品，曾约请鲁迅、茅盾编选短篇小说集《草鞋脚》。

〔**2**〕　M.D.　指茅盾。

〔**3**〕　《水》　丁玲作，载《北斗》第一卷第一期至第三期（1931 年 9 月至 11 月）。

〔**4**〕　《一千八百担》　吴组缃作，载《文学季刊》创刊号（1934 年 1 月）。

〔**5**〕　吴君　指吴组缃（1908—1994），安徽泾县人，作家。当时清华大学中文系学生。

340531（日）　致　增　田　涉

增田兄：

『小説史略』第二九七——二九八頁の文字を下の通に改訂して下さい。

二九七頁

　　六行、「一字芹圃、鑲藍旗漢軍」を「字芹溪、一字芹圃、正白旗漢軍」に改す。

　　十二行、「乾隆二十九年」を「乾隆二十七年」に改す。

　　又「数月而卒」を「至除夕、卒」に。

二九八頁

　　一行、「——一七六四」を「一七六三」に。

又「其『石頭記』未成、止八十回」を「其『石頭記』尚未就、今
所傳者、止八十回。」に改す。

又「次年遂有傳寫本」一句、削去。

又「(詳見胡適……『努力週報』一)」を「(詳見『胡適文選』)」
と訂正。

又二九九頁第二行、「以上、作者生平……」から三〇〇頁第十
行「……才有了百二十回的『紅樓夢』」まで都合二十一行全
部削去。

洛文 上 五月卅一夜

[译　文]

增田兄：

《小说史略》第二九七——二九八页的文字，请订正如下：

二九七页：

第六行，“一字芹圃，镶蓝旗汉军”改为“字芹溪，一字芹
圃，正白旗汉军”。

第十二行，“乾隆二十九年”改为“乾隆二十七年”。

又“数月而卒”改为“至除夕，卒”。

二九八页：

第一行，“——一七六四”改为“一七六三”。

又，“其《石头记》未成，止八十回”改为“其《石头记》尚未
就，今所传者，止八十回”。

又，“次年遂有传写本”一句，删去。

又，“(详见胡适……《努力周报》一)”改为“(详见《胡适

文选》)”。

又二九九页　第二行从“以上，作者生平……”至三〇〇页第
　　十行“……才有了百二十回的《红楼梦》”止，共二十一行，
　　全部删去。

洛文　上　五月卅一夜

340607[①]（日）　致 山 本 初 枝[1]

　　拝啓　五月廿日の御手紙をとくにいただきましたが色々
なこまかい事の為めに遂に返事をおそくなりました。実に
すまない事です。『文學』と云ふ雑誌は私とは何の関係もな
いので私を其の編輯者にして仕舞ったのは例の井上紅梅様
です。先生は改造社の『文芸』にそう書いて居たのだから
『日々新聞』は又彼の文章を信じて仕舞ったのでしょう。編
輯も偉いものでわるいとは思ひませんが併しそうでないの
だから少し困ります。君子も閑居すれば不善をなすもので
す。孔子様は一生涯漫遊し其の上弟子達が沢山ついて居ま
したから二三の疑ふ可き点を除けば大体よかったが併し若
し閑居すると今度は何なるか？　私は実に保証出来ません。
殊に男性と云ふものは大抵は安心す可きものではないので
長く陸上に居ても陸上の女を珍らしがるのです。倦きが来
るや否やと云ふ事は問題ですが併し私に言はせると矢張り
やかましく云はない方がよいと思ひます。上海は暑くなり
ました。私達の家の前へに新しい家をたてましたからさわ

がしくて困ります。併し転居する考も未ないです。

魯迅 拝 六月七日

山本夫人几下

[译　文]

　　拜启：五月廿日惠函早已奉悉，因种种琐事打扰，迟复为歉。《文学》杂志跟我毫无关系，使我成为其编辑的，还是那位井上红梅先生。他在改造社的《文艺》上这么写过，[2]大概《日日新闻》[3]便信以为真。当编辑也是了不起的，我并不认为不好，但不符事实，有些为难。君子闲居为不善。孔夫子漫游一生，且带了许多弟子，除二三可疑之点外，大体还可以，但如果闲居下来，又当如何？我实在不能保证。尤其是男性，大概都靠不住，即使久在陆上住，也还是希罕陆上的女性。至于会不会厌倦，是个问题，但依我说，还是不要多说为好。上海已热起来，我家前面又造了新屋，吵得没办法，但我还没有考虑迁居。

魯迅 拜 六月七日

山本夫人几下

＊　　　　＊　　　　＊

　　〔1〕　此信据《大鲁迅全集》第七卷编入。

　　〔2〕　《文艺》　月刊，山本三生编，1933年11月创刊，东京改造社出版。井上红梅在该刊1934年5月号曾发表《鲁迅与新杂志〈文学〉》。

　　〔3〕　《日日新闻》　日报，1872年2月在东京创刊。

340607[②]（日）　致　増　田　渉

　御手紙と御写真とをいたゞきました。写真は特別に怖しい顔をして居る相もないと思ひます。蓋し其の比較は家庭時代の写真と下宿時代の写真とでしなければならないので而して上海にいらしゃった時にはもう苦悩時代に這入って居たのだから私の目で見ればそう違はない様になります。

　『小説史略』の訂正を二度送りましたが到着したか知りません。近頃新発見も多く尚訂正すべき処が随分ありましゃうけれども続いて研究する考へもないからその位にして置いて仕舞ひましゃう。

　上海の景気と漫談とは両方とも不景気。大抵ひきこんで居る時が多いです。テロもひどいがテロ規則がないから、意外の災に思はせて反っておしろしくなくなりました。夏頃に子供をつれて長崎あたり行って海水浴でもしようかと思った事がありましたが又やめました。しからば不相変、上海です。

　私達は皆な達者ですが、たゞし其の「海嬰氏」は頗る悪戯で始終私の仕事を邪魔します。先月からもう敵として取扱ひました。

　『引玉集』の印刷所は東京の洪洋社です。

洛文　上　六月七夜

増田兄几下

[译　文]

　　惠函与玉照均收到。我并不觉得尊容特别可怕。盖其比较，须以家居时期照片与寄宿时期照片来做，而你抵沪后已进入苦恼时期，故在我眼中看来，并无那么不同。

　　两次寄上《小说史略》的订正，未知收到否？近来有不少新发现，颇有尚须订正之处，但没有心思继续研究，就姑且那样罢。

　　上海的景气和漫谈，两者都不景气，我大抵闷在家里多。恐怖甚剧，但无恐怖规则，就使人当作一种意外灾害，反而变得不可怕了。曾经打算夏季带孩子到长崎去洗洗海水浴，又作罢了。于是暂时仍在上海。

　　我们都好，只有那位"海婴氏"颇为淘气，总是搅扰我的工作，上月起就把他当作敌人看待了。

　　《引玉集》的印刷所是东京的洪洋社。

　　　　　　　　　　　　　　　洛文　上　六月七夜

增田兄几下

340627（日）　致 增 田 涉

　　六月二十一日の手紙と御写真とを拝受しました。今度の写真は前の一枚よりもずっと落附いて居たと思ひます。「転地保養」の時が近いて来たからでしょう。

　　小説史の訂正は二回だけです。

私の写真も一枚差し上げます。新しいものはないから昨年のものを送る外仕様がないです。其の上に一ケ年余の老さを加へて見れば真に近い様になります。こんな見方も頗るむつかしいけれど。

上海ではこの二三日室内、九十三四度、道なら百度以上でしょう。≧の天気に対する答へとして私は汗を流る、外にアセモノを出して居ます。

洛文　上　六月二十七日

増田學兄几下

[译　文]

六月二十一日信和玉照收到。我觉得这张比上一张更沉稳，想必是即将"转地疗养"之故罢。

《小说史》的订正，只有两次。

奉上我的照片一张，没有新的，只好把去年的送上，别无他法。如对它加上一年多的老态来看，就接近真相了。尽管这种看法是颇不容易的。

上海这两三天，室内已九十三四度，马路上有百度以上罢。作为对这种天气的回答，我在流汗，外加生痱子。

洛文　上　六月二十七日

增田学兄几下

340714(美)　致　伊罗生[1]

伊罗森先生：

来信收到了。关于小说集[2]选材的问题，我们的意见如下：

Ⅰ. 蒋光慈的《短裤党》[3]写得并不好，他是将当时的革命人物歪曲了的；我们以为若要选他的作品，则不如选他的短篇小说，比较好些。至于选什么短篇，请您自己酌定罢。

Ⅱ. 龚冰庐的《炭矿夫》[4]，我们也觉得不好；倒是适夷的《盐场》[5]好。这一篇，我们已经介绍给您。

Ⅲ. 由一九三○至今的左翼文学作品，我们也以为应该多介绍些新进作家；如何谷天的《雪地》[6]及沙汀，草明女士，欧阳山，张天翼诸人[7]的作品，我们希望仍旧保留原议。

再者，茅盾以为他的作品已经占据了不少篇幅，所以他提议，将他的《秋收》去掉，只存《春蚕》和《喜剧》。[8]

除此以外，我们对于来信的意见，都赞成。

我们问候姚女士[9]和您的好！

　　　　　　　　　茅盾　鲁迅 七月十四。

再：鲁迅的论文，可用左联开会时的演说，载在《二心集》内。又及[10]。

*　　　*　　　*

〔1〕　此信系茅盾执笔，鲁迅签名。

〔2〕　指《草鞋脚》。

〔3〕　蒋光慈　参看 331220^①信注〔12〕。《短裤党》,中篇小说,
1927 年 11 月上海泰东图书局出版。

〔4〕　龚冰庐(1908—1955)　笔名樱影,江苏崇明(今上海)人,
"左联"成员。《炭矿夫》,短篇小说,连载《创造月刊》第二卷第二期、第
三期(1928 年 9 月、10 月)。

〔5〕　适夷　即楼适夷,参看 330924 信注〔2〕。《盐场》,短篇小
说,参看 340921 信注〔1〕。

〔6〕　何谷天　参看 330929^②信注〔2〕。《雪地》,短篇小说,载《文
学》第一卷第三号(1933 年 9 月)。

〔7〕　沙汀,　参看 331124 信注〔2〕。草明、欧阳山,参看 360318
信注〔1〕。张天翼,参看 330201 信注〔1〕。

〔8〕　茅盾　参看 351223^③信注〔1〕。《秋收》,短篇小说,载《申报
月刊》第二卷第五期(1933 年 5 月);《春蚕》,短篇小说,载《现代》第二卷
第一期(1932 年 11 月);《喜剧》,载《北斗》第一卷第二期(1931 年 10
月),署名何典。

〔9〕　姚女士　伊罗生夫人(V. R. Isaacs),中文名姚白森。

〔10〕　原件这一段系鲁迅笔迹。

340723^①(日)　致　内山嘉吉^[1]

拝啓、昨日和光学園生徒諸君の木刻をいたゞきまして就
中殊に静物の方が私に面白く感じさせました。

今日別封にて手紙用紙を少許り送りました。それは明の
末、即ち三百年前の木版を複したものであって、為めには成

りませんが兎角おもちゃとして小さい芸術家諸君に分けて
下さい。　草々頓首

　　　　　　　　　　　　　魯迅　上　七月二十三日

内山嘉吉兄几下
　　奥様によろしく

[译　文]

　　拜启:和光学园学生的木刻,已于昨日拜领。我对其中的
静物作品,尤感兴趣。

　　今天另封寄上少许信笺。这是明末即三百年前的木刻复
制品,无多大用处,只当小玩艺儿,请分给各位小艺术家罢。
草草顿首

　　　　　　　　　　　　　魯迅　上　七月二十三日

内山嘉吉兄几下
　　令夫人请代致候。

＊　　　　＊　　　　＊

　　〔1〕　此信据《大鲁迅全集》第七卷编入。

340723②（日）　致　山　本　初　枝[1]

　　拜啓　大風の尻っぽの御蔭様で二三日前から上海では大
にすずしくなりました。私共は皆な無事です。汗物も行衛
不明になりました。『陣中の竪琴』は注文したのですから一

週間前に到着しました、立派な本ですが若し私が歌をよく
わかるならもう一層面白いだらうと思ひます。此な軍医様
は今では日本にももう少ないでしゃう。先月には隨分日本
の長崎などに行きたかったが遂に種々な事でやめました。
上海があつかったから西洋人などが隨分日本に行った様で
すから日本への旅行も忽ち「モーダン」な振舞となりまし
た。来年に行きましゃう。男の子は何んだか大抵、ママを
いぢめます。私共の子供もそうで母親の云ふことをきかな
いばかりか其上時々反抗します。私が一所になってしかる
と今度は「どうしてパパがそんなにママのかたを持つだら
う」と不審がります。増田一世の消息は暫く聞えなかった。
内山老版は不相変忙しく一生懸命に漫談をかき、そうして
発送して居ます。

魯迅　拜　七月二十三夜

山本夫人几下

［译　文］

　　拜启：托了大风尾巴的福，两三天来上海已颇凉爽。我们
都平安，痱子也去向不明了。《阵中竖琴》[2]是预订的，已于
一周前寄到。书很漂亮，倘我对和歌懂得多一些，恐怕就更有
趣了。这样的军医先生，现在在日本也寥寥无几罢。上月曾
很想到日本的长崎等处去，终因种种事情而作罢。上海酷暑，
西洋人似乎很多去了日本，一时赴日旅行成了摩登之举。明
年去罢。男孩子不知为何大多欺负妈妈，我们的孩子也是这

样;非但不听妈妈的话,还常常反抗。及至我也跟着一道说他,他反倒觉得奇怪:"为什么爸爸这样支持妈妈呢?"增田一世久无音讯。内山老板依然很忙,正拼命写漫谈,并寄出去。

鲁迅 拜 七月二十三夜

山本夫人几下

*   *   *

〔1〕 此信据《大鲁迅全集》第七卷编入。

〔2〕 《阵中竖琴》 诗歌散文集,佐藤春夫著,1934年东京昭和书房出版。

340730(日) 致 山 本 初 枝[1]

二三日涼しくなって居たが近頃は又熱くなりました。もう一度汗物を出す外仕方ありません。楊梅はもう済んだのです。増田一世の呑気さには頗る感心致しました。今度は何時東京へ来るか、解らないでしょう。田舎はしづかで気持がよいかも知らないけれど、刺戟が少ないから仕事も余りに出来ないです。けれども、此先生は「坊ちゃん」出身だから仕方ありません。周作人は頗る福々しい教授殿で周建人の兄です。同じ人ではありません。増田一世に送った写真は取った時に疲れて居たか知れません。経済の為めではなく、外の環境の為めです。私は生まれてから近頃の様な

暗黒を見た事はなかった。網は密で犬は多い。悪ものにな
る様に奨励して居るから、たまらない。反抗しなければな
らない。併し私はもう五十をこえたのだから残念です。私
共の小供も大にいたづらです。矢張食べたくなると近づい
て来、目的達すれば遊びに行く。そうして弟がないから、さ
びしいと不平を云ふて居ます。頗る偉大なる不平家です。
つい二三日前に写真を取りました。出来上ったら一枚送り
ます、私のも。東京では別に必要な用はありませんが只神
田区神保町二ノ一三に「ナウカ社」と云ふ本屋があります。
その広告を見れば、ロシアの版画と絵葉書が売って居るさ
うでついでの時に一度、見て下さいませんか。若し『引玉
集』の中の様な版画だったら少々買って下さい。絵葉書も
絵画の複製なら矢張少し買って下さい、併し風景、建築など
の写真であったら入りません。　　草々

魯迅　上　七月三十日

山本夫人几下

［译　文］

　　凉快了两三天，近又转热。没办法，只有再生一次痱子。
杨梅已经完了。我很佩服增田一世的悠然。他下次什么时候
再来东京，不知道罢？乡间清静，也许舒服一些；但刺激少，也
就做不出什么事来。不过这位先生是"哥儿"出身，没有办法
的。周作人是位颇有福相的教授先生，乃周建人之兄，并非一
人。我赠给增田一世的照片，照的时候也许有些疲乏，并不是

由于经济,而是其他环境关系。我有生以来,从未见过近来这样的黑暗,网密犬多,奖励人们去当恶人,真是无法忍受。非反抗不可。遗憾的是,我已年过五十。我们的孩子也很淘气,仍是要吃的时候就来了,达到目的以后就出去玩,还发牢骚,说没有弟弟,太寂寞了,是个颇伟大的不平家。两三天前给他照了相,等印好后,送你一张,此外还有我的。在东京别无要事,神田区神保町二之一三号有一家叫"科学社"的书店,据其广告,有俄国版画及明信片出售,便中请去看一下。倘有《引玉集》中那样的版画,请代为购买一些。如有绘画的明信片和复制的画片,亦请买一些,但不要风景或建筑物的照片。

　草草

　　　　　　　　　　　　鲁迅　上　七月三十日

山本夫人几下

＊　　　＊　　　＊

〔1〕 此信据《大鲁迅全集》第七卷编入。

340731(美)　致　伊罗生[1]

伊罗生先生:

　　您的七月廿四日的信,收到了。对于您这最后的意见,我们可以赞成。

　　至于张天翼的小说,或者用《最后列车》[2],或者用《二十一个》[3],——《二十一个》是短短的,——都可以。

　　天气太热,不多写了。祝

您同姚女士的好!

鲁迅　茅盾 七月卅一日

＊　　　　＊　　　　＊

　　〔1〕　此信系茅盾执笔。

　　〔2〕　《最后列车》　短篇小说,载《文学月报》第一卷第二号(1932
年7月)。

　　〔3〕　《二十一个》　短篇小说,载《文学生活》第一卷第一号(1931
年3月)。

340807(日)　致 增 田 涉

　　日中八十度内外は誠に浦山しい事、上海では又九十度以
上、小生儀汗物を光栄なる反抗の看板として奮闘して居ま
す。

　　『十竹齋箋譜』は凡そ五十余枚出来ました。中の四枚の見
本を御目にかけます。全部二百八十枚程あるから何時完工
するか解らず半分出上れば前期予約として発売するつもり
です。こゝではいのちは頗るあぶない。私人の犬にならな
ければ自分の趣味をもつ人も、割合に一般の文化に関心す
るものも、右も左も反動として、いぢめます。一週前に同じ
趣味をもつ北平に於ける友人二人つかまへられました。暫
く立ったら古い絵本を翻刻する人もなくなるだろー。併し

僕が生きて居れば何頁でも何時までもやって行きます。

　私も家内も達者です。アメバと海嬰とはもうサヨナラの様だが、そのかはり、海嬰奴は大に悪戯、つい二三日前に「こんなパパは、何んのパパだ！」と云ふ様な頗る反動的な宣言までも発表しました。困った事です。

迅　頓首

増田兄几下

　御両親様、奥様、御嬢様及び坊ちゃんにもよろしく

[译　文]

　　尊处白天在八十度内外，诚可羡。上海又是九十度以上，鄙人正以满身痱子，作为光荣的反抗的招牌而奋斗着。

　　《十竹斋笺谱》已完成约五十余幅，现将其中四幅样张奉览。全部约二百八十幅，何时可成，尚不可知，俟半数完成后拟即开始预约，先予发卖。现在这里，生命是颇危险的，凡是不愿当私人的走狗，有自己兴趣的人，较为关心一般文化的人，不论左右都看作反动，而受迫害。一星期前，北平有两个和我兴趣相同的朋友被捕[1]了。怕不久连翻刻旧画本的人都没有了，然而只要我还活着，不管刻多少页，做多久，总要做下去。

　　我与内子均好，阿米巴似已和海婴告别，但海婴这家伙却非常捣蛋，两三日前竟发表了颇为反动的宣言，说："这种爸爸，什么爸爸！"真难办。

迅　顿首〔八月七日〕

增田兄几下

　令尊令堂、令夫人、令嫒和宝宝均吉

＊　　　＊　　　＊

〔1〕　指台静农和李霁野。他们被捕事,参看 340805 信注〔1〕。

340822①（美）　致　伊罗生〔1〕

伊罗生先生:

　八月十七日来信收到。您翻译的鲁迅序文〔2〕,还有您自己做的引言〔3〕,我们都看过了,很好。您说要我们修改您的引言,那是您太客气了。引言内有您注明问我们对不对那一节,我们只知道事实是不错的,可是那年份是不是一九二三,我们也查不出来,只记得那《New China Youth magazine》〔4〕是"中国少共"的机关报。这报当时是恽代英〔5〕编的,他已经死了。至于楼适夷的生年,我们也不大明白,只知他今年还不过卅岁。蒋光慈死于一九三一年秋（或者一九三二年春）,死时大约三十四五岁;他不会比楼适夷年青,那是一定的。

　这本小说集您打算取名为《草鞋脚》〔6〕,我们也很赞成。鲁迅用墨写的三个中国字,就此附上。

　您问茅盾《喜剧》中那山东大兵和西牢这一点,这是茅盾疏忽弄错了,请您把"西牢"改作"监牢"（照《茅盾自选集》的页数算,就是一〇八页第十一行中那"西牢"二字）就行了。茅盾很感谢您指出了这个漏洞。

　　您说以后打算再译些中国作品，这是我们很喜欢听的消息。我们觉得像这本《草鞋脚》那样的中国小说集，在西方还不曾有过。中国的革命文学青年对于您这有意义的工作，一定是很感谢的。我们同样感谢您费心力把我们的脆弱的作品译出去。革命的青年作家时时刻刻在产生，在更加进步，我们希望一年半载之后您再提起译笔的时候，已经有更新更好的作品出世，使您再也没有闲工夫仍旧找老主顾，而要介绍新人了，——我们诚心诚意这么希望着，想来您也是同一希望罢！
顺候
您和姚女士的好！

　　　　　　　　　　　　　　茅盾　鲁迅 八月廿二日

　　＊　　　　＊　　　　＊

　〔１〕　此信系茅盾执笔，鲁迅签名。

　〔２〕　即《〈草鞋脚〉小引》，收入《且介亭杂文》。

　〔３〕　即 1934 年伊罗生为英译本《草鞋脚》写的引言。1974 年该书出版时未用，译者另撰长序。

　〔４〕　New China Youth magazine　《中国青年》。中国社会主义青年团中央委员会机关刊物，恽代英主编。1923 年 10 月在上海创刊。

　〔５〕　恽代英（1895—1931）　江苏武进人，中国无产阶级革命家，青年运动领导人之一。1931 年被国民党当局杀害于南京。

　〔６〕　《草鞋脚》　参看 340921 信注〔２〕。

340822^②(美)　致　伊罗生

伊先生：

许多事情，已由 M.D. 答复了，我都同意的。这里只还要补充一点——

一、楼适夷的生年已经查来，是一九〇三年^[1]，他今年三十一岁，经过拷问，不屈，已判定无期徒刑。蒋^[2]的终于查不出。

二、我的小说，今年春天已允许施乐^[3]君随便翻译，不能答应第二个人了。

三、书名写上，但我的字是很坏的。倘大小不对，制版时可放大或缩小。

　　　　此复，并问

安好。　　　　　　　　　L．S．上〔八月廿二日〕

　　并问

姚女士好，北平的带灰土的空气，呼吸得来吗？

附寄：序言原稿两篇，M 信一封，书名一张。

*　　　　*　　　　*

〔1〕　楼适夷的生年应为 1905 年。

〔2〕　蒋　指蒋光慈。

〔3〕　施乐　即斯诺，参看 331021^④信注〔1〕。他曾翻译鲁迅《药》等七篇作品，后收入《活的中国》，1936 年伦敦乔治·哈拉普公司出版。

340825（美） 致 伊罗生

伊先生：

前几天我们挂号寄上一信，想已收到。

蒋君的生年，现在查出来了，是一九〇一年；卒年不大明白，大约是一九三〇或三一年。

我此刻已不住在家里[1]，只留下女人和孩子；但我想，再过几天，我可以回去的。

此布，即请

暑安。

L. S. 启 八月廿五日

姚女士前并此问好。

＊　　　＊　　　＊

〔1〕 已不住在家里　参看 340831② 信注〔5〕。

340912（日） 致 增 田 涉

九月二日の手紙を拝見致しました。

漢学大会には大にやりなさい。曼殊和尚の事は左傳や公羊などの研究よりも余程面白いに違ひない。併し今度の東方学報を見れば日本の学者が漢文で論文を書いて居る御方がありましたから実におどろきました。一体誰によませる

つもりでしゃう。

　こゝに於ける曼殊熱は此頃少々下火となり全集を印刷した後には拾遺などは現はれない。北新も元気無之です。

　上海はすゞしくなりました。私共は無事です。

　皆様にもよろしく

洛文　上　九月十二日

増田兄卓前

　二伸、内山老板は母様の病気の為め帰国しました。二十日頃、上海へ帰るそうです。

［译　文］

　　九月二日信奉悉。

　　汉学大会[1]，大可参加。研究曼殊和尚一定比研究《左传》、《公羊传》[2]等更饶兴味。但看这期《东方学报》，有日本学者用汉文发表论文，[3]殊感惊异。究竟是打算给谁看的呢？

　　此地的曼殊热，最近已略为下降，全集[4]出版后，拾遗之类，未见出现。北新也无生气。

　　上海已渐凉爽，我们平安。

　　祈代问候诸位。

洛文　上　九月十二日

增田兄桌前

　　再者：内山老板因母病已归国，据说将于二十日左右回沪。

*　　*　　*

〔1〕 汉学大会 指 1934 年 10 月 27 日东京帝国大学增田涉的母校所属汉学会召开的第三次汉学大会。

〔2〕 《左传》 亦称《春秋左氏传》、《左氏春秋》,是一部用事实解释《春秋》的史书,相传为春秋时鲁国人左丘明撰。《公羊传》,亦称《春秋公羊传》、《公羊春秋》,是一部阐释《春秋》"大义"的史书,旧题战国时公羊高撰。

〔3〕 《东方学报》 日本社会科学杂志,京都东方文化研究所编印,1931 年 1 月创刊。该刊第五册(1934 年 8 月)载有吉川辛次郎用中文写的《左氏凡例辨》。

〔4〕 指《苏曼殊全集》,柳亚子编,共五集,1928 年至 1929 年北新书局陆续出版。

340923(日) 致 山 本 初 枝[1]

拝啓　先日『版芸術』をいただきました。これは自分も持って居ますけれども下さった分も珍蔵して置きます、丁度金持が金の多いことに飽かない様に。そうしてナウカ社からの複製絵画及び絵葉書も到着しました、別に特色もなくその方の出版物、もとめることはよしましゃう。内山老版及び其の太太は二三日前に上海へ帰って来ました、今度は非常に早いです。増田一世からも手紙一本貰って其の論文は『斯文』といふ雑誌に載って居るそうだがこの雑誌は上海に売って居ないから読むことも出来ませんでした。

迅 拝上 九月二十三日

山本夫人几下

[译　文]

　　拜启:《版艺术》[2]日前收到。这本我已有了,但你送我的还是要珍藏,正如富翁不嫌钱多一样。科学社复制的绘画及明信片亦已收到,并无特色的印刷品,以后不再搜集了。内山老板偕夫人已于二三日前返沪,这一次倒是很快。又接增田一世函,说他的论文[3]已登在《斯文》杂志上,但该杂志上海没有卖,因此无法拜读。

　　　　　　　　　　　　　　迅　拜上　九月二十三日

山本夫人几下

　　　*　　　　*　　　　*

〔1〕　此信据《大鲁迅全集》第七卷编入。

〔2〕　《版艺术》　参看 340309 信注〔3〕。

〔3〕　指《现代支那文学“行动”的倾向》,载《斯文》第十六编第八号(1934 年 8 月)。

341111(日)　致 内 山 完 造

　　昨晩、熱が出てうごくかがない。疲労の為めだろーと思ひます。

　　須藤先生に今日の午後に診察にいらしゃって下さる様に頼して下さい。

L 上〔十一月十一日〕

内山先生几下

[译　文]

　　昨晚发烧,不能行动。想系疲劳所致。拜托你请须藤先生于今日午后来为诊视。

L 上〔十一月十一日〕

内山先生几下

341114(日)　致 增 田 涉

　　十日の手紙を拝見しました。令閨及令息の御写真もこれよりさきに頂きました。皆な大きくなってつまり增田二世達の世界上に於ける位置は広大になったわけです。

　　『斯文』に載せた大作を読んで痛快だと思ひます、日本の青年も大抵さうだらうと思ひます。併し斯る文章は他の雑誌には出せられまい? 矢張り『斯文』に関係します。

　　『文芸春秋』は内山雑誌部に売ってますがとーとー読まなかった。「杜甫なら悪」くないけれども、詩も金の如くないから困まる。これから大に詩を作りませゃうか。

　　呉組湘は北平清華大学の学生です。叔文は知りません。兎角女流では有るまい。中華全国の男流がさうさわがないから、内情知る可しだ。

　　こゝでは出版前の検閲制を行って居ます。削除された処

325

は点も丸もつけさせない、だから時々間抜な文章になって
仕舞ひます。だから、誰も困まる、官僚の外には。併し『文
学』の類は近い内に送ります。

　内のものはまづ大抵達者ですが只だ僕は風で一週間熱を
出して居ました。ぢき直るだらう。併し熱が出ると自分の
体が大くなった様な感じがしますから面白くない事もな
い、西班牙的だ。草々頓首

増田兄几下　　　　　　　　洛文　上　十一月十四日

[译　文]

　十日信奉悉。令嫒令郎的玉照，前些时候也已收到，都长
大了，就是说增田二世们在世界上的位置扩大了。

　读了《斯文》刊载的大作，觉得痛快，日本青年想必也大抵
如此罢。但这种文章，其它杂志登不出罢？毕竟因为是《斯
文》。

　《文艺春秋》[1]内山书店杂志部有得卖，但终未读过。
"是杜甫倒不错"[2]，不过没有诗，也和没有钱一样，因而伤脑
筋。今后大量地做诗罢。

　吴组缃[3]是北平清华大学学生，叔文[4]则不知道，总之
不会是女士。因全中国的男士们不会这样吵闹，内情可知。

　此地实行出版前的检查制，删削之处，不许加上虚点和圈
圈，因此常常变成怪文。除官僚外，谁都感到为难。《文学》之
类日内可寄奉。

　舍下大抵都好，只我伤风，发热一星期，大约就会好的。

但在发热时似有身体在膨胀之感,倒也不是没有趣味的事,这是西班牙流行感冒。　草草顿首

洛文　上　十一月十四日

增田兄几下

＊　　　＊　　　＊

〔1〕　《文艺春秋》　综合性月刊,1922年1月创刊,东京文艺春秋社出版。该刊1934年11月号所载佐藤春夫《苏曼殊是何许人也》一文,在文末曾说"鲁迅相当于杜甫"。

〔2〕　"是杜甫倒不错"　是增田涉在来信中给鲁迅开玩笑的话。参看上注。

〔3〕　吴组缃　参看340530(美)信注〔5〕。

〔4〕　叔文　未详。

341202(日)　致　增　田　涉

十一月二十五日の御手紙は到着しました。『某氏集』は全権にてやりなさい。私には別に入れなければならないと思ふものは一つもありません。併し藤野先生だけは訳して入れたい。范愛農の書きかたはうまくもないから割愛した方がよからう。

二三日前に『文学』二から五まで送りました、一と六とは近い内に送ります。検査がきびしいから将来の発展はむつかしい。併し『現代』の如きファショ化したものも読む人が

なくて自滅した。『文学新地』は左聯の機関誌で一号に限る。

　私は不相変每晚少しづつ熱がでます、疲労の為めか西班牙的流感かわからなくなりました、大方疲労の為らしい、しからば大に遊べばなほるだらう。

洛文　頓首 十二月二夜

増田学兄几下

[译　文]

　十一月二十五日惠函收到。《某氏集》[1]请全权处理。我看要放进去的,一篇也没有了。只有《藤野先生》一文,请译出补进去,《范爱农》写法不佳,还是割爱为好。

　两三日前奉上《文学》第二至第五期,第一期与第六期日内寄上。因检查甚严,将来难以发展。但如《现代》这种法西斯化的刊物,也没有读者,已自灭了。《文学新地》是左联机关杂志,只出了一期。

　我每晚仍稍发热,弄不清是因为疲劳还是西班牙流行感冒。大概是疲劳罢,倘是,则多玩玩就会好的罢。

洛文　顿首 十二月二夜

増田学兄几下

＊　　　＊　　　＊

　〔1〕《某氏集》　指佐藤春夫、增田涉合译的《鲁迅选集》。内收小说《阿 Q 正传》等八篇,散文《藤野先生》一篇,讲演三篇。1935 年东

京岩波书店出版。

341213（日）　致 山 本 初 枝[1]

　拝啓　御手紙は拝見致しました。私は先月から三週間程毎晩熱が出てやすんで居ました。今にはなほって来ましたがとうとうインフルエンザかつかれか、わからなかった。それで大変久しく御無沙汰致しました。家内と子供とは皆達者です。須藤先生の教へに従って子供に魚肝油をのましたら頗るこえて重くなって来にのです。古い『古東多万』をば私は持って居たのですが今日探したら見えませんでした。私は一度読むまい本などを北京へ送った事があったのであの時に送って仕舞ったのだと思ひます。佐保神の語源はどうも支那にあるらしくない。支那には花、雪、風、月、雷、電、雨、霜などの神の名があるけれども春の神の名は私は今まで知らない。或は春の神は支那にないかも知れません。『万葉集』には支那から行った言葉が随分あるのでせう。しかしその為めに漢文を勉強すると云ふ事には私はどうも賛成出来ません。『万葉集』時代の詩人は漢文を使はせておかしてもよいが今の日本の詩人は今の日本語を使ふべしだ。そうでなければ何時までも古人の掌から出る事が出来ない。私は漢文排斥と日貨販売の専門家だから、この点についてはどうしても貴女の御意見と違ひます。近頃私共は漢字廃止論をとなへて大にあちこち、しかられて居ます。

上海には雪は未降りませんが不景気は矢張不景気です。併
し一部分の人間は不相変よろこんで居るらしい。私の向ふ
の家には毎日朝から晩まで猫がくびしめられる様な声の蓄
音機をやって居ます。あんな人物と近く居ると一ケ年でも
たつと気違になるのだらう。どうも困った処です。今度東
京に又限定版つくりの団体が出来ました。三四年前にもこ
んな事があったので私も入会しましたがとうとうくづれて
何の結果もありませなんだ。だから今度は左程熱心でなか
ったのです。

　　　　　　　　　　　　　　迅　拝　十二月十三日

山本夫人几下

[译　文]

　　拜启：惠函奉悉。我自上月起，大约三个星期，每晚发热，
只好休息。现已好转，但始终未查明是流行感冒还是疲劳，以
致久疏问候。内人和孩子均健康。已按须藤先生的嘱咐，给
孩子吃鱼肝油，颇胖了点，重了点。旧的《古东多万》我是有
的，但今天找了一下，却没找到。我曾把不看的书寄到北京，
可能那一次寄走了。佐保神的语源，中国好像没有。中国有
花、雪、风、月、雷、电、雨、霜等神的名字，但春神之名我至今不
知道。或许中国没有春神。《万叶集》[2]里有不少从中国传
去的语汇罢？但因此就学汉文，我却不以为然。《万叶集》时
代的诗人用汉文就让他用去罢，但现在的日本诗人应该使用
当代的日语。不然，就永远也跳不出古人的掌心。我是排斥

汉文和贩卖日货的专家,关于这一点,怎么也是跟你的意见不同的。最近我们提倡废止汉字,颇受到各方的责备。上海尚未下雪,但不景气还是不景气,然而有些人似乎依旧很快活。我对面的房子里,留声机从早到晚像被掐住了嗓子的猫似地嘶叫着。跟那样的人作邻居,呆上一年就得发疯,实在不好受。最近东京又成立了出限定版的团体[3]。三四年前也曾有过同样的事情,我也参加了,但终于垮台,毫无结果。因此这一次我就不这么热心了。

迅 拜 十二月十三日

山本夫人几下

* * *

〔1〕 此信据《大鲁迅全集》第七卷编入。

〔2〕 《万叶集》 日本最古的诗歌集,收公元四世纪至八世纪中叶长短和歌约四五○○首,文字均用汉字标音。

〔3〕 出限定版团体 指维护作者版权的团体。

341214(日) 致 增 田 涉

拝啓 八日御手紙今午落手。疑問は別紙に記入した。

小包滅茶の仕事は敝国郵便検査員の手柄だと思ふ。先生達は時にそんな事をやります。真面目の成績です。

『北平箋譜』初版は本当に珍書となりました。再版も売切の今には内山書店に少し残ってる外、もうどこにもないです。

『十竹齋箋譜』の四分之一は近い内に出来ます。あとの四分の三は来年の一ヶ年中、完工の予定であるが、爆炸弾などの騒が演出すれば、延引或は中止。出版も四回に分けますがあなたの為めに一部云ふて置きました、一册一册送る方がよいか？　そろってから送った方がよいか？

　　南画家先生の熱心に感心します。

洛文　上　十二月十四日

増田同学兄几下

何の事を聞いて（見に）来たのか？　何の事を見たから帰るのか？

「聞いたものを聞いたから来た。見たものを見たから帰へるんだ！」

　　実は「噂をきいて来たので実際を見たから帰へるんだ」と云ふ意味。その中には「実際は噂と合ふか、合はないか」と云ふ意味を少しもふくんで居ない。要領の得ない答へである。

[译　文]

　　拜启：今午接到八日惠函。答问写入另纸。

　　小包的散乱，想是敝国邮政检查员的功劳。这些先生们有时这么干。这就是认真的成绩。

　　《北平笺谱》初版，确已成为珍本，再版也已卖完。现只有内山书店还留存一点，此外什么地方都没有了。

《十竹斋笺谱》日内可成四分之一,其它四分之三预定明年内完工。如果演出炸弹之类的乱子,则将延期或中止。分四次出版,我为你定了一部,是一册一册寄去,还是合在一起送去好?

对南画家先生的热心,表示佩服。

洛文 上 十二月十四日

增田学兄几下

“何所闻而来? 何所见而去?”

“闻所闻而来,见所见而去!”

实际上是“听到传闻而来,看到实际而去”的意思。其中毫无实际和传闻符合与否之意,是个不得要领的回答。[1]

* * *

〔1〕 这是回答增田涉关于《魏晋风度及文章与药及酒之关系》中两句话的询问。

341229〔日〕 致 增 田 涉

十二月二十日御手紙落掌。呉君に寄する手紙には意味の解りにくい処があります。少しく直しました、それで意味は通ずるだらうが併し不相変日本的もの。実に言へば支那の白話文は今までも未だ一定の形を持って居ない、外国人

に書かせば非常に困難な事です。

　『十竹齋箋譜』第一册はこれから印刷し始め来年一二月中に出来るだらうと思ひます。出来れば早速送上。今に見本一枚呈覧。実物の紙はもう少し大く見本より見栄えがよいはづです。

　上海は尙ほあたゝかい。私は時々雑誌などに書きますが検査官に消されて滅茶滅茶。支那には日本と違って検査してから印刷に付すのです。来年からはこの検査官らと一戦しようかと思って居ます。

洛文　上　十二月二十九日

増田学兄足下

[译　文]

　　十二月二十日惠函收到。你寄给吴君[1]的信，其中有费解之处，我略为改动一下，这样也许通顺些，但仍然是日本式文字。实在说来，中国的白话文，至今尚无一定形式，外国人写起来，是非常困难的。

　　《十竹斋笺谱》第一册，即可开始付印，预计明年一、二月间可完成，出版后当即奉上。现先寄样张一枚呈览。实物的纸张较此略大，当然要比样张美观些。

　　上海尚暖和，我时常为报刊写点文章，然经检查官删削之后，都已支离破碎。中国与日本不同，要先检查，才能付印。我拟从明年起和这些检查官们一战。

洛文　上　十二月二十九日

増田学兄足下

＊　　　＊　　　＊

〔1〕　吴君　即吴组缃。

350104(日)　致山本初枝[1]

　新年御芽出度御座います。上海も今日一月四日になって居ますが有様は昨年とさう違ひません。内山老板から松竹梅を一鉢もらひましたがこの頃咲いて客間をにぎやかにして居ます。内山老板は休み中南京へ旅行すると云って居ましたがとうとう旅行しないで南京路だけしか行かなかった。それはクレオパトラを見に行ったのです。私も行きましたが、しかし、広告の様に立派な活動写真でもなかった。私は快復しました、食慾もいつもの通りになって居ます。しかし、出版に対する圧迫は実にひどくしかも何のきまりもなく検査官の御意のままにやるのだからとっても滅茶苦茶でたまりません。筆で支那に生活するのも頗る容易な事でないです。今年からは短い批評をかく事をやめて何か勉強しようと思って居ります。併しその勉強も無論悪口の仕入です。子供は割合に大きくなって病気も少なくなりましたが併しその代り大変うるさくなりました。独りで友達がないからよく大人の処にやって来ます。勉強もさまたげられます。

迅　上　一月四日

山本夫人几下

[译　文]

　　恭贺新禧。今天已是一月四日,上海的情形与去年无甚差别。内山老板惠赠松竹梅一盆,最近盛开,给会客室增添了不少生气。内山老板原说假期中去南京一游,结果未去,只到南京路转了一圈,去看《克来阿派忒拉》[2]。我也去了,但并非广告上说的那么好的电影。我已康复,胃口也照常了。可是对出版的压迫实在厉害,而且没有定规,一切悉听检查官的尊意,乱七八糟,简直无法忍受。靠笔在中国生活颇不容易。自今年起,打算不再写短评,想学习点什么。但这个学习当然还是骂人的本事。孩子已较大了,病也少了,但另一方面却非常吵闹。他苦于孤单,没有朋友,便常常来找大人,学习也受到了妨碍。

迅　上　一月四日

山本夫人几下

＊　　　　　＊　　　　　＊

〔1〕　此信据《大鲁迅全集》第七卷编入。

〔2〕　《克拉阿派忒拉》　美国影片,中译名《倾国倾城》。

350117(日)　致　山　本　初　枝[1]

拝啓、御手紙は到着いたしました。私は散文的な人間で

すから支那のどんな詩人の詩をもすきませんでした。只若
かった時には唐の李賀の詩を割合にすいて居ましたがそれ
は難かしくとても解らない詩で解らないから感心したので
す。今はもうその李君をも感心しません。支那の詩の中に
は病雁は滅多にないと思ひます。病鶴なら沢山有ります。
『清六家詩鈔』の中にも屹度あるだらう。鶴は人に飼はれて
居るのですから病気になると解りますが雁なら野生して居
るものですから病気になっても人は知りません。棠棣花は
支那から渡って行った名です。『詩経』の中に既に出て居ま
す。それはどんな花ですか？議論は頗る多い。普通棠棣花
とされて居るものは今に「郁李」と云ふもので日本名は知り
ませんが兎角李の様なもので、著花期と花の形も李と同じ
く花は白色、只皆な割合に小さい丈です。実は小さいさく
らんぼの様なもの、子供は食べますが一般に果物とみとめ
ない。併し棠棣花は山吹であると云ふ人もあります。上海
では寒くなりました、室外には三十度位です。内山老版は
不相変漫談を一生懸命にかいて既に三十篇出来上って居ま
す。私共は皆な安全です。　草々頓首

　　　　　　　　　　　　　魯迅 一月十七夜

山本夫人几下

[译　文]

　　拜启:惠函收到了。我是散文式的人,任何中国诗人的
诗,都不喜欢。只是年轻时较爱读唐朝李贺的诗。他的诗晦

涩难懂,正因为难懂,才钦佩的。现在连对这位李君也不钦佩了。中国诗中,病雁难得见到,病鹤倒不少。《清六家诗钞》[2]中一定也有的。鹤是人饲养的,病了便知道;雁则为野生,病了也没人知道。棠棣花是中国传去的名词,《诗经》中即已出现。至于那是怎样的花,说法颇多。普通所谓棠棣花,即现在叫作"郁李"的;日本名字不详,总之是像李一样的东西。开花期与花形也跟李一样,花为白色,只是略小而已。果实犹如小樱桃,孩子们是吃的,但一般不认为是水果。然而也有人说棠棣花就是山吹[3]。上海已冷,室外约三十度。内山老板依然在拚命写漫谈,已成三十篇。我们均平安。草草顿首

鲁迅　一月十七夜

山本夫人几下

＊　　　＊　　　＊

〔1〕　此信据《大鲁迅全集》第七卷编入。

〔2〕　《清六家诗钞》　清刘执玉编选,收清诗人宋琬、施闰章、王士禛、赵执信、朱彝尊和查慎行六人的诗作。

〔3〕　山吹　日本花名,又写作"棣棠"。

350125_(日)　致　增　田　涉

十八日の御手紙落掌致しました、十竹齋箋譜第一册は二月末に出来る筈です。予約価は一册四元五角。あとの三册は今年一ケ年中、完了する予定ですが併し若しゴタゴタな

事があったら、延期、或は休刊します。

　字をかく事は、若しその拙さを問題としないなら造作も
ない事です。八十歳の先生の雅号、紙の大さ（広さと長さ；
横にかくか、たてにかくか）を知らせて下さればかきます。

　『四部叢刊』はとくも完了したもので中止はしなかった。
『續編』の第一年分も昨年の十二月に完了しました。『二十
四史』は少々緩慢だけれども毎年出版して居ます。四分の
三までも送ったのですから代価全部払ったに違いない。ど
うしてあとの四分の一を送らないのかどうもわけが解らな
い。注文者の氏名及び住址を知らせて下さればその書館に
聞いて上げます。

　『文学』は僕から書屋に頼んだのです。若し僕から送ると
時々なまけて、おくれるからと思って本屋にたのみました。
二月号には僕の『病後雑談』が出るはづで、それは原文の五
分の一、あとの五分の四は皆な検査官にけされたのです。
つまり拙作の首です。

　検査官の中に頗るモガが居ます。彼の女達（これは明治
時代のかきかた）は僕の文章をわからないで手を入れるか
ら、やられるものは頗る気持がわるい。上手な勇士は一刀
で致命な処に中て敵を殺す。然るに彼の女達は小刀を持っ
て背中や尻などの皮膚にちくちく刺すので血が出て体裁も
わるいけれども刺されるものは中々たおれない。たおれな
いけれども兎角気持がわるいから困ります。

　木の実君はそんなに小姐画像をおすきですか。こんな小

姐君はつまらないものです。近い内に字と一所に人の気持
をわるくするまで、けばけばした画像を送りましゃう。

　　上海は寒くない、併し又流感流行。

　　答問——

活咳、活該の誤り、意味は「あたりまえ」、そのなかに「自業
　　自得」、「惜むに足らず」の意を含む。天津語。

蹩扭＝葛藤、意見投合せず、合はない、天津語。

老闆＝老板＝商店の主人、然し戸主に対してもそう云ふ、
　　上海語。

瘪、一番訳しにくい。最初の意味は「ペッチャンコ」の風
　　船玉が、中の空気の四分の三まで漏れる時の有様を形
　　容する時にこの字を使ふ。引伸して精神萎靡を形容
　　し、又、人の愉快でない時の有様、飢餓した腹を形容す。
　　上海語。又「小瘪三」と云言葉あり、これは無能で零落
　　し、まさに乞食にならう人なり。併し乞食になれば正
　　式の乞食の称号を得て小瘪三の類からのぞかれる。

　　　　　　　　　　　　　　　　洛文　上　一月二十五夜

増田学兄炬燵下

［译　　文］

　　十八日惠函收到。《十竹斋笺谱》第一册二月底可成，预
约价每册四元五角。余三册拟于今年内完成。如有遇到动乱
的事，则延期或休刊。

　　写字事，倘不嫌拙劣，并不费事，请将那位八十岁老先

生[1]的雅号及纸张大小（宽、长；横写还是直写）见告，自当写奉。

《四部丛刊》早已成书，并未中断。《续编》第一年部分已于去年十二月完成。《二十四史》稍为缓慢，但每年亦在出书。四分之三既已寄去，必定是书款全部付清，真不明白为何其余四分之一又未寄出。请将预约者姓名、住址示知，以便向书店查询。

《文学》是我托书店寄的。如由我寄，就怕懒散而常有迟误，故托了书店。二月号将刊登我的《病后杂谈》，仅原文的五分之一，其余五分之四都被检查官删掉，即是拙作的头一节。

检查官中颇有些摩登女郎，彼の女達[2]（这是明治时代的写法）对我的文章看不懂就动手，删得叫人不舒服。高明的勇士，一刀便击中要害，置敌于死地，然彼女流辈手持小刀，对着背上或屁股的皮肤乱刺，流着血，样子也难看，但被刺者不易于倒下，虽不倒下，总使人厌恶难受。

木实君竟如此喜欢小姐的画像吗？那些小姐没啥意思。日内将我写的字和令人难受，花里胡哨的画像一并寄奉。

上海不冷，又流行着流感了。

答问——

活咳。活该之误，意为"当然"，其中又含有"自作自受"、"不足惜"之意。天津话。

蹩扭＝纠葛、意见不合、合不来。天津话。

老闆＝老板＝商店主人，但对户主也可这么称呼。上海话。

瘪。最难译。最初的意思是形容压扁的气球泄气四分之
三的样子时,使用此字。引申到形容精神的萎靡、郁闷
的表情、饥饿的肚子等。上海话。又另有"小瘪三"的
名词,这指没有能力谋生,而将沦落为乞丐的人,但若
成为乞丐,就正式称乞丐,就从"小瘪三"的类型划出。

洛文 上 一月二十五夜

增田学兄被炉几^[3]下

※ ※ ※

〔1〕 指今村铁研(1859—1939),日本岛根县人。增田涉的表舅,
乡村内科医生。

〔2〕 彼の女達 日语,意思是"她们"。

〔3〕 被炉几 日本特有的四周围着棉被、当中有暖炉的"几",可
供双脚取暖。

350206(日) 致 增 田 涉

一月卅日の手紙拝見しました。木実女士の傑作は中々
「一笑的東西」ではない。もう頭から棒四本引いて手脚とす
る様な境界から脱出して頗る写実的になって居ます。顔の
かき方も端正になって居ます。唐美人の絵をばもうもとめ
ましたが僕の字が出来たら一所に送ります。

ところが、こちの海嬰男士は中々の不勉強家で本をよみ
たくなく、始終兵隊の真似をして居ます。残酷な戦争の活

動写真を見たらびっくりして少しく静かになるだらうと思って一週間前につれて見せましたらもう一層さかんにやり出した。閉口。ヒトラーの徒の多きも蓋し怪むに足らざるなりだ。

　白話の信を読みました、処々日本的な句があるけれども大抵解ります。たゞ二三句解りにくい。実に支那の白話そのものは未成形のもので外国人には云ふまでもなく書きにくいものです。呉君と云ふ人はよく知りませんが併し返事の中に引かれて居る所の議論を見れば頗る言ふに足らない人だと思はれます。第一、僕は『幽黙は都会的だ』と云ふ説に賛成しない、支那の農民の間は幽黙を使ふ時は都会的小市民よりも多い。第二、日本の切腹、身投を幽黙的に見えるのはどう云ふわけだらう？ 事物を厳粛的に見、或は書くのは無論甚だ結構な事だが、併し眼光を小さい範囲内に置いてはいけない。第三、露西亜の文学に幽黙なしとは事実と反対だ。今でも幽黙作家が居ります。呉君はもう自満して居るらしい、しからば、一人のプチ・ブル作家にとゞまるだらう。僕から見れば手紙をやってもよい結果はないだらう。

　併し近頃、同君の故郷（安徽）には赤軍が入りました、その家族は上海に逃て来てる様です。

　『台湾文藝』は面白くないと思ふ。郭君は何か云ふだらう。この先生は自分の光栄の古旗を保護するに全力を尽す豪傑です。

昨日は立春、始めて雪が降りました、併したゞちにとけて仕舞ひました。僕は食ふ為めに或る本屋の頼に応じて他人の小説を選択して居ます、三月中旬頃完了します。昨年の末に短評一冊出版しました、別封して一冊送ります。今年には尚ほ二冊の材料(皆昨年かいたもの)を持って居るから少なくとも二冊出版するだらう。

洛文　上　二月六夜

増田兄炬燵下

[译　文]

　　一月卅日信拜读。木实女士的杰作，决非"一笑的东西"。它已脱离从头上长出四根棍以当手脚的境界，成为颇写实的东西。脸的画法也端正。中国美人画已经去找了，我的字写好后一并寄上。

　　但我这里的海婴男士，却是个怎么也不肯学习的懒汉，不读书，总爱模仿士兵。我以为让他看看残酷的战争影片，可以吓他一下，多少会安静下来，不料上星期带他看了以后，闹得更起劲了。真使我哑口无言，希特拉有这么多党徒，盖亦不足怪矣。

　　白话信读过了。多处是日本式的句子，但大抵可以看懂，只有两三句还费解。实际上中国的白话文尚未成形，外国人自然不容易写的。我对吴君[1]不大熟悉，但从他的回信所发的议论看来，我以为此人是颇不足道的。第一，我不赞成"幽默是城市的"的说法，中国农民之间使用幽默的时候比城市的

小市民还要多。第二,把日本的切腹、投水等看做幽默,不知是何道理?严肃地观察或描写一种事物,当然是非常好的。但将眼光放在狭窄的范围内,那就不好了。第三,说俄国文学没有幽默,这与事实相反。即在目前也有幽默作家。吴君好像是自满的,如果那样,就停留在一个小资作家的地位了。依我看,同他通信也不会有什么好结果。

但最近,红军进入此君的故乡(安徽),据说他家的人逃到上海来了。

《台湾文艺》[2]我觉得乏味。郭君[3]要说些什么罢?这位先生是尽力保卫自己光荣的旧旗的豪杰。

昨日立春,初次下雪,但随即融化。我为糊口,应某书店之托,编选别人的小说,三月中旬左右可成。去年年底出版了一册短评集,已别封寄上一册。今年还有两册材料(都是去年写的),看来至少还可以出两本。

洛文 上 二月六夜

增田兄被炉几下

*　　　*　　　*

〔1〕 吴君　指吴组缃。

〔2〕 《台湾文艺》　中日文合刊,张星建编,1934 年 11 月 5 日创刊,台中台湾文艺联盟出版。该刊自第一卷第二号(1934 年 12 月)起连载顽铗所译增田涉的《鲁迅传》。

〔3〕 郭君　指郭沫若。他针对增田涉《鲁迅传》中涉及创造社的一些文字,在《台湾文艺》第二卷第二号(1935 年 2 月)发表了《〈鲁迅传〉

中的误谬》一文。

350227（日）　致　增　田　涉

　手紙二つ先後拝見。此頃、他人の小説を選択する為めに忙殺、鉄研翁のものは未かゝない、東京へ送りましょう。併し木の実君にさし上げる美人画は昨日老板にたのんで出しました。時装と古装両方ともありますが古装の方はあやしい、昔こんな着物を着て居たのでもないだらう。

　珠花の訂正は有難御座。私は劇曲の事をよく知らないが或は『牡丹亭』原本に『玩真』と云って後人これを実際上歌ふ時にいくらか改作して『叫畫』と題したのかも知りません。紀昀君の間違かも知りません。これも題目で、〜〜〜を取消す可きものでないと思ひます。併し固執もしない。

　「雅仙紙」と云ふ名を聞いた事がない。日本むきに特別に拵へたもの（名）だろう。支那には「畫心紙」か「宣紙」（宣化府で拵へてるから）と云ふものがある。『北平箋譜』に使って居るものは即ちこれです。此度もこれを使ひましゃう。

　三月号の『文学』に又私のものを一つ出します。矢張り大にけされましたが併し二月号の様にひどくはない。夏頃になったらけされた文句を皆な入れて一冊の何とか集を出さうかと思って居ます。

　上海はあたゝくなり、昨年から今まで雪は一度もふらなかった。変な事です。賤躯は不相変壮健でもないが死ぬそ

一な症候もない。

　海嬰の悪戯は頗る進歩した、近頃、活動写真を見て<ruby>ア<rt>・</rt></ruby><ruby>フ<rt>・</rt></ruby>イ<ruby>リ<rt>・</rt></ruby><ruby>カ<rt>・</rt></ruby>へ行たがって居ます、旅行費も二十銭くらい、あつめました。

洛文　拝　二月二十七日

増田兄几下

[译　文]

　来信两封先后拜读。近来为编选别人的小说,忙极。给铁研翁的字,还未写,以后寄到东京去罢。但送给木实君的美人画,昨已托老板寄出。时装古装均有,但古装奇异,古时也不一定穿这样的服装。

　对珠花的订正[1],很感谢。我对戏曲不大了解,或者是《牡丹亭》原本中称《玩真》[2],后人实际演唱时稍为改动,题为《叫画》。也许是纪昀君的失误[3]。我觉得这是题目,不应把〜〜〜取消。但我也不坚持。

　"雅仙纸"其名未曾听过,也许是为向日本出售而特制的东西(名称)罢。中国有"画心纸"或"宣纸"(因在宣化府[4]制造的)。《北平笺谱》用的就是这种纸,此次仍将用这种纸。

　三月号《文学》上又发表我一篇东西,照例被大加删削,但不如二月号那么厉害。我拟于夏天出一本集子,将所有被删文字,统统补进去。

　上海暖和起来了,从去年起至今未曾下过一次雪,真奇。贱躯如常,并不壮健,但也没有致命的症候。

　　海婴的顽皮颇有进步,最近看了电影,就想上非洲去,旅费已经积蓄了两角来钱。

洛文　拜　二月二十七日

增田兄几下

＊　　　＊　　　＊

　　〔1〕　对珠花的订正　《中国小说史略·清之拟晋唐小说及其支流》引录《阅微草堂笔记·如是我闻(三)》中的"珠花",经增田涉订正为"金钏"。

　　〔2〕　《牡丹亭》　全名《牡丹亭还魂记》,明代汤显祖著。《玩真》是其中的第十八出。

　　〔3〕　纪昀(1724—1805)　字晓岚,直隶献县(今属河北)人,清代文学家。他在《阅微草堂笔记·姑妄听之(三)》中将《牡丹亭》中的《玩真》一出称作《叫画》。

　　〔4〕　宣化府　应为宣城县,在今安徽省。

350323(日)　致　增　田　涉

　　東京からの御手紙はつきました。

　　今日僕の書いたやつ二つ内山老板にたのんで送りました。鉄研翁の一枚は一番先にかいたのだから反てまづいです。その包の中に貫休画の羅漢像一冊はいて居ます。大に縮小したものです。たゞ面白いと思ったから送ったので何の意味もないです。又別に文學季刊(四)一冊と『芒種』と『漫画生活』と二冊づゝ送りました。『芒種』は反林語堂のも

ので漫画生活は大に圧迫されて居る雑誌です。上海ではエ
ロチクの漫画の外はこんなもの、見本として。

洛文 拝上 三月二十三日

増田学兄几(?)下

[译　文]

　　从东京寄来的惠函已收到。

　　今天已将我写的字两件[1]托内山老板寄上,铁研翁的一
幅,因先写,反而拙劣。包中有贯休画的罗汉像一册[2],是大
为缩小后的东西,只觉得有趣才送给你,别无他意。此外又寄
奉《文学季刊》(第四期)一册,《芒种》和《漫画生活》各二册。
《芒种》是反对林语堂的刊物,《漫画生活》则是大受压迫的杂
志。上海除了色情漫画之外,还有这种东西,作为样本呈阅。

洛文 拜上 三月二十三日

增田学兄几(?)下

＊　　　　＊　　　　＊

　　〔1〕　指鲁迅为增田涉、今村铁研各书南宋郑思肖《锦钱余笑》中
诗一幅。

　　〔2〕　贯休(832—913)　俗姓姜,字德隐,号禅月大师,浙江婺州
(今兰溪)人,五代前蜀和尚,画家。他画的罗汉像,即《五代贯休画罗汉
像》,1926年杭州西泠印社据清乾隆拓本影印。

350409①(日)　致 山 本 初 枝 [1]

拝啓　四月一日の御手紙を拝見致しました。先日色々な
よい品物をいただいて有難ふ御座います。忙しい事となま
けて居る事で有平糖を食べて仕舞ったあとでも一言御礼を
申上げませんでした。何卒ゆるして下さい。上海はいやな
処になって居ます。昨年には雪が降らなかったし今年は一
向あたたかくもなりません。龍華の桃の花はもう咲きまし
たがあそこに警備司令部が陣取って居ますから頗る殺風景
な有様になって居るので遊びに行く人も少なかったらしい。
若し上野に監獄を建てたら、いくら花見に熱心な人も御免
を蒙むるのでしょう。上京したあと増田一世からも手紙を
もらひました。『中国文学』月報二号に講演の予告が出て居
ますから大に活躍して居る事と存じます。しかし文章のう
れない事は実に困ります。支那にも同じ事。今には何処で
も文章の時代でないらしい。上海の幾人の所謂る「文学者」
は霊魂を売っても毎月六十弗しかもらへません。大根か鰯
らしい値段です。私は不相変かいて居ますが、印刷されな
い時が多い、馬鹿げたものなら、出版をゆるされるが自分も
いやになって仕舞ふ、だから、今年は大抵翻訳をやって居ま
す。

魯迅　上 四月九日

山本夫人几下

[译 文]

拜启:四月一日惠函已拜读。日前承赐珍品多种,谢谢。因为忙而懒,有平糖[2]都吃完了,却连一句感谢的话都没说过,实在要请原谅。上海变成讨厌的地方了,去年不曾下雪,今年迄未转暖。龙华的桃花虽已开,但警备司令部占据了那里,大杀风景,游人似乎也少了。倘在上野盖了监狱,即使再热衷于赏樱花的人,怕也不敢问津了罢。收到过增田一世到东京后的来信。《中国文学》月报第二号上已登出他讲演的预告[3],想来是大为活跃。然而文章卖不出去,也委实为难。在中国也如此。现在好像到处都不是文章的时代。上海的几个所谓"文学家",出卖了灵魂,每月也只能拿到六十美元,似乎是萝卜或沙丁鱼的价钱。我仍在写作,但大多不能付印。无聊的东西倒允许出版,但自己都觉得讨厌。因此,今年大抵只做翻译工作。

鲁迅 上 四月九日

山本夫人几下

* * *

〔1〕 此信据《大鲁迅全集》第七卷编入。

〔2〕 有平糖 日语词,指十六世纪从西方传入的一种糖棍。

〔3〕 《中国文学》月报 即《中国文学月报》,后改名《中国文学》,竹内好编。1935 年 3 月创刊,1943 年停刊。东京中国文学研究会出版。该刊第二号刊有增田涉在东京中国文学研究会第五次例会上讲演

《吴组缃论》的预告。

350409^②（日）　致　増　田　渉

　三月卅日御手紙到着、先日『小品文と漫画』一冊送りました、中に呉組湘君の短文あり今度の態度はよいと思ひます。

　『文学季刊』四期を恵曇村へ送った事のある事は忘れました、誰かにやって下さい、中に鄭君の論文、元朝の商人と士大夫とが芸妓屋に於ける競争について記載する処が面白い。

　支那、日本、加ふるに毛唐の学者は『四庫全書』に対してこんなに有難がって居る事は私に実に解りかねます。こんどの記述はほんの一鱗半爪、もっと詳細に研究すれば不都合な処はまだ沢山発見するだらう。取捨も不公平であり、清初の反満派の文集の排斥される事は満洲朝だからまだよいとしても、明末の公安、竟陵両派の作品も大に排斥され、併し此両派の作者はあの時、文学上大に関係あるものであるのだ。

　『文学』三月号に出された拙文も大に刪削されて居る。つまり今の国民党の遣方は満洲朝とさう違はない、或は満洲人もあの時漢人からこんな方法を教へたのかも知れない。去年六月以来、出版物に対する圧迫は段々ひどくなり、出版屋も大に困って居り。新しい青年作家の創作に対する圧迫が殊にひどく関係あるの所を全くけされて、カラだけ残こ

る事屢々あり、こんな有様をくわしく、わからなければ、日本で「中国文学」を研究する事は随分隔膜に免かれないだらう。つまり、私達は皆な桎梏をはめてダンスをやって居るのだ。

併し私は近い内に昨年の雑文をあつめて、けされた処、禁止されたものを皆な入れて出版するつもりです。

『十竹齋箋譜』第一冊は近い内に出版します、二百部しか印刷しません、北平から送って来たら早速送り上げます。あとの三冊はどうですか、今の処では不明。北平箋譜はもう珍本となりました。売品としては只内山老板がまだ五部持って居るらしい。

さうして、これから、コロタイプで複製するつもりのものは、陳老蓮の『博古牌子』(酒令につかったもの)、明刻宋人の『耕織図』です。

洛文 上 四月九日

増田同学兄几下

[译　文]

　　三月卅日惠函收到。前几天曾寄上《小品文与漫画》[1]一册,其中有吴组缃君的短文,这次态度好了。

　　我忘记已寄过《文学季刊》第四期到惠昙村,就请送给别人罢。其中郑君的论文[2],有关元代商人与士大夫在妓院竞争的记载,很有意思。

　　中国、日本,加上西洋鬼子的学者对《四库全书》如此珍

视,实在难以理解。这次所记述的,只是一鳞半爪,如再详细研究,还可以发现很多不妥之处。并且还有取舍的不公,清初反满派的文集被排斥是由于满清之故,尚有可说;但明末公安、竟陵两派[3]的作品也大受排斥,而这两派作者当时在文学上影响是很大的。

《文学》三月号刊出的拙作,也大被删削。也就是说现在国民党的做法,与满清时别无二致,也许当时满洲人的这种作法,也是汉人教的。去年六月以来,对出版物的压迫步步加紧,出版社也大感困难。对于新的青年作家的作品,压迫特别厉害,常常把有关紧要之处全部删除,只留下空壳。在日本研究"中国文学",倘对此种情形没有仔细了解,就不免很隔膜了。就是说,我们都是带着锁链在跳舞。

但我最近在收集去年所写的杂文,拟将被删削的,被禁止的,全补加进去,另行出版。

《十竹斋笺谱》第一册,日内将出版,只印了两百部,等北平送来后当即奉寄。其他三册如何,现尚不得而知。《北平笺谱》已成珍本,只有内山老板处大概还有五部出售。

今后打算用珂罗版复制的,有陈老莲《博古牌子》(用于酒令的)和明刻宋人《耕织图》。

洛文 上 四月九日

增田同学兄几下

＊　　　＊　　　＊

〔1〕 《小品文与漫画》 参看351120信注〔3〕。其中收有吴组缃

的《幽默和讽刺》。

〔**2**〕 指郑振铎的《论元人所写商人士子妓女间的三角恋爱剧》。

〔**3**〕 公安派 参看 340602② 信注〔4〕。竟陵派，以湖北竟陵（今天门）人钟惺、谭元春首创的文学流派。主张抒写性灵，反对拟古，提倡幽深孤峭的风格。

350430（日） 致 增 田 涉

十三、二六日の手紙皆拝見；葉書と絵葉書もつきました。貫休坊様の羅漢は石ずりの方が却てよいと思ふ、肉筆の方は何んだか余にグロテスクで、極楽に行く時にこんな顔をして居る人々ばかりと遇ふと初の内は珍しいかも知らんが暫く立つと困ります。

石恪君の絵はよいと思ふ。

『小説史略』出版の運に遇ふた事は兎角満足します。そうして御尽力に感謝します。「共訳」は面白くない、矢張あなたの名前丈で結構です。序文の事は後でかきましゃう。

写真は一昨年のものは最新板です。今一所に送ります。

僕の字は五円の価値ある事は余りに滑稽です。実は僕はその字の持主が裱装費を使った事に対しても気の毒で堪まりません。併し鉄研先生からはもうもらったから、それで一段落としましゃう。そうして永久の借用として仕舞ひたい。そうして「『選集』の印税を貰らったら」でも何も送らないで下さい。さうでなければ荷物が多くなって転居するに

大に困ります。

　検閲がやかましいから『文学季刊』が翻訳を多く入れる外仕方がない、而してその為めに活潑な有様を失ひました。近頃の上海の出版物は大抵さうである。

　上海の文壇で失敗し所謂作家は頗る日本へ行って居る。こゝではそれを「入浴」或は「鍍金」と云ふ。近頃、上海の新聞に秋田雨雀様と一所に取った三四人の写真が出た、それも復活運動の一です。

洛文　上　四月卅日

増田兄几下

　上京して居るから私は彼処此処に行って几に濺って居るまいと思って居たが手紙を得て始めて矢張り引込んでると解った。此からは几のそばの疑問号を除く。

[译　文]

　　十三、二十六日来信均奉读。明信片与美术明信片也收到。关于贯休和尚的罗汉像，我认为倒是石拓的好，亲笔画似乎过于怪异，到极乐世界去时，如老遇到这种面孔的人，开始也许希奇，但不久就会感到不舒服了。

　　石恪[1]君的画我觉得不错。

　　《小说史略》有出版的机会，总算令人满意。对你的尽力，极为感谢。“合译”没有意思，还是单用你的名字好。序文日后写罢。

　　照片是前年的，算是最新版，现一并寄上。

我的字居然值价五元，真太滑稽。其实我对那字的持有者，花了一笔裱装费，也不胜抱歉。但已经拿到铁研先生的了，就算告一段落，并且作为永久借用了事。再有，即使"如得到《选集》[2]版税"，也请什么也别送我。否则，东西一多，搬家就太麻烦了。

因检查讨厌，《文学季刊》只好多用译作，因而也就没有活气。近来上海刊物，大抵如此。

在上海文坛失败的所谓作家，多往日本跑，这里称为"淴浴"或"镀金"。最近，上海报纸登了和秋田雨雀[3]先生合照的三四个人的照片，这也是复活运动之一。

洛文 上 四月卅日

增田兄几下

我原以为你上京后，会东奔西跑，难以凭几。但得来信后，才知你还呆在屋里。于是就把"几"字旁的问号删除了。

*　　　*　　　*

〔1〕 石恪　字子专，成都郫县(今属四川)人，五代、宋初画家。工佛道人物，风格刚劲，并作有多种讥刺豪门贵族的故事画。

〔2〕 《选集》　指增田涉、佐藤春夫合译的《鲁迅选集》。

〔3〕 秋田雨雀(1883—1962)　日本戏剧家。曾从事无产阶级文化运动。

350610(日)　致 增 田 涉

三日御手紙拜見。『支那小説史』序文呈上、忙しくてなま

けてるから滅茶苦茶、大なる斧削を乞ふ、名文になる程ま
で、大に面目一新になるまで。仕舞の方の社主の名は入れ
ていたゞく。

　近来は圧迫増加、生活困難の為め或は年取り体力減退の
為めか先よりもずっと忙しく感ずる。面白くもない。四五
年前の呑気な生活は夢の様に思はれる。こん気分は序文の
上にもあらはれて居ると思ふ。

　『訳者の言葉』は色々工夫してほめて居るから別に訂正す
る必要もない、只三ケ所誤植があるから訂正した。

　『孔子様』をもほめてくれ、そーして賛成した文章もある
事を聞いて大に安心、『文学月報』には掲載しない方がよい
だらう、その月報の安全の為めに。併し近着の分を読めば
溌刺の気がさう出て居ない様に思はれる。

　『支那小説史』のぜいたくな装訂は私の有生以来、著作が
立派な着物を着た第一回だらう。私はぜいたく本を嗜む。
到底プチ・ブルの為めか知ら。

　鄭振鐸君は支那の教授類中、よく勉強し動く人だが今年
燕京大学からおひ出された、原因不明。純学問的著作を余
りに出版しても近頃はよくないらしい。出版しない教授連
は怒るから。古今中外の（文学上の）クラシクを収羅して
『世界文庫』を出して居る、一月一冊。近い内に一ケ年分恵
曇村へ送るつもり、中に『金瓶梅詞話』（連載）あり、併し所謂
る「猥褻」な処は削されて居るだらう。しからざれば、出版
を許さないそーだ。

上海には女の裸足を禁止す。道学先生は女の素足を見て
も興奮するらしい、その敏感さは実に感心すべしだ。

『十竹齋』第一冊は少前に出版した、あの時送りつもりだ
ったが下さる或る一つの状袋に何とか館のやどやの名を書
いて居たから「彷徨」して仕舞た。今度は早速老版に頼んで
東京まで送ります。あとの三冊は来年の春まで完成する予
定だが併し結果どうなるか。

洛文 上 六月十日

増田兄几下

[译　文]

三日惠函奉悉。《中国小说史》序文呈上，由于忙和懒，写
得芜杂，祈大加斧正，使成名文，面目一新。结尾部分，请将社
长[1]名字放进去。

近来不知是由于压迫加剧，生活困难，还是年岁增长，体
力衰退之故，总觉得比过去烦忙，无趣。四五年前的悠闲生
活，回忆起来，有如梦境，这种心情，在序言中也有所流露。

《译者的话》多蒙费心赞扬，不必再加改动，只有三处误
植，已代为订正。

《孔夫子》[2]也承夸奖，据说还有赞同的文章，闻之颇为
安慰。《文学月报》[3]还是不登为好罢，为了它的安全。但读
它近来几期，觉得也没有什么泼辣气。

《中国小说史》豪华的装帧，是我有生以来，著作第一次穿
上漂亮服装。我喜欢豪华版，也许毕竟是小资的缘故罢。

郑振铎君是中国教授中努力学习和工作的人，但今年被燕京大学撵出来了，原因不明。连多出版纯学术的著作，近来似乎也不好了。因为没有出版著作的教授们有气了。他正搜集古今中外（文学上的）古典著作，编为《世界文库》出版，每月一册。日内拟将一年的寄到惠昙村，其中有《金瓶梅词话》（连载），但已删削所谓"猥亵"之处，据说否则不准出版。

上海禁止女人赤足。道学先生好像看见女人的光脚也会兴奋起来，如此敏感，诚可佩服。

《十竹斋笺谱》第一册，不久前出版，当时拟即寄奉，因你寄来的某个信封上写着什么旅馆名字，就"彷徨"起来了。这次随即托老板寄到东京。其余三册，预计明春可成，但不知结果如何。

洛文　上　六月十日

增田兄几下

＊　　　＊　　　＊

〔1〕　指三上於菟吉（1891—1944），日本小说家，赛楼社社长。

〔2〕　《孔夫子》　即《在现代中国的孔夫子》，后收入《且介亭杂文二集》。

〔3〕　《文学月报》　即《中国文学月报》。参看350409①（日）信注〔2〕。

350622（日）　致 增 田 涉

拜啓　十五日之御手紙昨日拜見。校正之為之生存に对而

は実に済無く思ふ。此な古文を取扱者は支那之職工亦困り
ます。活字亦無者多い。

選集に対しては僕になにも送る必要がないと思ふ。自分
は何の力も出さなかったから。若し何か下さなければ本屋
の方気が済無なら其の選集何冊かでよいです。版画は展覧
も出来ず貯蔵する所さへも難しくなるから詰り矢張反って
「一累」になるわけです。本なら知人にわけて仕舞から気持
がかるくなります。

岩波書店から送った選集二冊は一昨日到着しました。

妻、児に対する御挨拶感謝。小供は愈々悪戯者になって
来るから困ります。　草々

洛文　上　六月二十二日

増田兄几下

[译　文]

拜启：十五日惠函昨已奉悉。对于"校正之为之生存"，殊
感抱歉。处理此种古文，纵使中国工人也会有难处，铅字也缺
不少。

至于《选集》，我以为不必赠送我什么东西，因我没有出过
什么力，如书店觉得不送点什么过意不去，那就送几册《选集》
好了。版画既不能展览，连收藏的地方也难找，反而成为"一
累"，书则可分送朋友，心情轻松些。

岩波书店寄来《选集》二册，前日已收到。

　　谢谢对我妻儿的致意。孩子愈来愈淘气，真麻烦。　　草
草

　　　　　　　　　　洛文　上　六月二十二日

增田兄几下

350627(日)　致 山 本 初 枝 [1]

　　拝啓　御手紙をいただきました。御主人の元気はよろこ
ぶべき事と存じます。併し若し手術すればもう一層早くな
ほるだらうと思ひます。増田一世訳の選集も二冊送って来
ました。大変よく訳されて居ます。藤野先生は三十年程前
の仙台医学専門学校の解剖学教授で本当の名前です。あの
学校は今ではもう大学になって居ますが三四年前に友達に
たのんで調べましたがもう学校にはいられません。まだ生
きて居るかどうかも問題です。若し生きて居られるとした
らもう七十歳位だらうと思ひます。董康氏は日本で講演し
た事は新聞にても読まれました。彼れは十年前の法部大臣
で今では上海で弁護士をやって居ます。贅沢な本(古本の
複刻)を拵へる事によって頗る名高いです。支那では学者
とされて居ません。老版は母親が危くなったから国へ帰り
ましたが併し又よくなったと云ふのだから直に上海へもど
るだらうと思ひます。上海は梅雨期にはいりましたから天
気がわるくて困ります。私共は不相変元気の方ですが只私
は毎年やせて行きます。年も取り生活もますます緊張して

行くから仕方がない事です。友達の中に一二年やすんで養
生しようと勧る人も随分ありますが併し出来ません。兎角
死には至らないのだらうから先安心して居ます。此まへ下
さった手紙に天国の事を云ひなされました。実に言へば私
は天国をきらひます。支那に於ける善人どもは私は大抵き
らひなので若し将来にこんな人々と始終一所に居ると実に
困ります。増田一世訳私の『支那小説史』も植字して居ま
す。「サイレン社」から出版するので頗る贅沢な本にするつ
もりらしい。私の書いたものでこんなにかざり立てられて
世の中に現はれる事はこれで始めてです。

魯迅 上 六月二十七日

山本夫人几下

[译　文]

　　拜启：惠函奉到。得悉你的先生康复，可喜之至。但我认
为倘动了手术，会恢复得更快一些。增田一世翻译的《选集》
已寄到二册，译得极为出色。藤野先生[2]是大约三十年前仙
台医学专门学校的解剖学教授，是真名实姓。该校现在已成
为大学了，三四年前曾托友人去打听过，他已不在那里了。是
否还在世，也不得而知。倘仍健在，已七十左右了。董康[3]
氏在日本讲演的事已见诸报端。十年前他是司法部长，现在
在上海当律师。因印制豪华书籍（复刻古本）而颇有名，但在
中国算不得学者。老板因母亲病危归国，但闻病已痊愈，估计
即将返沪。上海已进入梅雨期，天气恶劣不堪。我们仍健康，

只是我年年瘦下去。年纪大了,生活愈来愈紧张,没有法子想。朋友中有许多人也劝我休息一二年,疗养一下,但也做不到。反正还不至于死罢,目前是放心的。前次惠函中曾提及天国一事,其实我是讨厌天国的。中国的善人们我大抵都厌恶,倘将来朝夕同这样的人相处,真是不堪设想。增田一世所译我的《中国小说史略》,也已发排,由"赛棱社"出版,好像准备出豪华版。我的书这样盛装问世,还是第一次。

鲁迅　上　六月二十七日

山本夫人几下

＊　　　　＊　　　　＊

〔1〕　此信据《大鲁迅全集》第七卷编人。

〔2〕　藤野先生　即藤野严九郎(1874—1945),鲁迅在日本仙台医学专门学校求学时的解剖学教授。

〔3〕　董康(1867—1947)　字绶经,江苏武进人。版本学家。北洋政府时期曾任大理院院长,司法总长,财政总长等职。抗战期间曾任汪伪政府官职。

350717（日）　致　增　田　涉

拝啓

近頃雑務の多い為め一の返事を今まで引のばして居ました。

平塚運一氏の事は存じて居ます。その作品も複製と小さ

いものなら少々持って居ます。

　『十竹齋箋譜』の翻刻は進んで居ますが二冊目の二十余枚が出来ました。初版はもうそう残って居ない様ですが私は持って居ます。平塚氏の分は私から寄贈します。

　併し来年全部揃ってから送りたい。少づつ、少づつやりだすと出版の経営上にも不便ですから、共働者達ににくまれます。黄元工房の一冊は特別なもので揃てから又取り戻して北平で装訂して上げるつもりです。

　日本に於ける紹介は揃てからの後に願ひたいものです。

　上海は大に暑く昨日は室内でも九十五度でした。汗をかかして『死せる霊魂』を訳して居ます。汗物かゆく、あたまが盆槍して居ます。

　本月の『経済往来』を見ましたか？ 中に長与善郎氏の『××と遇ふた晩』とか云ふ文章がのせられて居ます。僕に対しては頗る不満でしたが併し古風の人道主義者の特色は実にはっきり発揮して居ました。只、わざと買って読む必要もないと思ふ。

洛文　拝上 七月十七日

増田学兄几下

[译　文]

　　拜启：

　　近来杂务多,故复信耽搁至今。

　　平冢运一[1]氏,我是知道的。他的作品倘是复制品和小

件的,手头也有一点。

《十竹斋笺谱》的翻刻正在进行中,第二册完成了二十余幅。初版似已无甚留存,我处还有,平冢氏的一份,可由我寄赠。

我想明年全部出齐后送去,因为零星分送,在出版经营上很不方便,合作者也会不耐烦。黄元工房[2]的一册是例外。准备出齐后收回,送到北平装订好再寄奉。

在日本介绍此书,待书出齐后再拜托你。

上海大热,昨天室内已达九十五度,流着汗译《死魂灵》,痱子发痒,脑子发胀。

本月的《经济往来》[3]你看过没有?其中有长与善郎的文章《与××会见的晚上》[4],对我颇表不满,但的确发挥了古风的人道主义者的特色。只是不必特为去买来看。

洛文　拜上　七月十七日

增田学兄几下

*　　　*　　　*

〔1〕　平冢运一　日本版画家,增田涉的同乡。

〔2〕　黄元工房　增田涉的书斋名。

〔3〕　《经济往来》　综合性月刊,后改名《日本评论》。铃木利贞等编,1926年创刊,1952年停刊。东京日本评论社出版。

〔4〕　长与善郎(1888—1961)　日本作家。《与××会见的晚上》中的"××",指鲁迅。

350801（日）　致 増 田 渉

　八月二十二日の御手紙とく拝見しました。今にはもう黄元工房に胡坐かいて居るだらうと思ふからこれを恵曇村へ送ります。

　私にくれる『支那小説史』は未つかないけれども内山書店にはもう五冊来て居ます。一冊買って読みました、引用文の原文あり、注釈あり、其の上、字体も二通り使って居るから校正は困難だったはづです。感謝します。その一冊をば今はもう山本太太に送りました。でないと「彼の女」は屹度五円散財します、済まない事です。今日書店へ行って見たらもう一冊しか残って居ません。皆な私と知ってる人が買って行きました。実は老板がかはしたので大に宣伝してるらしいです。

　正宗氏の短文を読みました、同感です。その前に烏丸求女のものも出た事あり友達が其の切抜を送って来たから几下へ送ります。併し其の中に引用され、長与氏の書いた「棺に這りたかった」云々などは実に僕の云ふ事の一部分で、其時僕は支那にはよく極よい材料を無駄に使って仕舞ふ事があると云ふ事について話して居た。その例として「たとへば黒檀や陰沈木（日本の埋木らしいもの、仙台にあり）で棺をこしらへ、上海の大通りの玻璃窓の中にも陳列して居り蝋でみがいてつやを出し、実美しく拵へて居る。僕が通っ

て見たら実にその美事なやりかたに驚かされて這りたくな
って仕舞ふ」と云ふ様な事を話した。併しその時長与氏は
他人と話して居たか、或は外の事を考へて居たか知らんが
僕の仕舞の言葉丈取って「くらいくらい」と断定した。若し
だしぬけそんな事を言ふなら実は間が抜けてるので「險し
い、くらい」ばかりの処ではない。兎角僕と長与氏の会見は
相互に不快であった。

　『十竹齋箋譜』二冊目は半分程出来上った。景気がわるく
工人も暇ですから此本の進行が割合に速かった。その具合
にやって行けば来年の春頃に全部出来るはづです。平塚氏
の所はあの時屹度送ります。そうして別に陳老蓮の酒牌を
コロタイプ版で複製して居ます。僕等のこの仕事に対して
攻撃するものも頗るあり、つまり何故革命して死亡しない
でこんな事をやる乎と云ふのです。が、僕等は知らかほを
してコロタイプなどをやって居るのであります。

　『世界文庫』の為めに毎月ゴーゴールの『死せる魂』を翻訳
して居ます。一回分三万字しかないがむつかしいから殆ん
ど三週間か丶ります。汗物一杯、七月份のものも昨日やっ
と出来上丶たばかりです。

　『文学』(一号)論壇の『文壇三戸』は拙筆です。もう一つ
『幇閑から扯淡まで』を書いたが発表を許されなかった。扯
淡とはちょっと訳しにくい。云ふべき事なくて強いて云ふ、
幇閑する才能もなくて幇閑の事をやるの類です。

　　　　　　　　　　　　　　洛文　上　八月一夜

增田兄几下

[译　文]

八月二十二日惠函早已拜读。想来你现在已盘坐在黄元工房了,因此将此信径寄惠昙村。

所赠《中国小说史》尚未收到,但内山书店则来了五册。我先买一册来读。引用文中有原文、有注释,而且用了两种字体,校对想必是困难的,很感谢。我买的那一册,已经送给山本太太,否则她一定又要破费五元,那就抱歉了。今天到书店一看,书只剩一册,都是和我相熟的人买去的。其实是老板要他们买的,似乎在大做宣传。

读了正宗氏的短文[1],有同感。此前,还有乌丸求女的文章[2],朋友剪送给我,我转给你。但其中引用长与氏所写的"想爬进棺材去"云云,其实仅是我所说的一部分。当时我谈到中国常有将极好的材料胡乱糟蹋掉的事。作为一个例子,我说过这样的话:"如把黑檀或阴沉木(类似日本的埋木,仙台有)做成棺材,陈列在上海大马路的玻璃橱窗里,用蜡擦得发亮,造得十分美观,我经过那里一看,对那种巧妙的做法颇感惊奇,就想钻进去了。"然而那时候长与氏不知是正同别人谈着话呢,还是想着别的事情,只摘用我末尾的话,就断定"阴黯、阴黯"。假如突然就讲那样的话,那就实在太愚蠢,并不仅仅是什么"凶险,阴黯"的问题。总之,我和长与氏的会见,彼此都不愉快。

《十竹斋笺谱》第二册,完成了一半左右,由于营业萧条,

工人有暇之故,这书进行得较快。照此进行,明春可望全部完工。平冢氏处到时自当寄去。此外,陈老莲《酒牌》[3]正在用珂罗版复制。对我们这件工作,颇有些攻击的人,说是何以不去革命而死,却在干这种玩艺儿。但我们装做不知道,还是在做珂罗版之类的工作。

　　每月为《世界文库》翻译果戈理的《死魂灵》,一次虽只三万字,但因难译,几乎要花三星期时间,弄得满身痱子。七月份稿子直到昨天才刚刚完成。

　　《文学》(一号)中"论坛"栏的《文坛三户》是拙作。还写了一篇《从帮忙到扯淡》,不许发表。"扯淡"一词,较为难译。也就是没有可说而又强要说,既无帮闲的才能,又要做帮闲的事之类。

洛文　上　八月一夜

增田兄几下

＊　　　　＊　　　　＊

　　〔1〕　正宗　正宗白鸟(1879—1962),日本作家。他的短文,指《鲁迅与摩勒伊爱斯》,载1935年7月20日《读卖新闻》。

　　〔2〕　乌丸求女　未详。他的文章,即《鲁迅的寂寞的影子》。

　　〔3〕　《酒牌》　指《博古叶子》。作品系采用当时民间流行的酒令牌子的形式,故又称《酒牌》。

350911(日)　致 增 田 涉

御質問を大体解釈して置きました。只だ「河間婦」丈は保

留して居り其内手掛があるだろーと思ひます。

　小説史略は又再版の見込があるのですか、不思議です。

　今月の『作品』に亀井勝一郎氏の『××断想』が出て居ます。選集からの思想についてのものです。

　木の実君の御病気は何がですか？

　昨日新版『小説史略』一冊送りました。又『小説舊聞鈔』一冊の少丈増補したもの。

洛文　拜上　九月十一日

増田学兄几下

[译　文]

　你所提问题，大体都已解释，只"河间妇"[1]暂予保留，我觉得不久就会有线索的。

　《小说史略》还有再版的希望，真不可思议。

　本月的《作品》[2]刊登龟井胜一郎氏的《××断想》[3]，写的是有关《选集》中的思想。

　木实君的病怎样了？

　昨天奉上新版的《小说史略》一册，另一册是稍加增补的《小说旧闻钞》。

洛文　拜上　九月十一日

增田学兄几下

＊　　　＊　　　＊

　〔1〕　"河间妇"　唐代柳宗元《河间传》："河间，淫妇也，不欲言其

姓,故以邑称。"河间,今属河北。

〔2〕《作品》 文学杂志,驹沢文一编,1930 年 5 月创刊,1940 年 4 月停刊。东京作品社出版。

〔3〕 龟井胜一郎 参看 350912② 信注〔3〕。《××断想》,指《鲁迅断想》。

351017(美)　致　伊罗生〔1〕

Shanghai,China

Oct. 17. 1935.

Dear Mr. Isaacs.

　　In reply to your letter of Sept. 15, about the remuneration for the translation of my story "Gust of Wind", I wish to inform you that I have no desire to take the money you intend to send me, for the work above mentioned did take me no much time at all. I hope the said sum will be disposed at your will.

　　With thanks.

Truly yours,

Lusin.

[译　文]

伊罗生先生:

　　谨奉答九月十五日惠函,关于翻译我的小说《风波》,您要

给我的报酬,我是不取的。这事,我没有花多少工夫。我希望,此款由您随意处理。

谢谢。

鲁迅 一九三五年十月十七日,中国上海

＊　　　＊　　　＊

〔1〕 此信系茅盾起草,鲁迅用英文亲笔签名。

351025(日)　致 增 田 涉

　拝啓:十月一日の御手紙はとくに落掌しましたが、俗事紛繁の為めについに返事を今まで引延しました、実にすまない事です。

　却説:御質問の二点——

　支那の所謂「點數在六十點以上」を日本訳にすれば「丙等」とかけば一番解りよいだろうと思ひます。矢張り点数の事です。

　"尾閭"の事は頗る曖昧。解剖学上に"尾骶骨"と云ふ骨があり、だから"尾閭"とは——この辺です。

　そうして三四日前に十四日の手紙及び金十二円つきました。早速『中国新文学大系』を注文したが書価郵税共七元七角、丁度日本金十円です。まだ二円私の処に残されて居ますので外のもの御入用なら買って上げます、何時でも。その本は今まで六冊出版しましたがもう届けたか知

ら? 実は僕はよい本と思ひません。

『文学』十月号の『訳文』の紹介批評は別な人の書いたもの、論壇の二篇は拙作です。併し今度は『訳文』の休刊の為めに編輯者に不満を抱き十一月からは書かない事にした。

御宅の皆様の元気な事を聞いて大によろこび、然らば木実君の百日咳も直ったと思ふ。僕の方もまづ元気です。子供を先月から幼稚園へ入れましたが、もう銅貨は間食を買へるもんだと云ふ学識を習得しました。　草々

迅　拝上　十月廿五日

増田兄几下

［译　文］

　　拜启：十月一日惠函早已收到。因俗事纷繁，迟至今日奉复，甚歉。

　　却说所询二点——

　　中国的所谓"分数在六十分以上"，日语译作"丙等"，我想最易理解。仍是指分数的事。

　　"尾闾"，颇为暧昧，在解剖学上有叫做"尾骶骨"的骨，因此，所谓"尾闾"，就是这一部位。

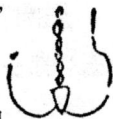

　　再，三四日前收到十四日信并日金十二元。《中国新文学大系》当即订妥，书价与邮费共七元七角，恰为日金十元，还有二元留在我处，如有其他需要的东西，随时可以代购。那部书，至今已出六册，不知寄到了没有？其实我不以为那是好书。

《文学》十月号对《译文》的评介[1]，是别人写的，"论坛"两篇则是拙作。但这次因《译文》休刊而对编者不满，从十一月起就不写稿了。

闻府上均健康，甚为欣慰，木实君的百日咳谅已痊愈。舍下也均健康，孩子从上月送进幼稚园，已学到铜板是可以买零食的知识了。草草

迅 拜上 十月二十五日

增田兄几下

* * *

〔1〕 指《诅咒翻译声中的译文》。孟林作，载《文学》第五卷第四期(1935 年 10 月)。

351203①（日） 致 增 田 涉

十一月二十二夜の手紙拜見。新文学何とか史は一册発見、午後老版に送る様にたのみました。尚ほ一円程残って居ります、後で何か買ひましゃう。

「日本の支那文学研究者に対する注文」は一向考へた事が無かった。今度假りに考へて見たら大抵つまらない事で言可き価値がない。だから書く事はよします。

上海は寒くなりました。自分は老衰したのか、本当に仕事が多くなったのか兎角忙しく感じます。今は神話などより題材をとって短篇小説を書いてますが成績はゼロだろう

と思ひます。

迅　拜上　十二月三夜

增田学兄几下

[译　文]

　　十一月二十二夜来信奉悉。新文学什么史[1]发现一册，已于午后托老板寄上，尚余一元左右，以后再买点什么罢。

　　至于"对日本的中国文学研究者的期望"[2]，从未想过，即使现在来考虑，也没有什么意思，不值一谈，因此不写了。

　　上海已转寒，不知自己是衰老还是工作多些，总感到烦忙。目前正以神话等作题材写短篇小说，成绩也怕等于零。

迅　拜上　十二月三夜

增田学兄几下

＊　　　＊　　　＊

〔1〕　指王哲甫的《中国新文学运动史》，参看 340618①信注〔5〕。

〔2〕　这是《中国文学月报》编者竹内好向鲁迅约稿的题目。

351203②（日）　致 山 本 初 枝[1]

　　拜啓　永しく御無沙汰致しました。今日子供に下さる有平糖を一ついただいて有難う御座います。上海は寒くなりました。此頃近所は隨分にぎやかくなったのに又謡言出来て多くの人が引越して仕舞ひ頗るさびしくなりました。

内山老板の店も割合にひまの様です。夜になると殊にしづかで田舎に居る様な気がします。もとの通りになるには又半ケ年くらいかかりましゃう。老板の『生ける支那の姿』は出版したが、まだ見本しか見えません。増田一世は東京から手紙をよこしたが今にはもう家に帰てるでしゃう。私は不相変忙しく、書かなければならない為めです。併し書く可きものがないから困ります。書きたいものは発表されない、近頃は大抵まづ何も考へないで、テーブルの前へ腰掛けて筆を手に押つける、そうすると何だか、わけの解らないものが自然に出て来て詰り矢張りいはゆる作文になるが人間も時に機械になる事が出来るものです。併し機械になったら頗るつまらないから仕方なく活動写真に行きます。が、よいものはない。先月にジャック・ロンドンの『野性のさけび』を見ましたが実におどろきました。もう其の小説とすっかり違って居ります。今度は名著から取る活動写真もこりこりになりました。小供はもう前歯がかへて居ます。秋から幼稚園へやりましたが銅貨は大切なものであると云ふ有難い学識を習得しました。同学が種々なものを買って食ふ事を見たからです。併し今度の謡言の為めに引越すものは多かったから今には同学はもう六人しか残って居ません。その幼稚園も何時までつづくか解りません。

　　　　　　　　　魯迅 拝呈 十二月三夜

山本夫人几下

[译　文]

　　拜启:久疏问候。你送给孩子的有平糖今日已经收到,甚感。上海已转寒。近来这一带正热闹起来,却又谣言四起,许多人搬走了,因此颇见冷清。内山老板的店里似乎也比较空闲。夜晚尤其静寂,仿佛在乡间一样。再要恢复原来样子,恐怕又须半年光景。老板的《活中国的姿态》虽已出版,但仅看到样本。增田一世曾自东京寄来一信,现已回家了罢。我仍很忙,因为不得不写。但苦于没东西可写,想写的则又不能发表。近来大抵是先什么都不想,在桌前一坐,把笔塞在手里。这样一来,自然而然地就写出了费解的东西,也就是说,做出了所谓的文章,有时人是可以变成机器的。一旦变成了机器,颇觉无聊,没办法,就去看电影。但电影也没有好的,上月看了杰克·伦敦的《野性的呼声》[2],大吃一惊,与原著迥然不同。今后对于名著改编的电影再不敢领教了。孩子在换门牙。从秋天起,送他进了幼稚园,他学到的宝贵知识是铜板有多么重要。因为看到同学在买各种东西吃的缘故。但由于这次的谣言,搬家者很多,现在同学只剩下六个,还不知道这个幼稚园可以维持到几时。

鲁迅　拜呈　十二月三夜

山本夫人几下

*　　　　*　　　　*

　〔1〕　此信据《大鲁迅全集》第七卷编入。

　〔2〕　《野性的呼声》　美国影片。

351207(德)　致　巴惠尔·艾丁格尔[1]

P. E. 先生：

十一月一日的信，我已收到。我所寄的中国纸，得了这样的一个结果，真是出于意料之外，因为我是将你的姓名和住址，明白的告诉了被委托者[2]的。里面还有 K. Meffert 刻的《Zement》的图画[3]，也不知道怎么样了。那么，纸已不能寄，因为我再找不出更好的方法了。

看来信，好像你已经寄给我木刻。但我也没有收到。

这一次，我从邮局挂号寄出一包，内仍是《Zement》一本，《Die Jagd nach dem Zaren》[4]一本，又有几种信笺，是旧时代的智识者们用的；现在也还有人用。那制法，是画的是一个人，刻的和印的都是别一个人，和欧洲古时候的木刻的制法一样。我希望这一回你能收到。至于现在的新的木刻，我觉得今年并没有发展。

Pushkin[5]的著作，中国有译本，却没有插画的。

你来信以为我懂俄文，是误解的，我的前一回的信，是托朋友代写的，这一回也一样。我自己并不懂。但你给我信时，用俄文也不要紧，我仍可托朋友代看，代写，不过回信迟一点而已。

〔十二月七日〕

*　　　*　　　*

〔1〕　巴惠尔·艾丁格尔(P. Ettinger)，当时寓居苏联的德国美

术家。

　〔2〕　指苏联对外文化协会。

　〔3〕　即德国木刻家梅斐尔德刻的《士敏土之图》。

　〔4〕　《Die Jagd nach dem Zaren》《猎俄皇记》,俄国民粹派女革命家斐格纳尔所著回忆录。这里指梅斐尔德为该书德译本所作的木刻插图,共五幅。

　〔5〕　Pushkin　即普希金。

360203(日)　致　增　田　涉

　拝啓　一月廿八日の御手紙拝見しました。僕らは皆な元気ですが忙しい人もありさわぐ人もあり兎角滅茶苦茶です。

　『新文学大系』の事は昨年きゝましたが本屋は一から九まで皆な送りましたと云ふが本当でしょうか? 御一報を待つ。うそだったら又きゝに行く。第十冊目は未出版して居ません。

　葉の小説は所謂「身邊瑣事」の様なものが多いから僕はすかない。

　『故事新編』は伝説などを書直したもの、つまらないものです。明日老板にたのんで送ります。

　『ドの事』は実は三笠書房から、たのまれて、広告用と云ふのだから書いたので、書房から改造社に送ったのです。書く前に僕が解る様に直してくれと頼めば何時もよいよいと

云ふが原稿を持って行けばそのまゝ出されて仕舞ふ。こん
な事は一度だけでなかった。もうこれから書かない方がよ
いと思って居ます。

　名人との面会もやめる方がよい。野口様の文章は僕の云
ふた全体をかいて居ない、書いた部分も発表の為めか、その
まゝ書いて居ない。長与様の文章はもう一層だ。僕は日本
の作者と支那の作者との意思は当分の内通ずる事は難しい
だろうと思ふ。先づ境遇と生活とは皆な違ひます。

　森山様の文章は読みました。林先生の文章は遂に読まな
かった、雑誌部に行ってさがしましたが売切かもうない。敝
国の田漢君は頗るこの先生に類似して居ると思ひます。田
君はつかまへられて放免しこの頃は大に南京政府の為めに
（無論、同時に芸術の為めに）活動して居ます。こうしても
かってですが只だ正義も真理も何時も彼れ田君のからだに
くついてまわって居ると云ふのだから少しくどうかと思ひ
ます。

　『十竹齋箋譜』の進行は中々おそい。二冊目未出来ない。

迅　拝上 二月三日

増田兄几下

[译　文]

　　拜启：一月廿八日惠函奉悉。我们都很健康，但有忙碌的
人，也有吵闹的人，总之是乱七八糟。

　　《新文学大系》的事，已于年前问过，书店说从一册至九册

均已寄出,未知确否?盼复,如不确,当再查询,第十册尚未出版。

叶[1]的小说,有许多是所谓"身边琐事"那样的东西,我不喜欢。

《故事新编》是根据传说等改写的东西,没啥意思。明天托老板寄上。

《陀的事》[2]本是受三笠书房之托,说要作广告之用才写的,书房又把它转给改造社。写前我曾托他们修改得好懂些,当时总满口应承,原稿一到手,就原封不动地登出来。这样的事已不止一次,我想今后最好是不写。

和名流的会见,也还是停止为妙。野口先生的文章[3],没有将我所讲的全部写进去,所写部分,恐怕也为了发表的缘故,而没有按原样写。长与先生的文章[4],则更加那个了。我觉得日本作者与中国作者之间的意见,暂时尚难沟通,首先是处境和生活都不相同。

森山先生的文章[5]读过。林先生的文章[6]终未读到,到杂志部去找,似已卖完。敝国的田汉君,我以为颇似这位先生。田君被捕,已获保释,现正为南京政府(当然同时也为艺术)大肆活动,尽管如此,却还说正义和真理随时都附在他田君身上,可就觉得有点问题了。

《十竹斋笺谱》的进行太慢,第二册尚未出版。

迅　拜上　二月三日

增田兄几下

＊　　　　＊　　　　＊

〔1〕　叶　指叶圣陶,参看本书附录一　1　致叶绍钧信注〔1〕。

〔2〕　《陀的事》　即《陀思妥耶夫斯基的事》。

〔3〕　野口　即野口米次郎。他的文章,原载1935年11月12日《东京每日新闻》。曾由流星抄译,题为《一个日本诗人的鲁迅会谈记》,载1935年11月23日上海《晨报·书报春秋》。

〔4〕　长与　即长与善郎。他的文章,即《与鲁迅会见的晚上》。载《经济往来》1935年7月号(日本评论社出版)。

〔5〕　森山　即森山启,日本作家。曾参加日本无产阶级文艺联盟。他的文章,指《文艺时评》,载日本《文艺》1936年2月号;该文竭力赞赏林房雄所作《当前日本文学中的问题——致鲁迅》。

〔6〕　林　指林房雄(1903—1975),日本作家。二十年代曾参加日本无产阶级文艺联盟和全日本无产者艺术联盟,1930年被捕后发表"转向"声明,拥护天皇制和军国主义。他的文章,指《当前日本文学中的问题——致鲁迅》,载日本《文学界》1936年1月号。

360320(日)　致 内 山 完 造

老板:

社会日報に「文求堂から『聊齋誌異列傳』が出版されて内山書店に到着して居る」と書いて有った。

それは本当ですか? 本当にあれば一冊下さい。

L 拝 三月廿日

[译　文]

老板：

《社会日报》载："文求堂出版的《聊斋志异列传》[1]已到内山书店。"

确否？ 倘确，请买一册。

L 拜 三月廿日

＊　　　＊　　　＊

〔1〕《聊斋志异列传》　指《聊斋志异外书磨难曲》，清代蒲松龄著，路大荒编注，1935 年东京文求堂出版。这里所引的消息，见 1936 年 3 月 20 日《社会日报》。

360328(日)　致　增　田　涉

二十一日の御手紙は落掌しました。恵曇村から出したのもとくにつきましたが直東京へ出発するだろーと思って返事をよこさなかった。『故事新編』の中に『鑄劍』は確に割合に真面目に書いた方ですが、併し根拠は忘れて仕舞ひました、幼い時に読んだ本から取ったのだから。恐らく『呉越春秋』か『越絶書』の中にあるだろーと思ひます。日本の『支那童話集』之類の中にもある、僕も見た事があったとおぼえて居ます。

日本には何だか此頃、非常に「全集」と云ふ言葉をすく様だ。

『鑄劍』の中にはそう難解な処はないと思ふ。併し注意しておきたいのは、即ち其中にある歌はみなはっきりした意味を出して居ない事です。変挺な人間と首が歌ふものですから我々の様な普通な人間には解り兼るはづです。三番目の歌は実に立派な、壮大なものですが、併し「堂哉皇哉兮噯々唷」の中の「噯噯唷」は淫猥な小曲に使ふこえです。
ア　アョー

私もよろこんで五月上旬か中旬頃を待って居ます。上海も五六年前の上海とは大に違ったが併し「心気転換」の薬として使ふ事はただ出来るかも知れない。僕はとくに昔のア・パ・ー・ト・に居ない、それは内山老板にきけば今度のア・ド・レ・スを知らせます。

今月の始めに疲労と寒さに対しての不注意の結果、急病にかゝり暫らく横って仕舞ひましたが此頃は殆んど恢復しました。不相変、翻訳などをやって居ます。

鄭振鐸君の活動方面は余りに多いから『十竹齋箋譜』の催促をなまけて居ました、が、此頃やっと第二冊目の彫刻がすみ、これから印刷にかゝります。来年でなければ全部（四冊）出来ないに違ひない。

迅　拝　三月二十八日

増田兄几下

[译　文]

二十一日惠函收到。由惠昙村发出的信，也早收到。我以为你即去东京，故未回信。《故事新编》中的《铸剑》，确是写

得较为认真。但是出处忘记了，因为是取材于幼时读过的书，我想也许是在《吴越春秋》或《越绝书》〔1〕里面。日本的《中国童话集》〔2〕之类中也有，我记得也是看见过的。

日本怎么搞的，最近好像很喜爱"全集"这个词儿。

在《铸剑》里，我以为没有什么难懂的地方。但要注意的，是那里面的歌，意思都不明显，因为是奇怪的人和头颅唱出来的歌，我们这种普通人是难以理解的。第三首歌，确是伟丽雄壮，但"堂哉皇哉兮嗳嗳唷"中的"嗳嗳唷"，是用在猥亵小调的声音。

我也欣慰地期待着五月上旬或中旬的到来。上海也和五六年前的上海大不相同，不过聊当"转换心情"之药，也未尝不可。我早已不住以前的公寓，问内山老板便知现在的住址。

本月初，因未注意疲劳和寒冷，致患急症，卧床多日，顷已大致痊愈，仍旧译作。

郑振铎君因活动过多，对《十竹斋笺谱》督促不力，但现在第二册总算刻好，即将付印，全部（四册）不到明年是出不成的。

迅　拜　三月二十八日

增田兄几下

＊　　　＊　　　＊

〔1〕《吴越春秋》　东汉赵晔撰，记述吴自太伯至夫差、越自无余至勾践的史事，收入不少民间传说。原书十一卷，今存十卷。《越绝书》，东汉袁康撰。记述吴越两国史地及重要历史人物的事迹，多采传

闻异说。原书二十五卷，今存十五卷。在《吴越春秋·阖闾内传》和《越绝书·越绝外传记宝剑》中均有《铸剑》故事的记载。

〔2〕《中国童话集》 日本池田大伍编译，1924 年东京富山房出版。

360330₍德₎ 致 巴惠尔·艾丁格尔

P. Ettinger 先生：

二月十一的信，并木刻三种，我早收到了，谢谢！

后来又收到同月十五的信。Kiang Kang—Hu's《Chinese Studies》[1]一本，已经由 Uchiyama Bookstore[2]挂号寄上。这价钱很便宜，我送给你，不要交换了。不过你再有要看的书，尽可托我来买，贵的时候，我会要你用别的东西交换的。

而且我觉得 Kiang 的书，实在不应该卖钱。他现在在上海讲学；他的著作，只可以给不明白中国实情的美国人看，或者使德国的批评家欢喜，我们是不注意它的。有一部 Osvald Sirén 的《A History of Early Chinese Painting》[3]，虽然很贵（约美金 40），然而我以为是很好的书，非 Kiang 的著作可比。

中国的青年木刻家并无进步，正如你所看见，但也因为没有指导的人。二月中，上海开了一回苏联版画展览会，其中的作品，有一家书店在复制，出版以后，我想是对于中国的青年会有益处的。

〔三月三十日〕

　　＊　　　　＊　　　　＊

　〔1〕　Kiang Kang‑Hu's《Chinese Studies》　江亢虎的《中国研究》。江亢虎(1883—1954),江西弋阳人。留学日本,先后任上海南方大学校长、国民党中央委员等职。

　〔2〕　Uchiyama Bookstore　内山书店。

　〔3〕　Osvald Sirén 的《A History of Early Chinese Painting》　澳斯瓦尔德·西林的《中国早期绘画史》(1933 年纽约出版)。澳斯瓦尔德·西林,瑞典艺术批评家。

360508（日）　致　内 山 完 造

老版：

　曹先生宛の本をわたしてくださいまし

L　拝　五月八日

［译　文］

老板：

　给曹先生的书〔1〕请转交。

L　拜　五月八日

　　＊　　　　＊　　　　＊

　〔1〕　指给曹白的《死魂灵百图》。

360723（捷）　致　雅罗斯拉夫·普实克〔1〕

J. Průšek 先生：

　前两天,收到来信,说要将我的《呐喊》,尤其是《阿 Q 正

传》，译成捷克文出版，[2]征求我的意见。这事情，在我，是很以为荣幸的。自然，您可以随意翻译，我都承认，许可。

至于报酬，无论那一国翻译我的作品，我是都不取的，历来如此。但对于捷克，我却有一种希望，就是：当作报酬，给我几幅捷克古今文学家的画像的复制品，或者版画（Graphik），因为这绍介到中国的时候，可以同时知道两个人：文学家和美术家。倘若这种画片难得，就给我一本捷克文的有名文学作品，要插画很多的本子，我可以作为纪念。我至今为止，还没有见过捷克文的书。

现在，同封寄上我的照相一张，这还是四年前照的，然而要算最新的，因为此后我一个人没有照过相。又，我的《在中国文学上的位置》[3]一篇，这是一个朋友写的，和我自己的意思并不相同；您可以自由取用，删去或改正。还有短序一篇[4]，是特地照中国旧式——直写的；但字太大了，我想，这是可以缩小的罢。

去年印了一本《故事新编》，是用神话和传说做材料的，并不是好作品。现在别封寄呈，以博一笑。

专此布复，即请

暑安。

鲁迅 七月二十三日

再者：

此后倘赐信，可寄下列地址：

Mr. Y. Chou,

C/O Uchiyama Bookstore,

11 Scott Road,

　　Shanghai,China.[5]

　　但,我因为今年生了大病,新近才略好,所以从八月初起,要离开上海,转地疗养两个月,十月里再回来。在这期间内,即使有信,我也是看不到的了。

　　　　＊　　　＊　　　＊

　　〔1〕　雅罗斯拉夫·普实克(Jaroslav Průšek 1906—1980)　捷克斯洛伐克汉学家。1932 年为研究中国历史来我国收集资料,后通过文学杂志社与鲁迅联系。著有《中国,我的姐妹》、《中国的文学与文化》等。

　　〔2〕　指捷克文译本《呐喊》。收《阿Q正传》等八篇小说,普实克和诺沃特娜合译。1937 年 12 月布拉格人民文化出版社出版,为《人民丛书》之一。

　　〔3〕　《在中国文学上的位置》　即《鲁迅在中国文学上的地位——给捷克译者写的几句话》,冯雪峰作。在《工作与学习丛刊之二:原野》(1937 年 3 月 25)发表时署名武定河。

　　〔4〕　即《〈呐喊〉捷克译本序言》,后收入《且介亭杂文末编》。

　　〔5〕　英语:“中国,上海,施高塔路十一号,内山书店转,周豫先生”。

360726(日)　致 内 山 完 造

老版:

　　『壊孩子』の紙型を費君に渡して下さい

　　　　　　　　　　　　　L 拝　七月廿六日

［译　文］

老版：

《坏孩子》〔1〕的纸型请交费君〔2〕。

L 拜 七月廿六日

*　　　*　　　*

〔1〕　《坏孩子》　即《坏孩子和别的奇闻》。

〔2〕　费君　即费慎祥。

360828（日）　致 须藤五百三〔1〕

须藤先生几下：

　熱は随分さがりました。昨日の五度九分の前は手紙を書いて居たので睡眠したのではない。

　腹が時々張って少々、いたい。瓦斯が多い。（アスピリンを飲まなかった前から、さうであった。）

　咳嗽は減少、食欲はかわり無し、睡眠はよいです。　草草頓首

鲁迅 八月廿八日

［译　文］

须藤先生几下：

　热退了不少。昨天五度九分之前在写信，不曾睡觉。

腹部有时发胀,隐隐作痛,不断出瓦斯。（未服阿司匹灵之前便是如此。）

咳嗽减少,胃口如旧,睡眠很好。草草顿首

鲁迅 八月廿八日

＊　　　＊　　　＊

〔1〕　须藤五百三　日本医生。早年曾任军医,1911 年后在朝鲜任道立医院院长,1917 年退役后来华,在上海开设须藤医院。

360906(日)　致 鹿 地 亘[1]

鹿地様:

拙作の選択に関する事はあなたの主張に同意します。実に言へば自分は此の問題について考へた事は無かったのです。

只、『コールヴェッツ画集序目』一篇は無くてもよいと思ふ。日本にはもっと、くわしい紹介があったとおぼえて居ます。併し若し既に訳了したなら入れてもよい。中に引用して居る永田氏の原文は『新興芸術』にあるのですら同誌を一所に送ります。

版画の解釈をも翻訳しますか? これをも訳すなら、説明の2、『窮苦』の条下に「父親が小孩一人を抱き」の「父親」を「祖母」と改正して下さい。別の複製の絵を見たらどうしても女性らしい。Dielの説明にも祖母だと云って居る。

ほかの随筆を加へた方がい〻と思ふ。併しその事は張君
と商談して下さい。僕も同君に一度たのんだ事があるので
す。

鲁迅 九月六日

[译　文]

鹿地先生：

关于拙作的编选,同意你的主张。其实,我从未考虑过这
个问题。

不过,我以为没有《〈珂勒惠支版画选集〉序目》这篇也好。
记得在日本已有更详细的介绍了。不过倘已译好,收进去亦
可。其中引用永田氏的原文[2],登在《新兴艺术》[3]上,现将
该杂志一并送上。

版画的解释是否也要翻译? 倘需译出,请将说明之二《穷
苦》[4]条下"父亲抱一个孩子"的"父亲",改为"祖母"。我看
别的复制品,怎么看也像是女性。Diel[5]的说明中也说是祖
母。

我觉得加进其他随笔为好。但此事请与张君[6]一商,因
为我也曾拜托过他。

鲁迅 九月六日

＊　　　＊　　　＊

〔1〕　鹿地亘(1903—1982)　日本作家。1935 年来上海,经内山
完造介绍认识鲁迅。当时拟编译《鲁迅杂感选集》。

〔2〕　永田　即永田一修(1903—1927)，日本艺术评论家。鲁迅所引他的文章，即《世界现代无产阶级美术的趋势》，载《新兴艺术》第七、八号合刊(1930 年 5 月)。

〔3〕　《新兴艺术》　日本美术理论月刊，田中房次郎编，1929 年创刊，东京艺文书院出版。

〔4〕　《穷苦》　《凯绥·珂勒惠支版画选集》中的第二幅画。

〔5〕　Diel　即第勒，德国美术家。

〔6〕　张君　指胡风。

360907⁽德⁾　致　巴惠尔·艾丁格尔

Paul Ettinger 先生：

　　我已经收到你 Aug^[1]十三的信，你通知我收到 Sirén 的书^[2]的那一封信，也早收到的。但我从五月起，接连的生病，没有力气，所以未曾去找朋友，托他替我写一封回信。

　　现在我又收到一本《波兰美术》，谢谢你。但不知他们为什么不在图画下面写出这图的名目。我有一本《波兰美术史》，图上也没有名目，看起来有时很气闷。我想，你看那没有说明的中国画时，恐怕往往也这样的。

　　我极希望你有关于中国印的《Sovietic Graphics》^[3]的批评，倘印出，可否寄我一份，我想找人译出来，给中国的青年看。不过这一本书的材料，是全从今年在上海所开的"苏联版

画展览会"里取来的。在这会里,我找 Deineka[4] 的版画,竟一幅也没有。我很想将从最初到现在的苏联木刻家们的代表作集成一册,介绍给中国,但没有这力量。

Лусин.[5]

〔九月七日〕

*　　*　　*

〔1〕 Aug 英语:八月。

〔2〕 Sirén 的书 即西林的《中国画论》。据鲁迅 1936 年 5 月 4 日日记:"以《中国画论》寄赠 P. Ettinger。"

〔3〕《Sovietic Graphics》 即《苏联版画集》。

〔4〕 Deineka 德尼克,苏联版画家。

〔5〕 Лусин 鲁迅的俄译名。

360915(日)　致 增 田 涉

增田兄:

九日の手紙拝領。『大地』に関する事は近内に胡風に見せます。胡仲持の訳はあてにならないかも知りません。併し若しさうだったら作者に対して実によくない事です。

僕は不相変熱に注射に須藤先生……実は病気がどうなって居るか不明だ。併し体は先より肥えて来て居る。

徐懋庸輩に対する文章(力がないから四日間かかった)は

仕方がないから書いたのである。上海にはこんな一群が居るので何かあったらぢきそれを利用して自分の為めの事をするから一寸打撃を与へたのです。

洛文　拜上　九月十五日

[译　文]

增田兄：

九日来信奉到。关于《大地》[1]的事，日内即转胡风一阅。胡仲持[2]的译文，或许不太可靠，倘如是，对于原作者，实为不妥。

我依旧发热，请须藤先生注射……病情如何，实不可知，但身体却比以前胖了起来。

对徐懋庸辈的文章[3]（因为没有气力，花了四天工夫），是没有办法才写的。上海总有这么一伙人，一遇到发生什么事，便立刻想利用来为自己打算，故略为打击一下。

洛文　拜上　九月十五日

＊　　　　＊　　　　＊

〔1〕《大地》　长篇小说，美国赛珍珠著，胡仲持译。1933年开明书店出版。

〔2〕　胡仲持（1900—1967）　浙江上虞人，翻译工作者。曾任上海商务印书馆编辑。

〔3〕　指《答徐懋庸并关于抗日统一战线问题》。

360922 (日)　致　増　田　渉

　景宋に代って答え致します。彼はもう十年以上、「書録」と関係しないから、御尋に対して何も答る事が出来ない。一定のすまひがなくなって以来、多量の本を持つ事が困難であった。だから時々散って行き今は自分の撰訳も少しか持たなかった。今に云へるのは、只:

　一、死魂霊(第一部)　　一九三五年十一月初板
　二、同　　　一百図　　一九三六年四月版

　欧美訳のものに対しては今まで誰も気をつけなかった。大抵のものは作者にも知らせません、いわんや、その本を送る事をや。

魯迅 上 九月二十二日

増田兄几下

[译　文]

　　代景宋奉复:他已十多年与"书录"没有关系,故对你的询问,什么也答不出。自失去固定住处以来,难携大量的书,因而时有散佚,现在连自己著译的书也很少。目前说得出的只有:

　　一,《死魂灵》(第一部)　　一九三五年十一月初版。
　　二,同上　　　一百图　　一九三六年四月版。

　　对欧美的译作,至今谁也不注意。大抵连作者也不通知,

更谈不上送书。

鲁迅　上　九月二十二日

增田兄几下

360928⁽捷⁾　致　雅罗斯拉夫·普实克

J. Prušek 先生：

八月二十七日的信，我早收到了；谢谢您对于我的健康的关心。

我同意于将我的作品译成捷克文，这事情，已经是给我的很大的光荣，所以我不要报酬，虽然外国作家是收受的，但我并不愿意同他们一样。先前，我的作品曾经译成法、英、俄、日本文，我都不收报酬，现在也不应该对于捷克特别收受。况且，将来要给我书籍或图画，我的所得已经够多了。

我极希望您的关于中国旧小说的著作，早日完成，给我能够拜读。我看见过 Giles[1] 和 Brucke[2] 的《中国文学史》，但他们对于小说，都不十分详细。我以为您的著作，实在是很必要的。

郑振铎先生是我的很熟识的人，去年时时见面，后来他做了暨南大学的文学院长，大约是很忙，就不容易看见了，但我当设法传达您的意思。

我前一次的信，说要暂时转地疗养，但后来因为离不开医师，所以也没有离开上海，一直到现在。现在是暑气已退，用不着转地，要等明年了。

　　专此布复,并颂

秋安。　　　　　　　　　　　鲁迅　上　九月二十八日

*　　　*　　　*

　　〔1〕　Giles　翟理斯(1845—1935),英国汉学家。著有《中国文学史》,1911 年出版。

　　〔2〕　Brucke　疑为 Grube,葛鲁贝(W. Grube,1855—1908),德国汉学家。著有《中国文学史》,1902 年出版。

361005(日)　致 增 田 涉

増田兄:

　　九月三十日信収到。

　　『小説舊聞鈔』序文末段の意味は御解釈の通りです。詰り:(一)羅は元人、(二)確にこんな人があって或る作者の変名でない事です。

　　『支那印度短篇小説集』は出版元から一冊送って来ました。草々頓首

　　　　　　　　　　　　　　　　　　洛文 十月五日

[译　文]

増田兄:

　　九月三十日信收到。

　　《小说旧闻钞》序文[1]末段的意思,正如你所解释的。

即:(一)罗[2]是元朝人,(二)确有其人,而不是某作者的化名。[3]

《中国印度短篇小说集》[4],出版社已送来一册。

草草顿首

洛文 十月五日

＊　　　＊　　　＊

〔1〕《小说旧闻钞》序文　指《〈小说旧闻钞〉再版序言》,现收入《辑录古籍序跋集》。

〔2〕　指罗贯中(约 1330—约 1400),山西太原(一说钱塘或庐陵)人,元末明初小说家。著有《三国志通俗演义》、《三遂平妖传》等。

〔3〕　指鲁迅在《〈小说旧闻钞〉再版序言》末段中提到的马廉。

〔4〕《中国印度短篇小说集》　即《支那印度短篇集》,佐藤春夫编译,1936 年东京河出书房出版,为《世界短篇杰作全集》第六卷。

361011(日)　致 增 田 涉

增田兄:

阿庚＝A. Agin、露人、十九世紀なかば頃の人、絵を画いたもの;雕版者は培爾那爾特斯基(E. Bernardsky)、亦同時代の露人。

梭可羅夫＝P. Sokolov、亦露人、Agin と同時代。

班台萊耶夫＝L. Panteleev。

竪琴＝Lira、作者＝理定(V. Lidin)、出版年＝1932、出版所＝良友圖書公司。1936 年に『一天的工作』と合装して『蘇聯

作家二十人集』となる、出版所同前。

壊孩子及其他、出版年 1936、出版所 ＝ 聯華書店。

洛文 拝 十月十一日

[译　文]

增田兄：

阿庚＝A. Agin，俄国人，是十九世纪中叶的人，画家；雕版者是培尔那尔德斯基（E. Bernardsky），也是同时代的俄国人。

梭可罗夫＝P. Sokolov，亦俄国人，与 Agin 同时代。

班台莱耶夫＝L. Panteleev。

《竖琴》＝Lira，作者＝理定（V. Lidin），出版年份＝一九三二，出版所＝良友图书公司。于一九三六年和《一天的工作》合装成《苏联作家二十人集》，出版所同前。

《坏孩子及其他》[1]出版年是一九三六年，出版所＝联华书店。

洛文 拝 十月十一日

＊　　　＊　　　＊

〔1〕《坏孩子及其他》　即《坏孩子和别的奇闻》。

<h1 style="text-align: center">361014（日）　致增田涉</h1>

『俄羅斯的童話』は一九三五年出版です。

401

『十月』は中篇小説、原著者はヤコヴレーフ（A. Yakovlev）、
出版所は神州國光社。出版年は本を持ってないから明瞭で
ない、大概一九三〇年頃だらうと思ふ。

　　西崽と云ふ名詞があります。

　　　西＝西洋人の略称；崽＝仔＝小供＝ボーイ。

　　　だから西崽＝西洋人に使はれて居るボーイ（專ら支那
　　　人を指して云ふ）。

　　　　　　　　　　　　　　　洛文　上 十月十四日

增田兄几下

[译　文]

　《俄罗斯的童话》出版于一九三五年。

　《十月》是中篇小说，原著者为雅各武莱夫（A. Yakovlev），
出版所是神州国光社。出版年份，因手头无书，不详，大概是
一九三〇年左右。

　西崽这名词是有的。

　　西＝西洋人的略称，崽＝仔＝小孩＝boy。

　　　因此西崽＝西洋人使唤的 boy（专指中国人）。

　　　　　　　　　　　　　　　洛文　上 十月十四日

增田兄几下

361018(日)　致　内　山　完　造

老版几下：

　　意外な事で夜中から又喘息がはじめました。だから、十時頃の約束がもう出來ないから甚だ済みません。

　　お頼み申します。電話で須藤先生に頼んで下さい。早速みて下さる様にと。草々頓首

L 拜 十月十八日

[译　文]

老版几下：

　　没想到半夜又气喘起来。因此，十点钟的约会去不成了，很抱歉。

　　拜托你给须藤先生挂个电话，请他速来看一下。　草草顿首

L 拜 十月十八日

1 致叶绍钧^[1]

聊印数书,以贻同气,所谓相濡以沫[2],殊可哀也。

*　　　*　　　*

〔1〕 此则据收信人所作《挽鲁迅先生》诗(载 1936 年 11 月《作家》第二卷第二号)后自注编入。原无标点。

叶绍钧,字圣陶,江苏吴县人,作家、文学研究会成员。著有长篇小说《倪焕之》及短篇小说多种。

〔2〕 相濡以沫 语见《庄子·天运》。

2 致母亲^[1]

上海前几日发飓风,水也确
寓所,因地势较高,所以毫无
。此后连阴数日,至前日始
,入夜即非夹袄加绒绳背心
来,确已老练不少,知道的事
的担子,男有时不懂,而他却十
吵闹,幼稚园则云因先生不
往乡下去玩,寻几个乡下小

稍得安静,写几句文章耳。

亦安好如常,请勿念为要。

随叩 九月二十九日〔一九三三年〕

＊　　　＊　　　＊

〔1〕　此信原件残缺。

3　致高　植[1]

我很抱歉,因为我不见访客已经好几年了。这也并非为了别的,只是那时见访的人多,分不出时间招待,又不好或见或不见,所以只得躲起来,现在还守着这老法子,希谅察为幸。

＊　　　＊　　　＊

〔1〕　此则据志淳作《鲁迅一事》(载 1948 年 12 月 29 日上海《大公报·大公园》)所引编入。原信写于 1933 年 12 月 9 日。

高植(1910—1960),安徽芜湖人,翻译工作者。当时在南京中央大学就读,1934 年毕业后在南京中山文化教育馆任编译员。

4　致刘　岘[1]

一

河南门神一类的东西,先前我的家乡——绍兴——也有,

也帖在厨门上墙壁上,现在都变了样了,大抵是石印的,要为大众所懂得,爱看的木刻,我以为应该尽量采用其方法。不过旧的和此后的新作品,有一点不同,旧的是先知道故事,后看画,新的却要看了画而知道——故事,所以结构就更难。

木刻我不能一一批评。《黄河水灾图》第二幅最好;第一幅未能表出"嚎叫"来。《没有照会那里行》倒是好的,很有力,不过天空和岸上的刀法太乱一点。阿Q的像,在我的心目中流氓气还要少一点,在我们那里有这么凶相的人物,就可以吃闲饭,不必给人家做工了,赵太爷可如此。

《呐喊》之图首页第一张,[2]如来信所说,当然可以,不过那是"象征"了,智识分子是看不懂的,尺寸不也太大吗?

二

《The Woodcut of Today》[3]我曾有过一本,后因制版被毁坏,再去购买,却已经绝版了。Daglish[4]的作品,我是以英国的《Bookman》[5]的新书介绍栏所引的东西,加以复制的,没见过他整本的作品。Meffert[6]除《士敏土》外,我还有七幅连续画,名《你的姊妹》,前年展览过。他的刻法,据Kollwitz所批评,说是很有才气,但恐为才气所害,这意思大约是说他太任意,离开了写实,我看这话是很对的。不过气魄究竟大,所以那七幅,将来我还想翻印,等我卖出了一部分木刻集——计六十幅,名《引玉集》,已去印——之后。

来信所举的日本木刻家,我未闻有专集出版。他们的风气,都是拚命离社会,作隐士气息,作品上,内容是无可学的,

只可以采取一点技法,内山书店杂志部有时有《白卜黑》(手印的)及《版艺术》(机器印的)出售,每本五角,只消一看,日本木刻界的潮流,就大略可见了。

三

《孔乙己》的图[7],我看是好的,尤其是许多颜面的表情,刻得不坏,和本文略有出入,也不成问题,不过这孔乙己是北方的孔乙己,例如骡车,我们那里就没有,但这也只能如此,而且使我知道假如孔乙己生在北方,也该是这样的一个环境。

四

欧洲木刻,在十九世纪中叶,原是画者一人,刻者又是一人,自画自刻,仅是近来的事。现在来刻别人的画,自然无所不可。但须有一目的:或为了使其画流的更广;或于原画之外,加以雕刀之特长。

五

バルバン和ハスマッケール[8]的作品,我也仅在《世界美术全集》中见过,据说明,则此二人之有名,乃因能以浓淡,表现出原画的色彩来(他们大抵是翻刻别人的作品的);而且含有原画上所无之一种特色,即木刻的特色。当铜版术尚未盛行之时,这种木刻家是也能出名的。但他们都不是创作的木刻家。

六

《引玉集》随信寄去,一册赠给先生,一册请转交 M.K.木刻研究会。

七

《解放的 DQ》一图,印刷被人所误,印的一塌胡涂,不能看了。

*　　　　*　　　　*

〔1〕 这里的前五则据收信人作木刻《阿 Q 正传》(1935 年 6 月未名木刻社出版)的后记所引编入。这些信约写于 1934 年至 1935 年间。后两则据收信人作《鲁迅与木刻版画》一文(载 1947 年 10 月《文艺春秋》月刊第五卷第四期)所引编入。

刘岘(1915—1990),原名王之兑,字慎思,笔名刘岘,河南兰封(今兰考)人,木刻家。当时是上海新华艺专学生,无名木刻社成员。

〔2〕 《呐喊》之图 据收信人回忆,指木刻画集《呐喊》。其中包括《阿 Q 正传》、《孔乙己》、《风波》和《白光》四篇小说的四组木刻画。"首页第一张"综合刻有《呐喊》各篇小说的主要人物。

〔3〕 《The Woodcut of Today》 全名《The Woodcut of Today at Home and Abroad》,即《当代国内外木刻》。英国霍姆编,1927 年伦敦摄影有限公司出版。

〔4〕 Daglish 达格力秀(1892—1966),曾是伦敦动物学会会员,所写动物学著作,附有自作木刻插图。

〔5〕 《Bookman》 即《文人》。

〔6〕　Meffert　即梅斐尔德。

〔7〕　《孔乙己》的图　指刘岘的木刻连环画《孔乙己》,连载《读书生活》第二卷第三期至第十二期(1935 年 6 月至 10 月)。

〔8〕　バルバンとハスマツケール　据收信人回忆,即巴蓬和哈斯马格耳,两人均为法国版画复制家。

5　致　钱杏邨^{〔1〕}

一

此书^{〔2〕}原本还要阔大一点,是毛边的,已经旧主人切小。

二

至于书面篆字,实非太炎先生作,而是陈师曾所书,他名衡窓,义宁人,陈三立先生之子,后以画名,今已去世了。

＊　　　＊　　　＊

〔1〕　这里的两则据收信人所作《鲁迅书话》一文(载 1937 年 10 月 19 日《救亡日报》)所引编入。引文中注明的写信日期分别为 1935 年 2 月 12 日、1936 年 4 月 30 日。

钱杏邨(1900—1977)　笔名阿英,安徽芜湖人,文学家。太阳社主要成员。

〔2〕　这里和下则所说的书,均指《域外小说集》第一册。

6　致　尤炳圻[1]

日本国民性,的确很好,但最大的天惠,是未受蒙古之侵入;我们生于大陆,早营农业,遂历受游牧民族之害,历史上满是血痕,却竟支撑以至今日,其实是伟大的。但我们还要揭发自己的缺点,这是意在复兴,在改善……内山氏的书,是别一种目的,他所举种种,在未曾揭出之前,我们自己是不觉得的,所以有趣,但倘以此自足,却有害。

＊　　　　＊　　　　＊

〔1〕　此则据1936年8月开明书店出版收件人译《一个日本人的中国观·译者附记》所引编入。《一个日本人的中国观》,即内山完造著《活中国的姿态》。据鲁迅日记,此信当写于1936年3月4日。

尤炳圻(1912—1984),江苏无锡人,当时留学日本,在东京帝国大学研究院研究英国文学及日本文学。

7　致　刘岘鄂[1]

木刻究竟是刻的绘画,所以基础仍在素描及远近,明暗法,这基础不打定,木刻也不会成功。

＊　　　　＊　　　　＊

〔1〕　此则据唐诃作《鲁迅先生和中国新兴木刻运动》一文(载

1936年北平中国大学《文艺动态》创刊号)所引编入。据鲁迅日记,此信当写于1934年3月22日。

刘辫鄂(1913—1938),刘玮,字辫鄂,河南信阳人。当时是上海美术专科学校学生。

8　致曹聚仁[1]

倘能暂时居乡,本为夙愿;但他乡不熟悉,故乡又不能归去。自前数年"卢布说"流行以来,连亲友竟亦有相信者,开口借钱,少则数百,时或五千;倘暂归,彼辈必以为将买肥田,建大厦,辇卢荣归矣。万一被绑票,索价必大,而又无法可赎,则将撕票也必矣,岂不冤哉。

*　　　*　　　*

〔1〕　此则据收信人作《鲁迅先生》一文(载1936年10月25日《申报周刊》第一卷第四十二期)所引编入。

9　致端木蕻良[1]

一

一般的"时式"的批评家也许会说结束太消沉了也说不定,我则以为缺点在开初好像故意使人坠入雾中,作者的解说也嫌多,又不常用的词也太多,但到后来这些毛病统统

没了。〔2〕

二

　　但肺病对于青年是险症；一到四十岁以上，它却不能怎样发展，因为身体组织老了，对于病菌的生活也不利的……五十岁以上的人，只要小心一点，带着肺病活十来年，并非难事，那时即使并非肺病，也得死掉了，所以不成问题的……

＊　　　　＊　　　　＊

　　〔1〕　这里的两则据收信人作《永恒的悲哀》一文(载1936年11月5日《中流》半月刊第一卷第五期)所引编入。分别写于1936年9月22日、10月14日。

　　端木蕻良(1912—1996)，原名曹坪，辽宁昌图人，作家。

　　〔2〕　据收信人回忆，这段话是针对他的短篇小说《爷爷为什么不吃高粱米粥》而说的。

10　致　希仁斯基等〔1〕

亲爱的希仁斯基、亚历克舍夫、波查尔斯基、莫察罗夫、密德罗
　辛诸同志：

　　收到你们的作品，高兴之至，谨致谢忱。尽管遇到了一些麻烦，我们终于使这些作品得以在上海展出。参观者有中国年青的木刻家、学习艺术的大学生，而主要的则是上海的革命

青年。当然,展览会颇获好评,简直轰动一时! 连反动报刊对你们的成就亦不能保持沉默。顷正筹划把这些作品连同其他苏联版画家的作品一并翻印,盖中国革命青年深爱你们的作品,并将从中学习获益。遗憾的是我们对你们所知甚少,可否请你们分别为我们撰写各自的传略,并代为设法找到法复尔斯基和其他苏联著名版画家的传略。在此谨预致谢意。

兹奉上十三世纪及其后刊印的附有版画的中国古籍若干册。这些都出于封建时代的中国"画工"之手。此外还有三本以石版翻印的书,这些作品在中国已很少见,而那三本直接用木版印刷的书则更属珍品。我想,若就研究中国中世纪艺术的角度看,这些可能会使你们感到兴趣。如今此类艺术已濒于灭亡,老一辈艺人正在"消失",青年学徒则几乎根本没有。在上一世纪的九十年代,这种"版画家"就已很难找到(顺便说说,他们虽也可称作版画家,实则并不作画,仅只在木板上"复制"名画家的原作);流传至今的只一种《笺谱》,且只限于华北才有,那里的遗老遗少还常喜欢用它写毛笔字。但自版画角度看,这类作品尚能引起人们的一定兴趣,因为它们是中国古代版画的最后样品。现正纠合同好,拟刊印一部《北平笺谱》,约二月间问世,届时当为你们寄上。

可惜我与苏联艺术家、木刻家协会无直接联系。希望我寄赠的能为苏联全体版画家所共享。

新版画(欧洲版画)在中国尚不大为人所知。前年向中国年轻的左翼艺术家介绍了苏联和德国的版画作品,始有人研究这种艺术。我们请了一位日本版画家讲授技术,但由于当

时所有"爱好者"几乎都是"左翼"人物,倾向革命,开始时绘制的一些作品都画着工人、题有"五一"字样的红旗之类,这就不会使那在真理的每一点火星面前都要发抖的白色政府感到高兴。不久,所有研究版画的团体都遭封闭,一些成员被逮捕,迄今仍在狱中。这只是因为他们"模仿俄国人"! 学校里也不准举行版画展览,不准建立研究这种新艺术的团体。当然,你们一定明白,这种镇压措施会导致什么后果。难道"贵国"的沙皇能扼杀革命的艺术? 中国青年正在这方面坚持自己的事业。

　　近来我们搜集到五十多幅初学版画创作的青年的作品,应法国《观察》杂志的记者绮达·谭丽德(《人道报》主编的夫人)之请,即将寄往巴黎展览,她答应在展览之后即转寄苏联。我想,今年夏天以前你们便可看到。务请你们对这些幼稚的作品提出批评。中国的青年艺术家极需要你们的指导和批评。你们能否借这机会写些文章或写些"致中国友人书"之类? 至所盼望! 来信(请用俄文或英文)写好后可由萧同志转交(萧同志即萧三,莫斯科国际革命作家联盟的工作人员,莫斯科红色教授学院的学生)。

　　希望能和你们经常保持联系。致以
革命的敬礼!

　　　　　　　　　　　　鲁迅 一九三四年一月六日
　　　再:我本人不懂俄文,德文略知一二。此信是由我的朋友 H[2](曹亚丹同志不在上海)代译为俄文的。我殷切地盼望着你们的回信,但又担心自己不能阅读,因为代

我翻译的这位朋友很难与我晤面,我们见面的机会极少。因此,倘有可能,请用德文或英文,因为比较容易找人翻译。文章则可以用俄文写,我可请曹君翻译。

此外,邮包中还附有几本新出的中国杂志,请连同下面的短简一并转寄给莫斯科的萧同志。

＊　　　　＊　　　　＊

〔1〕　此信原见柯尔尼洛夫作《鲁迅给列宁格勒版画家们的信》(载 1959 年 12 月 24 日《版画》第六期),现据俄文重译编入。

希仁斯基等均为苏联版画家,参看《集外集拾遗·〈引玉集〉后记》。

〔2〕　H　指何凝,即瞿秋白。

11　致 冈察洛夫〔1〕

尊敬的冈察洛夫同志:

信及木刻十四幅收到,谢谢。读来函知前所寄之《引玉集》未收到,可惜。现二次再寄一本,收后望示知。致克氏〔2〕函望费神转交。

祝

好。

L. S. 十月二十五日

＊　　　＊　　　＊

〔1〕　此信由曹靖华用俄文起草,并译为中文一并寄给鲁迅,后因故未寄出。

冈察洛夫(А. Гончаров，1903—？)，苏联插图画家，代表作有《浮士德》《十二个》等作品的插图。

〔2〕　克氏　即克拉甫兼珂(А. И. Кравченко，1889—1940)，苏联版画家。

12　致　克拉甫钦珂[1]

尊敬的克拉甫钦珂同志：

收到你的信及木刻，谢谢。《引玉集》未收到，很可惜。现再寄上一册，寄莫城 V[2]，尊夫人收转。前所寄《引玉集》不知其他作家收到否？在本集内可惜只有先生一幅木刻，因为我们收到的只有那唯一的一幅。现除寄上《引玉集》一册外，并寄上《近一年来中国青年木刻集》一册(即《木刻纪程》)。

祝好。

L. S. 上 十月二十五日〔一九三四年〕

*　　　*　　　*

〔1〕　此信据鲁迅所藏曹靖华手札编入。按该信系曹靖华按照鲁迅的要求代为拟稿，并译成俄文，由鲁迅寄出。

〔2〕　V　指苏联对外文化协会。

附 录 二

答增田涉问信件集录

说　明

本件据 1986 年日本汲古书院出版的《鲁迅增田涉师弟答问集》辑编。

1932 年至 1935 年间，增田涉在翻译鲁迅的《中国小说史略》及编译日文版《世界幽默全集·中国篇》、《鲁迅选集》等的过程中，经常就疑难问题函询鲁迅。对增田涉所询问题，鲁迅有些在回信中答复或随信另纸解答，多数在提问的原件上直接批复（随函附寄或单独邮寄）。这些答问件，除据增田涉生前赠送的原信照片已收入本卷的几封信的附件外，其余均未发表。增田涉去世后，他的学生伊藤漱平、中岛利郎等将这些答问件整理编辑，影印出版。

这次收录时对若干问题作如下处理：

一、在本卷"致外国人士部分"已收入的有关答问信及附件，仍保留原样不变，本件中不再重出（见 321219、330625、331007、331113、341214 信）；其余的参照日版的编排，分为《关于〈中国小说史略〉》、《关于〈世界幽默全集·中国篇〉》、《关于〈鲁迅选集〉及〈小品文的危机〉》三部分，各按所提问题在原作中出现的先后排序（其中所标《中国小说史略》的页码为

1931 年上海北新书局出版的修订本页码）。

二、为便于查检，本件所收答问，关于《中国小说史略》的，均以问题所在篇为单元分节编号，并注明篇名。关于其他作品的，以作品名立目编号。

三、本件中的附图，有的为鲁迅解答时所画，有的为增田涉提问时所画，均保持原样，后者注明"增田画"。

四、鲁迅用日文答复的成句段的文字，将日文附印于相应的译文之后，以供参阅。

关于《中国小说史略》

——〔1〕

30 页 3 行

司天之九部及帝王之囿时

问："天之九部"是否指九天的各部？

答：是。

问："囿时"＝园囿。"時"字照旧，还是改作"畤"？"畤"是小丘之意吗？

答：照旧写作"畤"，在其下加注"'畤'之误（？）"，如何？"畤"系祭神之处的一定场所。然此处由于是上帝（即神）之"畤"，故只可释为宴飨诸神的地方。

【このままに書いて、其の下に（畤の誤リ？）と注したら何（どう）です。畤は神を祭る処の一定の区域（場所）。併し

ここでは上帝(既に神)の時ですから諸神を饗宴する場所と
解く外なし。】

32 页 3、4 行

天子赐奔戎畋马十驷,归之太牢……

问:"归之太牢"的"之"是指"奔戎"吗?

答:是。

问:"太牢"是牛? 还是牛、猪、羊?

答:是牛,不是牛、猪、羊。

问:"归"是归附＝赠品(副奖)之意吗?

答:归顺之意。

33 页最末行

……羿焉弹日? 乌焉解羽?

问:"乌"＝金乌。"解"是金乌为羿射后,羽毛融化即割截之意
吗?

答:不是割截。神话中有一座飞鸟来解(脱落)羽的山。
当然未必是"乌",也未必为羿所射。然此处似"乌"(金乌即
"日之精")为羿射后,羽毛脱落的样子。恐由上句联想而来
罢?

【神話に飛鳥が来て其の羽毛を解ける(脱落する)山有
り。必ず鳥でもなく羿に射られたわけでもない。併しここ
では烏(金烏＝日の精)が羿にいられて羽毛が脱落した様に
使用したらしい。上句から聯想したのでしょう?】

35 页倒数 2 行

又善射钩……

问："射钩"是射箭还是占卜命中？

答：不是射箭。"钩"＝阄。把某件小东西藏入箱内什么的，让人猜（＝射），谓"射钩"。"射"者不直接称呼物品名称，只讲一句谜语之类的话。例如，当某人说完"时时居家中，满腹有经纶"后，打开匣子一看，倘若其中那东西是蜘蛛，便算猜中。"善射钩"是精于此技的意思。

【鈎＝鬮。或る小さい物品を箱か何かの中に入れて或る人に当らせる（＝射）ことを「射鈎」と云ふ。射る人は其の物品の名を直接に言はない。謎の様なことを云ふ。例へば「時々家の中央に居、満腹の経綸あり」と云って箱を開けて見ると、その中にあるものは蜘蛛であれば、的中とする。「射鈎に善す」とはその芸に上手で即ちよく的中することなり。】

36 页 5 行

今人正朝作两桃人立门旁……

问："正朝"是什么意思？

答：一月一日，元旦。

* * *

〔１〕 本节所答的问题，见于第二篇《神话与传说》。

二[1]

106 页

……禹授之童律，不能制；授之乌木由，不能制；授之庚辰，能制。鸱脾桓胡木魅水灵山袄石怪奔号聚绕，以数千载，庚辰以战（一作戟）逐去，颈……。庚辰之后，皆图此形者，免淮涛风雨之难。

问："之"是命之意吗？

答："之"＝征服无支祁之事。

【之＝無支祁を征服すること】

问："鸱脾桓胡木魅水灵山袄石怪"，这些怪物是禹手下的喽啰吗？

答：是！

问："载"是年之意吗？

答：也有版本写作"计"。或可在此字下注"一作计"，译作"约有数千"。

【或る版本には「計」となって居ます。本文の下に（一作計）と入れて数千程と訳して居たらいいでしょう】

问："庚辰之后"是什么意思？

答：即庚辰之日。原文应作"庚辰之日"。"后"字殆作者故意误用。

【庚辰の日です。本文も「庚辰の日」とすべしだ。「後」とは作者の有意の誤だらう。】

这是伪古文，因此故弄玄虚。

【これは偽古文だからわざと間違だらけの様にして居るです。】

110 页

杜甫《少年行》有云："黄衫年少宜来数，不见堂前东逝波。"谓此也。

问："东逝"或"东逝波"是成语吗？"东"是什么意义上的用法？"水东流"的"东"吗？

答：中国大抵水向东流。"东逝波"接近于成语。

【支那には大抵水は東に流ると云ふ。まづ熟語らしく成て居ます。】

问：杜诗"黄衫年少"句等于"谓此也"，此种用法有何先例？抑或是先生的创造发明？

答：宋人已有此用法，并非我所发明。

【宋人既にそう考へました、私の発明ではないのです。】

问：此诗是杜甫读蒋防的《霍小玉传》后写成，还是据当时传说写成？

答：杜甫可能当时耳闻此事，未读蒋防文章。此也系宋人推测。

【杜甫が当時其事実を聴いただろうと云ふのです。蒋防の文章を見たのではない。それも宋人の推測。】

＊　　　＊　　　＊

〔1〕　本篇所答的问题，见于第九篇《唐之传奇文（下）》。

三[1]

122 页

铉字鼎臣……官至直学士院给事中散骑常侍,铉在唐时已作志怪……比修《广记》,常希收采而不敢自专……

问:"直学士院给事中"和"散骑常侍"两者是并列的吗?

答:不! 在学士院任(= 直)"给事中",且又成为"散骑常侍"。

【学士院を番(= 直)する給事中にして且つ散騎常侍なり】

问:"常"是平常还是尝?

答:常 = 尝 = 曾经。

以前有将两者通用的,但其实用错了。

【常 = 嘗 = かつて

昔はこの二字、通用することありけれども実は間違です。】

124 页 《江淮异人录》引文

成幼文为洪州录事参军……傅于头上,捽其发摩之,皆化为水……

问:"皆",指血还是指头?

答:头全部化作水,真是灵丹妙药。

【頭全部が皆な水に変化しました、実に神妙な薬です】

126 页　　洪迈《夷坚志》引文

奇特之事，本缘希有见珍，而作者自序，"乃甚以繁夥自熹，迄期急于成书，或以五十日作十卷，妄人因稍易旧说以投之，至有盈数卷者，亦不暇删润，径以入录"（陈振孙《直斋书录解题》十一云）。

问：以上作者自序是"乃……录"吗？还是"乃……自熹"，其后系陈某之言？

答："迄期"之后皆陈振孙所言。奇特之事，一向稀有，以为珍贵，然而据作者自序，以其甚多而洋洋自得。（据陈氏书录）一到迄期……

【迄期云々以下、皆な陳振孫の言を述べたのです。奇特のことはもとより希有を以て珍となされ、而して作者の自序によれば甚たその沢山であることを以ってうぬぼれ（陳氏の書録—によれば）迄期にいたると……】

126 页

惟所作小序三十一篇，什九"各出新意，不相复重"。

问："各出新意，不相复重"为《宋史》本传之语吗？

答：出自宋人随笔（赵令畤《侯鲭录》）。

【宋人の随筆による（趙令畤『侯鯖録』）】

127 页　《绿珠传》引文

……赵王伦乱常……秀自是谮伦族之……

问："族"是杀尽全族吗？全族一般指父母、本人、子孙抑或包括祖父、兄弟？

答：常＝纲常。三族，一为父母、伯叔，二为自身及兄弟，三为子女。也即祖父母的子孙（父母伯叔）、父母的子孙（自己及兄弟）和自己的子女，即构成"全族"。有"三族"与"九族"之分，晋朝大抵只株连三族。

【亦即ち祖父母の子孫（＝父母伯叔）、父母の子孫（自身及び其の兄弟）、自分の子女、即ち「全家」なり。三族と九族の分あり、晋朝は大抵只三族を誅す。】

129 页　《赵飞燕列传》引文

兰汤滟滟，昭仪坐其中，若三尺寒泉浸明玉。

问："三尺寒泉"＝兰汤？"明玉"＝昭仪？

答：是，是比喻。

130 页　《大业拾遗》引文

……长安贡御车女袁宝儿……昔传飞燕可掌上舞，朕常谓儒生饰于文字……学画鸦黄半未成……[2]

问："常"是平常还是尝？

答：曾经的意思。

问：鸦黄是额黄的意思吗？

答：是。

（增田画）

131 页　同上篇引文

……帝昏湎滋深，往往为妖祟所惑，……吴公宅鸡台，……方倚临春阁试东郭猊紫毫笔，书小研红绡作答江令"璧月"句……韩擒虎跃青骢驹拥万甲直来冲入……后主问帝："萧妃何如此人？"

问："吴公宅"、"鸡台"是地名吗？

答：〔3〕

问："小研红绡"中，"小"是形状小的意思吗？

答：是。

问："江令"是"江"地长官之意吗？

答：是，"江"指江总，太鼓寺文官。

【江は江総、太鼓持文臣だ】

问："万甲"是万兵的意思吗？

答：是。

问："萧妃"是隋炀帝的妃子吗？

答：是。

*　　　*　　　*

〔1〕　本节所答的问题，见于第十一篇《宋之志怪及其传奇文》。

〔2〕　此处原有关于"御车女"的解答，参看 331113 致增田涉信附件。

〔3〕　此处鲁迅未答。

四〔1〕

134 页　《唐太宗入冥记》引文

"……判官憷恶,不敢道名字。"帝曰:"卿近前来。"轻道:"姓崔,名子玉。"

问:判官"不敢道名字"?

答:不敢道判官的名字。

问:为何"不敢道名字"?

答:(唐太宗向那人打听判官姓名,那人说)"判官凶狠异常,不敢道其姓名"(说了判官要发怒之意),唐太宗说:"你靠近我悄悄地讲!"于是那人轻声说道:"姓崔,名子玉。"

【(唐太宗が其人に判官の姓名を聞くと其人が云ふに)「判官が非常にきびしいから、他の姓名を知らせることが出きない(云ふと判官が怒るの意)」帝曰く「しからば汝が余に近づいて窃に云へ!」是に於いて其人が小さい声で云には「姓は崔、名は子玉」と】

问:"姓崔,名子玉",是"卿"的姓名吗?

答:判官的姓名。

135 页　《梁公九谏》引文

第六谏

则天睡至三更,又得一梦,梦与大罗天女对手着棋,局中有子,旋被打将……

问:"局中有子"是局中有"意外的"子的意思吗?

答:不是。局中有子,但马上要被对方吃掉。旋,立即;将,败退。

【局中には子が有ったけれども直ちに人に取られて仕

舞ふ】

136 页　《梦粱录》记载

"小说"名"银字儿",如烟粉、灵怪、传奇、公案、朴刀、杆棒、发迹、变态之事……

答:[2]"烟粉"即娼妓、艺妓。"朴刀"、"杆棒"即舞刀弄棍,也即武术。

【＝娼妓、芸妓のこと。

刀を使ふこと、棍棒を弄ふこと＝武術】

问:"发迹变态"是发迹性变态乎?

答:否,乃发迹和变态之意。发迹指穷人突然变为富翁,变态指不按世态炎凉之常规罢。

【発跡は貧乏人が急に金持になること之類

変態は世態炎凉の一定なしの類ならん】

140 页　《五代史平话》引文

黄巢兄弟四人过了这座高岭,望见那侯家庄。好座庄舍!

问:"庄舍"是农家还是别墅?

答:侯家庄系村名,"庄舍"实指全村之屋舍。

【候〔侯〕家荘は村の名で、荘舍とは実に全村の家屋を指すのです。】

144 页　《西山一窟鬼》引文

又是哱嗦大官府第出身……

问:“咔嗻”是特伟大之意吗? 怎会有此种意思? 无字面意思的俗语吗?

答:是俗语,故词源不明。

【俗語ですから其の語源を云へない。】

*　　　*　　　*

〔1〕 本节所答问题,见于第十二篇《宋之话本》。

〔2〕 此条增田涉未问,鲁迅自作解释。

五〔1〕

148 页第 2 行

《错斩崔宁》、《冯玉梅团圆》两种,亦见《京本通俗小说》中,本说话之一科,传自专家。

问:因专家得以流传之意吗?

答:对。专家=说话人。

151 页　《取经记》引文

孩儿化成一枝乳枣

问:一根乳枣之枝? 指乳枣的树枝?

答:乳枣即枣。一枝枣树,其枝上有枣实。

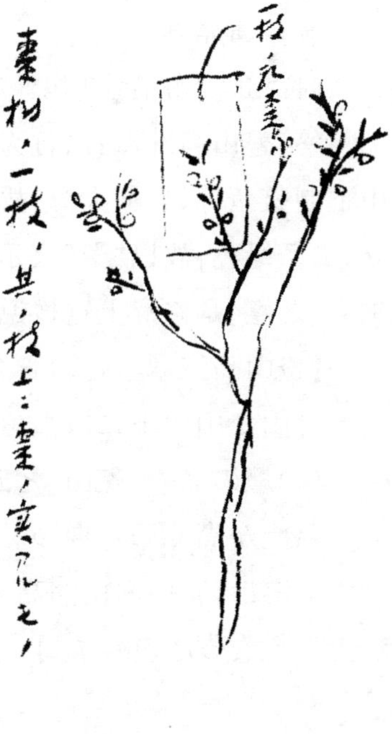

【乳棗は只、棗です。

棗樹の一枝、其の枝上に棗の実あるもの】

155页　《大宋宣和遗事》引文

那教坊大使袁陶曾作词，名做《撒金钱》

问："教坊大使"是官名？是取缔女乐士（或官妓？）的管理人？

答：是官名。教坊是官妓所居处，"教坊大使"即掌管那教坊的人。这是很不令人佩服的官吏。

【官名です。教坊は官妓の居る処、教坊大使は其の教坊をつかさどるものでどうも感心すべからざる役人です。】

155页末行

鳌山高耸翠

问："山"是群的意思吗？"耸翠"是成语抑或仅仅是耸的意思？

答：鳌山高耸翠：以竹为骨架，糊上彩纸作灯。其形似山，山下制鳌鱼等，象征大海，故名其灯为"鳌山"。鳌山上苍翠耸立，山系绿色，故以"翠"表示。其实不过是"碧绿的鳌山高高耸立"之意，是修辞上这样说罢了。

【鰲山高聳翠。竹の骨の上に紙を張って燈を作る。其の形は山で山の下には鰲魚などを拵へて海を意味す。だから、其の燈の名を「鰲山」と云ふ。

鰲山が高く翠を聳つ。山は緑色のですから「翠」であらはす。実は「青い鰲山が高く聳つ」との意味に過ぎない。修辞上こうなったのです。】

＊　　　＊　　　＊

〔1〕　本节所答的问题,见于第十三篇《宋元之拟话本》。

六〔1〕

157 页

宋之说话人……而不闻有著作;元代扰攘,文化沦丧,更
无论矣。

问:是更无论"文化沦丧",还是更无论"不闻有著作"? 我想,
大概是前者,但从"更"字上穿凿思考,后者似也可通。

答:不是更无论"文化沦丧",而是更无论"不闻有著作"。
元代大乱,一切文化沦丧殆尽。"说话"之不振自不待言。

【元代がごたごたで一切の文化が淪喪した。「説話」の
ふるわないことは云ふ迄もないです。】

158 页　《全相三国志平话》引文

却说黄昏火发,次日斋时方出

问:"斋时"即齐时,等待时间之意吗? 还是"早晨"的意思? 为
何"斋"含有早晨之意?

答:斋时,是早晨罢。和尚之进餐专称为斋。而且因从前
的和尚"过午不食",大抵早晨进餐,所以"斋时"指早晨,且成
为通用语。不过现已不用。

【斎時は朝のことでしょう。坊様の食ふことを特別に
斎と云ふ。そうして昔の坊様は「過午不食」ですから、大抵
朝に喫べる。それで斎時と云へば朝になる、且つ一般に通

用した。併し今はもう使はない。】

160 页

在瓦舍，"说三分"为说话之一专科，与"讲五代史"并列（《东京梦华录》）

问："瓦舍"可以理解为街名吗？

答：宋朝都市十分可怜，多数是草屋，瓦屋寥寥无几，且大多在繁华地区。因此，"瓦舍"具有"繁华街市"之意，并成为地名，恰如银座。

【宋の都会は可哀相なものです。草葺のもの、多数。瓦を使ふものは幾分しかない、しかも、大抵繁盛なところ。だから「瓦で造った家」と云へば「繁昌な市街」を意味する様になつて地名となつた、恰度銀座を指すが如し。】

问："说三分"就是"说三国志"？"三分"是指曹、孙、刘三分天下吗？

答：对极了。

问："讲五代史"应作"说五代史"吧？因为第 136 页《东京梦华录》云："曰小说……曰说三分，曰说《五代史》。"

答：应作"说"，殆误排。

【説とすべきです、誤植でしょう】

163 页　《三国志演义》第一百回引文

……将军深明《春秋》，岂不知庾公之斯追子濯孺子者乎？

问："庾公之斯"和"子濯孺子"是人名吗？

答：都是人名。

【皆な一人の名です】

169 页　《平妖传》有关杜七圣处引文

①揭起卧单看时，又接不上

问："卧单"是布制寝具吗？"单"是什么意思？

答：只是大包袱布的意思。"卧"指像被子大小，形容其大。"单"是未经"缝合"的包袱布。

【只だ「大な風呂敷」の意。「臥」とは掛蒲団の大さの意味で只その「大」を形容す。単とは「あわせ」でない風呂ひき。】

②喝声"疾！"可霎作怪

问："可霎"是"一瞬间""忽然"呢，抑或只是无意义的感叹词？

答："可霎"倘直译：但（可）像死那样（霎＝杀＝死）。倘意译，则为：喝一声"疾（快）"之后，确实发生了奇怪（或奇妙）的事……

【可霎を直訳すれば併し（可）死ぬ程（霎＝殺＝死）。意訳すれば「疾（はやく）！」と喝したが実に変（or 妙）なことで……】

＊　　　＊　　　＊

〔1〕　本节所答的问题，见于第十四篇《元明传来之讲史（上）》。

七[1]

173 页　引洪迈《夷坚乙志》(六)蔡居厚冥谴一事中

……未几，其所亲王生亡而复醒……

问："所亲王生"是亲属王生之意吗？

答："所亲"乃亲密、知交之意，或许是门客罢。

【所親とは、したしいもの、よく相知って居たもの、けだし門客だらう】

176 页

所削者盖即"灯花婆婆等事"(《水浒传全书》发凡)

问：《水浒传全书》是《水浒全书》(《忠义水浒全书》)的误排吧？

答："传"字非误排。是"全部"《水浒传》＝未加删节的《水浒传》之意。

【「伝」は誤植でない。「全部の水滸伝＝刪削を加はへなかった水滸伝」の意】

177 页　《水浒传》写林冲在雪中离开危屋的引文

花枪

问："花枪"是一种农具——军草料场用的吗？"枪"这种农具(割草用)在《管子》中能见到。

答：是武器(长矛)。从前士兵肩担此物而行罢。似挂葫芦。

【武器(やり)です。昔しは、そんなものを、ふたんに持って行いだのでしょう

葫蘆をつけるによし】

178页　写林冲雪中行沽的引文

a.……炭,拿几块来生在地炉里;

问:"地炉里"三字是一个名词,还是"地炉"二字是一个名词?

答:"地炉"二字是一个名词。"地炉里"＝地炉之中。所谓地炉,即挖开地面,使其呈凹形,然后烧木炭。

【地炉裏＝地炉の中、地炉とは地面を掘って少々へこましで木炭を焚くもの。】

b.……把草厅门拽上,出到大门首,把两扇草场门反拽上……

(增田画)

问:如左图这样理解"拽上"、"反拽上"行否？或者,内外关系是否正好相反？

答:正好相反。中国的大门(玄关之门)都向内开。反拽只是主人在外面将门关上的意思。因为一般大多人在屋内关门。normal(标准的)

【支那の大門(玄関の門)は昔、内へ向って開けるのです。

反拽とは主人が外に出て門を閉めるだけの意味。普通は大抵人が内に居て閉めるのでから

normal】

180 页　写"古时有个书生,做了一首词"的词句

问:"国家祥瑞"是瑞雪兆丰年之意吗?

答:是。

问:"高卧有幽人,吟咏多诗草",是抨击高卧幽人吗?

答:是。

问:或者"高卧有幽人"是指这首词的作者本人吗?

答:不。

182 页

……田虎王庆在百回本与百十七回本名同而文迥别……

问:"百十七回本"系百十五回本之误吧?

答:记不清楚,或许是吧。

【よく覚えてないが、大分さうでしょう】

185 页　写《后水浒》出现的原因

……故至清,则世异情迁,遂复有以为"虽始行不端,而能翻然悔悟……而其功诚不可泯"者……

问:引号内系赏心居士序文吗?

答:是。

＊　　　＊　　　＊

〔1〕　本节所答的问题,见于第十五篇《元明传来之讲史(下)》。

八[1]

193 页的开始

a. 玄帝收魔以治阴,"上赐玄帝……"

问:令玄帝降伏妖魔的是前页的元始,且元始＝"上"(上帝)?

答:元始不是"上"。"上"是玉帝＝天帝。命令虽由元始下达,但须由天帝亲自加封。

【元始は「上」でない。「上」は玉帝＝天帝です。命令は元始から与へたけれども御褒美は天帝から出さなければならないらしい。】

b.……初谓隋炀帝时……上谒玉帝,封荡魔天尊,令收天将;于是复生……入武当山成道。

问:以上叙述玄帝本身及成道之事,是成道之后成为玄帝的吗?

答:是。

c.……玄天助国却故事……

问:"却"＝退?

答:是。

d. 193 页中间　如来三清并来点化,……

　　又 192 页最后行　元始说法于玉清……

问:玉清、上清、太清即三清,都是仙人居住的府第,我这样理

解;但"如来三清并来点化"的"三清"是三清头领呢,还是有此种封号的特殊仙人(居住地)?

　　答:玉清真人、上清真人、太清真人合称为三清。这些三清居住的地方叫玉清宫……等,在叫玉清……等的天界。然而,这个三清只是老子一人的化身——根据这一复杂的化学,所谓"如来三清"其实就是"如来老子"。

　　【玉清真人、上清真人、太清真人、これは三清と云ふ。この三清様の住居する所は玉清宫……などと云って玉清……などと云ふ天界にあり。

　　而してこの三清様はただ老子一人の化身で——この難しい化学によれば「如来三清」とは実に即ち「如来老子」だ。】

　　问:仙界情况不甚明了,真想早点成仙去看看。

　　答:同感,同感!

　　【同感同感!】

196 页最初行下　《西游记传》引文

　　忽然真君与菩萨在云端……

　　问:"真君"系老君之误吧?

　　答:不。真君即天尊元始罢。

　　【真君とは即ち天尊の元始のことでしょう】

196 页

　　乃始两手相合,归落伽山云

　　问:是"回落伽山"(自动),还是"使其归落伽山"(他动)?

答：落伽山系观音菩萨居住地，其实是被观音带回其住处。

【落伽山は観音様の居る処、実は観音につれられて彼の居る処に帰へたのである】

问：孙悟空的金箍棒是否如图所示？

答：不对！孙悟空氏的金箍棒我也还没有拜见的荣幸。想来大约是普通形状的棍棒，为使其坚固，两端镶上了铁环罢。然而孙是大富翁，因此用黄金代替了。这就是所谓"金箍"罢。

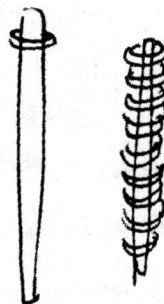

（增田画）

【孫悟空氏の金箍棒は私も未た拝見の光栄を有しなかった。思ふに普通の様な棍棒で堅固にならせる為め両端に鉄の環をはめたものであらう。そうして孫が金持だから鉄の代に黄金を使った。

これはいわゆる「金箍」でしょう】

＊　　　＊　　　＊

〔1〕　本节所答的问题，见于第十六篇《明之神魔小说（上）》。

九〔1〕

203 页　《西游记》中《小圣施威降大圣》引文

掣出那绣花针儿,幌一幌,碗来粗细……

问:"幌一幌"是一种动作吗?

答:是。

问:"幌"字是什么意思?

答:"幌"即布幔,或布制招牌。因那类东西大多会飘动,因而引申为"摇动"或"挥动"之意。

【幌＝カーテンor布で拵へた看板。あんなものは、大抵ぶらぶら動いて居るから転じて「搖動」or「振る」の意味になる。】

204 页第 2 行

……后一事则取杂剧《西游记》及《华光传》中之铁扇公主以配《西游志传》中仅见其名之牛魔王……

问:"志"系"记"之误吧?

答:是。

206 页的开始　《孙行者三调芭蕉扇》引文

火焰山遥八百程,……火煎五漏丹难熟,火燎三关道不清。

问:"五漏"与"三关"作何解释?又,我认为这两句诗与三调芭蕉扇或火焰山几乎无关。岂非"有诗不为证"么?呵呵。此诗(从"火焰山遥八百程"至"水火相联性自平")难译,学生想在书中全部删去,如何?(不过,倘若前记二句弄明白了,就再考虑。)

答:与火焰山有关。即"火"(人欲)旺妨碍成道之意。火

煎熬五漏,"丹"(即道)就难成。火烧三关,道路就看不清楚。

"五漏"与"三关"均系人身上的某一部位,不过哪一部位,我也弄不清楚。"五漏"指鼻孔(两个)、口、肛门、阴部罢。确实都是不雅之处。

【火燄山と関係がある。つまり火(＝人欲)が盛んになって成道を阻礙したの意味です。火が五漏を煎じて丹(＝道)が熟し難く、火が三関を燎して道がはっきりしなくたった。

五漏と三関とは皆な人身の上の或る部分で、併し何処であるかは僕にも知りません。五漏とは鼻の孔(二つ)、口、肛門、陰部だろう。なるほと、皆なよくない処だ。】

208 页 2 行

心生种种魔生,心灭种种魔灭……

问:"种种"即 many?[2]

答:不。

问:"种种"即 viel?[3]

答:是。

问:是不是心动种种魔生,心灭种种魔灭之意?

答:是,即"心动魔生"之说。与"境由心造"之说同。

【つまり心が動けば魔もついて起るとの説。「境は心に由りて造られる」との説に同じことです。】

＊　　　　＊　　　　＊

〔1〕　本节所答的问题,见于第十七篇《明之神魔小说(中)》。

〔2〕　many　英语,"许多"之意。

〔3〕　viel　德语,"各种"之意。

<h2 style="text-align:center">十〔1〕</h2>

209页 3、4行

其封神事则隐据《六韬》(《旧唐书·礼仪志引》)、《阴谋》(《太平御览引》)……

问:"引"不是在书名号里的吧? 或许"引"是序文的意思吧?

答:是误排。

210页

然"摩罗"梵语,周代未翻,《世俘篇》之魔字又或作磨,当是误字……

问:以上带点的字,翻译时为参考加注:"'《译经论》曰:魔,古从石作磨……梁武帝改从鬼(《正字通》)。'《正字通》多附会之说,不甚可靠,附作参考。"

以上注释,您以为是蛇足吗? 书店里有《译经论》吗?

答:周朝尚未见以"磨"作"魔"(mara)的译语。

【周朝には「磨」でmaraの訳語とすることも未なかった】

211页　"截教之通天教主设万仙阵,阐教群仙合破之"之引文

这圣母披发大战,……遇着燃灯道人,……正中顶门。可怜! 正是:封神正位为星首,北阙香烟万载存。

问："为星首"是谁？封神正位时,成为"星首"的是"燃灯道人"还是"圣母"？"星首"是"星官之首"吗？"北阙"是燃灯道人的宫殿还是圣母的宫殿？

答:《封神传》中的诗大抵均为歪诗。

圣母被杀,死后封神榜上列名,成为神。因此,封神时,属于正位的部门,成为正位星官的第一名,神庙(＝北阙,圣母也供于其中)的香火万古长存。

【封神伝の中の詩は、大抵馬鹿らしいものです。

聖母は殺されました。殺されたが封神榜の上に名が出で神となる。

だから:封神するときには正位の部門に序して正位の星官の第一番になりて神廟(＝北闕の聖母も中に祀らてる)の香煙は万古に留る。】

214 页　《三宝太监西洋记演义》引文

自序云:"今者东事倥偬,何如西戎即序,不得比西戎即序,何可令王郑二公见。"

问:"东事"就是倭寇之事吗？

答:是。

问:"即序"云云,是指王郑二公及时恢复西戎秩序(即平定),而如今相反,却难以平定倭寇之意吗？

答:嗯,略有这个意思。

如今东事烦忙,与西戎即序(立即恢复秩序,即平定。指《西洋记》中所写之事)相比如何？若不能相比,则实在不能让

王郑二公看见(即面对□□,觉得羞愧)。

【まあ、少し有る。

今は東事で忙しく西戎の即序(ただちに秩序つく＝平服。それは西洋記に書いてることをさす)にくらべればどうだ？ 若し比べることが出来なければ実に王鄭二公に見せてはいけないことだ(＝□□に対してはづかしいことだ)】

问:《春在堂随笔》(《旧闻抄》)作"即叙","叙"是叙述之意吗?(快叙西戎之事,否则二公不会罢休。)

答:"叙"＝序＝恢复秩序。

【叙＝序＝秩序につくこと】

216 页　"五鬼闹判"中引文的最后

判官……只得站起来唱声道:"哧,……我有私"……"铁笔无私。你这蜘蛛须儿扎的笔,牙齿缝里都是私(丝),敢说得个不容私?"

问:"哧"是"闭嘴"之意吗?

答:是。

问:若说得快一点,愚以为就变成"讲"的意思了。

答:不对。"哧"仅发音而已。

问:"我有私"是"纵然我有私"之意吗?

答:对。言下之意"我的笔无私"。

问:"蜘蛛须儿"指判官脸上现生的胡须吗?

答:如若铁笔,当然无私,但你这蜘蛛丝(与私同音)制成的笔,连牙齿缝里都是丝(＝私),怎能说无私呢?

【鉄筆なら、無私だが汝のくもの糸（私と同音）で拵へた
筆は歯の間まで皆な糸（＝私）である。敢て無私だと云へる
か？】

问："牙齿缝里"是指判官嘴里吗？"牙齿"可理解为"笔"吗？

答："私"与"丝"同音,是语言游戏。先假定其笔是由蜘蛛
丝制成的,而蜘蛛口中净是丝（私）,因此从判官嘴里说出来的
也都是私（丝）。

【私と糸とは同音だから、言葉の遊戯である。先づ其の
筆をくもの糸で拵へたものと仮定し、くもは口の中に皆な
糸（私）であるから判官の口の中から出るものをも皆な私
（糸）だとして仕舞ふ】

问："扎"是"拔"吗？

答:不。

问："扎"是"紮"吗？

答:是。

219 页　《西游补》第六回引文

……倒是我绿珠楼上强遥丈夫

问："强遥"是什么意思？

答："强遥"难以解释。"名义上"或"有名无实"之意罢。

【强遥は、解釈に苦む。

「名義上は」或は「有名無実」の意ならん】

问:绿珠楼上,虞美人（悟空）和项羽分手后,与别的美人宴庆,
还是与项羽共宴？因手头没有原著,无法查阅,祈赐教。

答：与别的美人宴庆，不是与项羽共宴。

219 页最后行

把始皇消息问他，倒是个着脚信

问："着脚信"是走着去听到的消息，即直接消息吗？

答：不是。

问：是最确切的信吗？

答：对。"着脚"＝脚踏实地＝确实。

【着脚＝足ふみあること＝確実】

*　　　*　　　*

〔1〕　本节所答的问题，见于第十八篇《明之神魔小说（下）》）。

十一〔1〕

222 页　《金瓶梅》梗概文字

武松来报仇，寻之不获，误杀李外傅，……通金莲婶春梅，复私李瓶儿……

问：李外傅与李瓶儿是兄妹什么的呢，还是不相干的人？

答：李外傅与李瓶儿没有关系，只是被当作西门庆而误杀。

【李外傅と李瓶児とは関係なし。只西門慶として誤殺された。】

223 页　《金瓶梅》引文

　　妇人道:"你看他还打张鸡儿哩,瞒着我黄猫黑尾,你干的好茧儿。来旺媳妇子的一只臭蹄子……甚么罕稀物件,也不当家化化的……"那秋菊拾着鞋儿说道:"娘这个鞋……"

　　问:"还打张鸡儿"是什么意思?

　　答:"还"=尚,"打"=做;"张鸡儿",鸡看东西时傻乎乎的眼神=故意装出一副傻样=滑稽。

　　【庭鳥がものを見るときに馬鹿らしい

　　目つきをする=わざと馬鹿なふりをする=おどけ】

　　问:"黄猫黑尾"是什么意思?

　　答:不一样之意,在我看不到的地方干一些不同的事。

　　【一様でないこと、私の目のとどかない処に違ったことをやってる。】

　　问:"好茧儿"是什么意思?

　　答:"干"=做。"好茧儿",拉到秘密的地方做什么事。

　　【秘密な処にひきこんで何かやって居ること】

　　问:"来旺媳妇子"是"来旺妻子"吗?

　　答:对。

　　问:"不当家化化的"是什么意思?"家"是"家伙"吗?"化化"是口吃语吗?

　　答:"不当家化化"=熟语,"罪孽"的意思。什么宝贝啊,做这样罪过的事(因为过于看重了)。那个淫妇死后一定会堕入阿鼻地狱的!(因为她的东西被过于看重了。)

　　【不当家化化=熟語。「罪である」の意

　　何の宝であるか、こんなに罪あることをして(余りに

珍重するから)、ある淫婦が死んだ後に阿鼻地獄に陥ることはあたりまへだ(彼の女のものは余りに珍重されたから)】

　　问：使女称女主人为"娘"吗？

　　答：是，mŭtter 之意。[2]

　　225 页

　　……只见两个唱的……向前插烛也似磕了四个头。

　　问："插烛"是蜡烛吗？

　　答：是。

　　问："磕了四个头"什么意思？是像我所画的那样？

　　答：插蜡烛的话，须直插罢。此处只是笔直
(＝毕恭毕敬)拜了四拜之意。

　　【蠟燭を挿すには、ますぐでなければならん

　　ここには、只、ますぐに ＝(行儀よく、恭しく)四拜したの意。】

(増田画)

　　227 页

　　万历时又有名《玉娇李》者……袁宏道曾闻大略，云"……武大后世化为淫夫，上烝下报……"

　　问：《左传》云"卫宣公烝于夷姜"，夷姜系卫公庶母。《左传》又云"文公报郑子之妃"，郑子之妃相当于文公什么人呢？

　　答：手头无书可查。

　　【調へるる本持合はず】

问：这里，我想可理解为"上烝"即上淫，"下报"即下淫。《辞源》曰："下淫上曰报。"与"烝"同义。您以为如何？

答：不对吧。晚辈与长辈通奸谓"烝"，长辈与晚辈通奸谓"报"。"卫宣公烝于夷姜"，若以宣公为中心，是"烝"；以夷姜为中心则为"报"。

【間違でしょう

目下が目上と姦通することを「烝」と云ひ

目上が目下と姦通することを「報」と云ふ

「衛宣公烝于夷姜」宣公を中心として云へば「烝」、夷姜を中心として云へば「報」です。】

229 页

《续金瓶梅》主意殊单简，……一日施食，以轮回大簿指点众鬼……

问："施食"何意？

答：〔3〕

问：把轮回大簿让众鬼看？

答：是。

问：用轮回大簿调查众鬼？

答：不是。

至潘金莲则转生为……名金桂，夫曰刘瘸子，其前生实为陈敬济，以凤业故，体貌不全，金佳怨愤，因招妖蛊，又缘受惊……

问:谁招妖蛊? 妖蛊不招自来吗?

答:金桂怨愤,妖蛊乘虚而入,不招自来,故云"因招妖蛊"。

【金桂が怨憤する、その欠点を乗じて妖蠱が自らやってくるだから「因って妖蠱を招した」と云ふ。】

231 页

一名《三世报》,殆包举将来拟续之事;或并以武大被酖,亦为凤业,合数之得三世也。

问:武大被毒死与"三世"有何关系?

答:此处之"世"非父子两世之"世",而是一人轮回。如武大前身(=一世)——武大(=二世)——武大后身(=三世)。

【この「世」とは父子の「世」でない。一人の輪迴上のことです。

武大の前身=一世——武大=二世——其の後身=三世】

问:《续金瓶梅》将金莲写作河间妇。"河间"是地名还是人名?

答:"河间"系地名。这里是"谋杀亲夫女子"之意。因河间出了个以谋杀丈夫闻名的女人,故有此词。[4]

【河間は地名。ここは、「夫を謀殺した女」の意。河間に夫を殺害した有名な女があったから、こう云ふ名詞が出来たのです。】

　　※　　　　※　　　　※

〔1〕　本节所答的问题,见于第十九篇《明之人情小说(上)》。

〔2〕　mütter　德语,母亲。

〔3〕　此处鲁迅未答。

〔4〕　河间妇　唐代柳宗元《河间传》:"河间,淫妇也。不欲言其姓,故以邑称。"河间今属河北。

十二〔1〕

234 页　"弗告轩"三字

　　……却将告字读了去声,不知弗告二字,盖取《诗经》上"弗谖弗告"之义,这"告"字当读与"谷"字同音。

问:也就是说,"告"应读コク,发音为コウ吗?

答:对。

235 页

"谢家玉树"

问:"玉树",《辞源》引《晋书·谢玄传》谓:"晋谢安问诸子侄,子弟何与人事,正欲使其佳,玄答曰:'譬如芝兰玉树,欲其生于庭阶耳。'"

"何与人事"是什么意思?是"倘若人世间能随心所欲"?还是"受人支配"?或许是"在人事方面"的意思吧?请写下全文大意。

　　答:"何与人事"＝与人事有何相干?"人事"即自己之事的意思。

　　晋谢安问自己的子侄们:"子侄与长辈有何关系?并且想

要获得佳位?"玄答道:"这就像想把芝兰玉树栽在自己庭园里一样。"

可谓"拙译"!

【何与人事＝人の事と何の関係ある？人の事とは自分のことの意。

晋謝安が自分の子姪達に問ふ:「子姪は目上と何の関係ある？しかもその佳(よい)であることを望むのか?」玄答曰:「丁度芝蘭玉樹の様な良木が自分の家の庭にあってほしいことと同様のみ。」

拙訳と云ふ可し!】

236页　山黛之诗

夕阳凭吊素心稀,遁入梨花无是非,……瘦来只许雪添肥

问:"凭吊"是伤心吗?

答:是。

问:只许雪增添其肥吗?

答:是。因是白燕,就像用雪加上去似的。可谓劣诗!

【白燕ですから只だ雪でその上にかへることに似あふ。悪詩と云ふ可し!】

237页最后行

因与绛雪易装为青衣

问:"与"是"共同",还是"一个人与……易"?

答:两人一起。

【二人とも】

241 页 1—2 行

一夕暴风雨拔去玉芙蓉,乃绝。

问:"乃绝"是绝交,还是死绝?

答:绝交,绝对不来。

【絶えて来ない】

书外的问题

问:a. 特进光禄大夫、柱国、少师、少傅、少保、礼部尚书,"柱国"一直关联到"少保"吗?

答:不。

问:此官名句读时,可否如上标点?

答:可。

问:b. 生员与监生的区别? 都是秀才,且受乡试的学生吗? 作为学生,他们入学吗? 我知道生员是秀才,但从"入学生员"讲,他们进什么学校吗? ——为秀才乡试,设立特别学校,是否进那类学校?

答:生员考试及第方成秀才。优秀童子入"国子监"(过去叫太学)读书谓监生,到了一定年限,便与秀才有同等资格。(但是在清朝,只要出钱,就可买监生称号。)

【試験に及第して、秀才になったもの。

童子で優秀たるが為めに国子監(昔は太学と云ふ)に這

いて勉強するもの、一定の年限たつと秀才と同じ資格を有
す。(しかし清朝には金を貢げは監生の称号を買ふことが
出来た。)】

　　问:c."二氏之学"也可以叫小说学吗? 还是指佛、道,抑或黄、
老?

　　答:二氏之学指佛、道,非指黄、老。

　　【二氏之学＝仏、道。】

　　　*　　　　*　　　　*

〔1〕　本节所答的问题,见于第二十篇《明之人情小说(下)》。

十三〔1〕

244 页末至 225 页初

犹龙名梦龙,长洲人,故绿天馆主人称之曰茂苑野史

问:为何将"长洲"叫"茂苑"?

答:茂苑系长洲别名,就像日本京都称"洛"一样。

【茂苑は長洲の別名、丁度日本の京都は「洛」と云ふが如
し】

247 页倒数第 2 行　《陈多寿生死夫妻》引文

终不然,看著那癞子守活孤孀不成?

问:"终不然"大概是"于是就"之意吧;要是把"终不然"换成
其他文字,怎样的文字才合适呢? 换用"难道",去掉"不成"二字,

可以吗?

答:"终"仅强调语气,全句难译。"既不能另嫁,又不能毁约,非要守着那癫病患者(含不能行动之意),强忍做活孤孀(有丈夫的寡妇)不行(＝不成)吗?!!!"

【「終」とは只語気を強める字。

全句は訳し難い。

「別の処に嫁に行くことも出来なく、婚約を破棄することも出来ない。しからばあの癩病患者を見て(実行出来ない意をふくむ)活孤孀(夫あるやもめ)になって居ることを我慢しなければならない(＝不成)のか?!!!】

248 页引文最后

任他絮聒个不耐烦,方才罢休……

问:"他"＝浑家?

答:对。

问:"方才罢休"指浑家自己吗?

答:对。任其饶舌,待其自觉无趣时就会罢休。

【いくらも饒舌らせて置けば自己ひとり、つまらなくなってやめて仕舞ふ】

250 页　《西湖二集》引文

却不道是大市里卖平天冠兼挑虎刺

问:"大市里卖平天冠"一语,因《通俗编》引宋·廖融故事中有详述,故明其义。"虎刺"是一种有刺的草吗? 或者,"挑虎刺"是"草

市"时在店铺门口吊草的风俗,因有刺谁也无法靠近的意思吗?请详细赐教。

答:老虎在草丛中被刺扎进肉里。"挑虎刺"就是为老虎把刺挑出来。卖王冠与挑虎刺的生意,无人问津。

【虎が何処かの藪で刺(とげ)にさされて、その刺が肉の中にとまって居る、「挑虎刺」は「虎の為めにそのとげを出してやる」こと

王冠を売る商売と虎の為めに刺を出す商売は相手がない筈である。】

*　　　*　　　*

〔1〕　本节所答的问题,见于第二十一篇《明之拟宋市人小说及后来选本》。

十四〔1〕

257 页　蒲松龄传略

始成岁贡生

问:"乡试落第的生员(秀才),长年向政府纳粮者,或确有学问德行者,不经考试,由推荐而获学位的人叫贡生。贡生分数种。每年按额向政府(太学)献米而受推荐,谓岁贡生。但后来每年只根据所需人数推举的贡生才为岁贡生。"对"岁贡生"欲加如上注释,但对"岁"字的说明不过是猜测。后面部分这样写对吗?敬请订正。

"岁贡生"是作"岁贡"之"生"吗?

或者,是"岁岁"之"贡生"吗?

答:乡试落第的生员(秀才),根据其德行、学问,每年(＝岁)由地方长官向中央推荐(＝贡),谓"岁贡生"。

但清朝仍由科举考试选拔,且即便成了岁贡生,也仍住原地,不去北京,徒有其名罢了。

"岁贡生"不是作"岁贡"之"生",是"岁岁"之"贡生"。

【郷試に及第せぬ生員(秀才)で、その德行学問によって毎年(＝歳)地方の長官より中央に推薦(＝貢)するものを「歳貢生」と云ふ。

しかし清朝では矢張り試験によってし、且歳貢生になっても不相変地方に居て北京に行かなかった。詰り一の肩書にすがなかったのです。】

259頁　《聊斋志异》中《黄英》引文

为瓜蔓之令,客值瓜色……

问:何为"瓜色"?

答:即青色。"瓜蔓之令"是一种酒令,由掷⚅(骰子)决定胜负。仅一面红色,其余五面均为黑色(或青色)即"瓜色"。无红色即输,须罚喝酒。酒令在全席传递进行,恰如瓜藤蔓延。

【一種の酒令で⚅を投げて勝負を決す。一点の面だけ赤色、他の五面は黒(或は青)色、即ち「爪色」、赤色のないときは負るので酒を飲まなければならん

全座に渡たでやるのですから、丁度瓜の蔓の樣に蔓延して行く酒令】

259 页

狐娘子

问："狐娘子"＝狐夫人(已婚)？还是狐小姐(未婚)？

答：狐夫人。

【狐夫人です。】

260 页

逾年

问："逾年"＝过了数年吗？可说翌(＝明)年吗？"经过数年"或"翌年"都可说吗？

答：过了一年。

【一ケ年ほと過ぎて】

260 页最末行

约与共尽

问：几乎、一起、皆、尽之意吗？

答：约定与"他"一起饮完。

【「彼」とともに飲みつくして仕舞ふと約束した。】

268 页 11 行　《滦阳消录》引文

立槁

问："立槁"是立刻死去？还是成语？

答：有"立刻死"和"站着死"两种意思，此处我想可译作

“呆呆地坐了数日就那样死去了”。

【「立所に死んだ」と「立って死んだ」との両方の意義と
もとれるが、そこでは「盆槍と数日坐ってそのまま死んだ」
と訳した方がよいだらうと思ふ。】

　问：请通俗易懂地教我什么叫“八股”。

“成化二十三年会试乐天者保天下文起讲先提三句即讲
乐天四股过接四句复讲保天下四股复收回句作大结

弘治九年会试责难于君谓之恭文亦然每股中一反一正一
虚一实一浅一深其两对题两扇立格则每扇之中各有四股次第
之法亦复如之……”(《日知录》)

头脑里丝毫没有“八股”的概念，上文百思不解，昏头昏脑。

答：关于《乐天者保天下》试题的答法

先写三句，这叫“起讲”。然后四股(＝节)写“乐天”。再
写四句过渡至下文。接着写四股“保天下”。尔后写四句作
结。(四股加四股为八股。)即八股的构造为起讲三句——有
关题目前半部分的四股(即一扇)——桥(＝过渡)四句——题
目后半部分的四股(又一扇)——结尾四句。(一股写法由反
及正，或由虚至实，或由浅入深，皆可。)

【『「楽天者保天下」に就いて』と云ふ題目の答へ方

先づ三句を書き、それは「起講」と云ふ。そして四股(＝
節)を「楽天」について書く。そして又四句をかいて下文に
わたり行く。その次「保天下」について四股書く。そうして
四句をかいて、むすぶ。(四股に四股を加へば八股)

即ち、八股の構造は起講三句——題目の前半について四股(即ち一扇)——橋(＝過接)四句——題目の後半について四股(又一扇)——結語四句。(一股の書き方は、反より正に、或は虚から実に、或は浅から深に這入る様に書いても皆な可。)】

＊　　　＊　　　＊

〔1〕　本节所答的问题,见于第二十二篇《清之拟晋唐小说及其选本》。

十五〔1〕

275页　马二先生的"举业论"

孔子生在春秋时候,那时用"言扬行举"做官……

问:"言扬行举"是马二先生所创造的成语吗?

答:一般用语,即便独创也非成语。即言辞优美或品行出众者被推举为官吏的意思。

【普通の言葉で独創も熟語でもない。つまり言語よく或は品行よければあげられて官吏になるとの意。】

277页 11行　《儒林外史》十四回引文

饺饼

问:"饺饼"＝一种糖吗?

答:是点心。用面粉做皮子,内有馅子。饼大抵呈圆形,饺像凹形状。

【菓子です。粉で皮を拵へ、中に餡あり。餅は大抵円形、餃は凵様な形をして居る】

278 页 8 行　同上书第四回引文

吉服

问："吉服"是吉庆衣服（？）之意，还是通常的衣服（接客时穿的）？

答："吉服"是礼服。非丧事时，均穿吉服与客人相会。是通常衣服，不能说是特别吉庆的衣服。

【吉服は礼服です。喪でないときは皆な吉服で客と会ふ。通常服ですが特別にめでたい服とも云へない】

书外问题

扶乩

问：以前曾听说过，大致有些了解。在沙盘上画个奇怪的图形时，将它用普通文字或语言加以解释，使普通人理解。这解释者是谁？A、B 两人之外，还有人（指导者？）吗？另外，由 A 氏或 B 氏判读（？）吗？

（增田画）

答：A、B 两氏中，一人为骗子，另一人傻瓜也行。

写的东西系骗子的戏法，判读也由骗子担当。然后另有一人记下骗子读出来的文字。

【A、B 二氏の中、一人は山師、一人は馬鹿でもよい。

書くのは、其の山師の手品で読むのも、其の山師。そして別に一人の書くものが居て読み出し通りに書いて置く。】

　　問：《中国小说史略》最初以庐隐笔名，刊于民国十二年六月至九月的《晨报副镌》吗？（这是否全文？）这样说，在学校上课是民国十一年吗？再有，北京的北新分册出的是上下两册吗？（因在《译者的话》中需要写到这些，请告。）

　　答：这个笔名我没用过。《小说史略》在《晨报副镌》没发表过。〔2〕

　　在北京大学上课是民国八九年的事，每周印二三页发给听讲者。民国十二年修订前半部由北新书局出版（上册），民国十三年出版下册。再版时（民国十四年罢）成合订本。

　　【この筆名をつかったこともない

　　『小説史略』は晨報附鑴に出したことは無い。

　　北京大学で講義したのは民国八九年のことで、毎週間、二三頁を印刷して聴講者に分配した。十二年に上半部を修正して北新書局から出版（上冊）；十三年に下冊も出版した。再版のとき（十四年か）に合本となる。】

　　＊　　　　＊　　　　＊

　　〔1〕　本节所答的问题，见于第二十三篇《清之讽刺小说》。

　　〔2〕　女作家庐隐（1898—1934）曾在 1923 年 6 月 1 日至 9 月 11 日的《晨报》副刊《文学旬刊》第 3 至 11 号上发表她写的《中国小说史略》。

十六[1]

287 页 9 行　《红楼梦》第五十七回引文

一年大二年小的，……又打着那起混帐行子们……

问：意思是今年大去年小，一年比一年大？

答：第一年大了，第二年反而小了。"年龄大了，反而越来越像小孩。"即"年龄增长了，反而越来越不懂道理"的意思。

【一年は大きくなったのに二年になると反って小さくなった

「年が大きくなったのに反って愈愈小供らしくなる。＝大きくなって愈愈わけをわからなくなる」の意】

问："那起"是"那些家伙"之意吗？或者"起"是为了"混帐行子们"，由于"混帐行子们"？

答："打"＝"招来"。"那起"，那一派。"混帐行子"，坏蛋。

288 页 10 行

两句话

问："两句话"是少量的话的意思吗？

答：是。

290 页最末行　《红楼梦》第七十八回引文

临散时忽然谈及一事，最是千古佳谈……

问：与何人分别？与清客（＝幕友）分别吗？

答：那时贾政正与幕友们谈论（昨日）寻秋之趣事，说"临

散时……"（指昨日一起寻秋的人们）

【あのとき賈政が丁度、幕友達と（先日の）尋秋の面白味を談じて居た。云ふに「別れに臨んで……」（先日の尋秋に集った人人のことを指す）】

291 页 4 行

有一姓林行四者

问："行四"是排行第四吗？"排行第几"是兄弟姐妹（子女全部）一起计算，还是兄弟归兄弟，姊妹归姊妹计算？例如"林四娘"，是林父女儿中的第四个呢，还是林父子女中的第四个？

答：女子排行既有与兄弟一起计算的，也有女子单独计算的。通常以后者为多。"林四娘"只能解释为"第四个姑娘"。

【女の排行に兄弟をも入れものもあり、女だけ、数へることもあり。然し後者を用ふるとき多し

林四娘は只た四番目の嬢様と解釈する外なし。】

291 页最末行

鼓担

问："鼓担"＝担着旧货，打鼓呼卖吗？还是只限于书？或是旧货不限于书？

答：单买入的事也做。旧货、破烂，什么都收购。而且，顺便还出售。并不限于书。

【片方買ひ込むこともする。古いもの、破れるもの、何えても買ひ込み、そうして、ついでにうる。本に限らない。】

293 页 2 行

云《归大荒》

问:唱着《归大荒》之歌吗?

答:对。

293 页 4 行

休笑世人痴

问:"不要笑世人之痴愚"之意吗?

答:对。

问:"世人啊别笑他们痴愚(=《红楼梦》里出场人物的痴愚)"
之意吗?

答:不对。

296 页 6 行

以"石头"为指金陵

问:"石之头"与"金之陵"相似之意吗?

答:"石头"只是"石"之意。"金陵"=南京别名,昔日曾有
"石头城"之称,故"石头"即指南京。

【石頭はただ「石」の意。金陵＝南京の別名、昔は一名
「石頭城」とも云ふのだから「石頭」は南京を指す様になる】

296 页 6 行末—7 行

以"贾"为斥伪朝

问：“斥”，指责。程度较轻。

答：对。

问：“斥”，排斥。程度较重。

答：不对。

贾与“假”发音相同。假＝伪。

【賈は「仮」の発音に同じ。仮＝偽】

297 页 2 行

王国维（《静庵文集》）且诘难此类，以为“所谓‘亲见亲闻’者，亦可自旁观者之口言之，未必躬为剧中之人物”也。

问：“躬”＝读者＝“亲见亲见”者？

答：不对。“躬”＝《红楼梦》作者自身。

【躬＝『紅楼夢』作者自身】

问：此文作者对王国维所说是认可呢，还是肯定？（赞成王说？）

答：否定王说。

【王説を否とするのです。】

297 页

汉军

问：“汉军”＝汉人，被置于满洲朝军籍中的人。这种汉军即使不是真正的军人（即成为官吏之类），只要有军籍就算汉军吗？清朝的汉人官吏是否全部都是汉军（如纪昀等）？

答：所谓汉军是汉人马上归化满洲朝廷者、投降者、被俘

而释放者、因罪流放而置于满洲军中者。满洲人未入中国前均为战士,故汉军也是军人。但入中国后就并非如此了,清朝的汉人官吏不限于汉军。纪昀不是汉军。

【漢軍とは漢人の早く満洲に帰化したもの、投降したもの、俘虜されて解放されたもの、罪人で流刑に処し満洲の軍中もおかしたもの。満洲人の未だ支那に這入らない前は全部戦士だから、漢軍も軍人です。しかし支那に這入たあとは、そうでもなかった。清朝の漢人役人は漢軍に限らない、紀昀は漢軍でない。】

299 页　《年表》摘录处〔2〕

一七一九,康熙五十八年(?),曹雪芹生于南京。

问:因这是假设,所以加上个"?",不当吗? 再说,如果不加"?","一七三二,雍正十年,凤姐谈南巡事,宝玉十三岁。依这里所假定的推算,雪芹也是十三岁。"这怎么理解呢? 突然这里冒出"假定",读者会吃惊的。还会回到开头去重读,找假定的所在。

答:俞平伯的年表全部都是"假定",因此如在第 2 行"俞平伯有"之下补上"假定之"三字较好罢。

【俞平伯の年表は全部「仮定」ですから、2 行の「俞平伯有」の下に「仮定之」三字を入れたらよいでしょう。】

300 页倒数 2 行

俞平伯从戚蓼生所序之八十回本……

问:"所序"是写序吗?

答:对。

问:是排秩序吗?

问:不对。

*　　　*　　　*

〔 1 〕　本节所答的问题,见于第二十四篇《清之人情小说》。

〔 2 〕　此《年表》摘录在 1935 年 6 月出修订本时已删去。

十七[1]

303 页 2 行　《野叟曝言》序引文

以名诸生贡于成均……

问:"成均",原系古代大学名,清朝(?)成为取贡生的考试场所。如此解释"成均"可否? 另外,"成均"是接收贡生的学校吗? (有这样的学校吗?)

答:"成均"是接收贡生的学校。有这样的学校,但实际上并未实行。

秀才举为贡生后,可去成均(以前的太学,后来的国子监)读书。但其实徒有其名。由于贡生考试在地方进行,不是"成均",故"成均"为秀才升学处,不是试场。

【あるが、実は行かない。

秀才が貢生に挙られば成均(昔の太学、後来の国子監)に行いて勉強す可きものですが実は肩書ばかりで行かない、貢生をとる試験は地方でやるので「成均」にでも、ない、だから「成均」は秀才の升学する処で試験場ではない。】

304 页 3 行

以"奋武揆文，天下无双正士；熔经铸史，人间第一奇书"
二十字编卷

问：以上面二十字所表示的意义、内容编卷呢，还是以二十字
的每个字做编目的题名？

答：作者打算分二十册出版此书，将这二十字代作数目
字，每册封面各写一字。如，通常写成 野叟曝言　一 ，但他
却写作 野叟曝言　奋 。同时，这二十字又是该书内容的自
吹自擂。

【作者はその本を二十冊に分けて出版するつもりなの
て、この二十字を数目字の代用として毎冊の表面に一字づ
つ書くのです。例へば 野叟曝言　一 とかく可きものは、
「一」とかかないで、次の様にする 野叟曝言　奮 而してそ
の二十字は、かた一方本の内容を自画自讃して居る】

309 页 7 行

是为蠡妖之"穷神尽化"云……

问："云"是"说……"还是"……云云"？（"云"系原文的文字还
是著述添加的字？）

答："云"是我加的字，"说……"、"听说……"之意。

【「云」は私の言葉で「と云ふことだ」、「であるさうだ」な
どの意味】

309 页最末行

耑然

问：想请教"耑"的读音，用罗马字。在日本，读ケキ、クワク等。

答：读 HUWA！把木板上浆毕晒干的布迅速撕下时发出的声音。肉店老板技巧地把肉从骨头切开时，也用此字形容。

【HUWA！

張物を迅速に板から引りはなすとこんな音をする。肉屋が巧に肉を骨から切りはなすときにもこの字で形容する。】

311 页 1 行

甘鼎亦弃官去，言将度庾岭云

问："云"是"云云"还是"说……"？

答："云云"。那书中……云。"庾"应作"庚"。

【其の本に……と云ふ】

312 页 9 行

姑勿论六朝俪语，即较之张鷟之作，虽无其俳谐，而亦逊生动也。

问："有诙谐的是《燕山外史》，多生动的是《游仙窟》"之意吗？

答：《燕山外史》在诙谐与生动两方面均不及《游仙窟》。

六朝俪语（与之比较）且不说（含有当然及不上之意），即便与张鷟的作品相比，也没有那样诙谐，而且其生动性也

居劣。

【『燕山外史』は俳諧と生動両方とも『遊仙窟』に及ばないことです。

六朝儷語(との比較は)暫く言はないで(無論及ばないの意味をふくんで居る)。張鷟の作にくらべてもあの様に俳諧ではないけれども而してその生動にも劣って居る。】

313 頁 6 行

侍女花

问:"侍女花"是什么？日本翻刻的《燕山外史》中,为"待女花",注为"兰花",您以为如何？

答:"侍"系误排。

大概是从女子来种香气就更好的传说而来的花名罢。等待女子之花。看来,兰花也是颇不正经的花。

【「侍」は誤植。

女が植ると香がもう一層よいと云ふ伝説から来た名でしょう。女を待つ花。して見れば蘭も頗る不届な花だ。】

314 頁 6 行

壬遁……象纬

问:"壬遁"和"象纬"是什么意思？

答:以"六壬"之术卜知未来(及吉凶)的方法,谓"壬遁"。以星象及《纬书》(汉代人写的伪书)卜知未来大事的学问,称"象纬"。

【「六壬」と云ふと術によって未来（吉凶）を知る方法。

星象及び「緯書」（漢代人の造った偽書）によって未来の大事を知る学問。】

319 页 3 行

双陆马弔
· ·

问："弔"不应写作"吊"吗？（或是谐音，故两种写法均可？）

答："弔"是古字，"吊"是后起字，两字系同一个字。

【弔は古字，吊は後起字、二字同一です。】

书外的问题

问：胭脂作为古代化妆品，

A. 是涂于脸颊的东西吗？

B. 是涂于嘴唇的东西吗？

抑或 A、B 皆涂？

请问问尊夫人。

（增田画）

答：大概 A、B 两处皆涂罢。从古画中可知。"尊夫人"的胭脂学程度颇靠不住，故未问她。

【A、B 両方共に用ひましたものだらう。古画から知る可し。

「令閨」の臙脂学の程度はすこぶる、あやしいもので、きかなかった。】

　北美合众国大统领麦坚尼，于西历一千九百零一年九月
　　　　　　　　· · ·

十四日,被枣高士刺毙于纽育博览会。捕缚之后,受裁判。枣高士警言:"行刺之由,乃听无政府党钜魁郭耳缦女杰之演说,有所感情,决意杀大统领者也。"

问:上文带点的人名,请用罗马字教我。这些如在图书馆查书就明白,但马上因您而明白则省事也。——若麻烦,就罢了。

答:麦坚尼＝Willian Mckinley

枣高士＝Leon Czolgosz

郭耳缦＝Emma Goldman(？)

＊　　　　＊　　　　＊

〔1〕　本节所答的问题,见于第二十五篇《清之以小说见才学者》。

十八〔1〕

323页1行　《品花宝鉴》第二十九回引文

面庞黄瘦

问:"庞"为何意? 是"脸瘦而隆起"之意吗? 还是"面庞"即面之意?

答:"庞"是庞大＝隆起的颧骨部分,故指脸颊。一般意为全"脸"。此处也是"脸"的意思。

【龐は龐大＝隆起、顴骨の部分で、だから、頬を指すのですが一般には「顔」全部を意味する。ここにも顔の意味です。】

326页4行　《花月痕》引文

……就书中"贾雨村言"例之……

问:贾雨村是书中的人名吗? 若人名,不用加旁线吗?

答:"贾雨村言"与"假语村言"同音,成了"假造故事、俗语"的意思,故旁线可加可不加。

【「賈雨村言」は「仮語村言」と同音、「拵らへた物語、俗な言葉」になるのでから、旁線を引いてもいいが引かなくても可なり】

326 页倒数 2 行

丛桂

问:"丛桂"在别的作品中也屡见,"丛"是桂林之意吗? 或是称木犀为丛桂,以与单纯的桂相区别?

答:桂之多数,一株以上的桂树。但尚未达到"桂林"的地步。

【桂の多数、一本以上の桂樹ですが、桂林の様に大きくない】

327 页倒数 5 行

骆马杨枝

问:"杨枝作鞭"是认为某种风流韵事吗?(是什么人诗中也有的话吗?)

答:据说唐代贵少爷有骑白马、折道旁柳枝作鞭的风流事。"骆马"为黑鬣白马;"都去也"＝均已过去了!

【唐代の貴少年は白馬に乗って路側の柳の枝を折って

鞭とすることは風流なことであった様です。

　　駱馬は黒鬣の白馬

　　都去也＝皆なすぎさった!】

327 页倒数 4 行

禿头回道……

问:"禿头"是绰号吗?

答:是。

问:是男? 是女?

答:男仆。

334 页倒数 5 行　《海上花列传》引文

耐想拿件湿布衫拨来别人着仔,耐末脱体哉

　　问:把湿衬衫给别人?

　　答:把麻烦事推给别人。"湿布衫"其实与"湿的布衫"稍稍不同,意思是"很难干的布衫"。

　　【厄介なことを別人に

　　湿布衫は実は「湿ったシャツ」とは少々違ふて「よく乾かないシャツ」と意味するのです。】

　　问:这句话的意思是"把不愉快的事推给别人,自己一身轻",但如果稍微具体地来讲,是怎样的事呢?

　　答:这是苏州话。你打算(想)拿"湿布衫"给别人穿,自己图轻快啊!

　　如某男爱上某女,后又讨厌她,但此女无论如何不愿离

去,像五月苍蝇一样叮着他。此时他设法让别的男子与此女接近,一旦成功,自己就解脱了。

或某人经商,稍受损失,问题不大,总之,不想干了。于是巧妙地欺骗某傻瓜,把生意让给他,就解脱了。

【これは蘇州の言葉

御前は湿布衫を人に着せて自分に至ってはさっぱりになるつもり(想)だらう!

例へば或る男が一人の女を愛したが後にいやになった。併しその女は中々はなさない、五月蠅くなる。ここにおいて、別の男をその女に接近させて女がその男にくついて仕舞ふ工夫をする。成功すれば、自分は、さっぱり。

或は或る人が或種商売を経営する。少々損をするが大いしたこともない。兎角、いやになった。こんどは或る馬鹿をうまくだましてその商売を譲って仕舞ふ。さっぱり】

問:"仔"与"了"同义吗?

答:"着仔"是"使……穿上"的意思。

問:原书"未"系"末"之误吧?

答:对。"耐末","至于你这家伙"的意思。

334页倒数3行

等我说完仔了哩

問:"仔了哩"三个字是连读作为语尾? 还是"说完仔了"为一句话,仅"哩"一个字是语尾?

答:"等我说完了吧"的意思。"仔了"相当

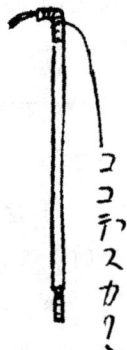

ココデスカ?

(増田画)

于"完了"，"哩"相当于"吧"。

　　【我が説完して仕舞ふのを待てよ】

　　335 页倒数 5 行

　　斗门噎住
　　　・・

　　问：斗门是这儿吗？

　　答：这里叫"烟斗"，装雅
片，点火。雅片"烟管"。装在
斗门里的雅片也须开一小孔。
烟灰崩落斗门就被阻塞。所谓
"噎住"即塞住了。

　　【雅片の"きせる"です

　　斗門につけた雅片にも小
孔を一つあけなければならな
い。くづれると斗門がふさが
れる。"咽住"とは塞って仕舞の
こと。】

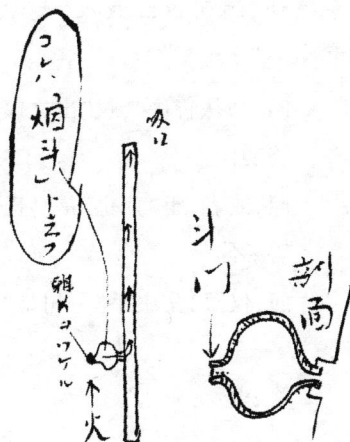

　　336 页倒数 4 行

　　至描写他人之征逐，……
　　　　　・・

　　问："他人"是"他们"还是"别人"？ 大约是前者吧？

　　答："他人"指"上海名流"以外的人们。

　　【他人とは「上海名流」以外の人々です。】

＊　　　＊　　　＊

〔1〕　本节所答的问题,见于第二十六篇《清之狭邪小说》。

十九〔1〕

339页倒数3行　《儿女英雄传评话》介绍

马从善序云出文康手,盖定稿于道光中。文康,费莫氏,字铁仙,满州镶红旗人,大学士勒保次孙也,"以资为理藩院郎中……"

问:马从善序文仅"出文康手,盖定稿于道光中"两句吗?

答:不。

问:或者,至"孙也"是马氏之语吗?

答:不。

问:仅"出文康手"一句是"马从善序云","盖"云云乃著者之意吗?

答:是。

342页3行

碌碡……关眼儿

问:这是碌碡吗?

答:是。压平地面之物。

【地面を平坦にするもの】

问:这是碌碡吗?

答:不。这是磨。

【これは磨と称す。】

问:关眼儿是插入轴心的孔吗?

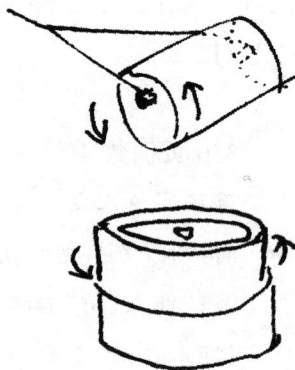

(增田画)

答：是。

346 页最末行

槅扇

问："槅扇"是什么？

答：用文言讲，即"门"或"户"。南方的门或户（其实门有两扇，户为一扇，但现在两者混用）以两扇为多，用木板制成，没有格子。形状大抵如你画的。北方以一扇为多，有格子，如下图。中间一扇即"槅扇"，上半部分格子，下半部分木板。外面又可挂竹帘（冬天的门帘）。

【文言で言へば「門」or「戶」です。

南方の門 or 戶（実は門は二枚、戶は一枚、併し今は混用）は二枚の方が多い、板で拵らへ、格子なし、併し形は大抵、図の如し。北方のは一枚もの多く格子あり、如下図：

中央の一枚は即ち「槅扇」、上半は格子、下半は板。その外面に又竹簾を掛ける（冬は門幕）】

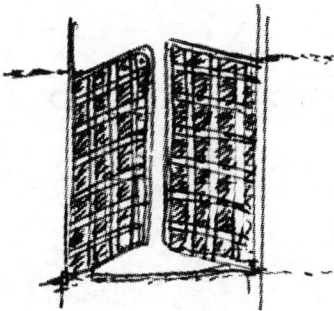

（増田画）

问：槅扇外是室吗？

答：不，这儿是庭院或过道。

问：槅扇内是室吗？

答：是。

问：门上格子内是空的或薄板吗？

答：不，空间糊上纸。

【空間は紙で張ります。】

问：这在日本叫"格子户"，大概与此相似吧？

答：对。

（增田画）

347 页 3 行

穿着簇青的夜行衣靠

问："衣靠"＝衣装？还是排印上的错误？

答：不是误排。但含义与"衣装"同。至于为何用"靠"，因系"侠客"用语，我们凡人难以理解。

【併し意味は「衣裳」と等し。

何故、「靠」と云ふのか？「俠客」達の用語ですから我們凡人には解り難し。】

＊　　　＊　　　＊

〔1〕　本节所答问题，见于第二十七篇《清之侠义小说及公案》。

二十〔1〕

356 页 1 行　李宝嘉传略

后以"铺底"售之商人

问："铺底"＝店的基础＝店的权利＝店的一切支配权、经营权？

答:"铺底"实际就是店的剩货。所谓"售"即把屋(一般不是自己的,是租赁的)里买剩的一切东西出让给别人。至于商店招牌,有时出让,有时不出让。与日本的"老店"似稍有不同。

【鋪底とは実は店の残りです。「售」とは家屋(大抵は自分のものでなくて、かり屋)の造作一切の売り残った品物を人に譲づること。看板は譲づるときと譲らないときある。日本の「しにせ」とは少し違ふらしい】

359 页最末行　《官场现形记》引文
最讲究养心之学
问:"养心之学"是什么样的学问?
答:不管遇什么事,心不为所动的功夫。即道学。
【どんなことあっても、心が動かない工夫。詰り道学です。】

360 页最初行
送他一个外号,叫他做"琉璃蛋"
问:"琉璃蛋"是玻璃球吗?
答:是玻璃球。滑溜溜的,无法把握,喻不得要领的狡猾者。
【ガラス玉です。ツルツルすべって把握の出来ないもの、要領を得ない、狡猾なもの】
问:因能够透视,所以叫琉璃蛋吗?

答:不。

369 页 7 行 　《孽海花》引文

户部员外补阙一千年

问:"阙"＝缺?

答:对。

问:"户部"＝财政部?

答:对。

问:"员外"＝徒有其名、没有职务的官名?

答:对。

问:也就是说,户部员外一千年也补阙(就官)是不可能的事。总之,是对无官的自嘲自尊的俏皮话?

答:户部员外或许一千年也不补阙。总之,是虽然有官等于无官的自嘲自尊的俏皮话。

户部员外系官名。户部官的职位是定员的,因此,一旦空缺(死亡、晋升等),"员外"们就按顺序就其空位,此所谓"补缺"。"补缺一千年"即"补缺需要一千年(必须等)"的意思,不知何时就实职。

【戸部員外は官名。

戸部官の職は定員あるものですから、その職があくと(死ぬか、升進するか)、「員外」たるものは順序にそのあいた職につく。それを「補缺」と云ふ。「補缺一千年」＝「補缺するには一千年かかる(待たなければならない)」と云ふ意味で何時に実職につくことが解らないことです】

369 页 9 行

秋叶式的洞门

问："秋叶式"是何种样子？

答：似芭蕉叶状，怪形状。此种形状由芭蕉而来。

【芭蕉の葉らしい形、馬鹿な形です。その形は芭蕉から來たものだと思ふ。】

370 页 1 行

淡墨罗巾灯畔字，小风铃佩梦中人

问：罗巾上的字是用淡墨写成的？

答：对。

问：是用罗巾制成灯？

答：不对。

问：小风铃是小的风铃？

答：对。

问：或是替小风佩铃？

答：不对。

（增田画）

用淡墨在罗巾上写的(字)，是灯畔(写的)字。微风吹拂，佩铃发出叮叮声，这是连做梦也见到的人（＝永远记着的人）。

【淡墨で羅巾の上に書いた(字)は燈畔の(書いた)字、小い風に吹かれて鈴佩がチリンチリンと鳴つて居るものは夢の中にまで見ゆ人（＝いつも記憶して居る人）】

370 页最末行

一路蹑手蹑脚的进来
・・・・

问:"蹑手蹑脚"是慢慢、徐徐之意吗?

答:不对。

问:有的辞书解释为"迈小步急走貌",似乎不妥,至少不合书中情景。

答:对。

是轻手轻脚不发出任何声响,即悄悄进来,不让主人知道。此处含有恶作剧成分。

【手も足も音をさせない、何の音も立たせない

詰りひそかに這入って主人に知せない為めです。そこには悪戯の分子を含んで居る。】

书外的问题

A.道班、道台

问:"道台"是官名吗?

答:对。

问:或,"道台"是来自民间的尊称吗?

答:不对。

问:民间叫"道台",但其实政府并无此种官名?

答:不对。有此种官名,叫做"道"。

【出して居ます。「道」と云ひます】

B.A大老爷(父),A大少爷(子)

问:"大少爷"限于长子吗?

答:对。

问:次子、三子也叫"A大少爷"吗?

答:不对。

问:次子叫"A二少爷",三子叫"A三少爷"吗?

答:对,是这么叫。

【そう云ふ風に云ひます。】

*　　　*　　　*

〔1〕　本节所答的问题,见于第二十八篇《清末之谴责小说》。

附　增田涉代松枝茂夫问

1.《小说史略》原著46页8行(译本60页3行)

又云,"唐张柬之书《洞冥记》后云:《汉武故事》,王俭造也。"

问:此句译作"唐朝张柬之在《洞冥记》后面写道……"?

答:然。

问:或译作"唐朝张柬之的书,在《洞冥记》之后云……"?

答:否。

问:"书"作名词吗?

答:否。

问:"书"作动词吗?

答:然。

2.《小说史略》原著 53 页 3 行（译本 70 页 14 行）

问:《外戚传》注云《史记》。可一位友人〔1〕来信说,《史记》中,外戚归"世家",查阅《外戚世家》,不见那段文字。班固的《汉书》中有《外戚传》,可也没有这段文字。此处的《外戚传》是否指刘歆的《汉书》? 学生也认为是指刘歆的《汉书》,您以为如何?

答:原书无注,译本注《史记》。这篇《外戚传》除了推测出于《史记》外,别无他法。古人著作中常把书名写错,把《外戚世家》写作《外戚传》,并不奇怪。今日之《史记》已非汉、晋人所见的完整的《史记》,脱简甚多,该文恐已佚失。总之,因是小说,除作此推测外没有办法。

但决不是刘歆的《汉书》。因《西京杂记》传为刘歆所作,这一条中记有"家君"（歆之父刘向）的话,决无引用儿子著作的道理。班固更晚于刘歆,当然不会是《汉书》。

【原書には注なし、訳本に『史記』と注して居る、その『外戚伝』を『史記』と推測する外、仕様なし。古人の著作中に往々その書名を書きちがひことあり、『外戚世家』を『外戚伝』とかいて仕舞ふことも、不思議なことなし。今の『史記』はもう、漢、晋人の見た所の完全な『史記』ではない。多く脱簡がある、それは、今では逸失したものでしょう。兎角、小説ですからこう云ふ風に推測する外、仕様なし。

併し劉歆の漢書では決してない。西京雑記は劉歆の作だと云ふので、此の一条は「家君」（歆の父向）の言葉を記して居るのですから子の著作を引用する筈ない。班固は劉歆

よりもおそいから無論その漢書でない。】

3.原著 62 页 1 行(译本 83 页 5 行)

　刘敬叔字敬叔……

　问:有人问,"字敬叔"三字是否衍文? 提问者认为名与字相同,令人怀疑。但我回答:"名与字同是常见的事,不是衍文。"这样回答如何?

　答:然。名与字相同,不是衍文。

　【名と字とが同一です。衍文では無い。】

4.原著 79 页 10 行(译本 106 页 11 行)

　……下至缪惑,亦资一笑。

　问:这"缪惑"是指《世说新语》的《纰漏》、《惑溺》篇吗?（或指有"缪"字篇名的传本?)

　答:指《世说新语》的《纰漏》、《惑溺》篇。纰＝缪。

　问:译本中,"缪惑"两字加书名号有错吗? 或应作《缪·惑》? 还是只写作"缪惑"?

　答:只写缪惑即可。

　【ただ繆惑とすべし。】

5.原著 80 页 6 行(译本 107 页)

　"三语掾"的解释

　问:"三语掾"有两种解读法:"应该不同",或"不一样吗"。也就是可解释为"不同"或"同"两义,即"以为异则异,以为同则同"。

因为对此仅用三字作答，王衍先生赞叹不已。有人作以上解释，征求我的意见。学生说：不必取两义，取一义即可。先生以为如何？

答："将无同"系晋代俗语，今已费解，故解释多歧。我想，既非包含两义的不得要领之语，也非"不同"之类的简单答复。如这样翻译，也许更接近原意，即"一开始就不同"，或"本来就不同"。由于本来就不同，所以问"异同"者是蠢人，作"异同"比较者也属多事。王衍先生也许是上当而赞许罢？

此个"三语"已与意义无关，即是因三字成官之事。古文中，"千言" = 千字，故"三语" = 三字。

【「将無同」は晋代の俗語だから今にはもう解り兼ねる。だから解釈も多岐である。思ふに両義を含む要領を得ない言葉もなければ「同くはない」様な簡単な答もないらしい。こう訳すれば、真に近いかも知りません。即ち——「始めから同でない」or「もとより同でない」。もとより同でないから「同異」を問ふものは馬鹿だ、「同異」を比較するものも余計なことをするもんだとなる。王衍先生が一杯くはされて感心したのでしょう

この「三語」はもう意義と関係なし、詰り三字によってなった役人のことです。古文に千言＝千字、だから三語＝三字】

6. 原著 227 页 9 行（译本 306 页之注）

潘金莲亦作河间妇

问：称"河间妇"为"谋杀丈夫的毒妇"，奇怪；"因今世毒杀丈夫

的报应,来世成为杀夫毒妇",也不合理。这能不能解释为"成为性
无能者之妻"? ——有人提出这样的疑问。其理由是"河间为'宦官
的名产地',自古有名。《后汉书》、新旧《唐书》、《宋史》等宦官传中,
'河间'两字屡见,《明史》宦官传中,王振、蒋琮等系河间府出身,《清
稗类钞》奄寺类中有'阉宦类多河间人'之句。但据《宋史》宦官传
称,宦官以开封人最多。故河间府成为宦官供应地大约在元、明,即
定都北平后的现象……"

这样解释如何? 过于穿凿附会了吧?

答:既有点道理,也过于穿凿。

确实河间多出宦官,但阉宦是人为的,且不结婚。把"性
无能者之妻"称作"河间妇"之例也不多见。

记得曾见过河间出有名毒妇的记载,但书名[2]一时想不
起来。暂且保留,待我一查。

【一理も有れば穿鑿過ぎるとも思ふ。

成程河間に閹宦多く出たが併しその閹宦は人工的で且
つ結婚しない。性的不能者の妻になった女を「河間婦」と呼
ぶ例も滅多に見えない。

嘗河間に出た有名な毒婦のことを記したものを見たこ
とあると覚えて居ますが併し急にその書名を考出せない。
兎角先づ保留して調査を待ちましょう。】

以外的问题

原著 226 页末至 227 页初关于"红铅"、"秋石",《野获编》
卷二十一云:"茗邵陶则用红铅,取童女初行月事,炼之如辰砂
以进。茗顾盛则用秋石,取童男小遗去头尾,炼之如解盐以
进……"

问:"头尾"、"解盐"是什么意思?

答:"头尾"即开头与结尾,就是说不取小便的最初一部分,也不取最后一部分。

解盐。山西省解州产盐,不是石盐那样的块状,也不是末盐那样的粉状,而像雪花那样,与日本盐相似。从海水中取出的,均此种形状,但解盐系从土中炼取。

【頭尾＝始と終り。頭＝始め、尾＝仕まひ

詰り出る小便の初めの一部分を取らない、終りの一部分も取らない

解塩、山西省解州から出る塩、石塩の様な塊でなく末塩の様なこまかい粉末でもない。雪花の様なもので日本の塩に似る。海水から取たものは皆なこんな形だ。しかし解塩は土から取るもの。】

＊　　　＊　　　＊

〔1〕　即松枝茂夫。

〔2〕　见于唐代柳宗元《柳河东集·河间传》,参看第十一节注〔4〕。

关于《世界幽默全集·中国篇》

一

《阿 Q 正传》

　　"过了二十年又是一个……"阿Q在百忙中,"无师自通"的说出半句从来不说的话。

　　问:请赐教这后半句的意思。"一个"指什么?

　　答:一个年轻人。中国社会上还是 相信佛教轮回说,因此即使被杀,还会转世再生,二十年之后又是一个年轻人。(不过,此事我不能保证。)

　　【一個の若者です。支那の社会では、矢張、仏教の輪迴説を信ずるから。殺されでも、又転生し、二十年立つと、又一人の若者になるはづです。(併しこのことは僕は保証しません。)】

<h2 style="text-align:center">二</h2>

《徐文长故事》[1]

怪不见

　　问:"怪不见"即怪不得吗?

　　答:是。

娘舅

　　问:"娘舅"是母亲的兄弟呢? 还是外祖父的兄弟? 还是其他的关系?

　　答:娘舅＝母亲的兄弟。

向卫门控告徐文长间人骨肉

　　问:"间人骨肉"(《咬耳胜讼章》)是什么意思?

　　答：离间别人骨肉＝煽动别人，使父子兄弟不和。

　　【人の骨肉を離間す。＝人を煽動して父子兄弟不和な
らしむ。】

＊　　　＊　　　＊

　　〔1〕《徐文长故事》　民间故事，林兰等编写。

三

《二诗人》〔1〕

　　a．诗人的何马，想到大世界去听滴笃班去，心里在作打
算……

　　问："滴笃班"是什么意思？

　　答："滴笃班"又名"三角班"，由二、三人组成的戏剧。唱
俚词，一句唱毕，以鼓和拍板（由两块木板制成）连续击
出"滴"（Dic）、"笃"（Tac）声响，故叫"滴笃班"，是极简
单、原始的戏剧。

　　【滴篤班とは一名「三角班」の二三人で組立た芝居です。
俚詞をうたふ。一句歌ふと鼓と拍板（二片の木板で拵へる）
とを以つて「滴」（Dic）「篤」（Tac）と続くから「滴篤班」とも云
ふ。極く簡単な、原始的な芝居です。】

　　b．……他的名片右角上，有"末世诗人"的四个小字，左角
边有《地狱》、《新生》、《伊利亚拉》的著者的一行履历写在那
里……

问：“伊利亚拉”，从发音揣摩是《伊利亚特》吧？

答：故意把 Iliad 写错杜撰的书名，其实不存在那样的书。

【わざと Iliad から間違って拵らへた書名、実はそんな本は存在しない。】

c. 走下了扶梯，到扶梯跟前二层楼的亭子间门口，他就立住了……

问：什么叫“亭子间”？

答：从正式房间上楼梯的转角处那个房间叫亭子间（小间屋之意，房租便宜），可译作“二楼里屋”罢？

【A＝正式の部屋

B＝楼梯ある処

C＝亭子間（小い部屋の意、貸間としては、やすい方です）

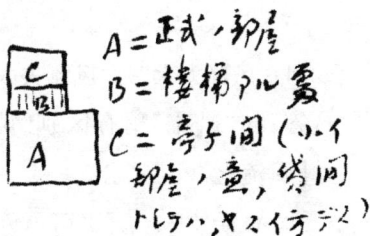

二階の裏部屋とも訳す可しか？】

d. 老何，你还是在房里坐着做首把诗罢！回头不要把我们这一个无钱饮食宿泊处都弄糟。

问：“回头”是“可是与此相反”之意吗？

答：“回头”是“请当心”的意思，难以直译。如意译，为：“请别把我们这个无钱饮食宿泊处都弄糟了！”

【「回頭」は「気をつける様に」と云ふ意味ですが、直訳し難し。意訳すれば、「我々のこの無銭飲食宿泊所を台なしに

して仕舞はない様に」】

　　e.……前几天他又看见了鲍司惠而著的那本《约翰生大传》……

　　问:"鲍司惠而"译为ペヲッフイル?

　　答:Boswell。

　　问:"约翰生"译为ヨハネス?

　　答:不对,Johnson。

　　f.楼底下是房主人一位四十来岁的风骚太太的睡房……

　　问:"风骚太太"是"风流夫人"吗?

　　答:与"风流"稍有区别,可译作"色情的"罢。

　　【風流と少し違ふ

　　「エロチク」と訳す可きか?】

　　g.油炸馄饨

　　问:"馄饨"是肉馒头,还是烧卖?

　　答:都不是。用薄薄的面粉皮子包肉做成,放入油中炸的东西。

　　【両方ともない。麵粉の薄すい皮で肉を包み、油で揚げたもの】

　　h.马得烈把口角边的鼠须和眉毛同时动了一动,勉强装

着微笑,对立在他眼底下的房东太太说:"好家伙,你还在这里念我们大人的这首献诗? 大人正想出去和你走走,得点新的烟世披里纯哩!"

问:"好家伙",含有"啊,夫人(这畜生)"之意吗?

答:直译是"好东西"、"好孩子"的意思。但其实不过是感叹词,与日文"こ奴は"(这家伙)相似。

"烟世披利纯"即 inspiration(灵感、天启)。

【直訳すれば「よいもの」、「よい子」、然し実は感嘆詞にすぎず日本語の「こ奴(いっ)は」と似て居ると思ふ。】

i. 大人　先生

问:"大人"与"先生"何者更为尊敬之语?

答:"大人"更为尊敬。"大人"相当于日本的"阁下",大多用于对官吏的称呼。

【大人の方はより尊敬の語です。大人＝閣下(日本に於けるの)、多く役人に対して使ふ】

j. 中南小票

问:是中南银行的一圆纸币吗?

答:是的。

k. 一边亭铜亭铜的跑上扶梯去,一边他嘴里还在叫:"迈而西,马弹姆! 迈而西,马弹姆!"

问:是西洋歌的发音还是中国歌? 若是中国歌,是什么歌? 意

思是什么?

答:法语:谢谢,夫人。

【メルシー、マダム(=仏蘭西語、有難ふ 奥様)】

m.[2]他嘴里的几句"迈而西,马弹姆!"还没有叫完,刚跳上扶梯的顶边,就白弹的一响,诗人何马却四脚翻朝了天,叫了一声"妈吓,救命,痛煞了!"

问:"妈吓"是"这畜生"之意吗?

答:若直译,即"妈妈呀",但像你这样译也可以罢。

【直訳すれば「御母様よ」だがそう訳したらよいでしょう】

n. 楼底下房东太太床前的摆钟却堂堂的敲了两下……

问:"摆钟"是钟吧?

答:是的。

o. 诗人回过头来,向马得烈的还捏着两张钞票支在床沿上的右手看了一眼,就按捺不住的轻轻对马得烈说……

问:"按捺不住"是不停地抚摸坏眼镜,还是形容轻轻地对马得烈说?

答:无法忍耐(自己的想法要说出来,已经无法忍耐)。

【我慢が出来なくなった様に(自分の考へを発表することをもう我慢が出来ない)】

p."有了,有了,老马！我想出来了。就把框子边上留着的玻璃片拆拆干净,光把没有镜片的框子带上出去,岂不好么?"

马得烈听了,也喜欢得什么似的,一边从床沿上站跳起来,一边连声说……

问:"光"作何解释?

答:"仅仅"的意思。

问:"也喜欢得什么似的"是什么意思?

答:喜欢得无法说,其实仅"非常喜欢"之意。

【「言へ様のない様によろこんで」実は只「大変よろこんで」の意】

q. 搁起了腿

问:是两腿交叉,还是平行?

答:两腿交叉。

(增田画)

R. 我们这一位性急的诗人,放出勇气,急急促促的运行了他那两只步子开不大的短脚,合着韵律的急迫原则地摇动他两只捏紧拳头的手,同猫跳似的跑出去又跑回来跑出去又跑回来的……

问:"原则地"是"规则地"之意吗?

答:是的。"原"殆误排。

【「原」は誤植だろう】

　　r."老马,我们诗人应该要有觉悟才好。我想,今后诗人的觉悟,是在坐黄包车!"马得烈很表同情似的答应了一个"乌衣"之后……

　　问:"乌衣"与"喂喂"同义吗?

　　答:法语,即 yes。这位诗人是法国留学生,故常用法语。

　　【「ヴイ」(仏蘭西語＝yes。この詩人は仏国留学生だから、よく仏語を使ふ)】

　　s.车夫们也三五争先的抢了拢来三角角子两角洋钿的在乱叫。

　　问:"拢"是什么意思?

　　答:"抢了拢来",跑来。"拢"即聚集。

　　【馳けて来て(集る)】

　　问:"角子"、"洋钿"是什么意思?

　　答:"角子"、"洋钿"都是银币。

　　【「角子」「洋鈿」皆な只「銀貨」を意味す】

　　t.臭豆腐

　　问:是油炸豆腐吗?

　　答:稍有臭味的豆腐,类似西洋的干酪。

　　【少し、くさらした豆腐、西洋の「チース」の類】

　　u."喂! 嗳嗳……大人,郎不噜苏,怕不是法国人罢!"

　　诗人听了这一句话,更是得意了,他以为老马在暗地里造

出机会来使他可以在房东太太面前表示他的博学……说："老马,怎么你又忘了,郎不噜苏怎么会不是法国人呢? 他非但是法国人,他并且还是福禄对儿的结拜兄弟哩!"

问:"郎不噜苏"、"福禄对儿"是人名吗?

答:"郎不噜苏"即 Lombroso(龙勃罗梭),意大利学者。"福禄对儿"即 Voltaive(伏尔泰)。可直译为:龙勃罗梭怎么会不是法国人? 他不仅是法国人,而且还是伏尔泰的把兄弟呢!

【Lombroso(意大利の学者)

直訳すれば——ロンブロゾ—は何(どう)して仏蘭西人でないことが出来るか? 他は仏蘭西人であるのみならず、他は且つヴォルテルの義兄弟だい!】

问:"结拜兄弟"是怎么回事?

答:"结拜兄弟"指无任何血缘关系的人,因情投意合,起誓结拜为兄弟。如《三国演义》中的刘、关、张三人。日本叫"义兄弟"罢?

【「接拜兄弟」とは何の関係もない人が情意投合の為め、誓て兄弟となる。例へば、三国志演義中に於ける劉、関、張三人の如し。日本では「義兄弟」と云ふか】

v. 他觉得"末世诗人"这块招牌未免太旧了,大有更一更新的必要,况且机会凑巧,也可以以革命诗人的资格去做诗官。

问:"诗官"是"诗的官吏"吗?

答:"诗官"系作者杜撰的名词。"靠诗做官"的意思,稍为难译,与"诗的官吏"还不同。或许只译作"官吏"更易理解。

【「詩官」は作者の拵へた名詞。「詩の御蔭でなった役人」の意、少し訳しにくい。「詩の役人」と又違ふ。或は只「役人」と訳した方が解り易いかも知らん】

w. 诗人一见到笑迷迷地迎出来的中年老板,马上就急得什么似的问他说……

问:"急得什么似的"是什么意思?

答:慌张得无法形容,即异常慌张。

【「言へないほと慌(あは)てて……」=「大変慌てて」】

x. "是不是? 假如你们店里在这四日之内,也要死人的话,那岂不耽误了我的名片的日期了么?"

问:"是不是"是"怎么样"还是"不是么"?

答:"不是么"之意,也可译作"是吧"。

【或は「そうだろう」とも訳す可し】

y. 她看了他一副痴不像痴傻不像傻的样子……

问:愚蠢之意吗?

答:是的。若直译即"既不像痴,又不像呆",其实就是痴愚。

【直訳すれば＝馬鹿らしくもない、阿房らしくもない

実は只＝馬鹿らしい】

z. 一盘很红很热很美观的蕃茄在那里……

问:西红柿吗?

答:是的。

a′. 诗人喝了几杯三鞭壮阳酒。

问:中国酒还是西洋酒? 若西洋酒,原名是什么?

答:中国酒。"鞭"＝男性生殖器(限于动物),"三鞭"＝三
种动物的生殖器(大约海狗之类罢)。

【「鞭」＝男性生殖器(動物に限って使ふ)、「三鞭」＝三種
の動物の生殖器(膃肭臍などでよ一)】

b′. 何诗人,你今晚上可以和我上大华去看跳舞么? 你
若可以为我抛去一两个钟头的话……

问:"抛去"是什么意思?

答:＝扔掉＝糟蹋＝浪费

【＝すてる＝無駄にする＝ついやす】

问:为自己分出一两个钟头之意吗?

答:是的。

问:那么此处的"话"是什么意思呢?

答:如果的意思。

c′. 亨亨的念出了一首即席的诗来:

"嗳嗳,坐一只黑泼麻皮儿……"

问:"黑泼"是什么意思?"麻皮儿"是 mobile(汽车)吗?或许"黑泼麻皮儿"＝Hup mobile 的音译?

答:"麻皮儿",汽车的意思。"黑泼麻皮儿"系 Hup mobile 的音译。

＊　　　＊　　　＊

〔1〕《二诗人》 短篇小说,郁达夫作。

〔2〕 原件编号缺 l。

四

《皮带》[1]

a."……哈哈哈。"梁副官虽然是好人,笑起来可像坏鹅。

问:"坏鹅"是坏的鹅?难听的鹅叫声?

答:不明。想来也许是"愚蠢、心肠坏"之意罢。鹅在中国被当作笨伯。

【不明。思ふに「馬鹿らしくて意地悪い」と云ふ意味だろう。支那では鵝鳥は馬鹿なものだと見られて居る。】

b."你愁什么,"梁副官舐舐手指,翻着帐簿。

"事情问姨爹要,要不到就住在这里吃,慢慢地来,哈哈哈。"

问:"要"字怎么译?

答:"要"＝请求。"事情"＝工作。工作向姨爹请求,求不

到,就住在这里吃,慢慢地来。

【仕事(就職口)は姨爹に(探して)くれて貰ふ。くれなければここに住み込んで食う,ゆくりと】

c.他便想挣口气

问:"想挣气"是什么意思?

答:想奋发。他想发奋。直译为"加劲努力",即奋发图强。

【奮発しようと思ふ

他は奮発しようと思った。直訳すれば「一息(いき)を努力する」即ち「奮発すること」。】

d.他听着隔壁梁副官格达格达地在打算盘,打着打着梁副官用了九成鼻音喊人。

问:"打着打着"是"边打算盘边……"即"一边吧嗒吧嗒打算盘一边……"的意思吗?

答:稍有区别。"打着打着然后(打了相当长的时间之后)"的意思。

【少し違ふ

打って打ってそうして(随分打ってから)】

e.上士以前当学兵,现在晚上没事就看些书。

问:"学兵"是什么?

答:学兵:国民党"北伐"前及"北伐"中,不满于北洋军阀

的革命学生很多去了广东。这些学生编为兵队训练，其实就是士兵，却别称"学兵"。"学生上升为兵"之意。他们在北伐时死了很多。

【学兵＝国民党が「北伐」の前及び最中、北洋軍閥に対して不平を抱く所の革命的学生達が随分、広東に行きました。こんな人々を兵隊として訓練し、実は兵卒だが併し別に「学兵」と称した。「学生上りの軍隊」の意です。彼等は北伐の時に沢山死んだ】

f. 睡觉行头

问：寝具吗？

答：寝具的俏皮说法。即睡觉用具。

【寝具を洒落に云ふ＝ねる道具】

g. 拼死命找人说话

问：拼命寻找工作之意吗？

答：拼命求人讲话＝托人寻找工作。

【一生懸命に人に頼んで云って貰ふ＝人に頼んで就職口をさがして貰ふ】

h. 赵科员定了几份白话文的杂志

问：成为定期读者吗？

答：对。

i. 吃稀饭的时候他问薛收发:"你的政策以为咸鸭蛋的趋势好,还是皮蛋的趋势好?"

问:"吃稀饭的时候"是早饭时吗?

答:喝粥时(即早饭时)。

【粥(かゆ)を食るとき。】

问:"趋势"是什么意思?

答:倾向、趋向之意。但此处似作"做法"用。

【傾向、おもむき。

併しここには「やりかた」として使ってるようだ】

问:"皮蛋"?

答:变黑的盐醃蛋。盐醃蛋的一种,日本没有,除按原文照写外,没有别的办法。

【黒くなった塩漬卵。

塩漬卵の一種で日本にない。そのまま、書く外仕様がない】

j. 炳生先生还是一刻也不休息地埋头抄麻衣什么,而且用恭楷。

问:"恭楷"是恭敬的楷书吗?

答:是的。

k."两个理想"又自己商量着:"一个趋势使他们不重心,一个趋势是自己同处长科长感情好起来。这样才能算是青年范围的政策。"

问："不重心"是"使其安心"？"不使其愤愤不平"？

答：不使其担心。

【心配させない】

l. 第二天有个大信封的东西到梁副官手里：叫他"毋庸"到处里办公了，叫他"另候任用"。

问：是"解雇"还是"休职"？

答：休职。

m. 炳生先生心脏一跳。他记得相书上说二十几岁的人是走额头运。他对镜子照照额头：额头很丰满。

问："走额头运"系麻衣相法秘传，其内容凡人难以理解。不过，至少请日本式地将这四个字解释一遍！是"额头奔走之运"吗？读后不明何意，嗟呼！

答：据相法云，人的命运与面相有关。按年龄相应由脸部上方向下方移动。如二十岁与"额运"相当（即其时额高运高，额低运低），三、四十岁与"鼻运"相当，五、六十岁为"口运"，七、八十岁为"颚运"，九十、一百岁为……？"走额头运"是指与额形相应的境遇，额头丰满则运气好。

【相法によれば、人間の運命は、顔の様子と関係す。年齢に比例して顔の上から下に行く。例へば二十歳なら、額の運に当る（即ちそのときの額の形がよければ、運命がよい、わるければわるい）三四（十）なら鼻のあたりの運、五六十なら、口辺の運、七八十ならあごの運、九十一百なら……？

走額頭運とは額の形と相応する境遇にあること。額が豊満ならば運がよい筈だ】

＊　　　＊　　　＊

〔1〕《皮带》　短篇小说，张天翼作。

五

《皮带》(之二)

a."江斌，褥单要铺平哪，你真是！……还要放下些……"

问："你真是"是"你真正是"吗？

答："你真正是(傻瓜)"之意。

【「御前は本当に(馬鹿だ)」の意】

问："还要放下些"是再松一点之意吗？

答：再往下一点。

【もっと下の方に】

b.……谈来谈去谈到娘儿们，因此连带地把脱裤的事也谈到些……

问："娘儿们"是女人吧？

答：女人，但含有轻蔑之意。

【「女」の意、但し軽蔑の意あり。】

问："脱裤的事"是"猥亵之话"吗？

答：只是"脱裤"之意，但指性交罢。

【只だ「褲をぬぐこと」であるが性交を指して云ふだ

ろう】

c. 少尉准尉虽然只是起码官儿,可总是官儿,不是士兵。
问:"起码"是最初、最低之意吗?
答:是的。

d. 娘老子
问:双亲、父母之意吗?
答:是的。

e. 用了九成鼻音喊人:
"江斌,江便!"
问:"九成鼻音"?
答:"九成鼻音"即百分之九十的鼻音,声音大多从鼻孔发出。
【九十パーセントの鼻音。発音は多く鼻を通して出る】
问:"江"的发音是"チヤング",还是"キヤン?"
答:在中国,"江"读作"チアン"。
【支那では「チアン」です】

f. "申饬"
问:译作"宣告戒饬"行否?
答:仅"戒饬"之意。不过,这样译也行。
【「戒飭」だけです。しかし、こう訳してもよい】

　　g."勤务兵就……"她摇摇头。"十块五毛钱一个月,伙食吃自己的,忙又忙得个要死,外开一个也没有……"

　　问:"外开一个也没有",别的职业一个空缺也没有的意思吗?

　　答:意外的收入一分也没有。"外开",正当收入以外的收入,例如贿赂。

　　【意外の収入は一文も無い

　　「外開」とは、あたり前以外の収入、例へば賄賂】

　　h."狗婆养的,此刻不是又想到了!"

　　问:"狗婆养的"是骂人话"这畜生"吗?

　　答:骂人话。直译即雌狗的儿子。

　　【直訳すれば＝雌狗の子】

　　i."他们哪里替我诚心找事,诚心找还找不成么,一个中将处长?……我的事情,他们只说说风……风……风什么话的。"

　　炳生先生记得"下江人"对这些话有个专门名词,叫风什么话,但中间那个字怎么也想不起。

　　问:"下江人"是长江下游地方的人吗?

　　答:是的。

　　问:"风什么话"即街谈巷议吗?

　　答:即风凉话,讲些毫无关系的话。

　　【すずしいことを言ふ。なんの関係もないようなこと

を云ふ】

j. 经过职务:"曾任传令中士,须至履历者。"

问:"可作为履历"之意吗?

答:"履历如右"之意。

【履歴は右の通りなり】

k."五哥你说咸板鸭好还是烧鸭子好?"

问:"咸板鸭"和"烧鸭子"是"盐渍过的鸭子"和"烧家鸭"吗?

答:是的。

l. 中尉收发

问:"收发"?

答:即日语"受附"。

m."恭喜邓先生,请你盖个私章。"掀开一本簿子。

问:"盖个私章",是"请按印",还是"请签名"?

答:请按印。私章,个人的印章,不是官署的印章。

【私章、個人の印、役所の印でない】

n. 右令少尉司书邓炳生准此。

问:"右,封少尉司书,邓炳生准此"之意吗?

答:右,命令少尉司书邓炳生,照此(右)办理!

【右、少尉司書鄧炳生に令す。此(右)の如くせよ!】

问："令"连结全句还是只连结少尉司书？

答：连结全句。

o."这是处里的公事，你没看见么！还要呈请部里正式委。"

问："你没看见么"是"没有必要跟你说"（不是你知道的事）之意么？

答：你不看见吗（你不知道吗）之意。

【お前は見えないのか（知らないのかの意）】

问："委"，"委任"吗？

答：是的。

p．办公厅。

问：事务所？事务室？

答：事务室。

q．给士兵瞧不起的长官，做人是很难的……

问："做人是很难的"什么意思？

答：做人啊，很难。（被士兵轻蔑的长官，工作难干）（因为不听从命令）。

【人となるや、むづかしい（兵卒に軽蔑される長官は仕事は難しいものだ）（命令などをきかないから）】

r."我说本处里的勤务老爷。"

问:"勤务老爷"是勤务兵的军队用语吗?

答:"勤务"之后带个"老爷",为轻蔑口气。

【旦那をつけるのは軽蔑の口調です】

s. 性的事件必须要谈的以外,就是电影哪家好,……

问:"必须要谈的以外",是"不用说"、"此外"之意?

答:性的事必谈,除此而外……

【性のことは屹度と話しますが、その外は】

t. 撤了差。

问:怠职之意吗?

答:被停职。

u. 上校。

问:"校"是军队编制中,将官与尉官间的军衔么?

答:是的。

v. 起居是有江斌伺候。照规矩炳生先生可以跟另一个尉官合用一个勤务兵,可是他没用,每月就能拿半个勤务兵的钱:五块两毛五。江斌服侍,每月给江斌两块大洋。所以炳生先生每月的收入一起有四十五块两毛五了:那三块两毛五是额外收入……

问:"可是他没用,每月就能拿半个勤务兵的钱"中,"他"指谁?谁拿"半个勤务兵的钱"?

答:指炳生。炳生先生应当可与另一尉官合雇一个勤务兵。但他没雇,就把雇金的一半装入了自己的口袋。

【当前は炳生先生は外の尉官一人と共に、一人の勤務兵をやどることが出来るのですが、併し彼は、それを催用しないで、その給金の半分を自分のポッケトに入れた】

w."江斌,江便! ……喊你怎么总不来,嗯? ……有的事情做惯了的,还是要嘱咐,真是……"

问:"嗯"是"喂"吗?

答:"唉"的意思。

问:"有的事情做惯了的"是什么意思?

答:有些事早该做惯了,可是还非得要叮嘱不可。

【或る仕ことは、もうなれて居る筈だのに、併し、また、言つけなければならない】

x."她来了之后,你的家庭范围还重心不重心?"

问:"重心"是安定之意吗?

答:难办之意。

【困る】

y."那真是能者多劳。"

问:伟人担忧多之意吗?

答:能人苦劳多。

【よく出来る人は苦労が多い】

z. 接着满不在乎地笑了,不过笑得很紧张

问:"满不在意的"意思吗?

答:什么事也没有似的。

【なんでもないように】

问:又,《皮带》中的主要地址的"处"及"处长姨爹"的"处",如何译成相应日文,请赐教。

答:译成"局"如何?

【局と訳したら、どうです】

六

《稀松的恋爱故事》[1]

a. 姓是姓……姓牛！因为姓得不大那个,很少被人提起……

问:"姓是姓……姓牛"是"姓就叫姓……即牛姓"之意吗?

答:直译的话＝"姓,姓,……姓牛！但由于姓氏并不显赫,故很少被人提起"(牛姓既不惹人喜爱,又非伟人亲属之故罢)。

【直訳すれば＝「苗字は、苗字としては……牛ですが！その苗字は大したものでもないから、そう人の口にのぼらない。」

(「うし」はおもしろくない苗字の為めか、或はえらい人の親類でない為めでしょう)】

"干么尽背履历?"

问:一般讲述履历的方式叫"背"吗?"背履历"是否成语?

答:为何老是喋喋不休地讲履历?"尽",只是;"背",暗诵。

【どうして何時でも履歴を喋てるのか】

b. 三挖子是专门伺候他的一个不大不小的孩子。

问:"三挖子"是随便杜撰的名字吧? 有何含义?

答:随便杜撰的名字。

c."唔,是不是去打茶围?"

问:一起喝茶之意吗?

答:去妓馆饮茶。

【妓館にて茶を飲む】

d."你干么不就'下水'?"

问:"下水"指猥亵行为吧? 确切含义不明。

答:投宿(专用于买娼时)。

【とまること(女郎買のとき専用)】

e."仙女牌的呢? ……那么瓦嫩踢奴牌的呢? ……"

问:"瓦嫩踢奴可否读作ヴァレンチヌ?

答:可以。

　　f. 男的瞪着眼瞧她,似乎想从她头发里找出不□癫儿式的半个世界来。

　　问:请告"不□癫儿"发音及脱落的字。

　　答:〔2〕

　　g."听说现在耗痢窝〔3〕的电影明星还作兴大嘴哩。"

　　问:"耗痢窝"是 American(美国)的音译吧?

　　答:是美国。似乎故意用那样的坏字眼。

　　【アメリカのことです。故意にそんなわるい字を使ったらしい】

　　h. 电灯下垂着的绿色流苏。白绸子桌布。汽炉。Vis-a-vis。

　　问:"Vis－a－vis",中文如何写?

　　答:中文无,要写的话,可作"面对面"。

　　【支那語なし。書くなら「面対面」】

　　i. 那个赞许地笑着:猪股癫糖使他的牙齿成了干鸭肫的颜色。

　　问:"干鸭肫"是"晒干的家鸭之胃"吧?

　　答:是的。

　　j. 猪头肉

516

问：猪头部的肉吗？

答：是的。

k. "诗人怕我割他靴子。"

问："夺他的情人"之意，对吗？

答：对。但专用于妓女。

【そうです。併し専門に女郎のときに使ふ】

l. "你真像 Grara Bow，是真的，越看越像。"

"那够多难看！"

"怎么，你说难看？……"

问："那够多难看"如何解释？

答：那家伙多么丑呀！"Grara"似应作"Crara"。

【あ奴はどんなに見醜くいたろう】

问："怎么，你说难看？"是"她并不那么漂亮"，还是"她会那么漂亮吗"？

答：日译为："何んだ、汝は醜くいと云ふのか？"

m. 直到各人回去，他们没做什么减"灵"的事。

这晚罗缪写了一个钟头日记。

这晚朱列照了一个钟头镜子。

问："钟头"何意？"钟"是置于枕边的闹钟吗？从发音看，"钟"是"床"的谐音吧？

答："一个钟头"即一个小时。一小时记日记。一小时用

镜子看自己的脸。

【一個鐘頭とは一時間のことで

一時間、日記を書いた

一時間ほと、鏡で自分の顔を見た】

n."你瞧这风景够多好!"女的看着些画片……

"这像牯岭那个什么,"他说。

"牯岭我没到过。"

问:"牯岭"是何处的山?

答:江西庐山的异名,避暑胜地。

【江西省にある廬山の異名、避暑地です】

o."烫手!"她那被粘着的嘴叫。

问:"烫手"似俗语,不懂意思,可否意译为"不得了"、"住手吧"?

答:要烫伤手的! 似有"住手"的意思。

【手に焼どするぞ。「およしなさい」の意でしょう】

p."瞧瞧她的日记,"罗缪拿给我们看。"别瞧她不起,她简直是个女作家。只是文句里多几个'了'字。"

"我真是如何的傻呵! 我知道我错了! 他一百三十四号信上告诉我了! 我真是知何的傻呵!"

问:"他一百三十四号信上告诉我了"与前两句(a)相连接,还是与后一句(b)相连接?

答：与二者都相连，其实 a 即 b，有一句就够了。

【両方とも接する、実は a ＝ b、一句あれば足りるのです。】

q. 上馆子二百余次(详见他俩的日记)

问："馆子"是旅馆的意思吗？去饭馆等不也叫"上馆子"吗？"上馆子"是投宿？还有更特殊的(男女二人同衾)意思吗？

答："馆子"＝饭馆(此外没有特别意思)。

【料理屋(外に特殊の意味なし)】

r. "我们的窗档子用淡绿色印度绸的，好不好？"

问："窗档子"是窗棂、窗格子吗？

答：按说当是窗格子。但此处作窗帘用，恐系作者笔误。

(增田画)

【当前は窓の格子です、併しここでは窓の幕として使って居る、作者の誤でしょう】

s. 千把块钱。

问：一千美元？

答：一千美元左右。

些涂退光漆的木器。

问："退光漆"，有专门的西洋语吗？

答：中国话。闪闪发光的漆。

　　【支那語です。ピカピカ光るもの】

　　t."缪,钢琴送来之后放到哪间房里,你说? ……Betty,你看见罗缪最近的诗没有? 我想给他画张油画像。对不起。今天没给韩太太预备好酒。老柏你瞧……"

　　朱列指着一位客的怪脸,把三条指头放在嘴上笑。吃饭了。坐在罗缪的上手。

　　他拉拉罗缪的袖子:

　　"诗人,我怕我十辈子也找不着个把爱人。"

　　问:"钢琴送来之后"有"被打搅"的意思吗?

　　答:没有。

　　问:"今天没给韩太太预备好酒"中,"给"是"为"的意思吗?

　　答:是的。未准备。"好酒"是好的酒。

　　问:"一位客的怪脸",是指韩太太吗?

　　答:是吧。

　　问:"吃饭",谁? 无主语,颇费解。

　　答:大家吃饭。

　　问:"我十辈子"是"我等十人"即"大多数人"的意思吗?

　　答:"十辈子"即"十生",其实只是"一生"的诙谐说法。

　　【十輩子＝十生涯(実は「一生涯」のことを洒落に言ふ丈)】

　　＊　　　＊　　　＊

　　〔1〕 《稀松的恋爱故事》　短篇小说,张天翼作。

〔2〕　鲁迅当时未答,参看 320628 致增田涉信。

〔3〕　"耗痢窝"　当指好莱坞(Hollywood)。

七

《稀松的恋爱故事》(之二)

a."朱——列唷!"谁在后面大叫。

赶紧回头——

唔,卖猪头肉的。

"朱列,猪头肉,"他念着"猪头,朱列,朱……猪头肉,肉,列,朱,猪……"

问:最后的话单纯表现"他"意识的混乱,"朱列"与"猪头肉"没有特殊的(习惯上的)关系吗? 或许"朱列"特别含有猪头肉红、新鲜等言外之意吧?

答:"朱"与"猪"同音,"列"与"肉"发音相近。因此"猪肉"听起来像"朱列"。

【「朱」と「猪」とは同音。

「列」と「肉」の発音は似って居る。

だから「猪……肉」と言へば「朱列」の様に聞えます。】

b."好极了,比瘟西,还好。"

"干什么拿我比瘟西,我们派数不同:我们是后期印象派。"

问:"瘟西"是谁? 我一点头绪也找不到。

答:文艺复兴时期画家 Leonardo da Vinci。张天翼常常

这样乱写西洋人名，其实这是坏习气。

【文芸復興期の画家 Leonardo da Vinci

張天翼はよく西洋人の名をこんなに滅茶苦茶に書くなら実にわるいくせです】

c."那够多难看!"

问:可否译作"那不是非常难看吗?"

答:可以。

<h1 style="text-align:center">八</h1>

《今古奇观·乔太守乱点鸳鸯谱》

○那裴九老，因是老年得子，爱惜如珍宝一般，恨不能风吹得大，早些儿与他毕了姻事……

问:"他甚至想倘若风儿大可促使其长大……但那是不可能的"之意吗?

答:恨不得风一吹就使他长大，好早点结婚＝对不能使其极迅速长大完婚而感到遗憾。

【風が吹くと直に大きくなって早く結婚させることが出来ないことを恨む＝極く迅速に生長して結婚の出来ることが出来ないことを残念だと思ふ】

○玉郎从小聘定善丹青徐雅的女儿……

问:"善丹青"是"出色的画家"? 还是应读作"聘定善，丹青"?

答:擅长丹青(画)的好手徐雅。

【丹青(画)の上手なる徐雅】

○因冒风之后,出汗虚了,变为寒症

问:"汗出光了"还是"盗汗"?

答:出了许多汗,变得衰弱(虚)了。大约是药物使其出汗的罢,不是盗汗。

【汗を沢山かいて衰弱(虚)になった。(薬で出したのだろう)】

○万一有些山高水低,有甚把臂……

问:"把臂"是什么意思?

答:有何把握＝也许有危险。

【どんな把握があるか＝危険かも知らん】

○第二件是耳上的环儿,此乃女子平常时所戴,最轻巧也少不得戴对丁香儿。

问:耳环装饰的是丁香的果实吗?

答:不是。

问:用丁香子作耳环吗?

答:不是。

问:是作为普通金银耳环的附属装饰品吗? 还是仅仅形容耳环之大小?

答：不是。大概是钉子形耳环罢（大多银制）。丁香耳环最为简便，戴时须挂一对。"轻"＝简，"巧"＝便。

【丁子の形をなして居る耳環だろう（大抵銀製）
丁香とはこれ
一番簡便なことにするも一対丁香児を掛けなければならん】

○专候迎亲人来，到了黄昏时候，只听得鼓乐喧天，迎亲轿子，已到门首，……孙寡妇将酒饭犒赏了来人，想念起诗赋，诸亲人上轿……

问："想念起诗赋，诸亲人上轿"，是"因念起诗赋，就想起亲人上轿"之意吗？诗赋是谁念的？什么诗赋？去新郎处时关门的诗赋吗？

答：新娘上轿时，有人吟诗（或文），催其上轿。诗文或旧作或新制，吟者或文人（大抵托新娘的亲友）或道士（雇用）。

"诸亲人上轿"中的"亲"，系"新"之误，"新人"＝新娘。

【花嫁の輿入のときに人ありて詩（or 文）を歌って其の輿入を催促す。詩或は文は旧作あり、或は新製す。それを歌ふものは或は文士（大抵花嫁の親友に頼む）或は道士（雇用）。

「新」の誤リ、「新人」＝花嫁】

○孙寡妇又叮嘱张六嫂（媒婆）道："与你说过，三朝就要

送回的……"

问:新婚三朝,新人偶尔有回娘家的风俗吗?

答:婚后第三日,新人大多回娘家。

○且说迎亲的,一路笙箫聒耳,红烛辉煌,到了刘家门首,宾相进来说道……

问:"迎亲的"是雇来的工人吗?

答:是。

问:或者,"迎亲的"是亲戚吗?

答:不是。

问:"宾相"令人想起结婚式上导师之类的人(像西洋的牧师?),他们是僧侣、道士? 还是其他特定职业的人? 或许是普通的亲戚或知交临时担当吧?

答:不是特定职业者,是亲戚、知交临时担当。

宾相,带着新郎去迎新娘的人,大多是新郎的亲戚或友人(必须是年轻人)。

【賓相、花婿を連れて嫁を迎ふに来るので大抵花婿の親類或は友達です(年は若いものでなければならん)】

○只见头儿歪在半边昏迷去了……当下老夫妻,手忙脚乱,捺住人中,即教取过热汤,灌了几口……

问:"捺住人中"是强行把人留住的意思吗?

答:中国人认为人昏厥时,如用指甲掐其"人中",他就有望不死。

【支那人は人が昏厥するときに若し其の人の「人中」を
爪でかたく押して置けば死んで仕舞はない望みがあると考
へて、居るものです。】

○这事便有几分了

问:"几分"?

答:这件事似乎有几分(希望)。

【そのことは幾分(の望み)がある様になる】

○木饿

问:麻木性饥饿?

答:不明,有错字。我想只是"饥饿"之意。[1]

【不明、誤字ある、只「飢餓」の意と思ふ。】

○"与你一头睡了"

问:"一起"或"向着同一方向头并着头"的意思吗?

答:说法是后者,但意思是前者。

【云ひ方は後者けれども、意味は前者】

○"还像得他意……"

问:使其称心如意?

答:对。

○"须与他干休不得……"

问:"干休"犹关系吧?

答:与他不罢休,即与他无法和平相处。

【彼と只でやむことが出来ない＝彼と平和になること
が出来ない】

○皮箱内取出道袍、鞋袜……

问:"皮箱"是箱子吗?

答:对。

问:"道袍"是外套?"鞋袜"是劳动时穿的胶皮底袜子?

答:"道袍"即道士的衣服,但此处只是长衫之意。"鞋袜"
即鞋子和袜子。

【道袍＝道士の着物の意だけれども、ここには只長い衣
服の意だ。

鞋＝くつ、襪＝足袋。】

○"可恨张六嫂这老虔婆……"

问:是骂人的话吗?

答:即"恶婆"(骂人话)。

【恶婆(恶罵なり)】

○骂道:"老忘八,依你说起来,我的儿应该与这杀才骗
的。"一头撞个满怀……

问:突然全身相撞吗?"个满怀"是自己还是对方?

答:骂的家伙用头向被骂的家伙怀中(胸口)撞去。

【罵む奴が頭で罵まれる奴の懷中（むねの處）を撞た】

○"老忘八，羞也不羞，待我送个鬼脸儿与你带了见人"

问："鬼脸儿"是你的，还是第三者的？

答：全句意为："老混蛋，不害羞么？ 我送个面具给你吧，遇见人时戴上它！"

【耄れ、はづかしくないか？ 我が仮面一つ上げましょう、人様と遇ふとき、つけなされ！】

○正值乔太守早堂放告……

问："宣布早上的勤务"吗？

答：不是。早晨在公堂受理诉状。

【朝、裁判する処に出て告訴状を受取ること】

○"……谁想他纵女卖奸……"

问："纵"是允许、放置的意思吗？

答："纵"＝故意放任（让自己女儿卖淫）。

【縱＝故意の放任

自分のむすめを淫売させ（＝縱）る】

○"我看孩儿病体，凶多吉少，若娶来家，冲得好时……"

"况且有病的人，正要得喜事来冲他，病也易好……"

"故将儿子妆去冲喜……"

问:"冲"是什么意思?

答:中国的迷信:家中或他人若遇不吉利事时,就迎娶新娘,以为喜事能冲破厄运。"冲"＝冲突、冲破。故男子重病时若迎娶新娘,便可病愈。又以为参加别人结婚式,也有这样效果。

【支那の迷信:家の中、或は人に、不吉なことあるときには花嫁を迎ふことあり。喜事が不吉の運命をぶちこはすことが出来ると思ふ。冲＝衝(突)＝ぶちこはす。だから男が重病なときに花嫁を迎へばその病気はなほすと云ふ。又、他人の結婚式に行けば、矢張、こんな効めあると思ふ。】

○本该打一顿板子……

问:用板打罪人吗?

答:是。大的"板子"是打屁股的,小的是私塾的老师用来打头或手掌的。

【大股を殴るものです

これは頭或手掌を打つもので寺小屋の先生が使ふ】

○乔太守援笔判道:"弟代姊嫁,姑伴嫂眠,爱子爱女,情在理中;一雌一雄,变出意外。移干柴近烈火,无怪其然;以美玉配明珠,适逢其偶。孙氏子因姊而得妇,搂处子不用逾墙;刘氏女因嫂而得夫,怀吉士初非衔玉。相悦为婚,礼以义起。所厚者薄,事可权宜。令徐雅便婿裴九之儿,许裴政改娶孙郎之配。夺人妇,人亦夺其妇,两家恩怨,总息风波;独乐乐,不

若与人乐,三对夫妻,各谐鱼水。
人虽兑换,十六两原只一斤;亲
是交门,五百年决非错配。以爱
及爱,伊父母自作冰人;非亲是
亲,我官府权为月老。已经明
断,各赴良期。"

　　问:"搂"是抱的意思吗?

　　答:是。

　　问:"吉士"是什么意思?

　　答:好男子。

　　问:"乐乐"是"乐所乐"之意
么?

　　答:是。

　　问:"亲是交门,五百年前决非
错配"是谚语吗?

　　答:不是。

　　……〔2〕

　　问:"良期",是指结婚式吗?

　　答:好时辰,即举行结婚式
时。

　　【ここでは(結婚式を指す)
よい時＝結婚式挙行の時間】

　　○取出花红六段,教三对夫妻披挂起来

问:"花红"是什么?

答:若直译,即"簪与红绸",但此处仅作"红绸"之用。

【直訳すれば簪ざしと赤い綢ですが併しここには只「赤い綢」として使ふ。】

*　　　*　　　*

〔1〕　原作为"未饿"。

〔2〕　此处原有关于"亲是交门"二句的解答,见321219致增田涉信附件。

九

《今古奇观·转运汉巧遇洞庭红》

○苏州阊门外有一人

问:"阊门"是一般名词吗?

答:不。

问:是特定名词吗?

答:是。

○先将礼物求了名人诗画,免不得是沈石田、文衡山、祝枝山搨了几笔,便直数两银子……

问:"免不得",一直关联到句末"数两银子"吗?

答:对。免不得(要买)沈……等人涂几笔就值几两银子的东西。

【沈……等が幾筆か塗るとぢき銀子幾両を値する(様な

るものを買ふことを）免ぬかれなかった。】

○妆晃子弟

问：摩登少年？纨袴子弟？

答：不明，恐系后者。

【不明、恐らく後者だろう】

○北京微渗却在七八月，更加日前雨湿之气，斗着扇上胶墨之性，弄做了个“合而言之”揭不开了……

问：“微渗”指梅雨还是仅指潮湿天气？

答：“微渗”指因梅雨而天气潮湿。

问：“合而言之”是什么意思？

答：“总括起来说”＝只是“粘着”的诙谐说法。

【一括して云へば＝「粘着した」と云ふことを洒落れて云ふだけだ】

○但只是嘴头子诌得来，会说会笑，朋友皆喜欢他有趣，游耍去处，少他不得，也只好趁日不能勾做家，况且他自大模大样过来的，帮闲行里又不十分得人有他做队的，要荐他坐馆教学，又有诚实人家嫌他是个杂班令，高不凑低不就，打从帮闲的处馆的两项人，见了他也就做鬼脸……

问：趁日＝每日？

答：不。趁日＝追逐日子＝每日游手好闲。

【＝日々を追ふ＝毎日のらくら食って行く】

问:"做家"是谋生之意吧?

答:是。

问:"大模大样过来的"是过惯奢华生活之意吗?

答:态度一向傲慢。

【高慢な態度をやって来た。】

问:商务版作"不十分人得有队有他的",广益版作"不十分得人有他做队的",何者正确?

答:商务版误。

问:"不十分得人有他做队的"是"不太合群"或"几乎不合群"之意吗?

答:"人"后应加句号。"不十分得人",意为那人不被人喜欢。"有他做队的",意为有他的同类。

【そう人にすかれない

彼のたぐい有り】

问:"要荐他坐馆教学"是"家庭教师"吗?

答:想推荐他当私塾教师。

【彼を寺小屋の教師にならせたいと思ふ】

问:"杂班令"是游艺人吗?

答:没有一定职业的人。什么事都做的人＝做什么都靠不住的人。

【＝一定の職業を持たない人

何んでもやる人＝何でもあやしい人】

问:"打从帮闲的处馆的两项人,见了他也就做鬼脸"是什么意

思？"打从"是"从……而言"、"从……方面看"的意思吗？

答："打从"即"从"。全句的意思是："帮闲吹鼓手和做家庭教师这两类人，一见到他便做出古怪脸色。"

【大鼓持と家庭教師の二種類の人間からは彼を見ると真に変挺古な顔をする。】

○恰遇一个瞽目先生，敲著"报君知"走将来

问："报君知"是何种鸣器？

答：即铜锣。

○看见中间有个烂点头的拣了出来

问：出现霉点的东西吗？

答：对。

○裹肚

问："裹肚"是钱兜带还是腰带？

答：腰带。

○只见那个人接上手，掂了一掂道："好东西呀！"扑地就拍开……

问："扑地"是"立即"，形容迅速的动作？

答：是，即"蓦地"。

问："扑地"是"噗通"，形容声音？

答：不。

○俺家头都要买去进可汗哩
···
问：俺的头目、俺的主人之意吗？

答：我想只是"俺"的意思。

【只、「俺」の意味だと思ふ。】

○众人吃惊道："好大龟壳，你拖来何干！"他道："也是罕
见的，带了他去。"众人笑道："好货不置一件，要此何用。"有的
道："也有用处，有甚么天大的疑心，是灼他一卦，只没有这样
大龟药。"
····
问：灼烧龟甲，以坼裂卜吉凶时，需要龟药吗？以什么方法使
用龟药？

答：龟药，未听说过。想来恐怕是灼龟甲时所用的艾罢。

【亀薬はきいたことなし、思ふに亀甲を灼くときに使ふ
処の艾（よもぎ）を云ふならん】

○祖母绿

问：绿玉（Emerald）的一种吗？

答：是。

○众人都笑指道："敝友文兄的宝。"中有一人衬道："又是
·
滞货。"

问："衬"是多嘴多舌吗？

答:不是。

问:是插嘴。

答:是。

○文若虚也心中镶铎,忖道……

问:"镶铎"是哆哆嗦嗦？忐忑不安？

答:忐忑不安。＝感到突兀＝不可思议。

【＝兀突＝変だと思って＝(どきどきさせて)】

○遂叫店小二拿出文房四宝来,主人家将一张供单绵料纸,折了一折

问:"供单绵料纸"是什么样的纸？

答:写契约用的纸(有韧性,类似日本用三椏[1]制成的纸)。

【＝契約を書くに使ふ紙(靭性あって日本の三椏(みつまた)で拵へた紙の様なもの)】

○立合同议单张乘运等,……各无翻悔,有翻悔,罚契上加一,合同为照

问:"加一"是加倍的意思吗？

答:不对。增加一成(十分之一)。

【一割増です。】

○况且文客官是单身,知何好将下船去,又要泛海回还,有许多不便处。

问:A.“将下船去”是装船归来吗?

答:是。

问:包括货物吗?

答:不。

问:B.“将下船去”是出船而回吗?

答:不。

问:与货物无关吧?

答:是。

“如何好将下船去”,是怎么能带到船上去的意思。

【＝どうしてつれて船に行くことが出来るか】

○说得文若虚与张大跌足道:“果然是客纲客纪,句句有理。”

问:“客纲客纪”是什么意思?

答:客人的帮手,即实在帮了客人的意思。

【＝客様の手足の意味、即ち「実によく客様を助けた(とりあつかつた)もの」の意】

“跌足道”,(由于钦佩)用脚蹬着地面说。[2]

【＝(感心の為めに)足で地面をただいて云ふ】

○“这是天大的福气,撞将来的,知何强得?”

问:"天大的福气是撞将来的"还是"这是天大的福气,撞将来的如何强求得"?"撞将来的"一句是承前呢,还是启后?

答:这是天大的好运气,这(＝好运)是自己飞来的,怎么能人为地制造?

【これは天の様な大きい好運で、これ(＝好運)は自分で飛んで来たのでどうして人為的に(拵へることが)出来るか】

〇文若虚道:"好却好,只是小弟是个孤身,毕竟还要寻几房使唤的人,才住得。"

主人道:"这个不难,都在小店身上。"文若虚满心欢喜。

问:什么东西在"小店身上"? 是照料对方的好意吗? 或者是"使唤的人"吗?

答:指寻找仆人的事。

【使喚的人をさがすこと】

〇西洋布

问:是西洋织物还是专指"天竺"或什么地方的织物?

答:西洋的木绵织物。

【西洋の木綿織物】

〇解开来只见一团线,囊著寸许大一颗夜明珠

问:"看见一个用线编织的袋子里放着一颗寸许大的夜明

珠"吗？

答：文章有不明之处。照原文理解，"一团线包着一颗夜明珠"，但似乎有点奇怪。还是只能译成"线编的袋里装入珠"罢。

【文章が不明の処あり、そのまま解すれば「一団の線が、一粒の夜明珠を包んで居た」が併し、少く可笑しい様です。矢張線の編んだ嚢に珠が入れてあると訳する外仕方無い】

（増田画）

〇咱国

问："咱国"即自国吗？

答：自己的国家＝我的国家。

【自分の国＝私の国。】

〇道袍

问：这衣服怎么也解释不清。古人外出时，是与如今上海街头所见长外衣（不也叫"袍"吗？）一样的普通服装吗？"道"是道途还是道教？

答："道袍"是普通服装。"道"是道教，但"道袍"仅"长衫"之意，与道教无关。

【併し意味は只「長衣」となって居ます。道教と関係なし】

〇摸出细珠十数串，各送一串

　　问：为了把珍珠连起来，在珠上钻小孔，从中间穿过吗？

　　答：对。

　　问：或者，仅仅纵向排列（不钻小孔）？

　　答：不对。

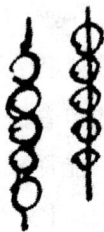

（增田画）

　　○就在那里取了家小，立起家老，数年间，才到苏州走一遭。

　　问：读作"立起家老，数年间"，还是"立起家老数年间"？若是前者，"家老"是什么意思？

　　答：是前者，意为在那里娶妻，安置一个家政管理者（老年妇女，其职责还包括监督妻子），两三年后，到苏州走一趟。

　　【あそこで妻を取り家政管理者（老女で、その妻をも監督するものだと思ふ）を置き、そうして二三年の後には蘇州へ一度行きます】

　　○料也没得与你，只是与你要

　　问："料也"是必定、一定的意思吗？

　　答：想来，恐怕。料也＝恐怕是……罢。

　　【思ふに、恐く。

　　料也＝恐らく……だろう】

　　○船上人把船后抛了铁锚，将桩橛泥犁上岸去钉停当了。

　　问："桩橛泥犁"是掘泥犁吗？

答:"桩橛"是木制的。"泥犁"是掘泥之犁的意思,但不用于船上,是这样的东西罢(见图)。切入泥中。

【だけれども、船には使はない。こんなものだろうと思ふ。泥の中にくひこむ】

○偏要发个狼

问:愤慨之意吗?

答:无愤慨,稍有自辩之意。"狼"系狠之误。发狠＝下定决心。

【憤慨なし、少し自弁の意あり。狼は狠の誤り。発狠＝かたく決心してor】

○正是:运退黄金失色,时来顽铁生辉,莫与痴人说梦,思量海外寻龟。

问:"痴人"是嘲讽听者? 谁思量? 说者还是听者?

答:说者对听者讲:运退的话黄金也要失色,时来的话顽铁也会放光,请休讲痴人想在海外寻龟之梦话罢!

【説者が聴者に云ふ：

運退へば黄金も色失ひ、時来れば頑鉄も光を放つ、願はくは癡人が海外に亀を探さうと思ふ処の夢を説いて居ると云ふなかれ！】

*　　　*　　　*

〔1〕　三桠　名结香、黄瑞香，落叶灌木。原产于中国。茎皮纤维为造纸原料。因枝常三歧，故日本称三桠。

〔2〕　此处增田未问，鲁迅自作解释。

＋

《儒林外史》(马二先生食游记和炼金术)〔1〕

叙西湖之景：

……真不数"三十六家花酒店，七十二座管弦楼！"

问：西湖真有这么多酒店、管弦楼么？不过是形容吧？

答：形容而已，犹如"白发三千丈"。"不数"系反语，其实等于"可说"。花酒店＝雇用女店员的酒店。管弦楼＝听音乐的场所＝艺妓云集边唱边演之地(类似日本的"寄席"?)。

【形容にすぎない、「白髪三千丈」なり。「不数」は反語で、実は「云可し」に等し。

花酒店＝女店員を使って居る酒店。

管弦楼＝音楽を聞せる所＝芸妓が集って歌をうたひながら見せる所(寄席?)。】

……年纪小的都穿些红绸单裙子,也有模样生的好些的。

问:"有些漂亮"的意思吗? 指服饰、姿态还是面容?

答:面容。

糟鸭

问:把鸭子切碎后煮熟叫"糟鸭"吗?

答"糟"即做酒时从米中榨取米酒后剩下的东西(不知日本叫什么),"糟鸭"其实就是酒渍家鸭。

【糟=酒を拵らへるとき、米から、米酒をしぼりとらないもの(日本を知らない)実は家鴨の酒漬です。】

那船上女客在那里换衣裳,一个脱去元色外套,换了一件水田披风,一个脱去天青外套,换了一件玉色绣的八团衣服。

问:"元色"即黑色吗?

答:是的。"元"=玄。

问:"水田披风"?

答:披风即外套(无袖),水田即如图状花纹。(日本叫"缟"罢?)

【披風=外套(袖のないもの)

(日本には縞と云ふのか)模様なり。】

(增田画)

问:"玉色绣的八团衣服"是"绣成玉色的八个球"吗?

答:是用玉色,在衣服上绣八团花纹。

如图。

【着物に八団の模様を刺繍して居るもの。例へば】

棺材厝基

问:停放棺材的场所吗? 是未埋葬前临时停放棺材的地方吗? 为什么要这么做? 另外,棺材指制棺前的材料吗?

答:"棺材厝基"即棺材停放处。欲寻风水好的地方埋葬,一时难觅,就暂时停放某地。与"假葬"同(?)。在实在难以寻觅的时候,也有把棺材四周用砖围起来的。棺材即棺。

【善い所をさがして埋めたいが、急にそんな所を見つからないから、暫らく或る所に置く。「仮葬」と同じ(?)。中々みつからないときには周囲に煉瓦を以って囲むことあり。】

靴桶

问:"靴桶" = 对靴固定的隐藏?

答:放靴的圆桶。

【(靴)を入れる円い箱(入れもの)】

水磨的砖

问:"磨成水平的砖"还是"用水磨过的砖"?

答:用水磨过的砖,磨得非常光滑的砖。

【= 非常にすべすべ磨かした塼】

马二先生步了进去,看见窗棂关着。马二先生在门外望里张了一张,见中间放着一张桌子,摆着一座香炉,众人围着,

像是请仙的意思。马二先生想道："这是他们请仙判断功名大事，我也进去问一问。"站了一会，望见一个人（A）磕头起来，旁边人（B）道："请了一个才女来了。"马二先生听了暗笑。又一会，一个（C）问道："可是李清照？"又一个（D）问道："可是苏若兰？"又一个（E）拍手道："原来是朱淑贞！"

问：在这场合，为请仙而作为一个媒介者的巫人（术者）在吗？ A是请仙的当事者，还是成为仲介人的巫术者？

答：仲介者两人。是"术者"，不是"巫"。

【仲介者は二人です。術者で巫ではない。】

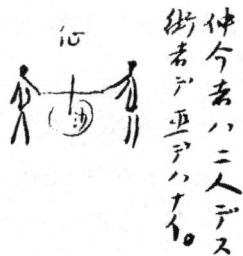

问：B、C、D、E是瞧热闹（起哄）的人吗？

答：A、B、C、D四人都是参观者，但系信徒，不是起哄者。

【A、B、C、D四人とも参観者、然し信者です、やじ馬ではない。】

一间一间的房子，都有两进。

问：请图解"两进"。

答：见图。

恰好乡里人捧着许多溲面薄饼来卖

问："盗面薄饼"是盗面和薄饼吗？

答："盗面"[2]，不明，是面条罢。"薄饼"＝面粉用水搅拌，做成圆而又薄，干锅里放少许油，烘熟。

【盪麪不明、「そば」だろう。

薄餅＝麦粉を水で拌攪して丸く薄く乾いた鍋の上に少し油を塗で熟さしたもの】

上写冰盘大的二十八个大字……

问："冰盘"是什么？

答：冰盘即最大的器皿（直径约一尺五寸）。

【氷盤＝最大の皿（直径尺五寸位）】

马二先生看过《纲鉴》，知道"南渡"是宋高宗的事……

问：《纲鉴》是原书名还是省略的书名？谁的著作？

答：《纲鉴》似系省略书名。明朝有《纲鉴正史约》（顾锡畴编纂），还有《纲鉴易知录》（吴秉权等辑），均为劣作。此处似指后者，因后者比较流传。

【綱鑑は略書名らしい。明に『綱鑑正史約』（顧錫疇纂）あり、又『綱鑑易知録』（呉秉権等輯）あり、皆鄙陋の本だけれども、大抵後者だろうと思ふ。後者は割合に流行したものだから。】

……不瞒老先生说，我们都是买卖人，丢着生意，同他做这虚头事。他而今直脚去了，累我们讨饭回乡……

问:"直脚去了"是死亡的意思吗?

答:是的。

……候着他装殓,算还庙里房钱,叫脚子抬到清坡门外厝着。马二先生备个牲醴纸钱,送到厝所,看着用砖砌好了。

问:把厝所的棺材用砖砌起来使其坚固吗?

答:因近期内无法埋葬,用砖四周砌好。

【近い内に埋めまいと思ふから塼で囲んで置くのです】

＊　　　＊　　　＊

〔1〕　这是节选《儒林外史》第十四回和第十五回所写马纯上游西湖遇假神仙的故事片断。

〔2〕　"盪" 原作为"烫"。

十一

《高老夫子》

……也许不过是防微杜渐的意思。

问:急速暴露(露骨)吗?

答:微小东西也许变成庞然大物,渐渐进展的也可带来严重后果。因此须"防微杜渐"。

【微なるものが大した者(もの)になるかも知らん、少しづつ少しづつと来ても大変な結果に成ることあり。だから「微を防ぎ、漸でも杜ぐ可し」ですだ】

……膝关节和腿节关接二连三地屈坼。

问：接连地先是膝关节、马上腿关节屈折之意吗？

答：连续弯曲两、三次。

【(つづけさまに)二三度屈折す】

变戏法

问："变戏法"什么意思？

答："变"即做、干，"戏法"即魔术。

【＝する or やる

手品】

都骂他急筋鬼。

问："急筋鬼"？

答：急筋鬼不明。或许是"过于急躁的家伙"罢。

【急筋鬼不明

或は「あまり、いそぐぬ」でしゃう。】

问：所谓墙上写着"物归原处"的大字，是墙上挂的单纯装饰性
的扁额吗？还是并非扁额而直接写在墙上？或是为了提防小偷？
墙上写"物归原处"是特殊的场合还是例行常套？

答：恐系胡乱涂写，也有写在纸上贴上去的。不是为了提
防小偷。"用毕请放回原处"的意思。当然，也含有"不许拿
走"之意。

【楽書かも知れん

又紙に書いて張るときもある。

盗人の用心でもない。つまり、一度使ったら、もとの所に置け！　との意。勿論、「持って行くな」の意味も含んで居る。】

关于《鲁迅选集》及《小品文的危机》

—〔1〕

a."阿呀，这是什么话呵！八一嫂，我自己看来倒还是一个人，会说出这样昏诞胡涂话么？……"

问："我自己看来倒还是一个人"，是"自己一个人，敌人（即喧哗者）很多"之意吗？"会说出这样昏诞胡涂话么"，是谁说？八一嫂吗？

答：不对。意为：依我自己看，我是一个人啊，竟会说出这样蠢话么？（即八一嫂说的，并非自己所说，为什么呢，因那种话（即赞成断发）不像人话，而自己却是人。）

【私自分から見れば一りの人間であるぞ、こんな馬鹿なことを云ふはづ（筈）があるか？

（詰り八一嫂の云ふたことは自分の云ふことでないと云ふ意味。なぜかと云ふとあんな言葉（即ち、断髪を賛成すること）は人間の言葉らしくない、併し自分は人間であるから。）】

b.……在菜汤的热气里……早先看中了的一个菜心去。

问：“菜汤”是蔬菜汤吗？

答：白菜汤，在中国（南方）几乎是主菜，盛在大碗里，放于桌子中央，这时菜叶切成约一寸长短，而菜心仍是菜心，一望就知，因其味好，小孩抢着吃。

【キャベツの汁は、支那（南部）では、ほとんど、主食である。大きい皿に入れて食卓の真中におく、そのとき、葉は長さ一寸ほと切断せれて居たけれども、心は矢張り心で一目でわかる。味がよいから子供があらそってたべる。】

問："菜心"是菜（植物）之心吗？

答：对。

問："菜心"的"菜"是小菜的意思吗？

答：不对。

c.冰糖葫芦

問：是冰淇淋么？

答：不是。将果物（山楂、葡萄等）插在竹棒上，外面裹上糖衣的东西。

（增田画）

【果物（山査子、葡萄など）を竹の棒にさしてそとにあめ（飴）をかけたもの】

＊　　　＊　　　＊

〔1〕　本节所答的三个问题，分别见于《风波》、《肥皂》和《我的

失恋》。

二

《小品文的危机》〔1〕

客栈里有一间长包的房子,……烟榻……

问:"长包的房子"是什么?

答:"长包的房子",不是每个月决定租金多少,而是一年交付若干房租。因长期居住,故房租比较便宜。"客栈",可译作"下宿"。

【毎月いくらときめるものでなく、一ク年何程ときめて払ふ。ながく居るものですから、割合に屋賃がやすい】

问:"烟榻"是雅片之榻?

答:不是。

瘾足心闲,摩挲鉴赏。

问:"瘾足"是鸦片病吗?

答:是。

问:"摩挲"是什么意思?

答:仔细抚摸,反复抚摸。

【くわしく、なでる;ぐるぐるとなでる】

正是一榻胡涂的泥塘里的……

问:"一榻胡涂",常见此词,意思却不明白。

答:乱七八糟或无法形容。其实只是"严重"的意思。"泥

塘"＝泥泞的水坑。

【滅茶苦茶 or 言様の無い。実は只「大変」の意味。

泥塘＝泥濘のたまり】

想在战地或灾区里的人们来鉴赏罢

问:"想在"?

答:如果想(希望)在战地或灾区中的人们来鉴赏的话……

【＝戦地或は災区の中に在る人々が来て鑑賞すると思ふ(＝希望する)なら——】

遍满小报的摊子上……

问:"小报的摊子"?

答:"摊子"＝在宽的人行道上铺纸卖东西,比日本的"露店"小,日本庙会时也有。

"小报"＝刊载社会事件和无聊文章、滑稽等的报纸。有日刊,也有周刊。这种东西日本似乎没有。一般每回一小张,故叫"小报"。

【攤子＝ひろい人行道上に紙をひいて、品物を売つて居るもの、露店より小さい。日本の縁日のときにもある。

小報＝社会上の出来こととつまらない文章、滑稽などをのせる新聞、日刊あり、週刊もあり。そんなものは日本にはない様です。大抵毎回小型一枚だろう、「小報」とよばれる。】

已经不能在弄堂里拉扯她的生意

问："弄堂"？

答：即日语的"横町"。

问："拉扯"？

答：即日语"引っぱる"。"生意"＝买卖（此处意为"卖方"）。

【生意＝商売（ここでは、売手の意になる）】

＊　　　＊　　　＊

〔1〕　增田涉在提问件中有如下附言："《文学月报》约我翻译《小品文的危机》，以下几条请最快地赐教（您极忙，但请尽量快一点，因稿件至七月十二、三日截止）。　六月二十九日。"

附 录 三

鲁迅、茅盾致红军贺信[1]

读了中国苏维埃政府和中国共产党中央的《为抗日救国告全体同胞书》、中国共产党《告全国民众各党派及一切军队宣言》、中国红军为抗日救国的快邮代电,我们郑重宣言:我们热烈地拥护中共、中苏的号召,我们认为只有实现中共、中苏的抗日救国大计,中华民族方能解放自由!

最近红军在山西的胜利已经证明了卖国军下的士兵是拥护中共、中苏此项政策的。最近,北平、上海、汉口、广州的民众,在军阀铁蹄下再接再厉发动反日反法西斯的伟大运动,证明全国的民众又是如何热烈地拥护中共、中苏的救国大计!

英勇的红军将领们和士兵们! 你们的勇敢的斗争,你们的伟大胜利,是中华民族解放史上最光荣的一页! 全国民众期待你们的更大胜利。全国民众正在努力奋斗,为你们的后盾,为你们的声援! 你们的每一步前进将遇到热烈的拥护和欢迎!

全国同胞和全国军队抗日救国大团结万岁!

中华苏维埃政府万岁!

中国红军万岁!

中华民族解放万岁!

×× ×× 一九三六、三、廿九

*　　　*　　　*

〔1〕 此信原载中共中央西北局机关刊物《斗争》第 95 期(1936 年 4 月 17 日)。系为祝贺红军东渡黄河对日军作战而写,起草人未详。

收信人姓名及书信编号索引

三　画

马子华　351111

四　画

王正朔　360818①

王乔南　301013　　301114

王志之　321221　　330109

　　330202①　330503①　330510②

　　330626　331228②　340511

　　340524②　340528②　340606③

　　340624②　340707　340904

　　341223②　341228③　350118①

　　350919②

王余杞　291126

天下篇社　340316①

王冶秋　351105　　351118①

　　351204③　351221④　351229

　　360118　360405②　360504②

　　360711②　360915

王育和　320407

王熙之　331021③　331226②

开明书店　320316　　330311①

　　330830　330908

韦丛芜　270315　　290807

　　291016　291116②

韦素园　260501　　260713

　　260808　260916　260920

　　261007　261015　261019

　　261104　261107　261109

　　261111　261113①　261120

　　261121①　261128　261205

　　261208　261229①　270108

　　270110　270126　280722

　　290322②　290407　310202

韦素园、韦丛芜　260621

韦素园、韦丛芜、李霁野

　　261004①

尤炳圻　附录一 6

六 画

七　画

八　画

林语堂　　330620① 340106

　　340415　　340504②

林文庆　　270115

欧阳山　　360825②

欧阳山、草明　　360318

郁达夫　　281212　　300420

　　330110　　340910

郁达夫、王映霞　　300108

罗皑岚　　281104②

罗清桢　　330706　　330718①

　　330929① 331026　　331205①

　　331207　　331226③ 340226①

　　340417　　340528① 340717③

　　340727④ 341001　　341006②

　　341009① 341021① 350315①

　　350322② 350503　　360417②

金性尧　　341119① 341124

　　341128① 341211①

金肇野　　341120① 341218③

　　350124　　350214②

周作人　　190419　　210630

　　210713　　210716　　210727

　　210731　　210806　　210817

　　210825　　210829　　210830

210903　　210904① 210904②

210905② 210908　　210911

210917

周茨石　　330525

周剑英　　351214

周心梅　　200103

郑伯奇　　320920　　321106

　　350524③

郑振铎　　330205　　330929③

331002② 331003　　331011

331019① 331019② 331021

331027② 331103　　331111

331120① 331202　　331205③

331220④ 340111　　340129

340209② 340224② 340226②

340303② 340310　　340313

340326　　340502　　340516②

340524③ 340531① 340602②

340620① 340621② 340626②

340629② 340706　　340805

340814① 340927① 340928

341008① 341008② 341027①

341108　　341110　　341202

341205① 341210① 341227①

九　画

科学新闻社　330801④

段干青　350118③　360424②

　360507②

施蛰存　330501　　330718②

娄如瑛　340501

宫竹心　210729　210816

　210826　210905①　211015

　220104　220216

费明君　361009①

费慎祥　350312　360403

　360529　360922②

姚　克　330305　330322

330420①　330511　330618①

330924　331002①　331021④

331105　331115②　331205④

331219④　340105　340123

340125　340211②　340212

340220　340306②　340315①

340324　340403①　340409①

340412③　340422　340524④

340831②　350906①　351020②

360202②　360209　360330

360420

十　画

聂绀弩　351120

夏传经　360219①　360224

　360311②

高　植　附录一3

钱玄同　180705　190130

　190216　190428　190430

　190704　190807　190813

　240330　241126　250112

　250712　250720

钱杏邨　附录一5

钱君匋　280717①

徐　讦　351204④

徐诗荃　350817

徐懋庸　331115①　331117

331119　331220③　340522①

340526　340607　340621①

340625　340708　340709

340714　340717④　340721

340727③　340803　340807

340916②　340920　341016②

341018　341022②　341101①

341105①　341112②　350117③

350207③　350322①　350329②

350401　350716④　350729③

十 一 画

十 二 画

十 三 画

360304　　360413

赖少麒　350118④　350629①

350716①　350724　　350818

窦隐夫　341101②

十 四 画

蔡元培　170125　　170308
　　170513　　200816　　200821
　　230108　　271206②　360215④

蔡永言　310816

蔡柏龄　340322

蔡斐君　350920②　360818②

榴花社　330620②

端木蕻良　附录一9

廖立峨　271021②

翟永坤　260310　　260527
　　270112　　270919①　271118
　　280710　　281229

十 五 画

黎烈文　330223　　330504①
　　330504②　330527　　330607
　　330708　　330714　　330722
　　330729　　330803　　330920
　　331224　　340117②　340124
　　340217　　340304①　340401①

340414　　340606②　340725
340925　　340930　　341013③
341019　　341226①　350127②
351009　　360201③　360828①
360921②　360928②　361010①

颜黎民　360402③　360415

十 七 画

魏建功　260704　　260719

魏猛克　340403②　340409②

致外国人士部分

山上正义　310303（日）

山本初枝　321107（日）②

321215（日）　330301（日）①

330401（日）　330625（日）①